大道朵流

曹国辉 ◉ 著

作家出版社

目　录

楔 子
展不平 · 1988 · 龙城

"小杨，去把那几只野鸡、兔子拿来，还有那几壶珍藏。"

"是！政委。三壶都拿着？那可是咱们全部存货了。您每次从省军区王副司令那儿吃顿饭才抠出几两来，这些茅台可是零零散散攒了一年多呢。"勤务兵小杨极不情愿地说。

"养兵千日，用在一时。今天可是老展的大日子，不留了。还有，记得一会儿车子到龙城大学停一下接诸葛教授，再去燕塔西口搭上石勇，最后去老展家。"

诸葛达明起床后，用昨晚喝剩的茶水漱了漱口、洗了把脸、换好衣服，走到不远的校运动场打了趟太极拳，然后溜达着去校食堂吃早饭。两根油条、一碗豆浆下肚，回到家中，稍作休息，备好笔墨纸砚，静气凝神，一口气写了三幅昨晚就已想好的文字。选了一幅中意的，放在旁边，用早已备好的材料把字小心翼翼地裱好。一看时间，差十分钟十一点，出了门缓步走到学校大门口等着搭秦政委的顺风车。

石勇天还没亮就爬起来了，去圈里挑出那头昨晚就没喂食的大肥猪。捆绑上案、下刀放血、鼓气熄毛、开膛破肚、断头离蹄、剔骨分肉，忙活了一上午，挑了猪头、尾巴、里脊，两只后腿，一扇肋排，拿纸包了放在尼龙袋里，百十斤猪肉扛在肩头大步流星走出家门。

秦毅、诸葛达明、石勇和勤务员小杨一行四人十一点半到了展不平家楼下，正遇见展家三小子拎着一袋黄豆下楼。"干吗去，宏图？"秦毅问道。

"哦，秦叔，家里副食票不够了，妈让我去换点豆腐做个汤，你们快上去吧，我爸等着呢。"

四人上楼进门，展不平正端坐在沙发上看书，一见大家提前到了，忙起身沏茶。秦毅接过茶杯道："老展，看《孙子兵法》呢，仗没打够？"

"不打喽，咱哥俩跟老蒋打了半辈子，我先消停了。"老展笑道，"热菜还没上，让宏钧他妈和媳妇先忙活着，今天没请外人，我们几个先喝着，等热菜齐了再开席，来，大家入座。"大家推辞一番，展不平坐了主位，右首老战友秦毅，左首诸葛达明，对面是大儿子展宏钧陪酒，其余的人分别落座两旁。

龙城喝酒的规矩是开席前谈天叙旧，开席后主人敬酒三杯，这是酒席的主题和高潮，三杯过后大家按年龄跟主人敬酒，主人不胜酒力须由对面负责陪酒的后辈喝双倍代劳，之后就按各人交情自由发挥了。

秦毅先抬杯道："老展，今天既是你六十大寿，又是退休享福的好日子，双喜临门。咱们部队龙城出来的二十几个弟兄，就咱俩活到今天。来，我敬你一杯。从今往后，你享享清福，钓钓鱼，看看书，实在手痒了，咱哥俩去山里打猎。来，干！"

几口凉菜过后，诸葛达明起身，打开带来的那幅字，赫然是用汉隶写下的七个大字"斩尽不平保太平"，下面是诸葛达明的朱白文相间落款章。旁边秦毅道："教授，好书法，好文采，七个字就把老展的名字、事业、功绩一网打尽。听说教授草书一绝，为什么这几个字这么规矩？"诸葛达明道："草书失之狂放不羁，我觉得不如隶书来得古朴庄重，更能表达这几个字的意思。展局长老成持重、沉稳大气，没有他坚持不渝，我老爸的问题也不会沉冤昭雪，我也难以落实政策回城，我想老爸九泉之下也可以瞑目了。展局长，我敬您一杯！"展不平道："教授字写得好，有意境，值得玩味。我们公安以保太平为本，能说服教育、调解纷争最好，不得已才出手，动武不是目的，要的是以武止杀的效果。这点跟老秦当兵杀敌、你死我活还有不同，哈哈。"

旁边石勇听了忙道："展叔说的是，我当初在工厂当组长，看不惯走后门来的懒汉，打架伤人，蹲了两年监狱，出来成了没工作、没收入的盲流。大家都瞧不起我，要不是展叔鼓励，又帮忙联系肉联厂工作，哪有我的今天？我敬展叔一杯。"展不平忙道："是你小子自己有出息，现在单干成了万元户，娶妻生子，小日子过得有滋有味，好样的。来，干！"

这时，大儿媳舒娜端着一大盆杀猪菜上来，一会儿又端上了一盘鱼、一盆萝卜豆腐汤，小儿子宏图又去买了烧鸡回来，老伴儿从厨房出来说菜齐了。于是老展宣布开席。

老展道："今天是我六十岁生日，也是我退休的日子，局里的欢送会下周开，所以今天没请外人。我十六岁参加革命，一晃儿四十九年，有点心得想唠唠。

"这第一杯酒，我想说说我和我的家庭。咱展家祖居山东菏泽，乾隆二年山东大旱，咱这支老祖闯关东，一路上推着独轮车，携妻带子边打零工边讨饭来到龙城。爷爷死得早，爸爸兄弟六个，他是老幺，因为刚成年，分家后只得个一亩多地的菜园，一间住房、一间柴房、几只鸡、一条狗，家里日子过得很紧吧。妈妈十九岁嫁入展家，比爸爸还大了六岁，那时农村家里需要用人，大媳妇进门就可以干活，所以都这风俗。妈妈人好强，一辈子辛苦操劳，一直到生我当天还在灶台旁干活。她是缠了足的小脚，站不稳，地不平摔了一下，所以我就早出来一个月，爸爸给我起名叫不平，其实指的是地不平，不是人间不平，教授，哈哈。

"我是独子，爸爸去世早，妈妈一个人抚养我长大，非常辛苦。直到我十五岁，能干体力活了，就去车站打工，负责给铁路员工做饭。第二年的一天，来了一辆国民党运兵车，不由分说把我抓了壮丁。火车开到了吉林，这支部队在四平战役时起义，加入了解放军。解放长春后部队直接开去解放海南岛，再后来到两广剿匪，家都没回又去抗美援朝。这期间整整七年我都没法联系上妈妈，直到我在朝鲜的立功喜报传到家中，妈妈才知道我还活着。要不是土改分给妈妈四块大洋、一只山羊、三件麻布衣服和半头牛（与另一家合用），妈妈是活不下来的。

"从朝鲜回来，转业后我被分配到公安局，也把妈妈从乡下接到了龙城。刚开始主要任务是抓台湾潜伏等待反攻大陆的特务。后来，'文化大革命'发展到砸烂公检法，我说了几句不同意见，就被关了牛棚，幸亏之后公检法都由军分区武装部实行军事管制。有你秦叔照应，我没有受到太大迫害。落实政策以后还跟你秦叔配合查清了一批冤假错案，平反了多位专家、知识分子。三中全会后百废待兴，但社会治安环境有些问题，在1983年，我临危受命被提拔为龙城市公安局局长。

"我在查案过程中认识了老伴，随后你们三个陆续出生。生活虽苦，但我从没向组织张过嘴。公安局主要领导里，我们家最后上楼，住房面积最小。宏钧、宏翼结婚后都搬出去住了集体宿舍，因为家里住不开。在局里，我没对宏钧特殊照顾过，他立了功，我还打压他，不光是怕人嫉妒，更重要的是磨炼他，男子汉不仅能建功业，还得能受委屈，这些我从没跟宏钧提过。

"这第一杯酒，敬我的妈妈、老伴，妈妈已经去世了，她为我上半生操劳，老伴为我、为这个家辛苦了三十年。我虽然取得的成就有限，但为国家、社会、家庭都做了点贡献，这些离不开她们的支持，来，大家干杯！"老展说完，张罗大家吃菜。

大家吃了几口菜，垫了垫肚子，老展端了第二杯酒。"今天是我退休的日子，工作上可以盖棺论定了。这第二杯酒，我讲讲事业。

"我和宏钧是公安，保护公民安全。我理解安全有两方面意思，人没有危险应该是'安'，没有损失应该叫'全'。人没危险，不出事故，不被伤害，安定下来了，就会对生活感到满意，社会就稳定。人没损失，钱物财产不减少，反而有所积累，就会对工作有干劲，对未来有盼头，社会就会发展。过去我们饿肚子、没财产，吃饭是第一位的，对安全没那么重视。现在人人有饭吃、有衣穿，安全就成了社会稳定和发展的重要保障。

"干了三十多年公安，头些年是打土匪、抓特务，这几年开始重点放在重大案件、社会事件、治安灾害等方面。我理解的公安工作，有人员、物体、技术三种安全防护手段，打击、控制、预防三种安全防范措施。从新中国成立一直到现在，我们的公安手段主要是靠民警，这几年逐渐出现防盗门、保险柜等物体防范手段，像银行、博物馆这样安全要求高的单位现在有的装了闭路监控系统，这类技术防范手段看来是今后的方向，所以我非常支持宏翼进入这种先进的产品制造企业工作、学习。在公安措施方面，这些年我们都是依靠警察直接打击、控制犯罪，这种主动出击的做法在社会动荡时期效果明显，但这两年我逐渐发现，通过监控、防盗报警等手段，可以更有效地预防犯罪。比如把小小几块钱的门磁提前设置后，门一开就报警，小偷没有不怕的，再就是闭路监控，摄像头一装上，立刻这一片的犯罪事件就少了。总之，我预计今后公安工作的发展将越来越重视技术手段和威慑性预防措施，宏钧、宏翼，你们有空琢磨琢磨我这句话。这第二杯酒，我就敬为之奋斗一生也无怨无悔的公安事业。"

展不平说完，转过头对诸葛达明道："教授，我念书不多，班门弄斧了。"诸葛忙说："您讲得精辟，预防措施对于安全，就像扁鹊看病一样，越早发现、及时治疗效果越好，这是防患于未然。另外，这几年社会知识更新速度明显加快，新产品、新技术层出不穷，未来技术的重要性不亚于经验啊。"

大家闷头吃了几口菜后，老展又举起了酒杯，道："这第三杯酒，我就说说孩子们。咱老家乡下有句话叫'富不丢猪，穷不丢书'，这是说有钱了，也别高高在上，很多事情还得亲力亲为，否则就要滋生傲慢、懈怠。穷的时候，也不要放弃学习，多读书、多见世面、多交能力强的朋友，人才能进步，才能有理想、有事业，才能凡事想得开。

"现在社会逐渐鼓励赚钱了，钱是个好东西，但前提是你要配得上它，自古以来能配得上有钱而不出事的人，都是骨子里看得开得失的人。比如春秋的范蠡，就是百姓拜的财神爷，他三次做到天下首富，但又三次散尽家财避祸助人。像你们兄弟这样的年轻人，还没有足够的修养和见识，书读得不够多、事经得不够多、磨炼受得不够多，就不要过于追求富贵，当然也不用过于忧虑贫贱。一定要记住，不要因为贪图什么东西去求别人，做人最重要的是自重自尊。我被批斗时，他们说我是国民党特务，我那时年轻想不开，要寻短见。当时我跟诸葛教授的父亲关在一起，他说的一句话让我受用终生。他说'人可以做奴隶，但绝不能做奴才'，做奴隶是环境所迫，被冤枉、被打骂，这是身不由己；但不应该因此而舍弃尊严或出卖别人，去换取好点的条件，那就成了奴才。作为展家的后代你们要记住，可以有钱，也可以没钱，但绝不要成为金钱或物质享受的奴才。

"你们三个中，宏钧朴实忠厚，但机变不足，决断力不够。想问题可能高度不够，或是犹豫不决，有不明白的事今后多向诸葛教授请教。你现在做的是刑侦工作，其实不是很适合你，你重情义，少决断，容易受制于人，以后有机会可以换个警种试试。

"宏翼勤奋、肯干、好强，有技能，现在做外资企业的工程师，给日本人打工。靠专业吃饭，这样很好。不要狭隘，日本现在不是敌人。你爷爷是被日本人打伤了腿病死的，但那是战争，是军国主义统治的日本，这笔账不能算在和平时期的日本企业、老百姓身上。现在国家正处于励精图治的变革期，你要多学习日本人的先进知识、技能。你的优点是肯钻研、能吃苦，缺点是爱拔尖、认死理，有时候一条道跑到黑，不撞南墙不回头。今后遇事要想得开，做人一辈子不会总一帆风顺，必要的时候要能屈能伸。另外，你今年二十五岁了，可是老大不小了，不能总想着工作，女孩子婚姻家庭也很重要，不能总让你妈操心费神、唠唠叨叨啊。

"你们三个里，我最不放心的就是宏图。你自小聪明伶俐，我和你妈那时工作忙，疏于管教，当时社会环境又不好，学校不好好上课，孩子没人教育，所以你脑子的灵活劲儿就跑偏了，做事往往不踏实、爱走捷径。今后总这样就会投机取巧、误入歧途，其实凡事要往简单处想、往认真处做，持之以恒才好。你念高中时，假期勤工俭学本是好事，但偏偏不愿吃苦打工，去倒腾打卡磁带，钱是赚了不少，但我打了你一顿，估计你到现在也没想通。这种事情，属于灰色地带，不算违法，但要不悬崖勒马就离走私不远了，那可是犯罪。你这么聪明，却只考了一个大专，还不如哥哥姐姐，你有反思过原因吗？毕业分配到你妈学校当老师接班，多好的工作啊，你干了不到两年，说要去做大事。做什么大事？无非是倒腾点计划外物资，钻政策空子，这叫不务正业！你的那些破事不告诉我，我也懒得管，但你给我记住，我展不平的儿子，要是做违法乱纪的事，我第一个让你哥抓你，重办！"

老展说着说着，随着情绪激动嗓门也大了起来。旁边老秦忙道："宏图这孩子，我看着长大的，脑子活泛了点，但底线还是有的，出格的事肯定不会干。再说灵活点也符合现在改革开放的精神嘛。都像我们一辈子死脑瓜骨，就知道听话办事，社会也难进步啊！来，喝酒，喝酒。"

老展听了，也觉得这无名火发得没道理，就势下了台阶，道："今天开心，叽里咕噜说了不少。最后，你们三个永远记住，血浓于水，无论什么时候，'打仗亲兄弟，上阵父子兵'，兄弟姊妹的困难，就是你自己的困难。来，我说完了，干杯，吃菜。"

老展讲完话，气氛明显放松下来。老伴笑道："这老头，平日里惜字如金，今天把一年的话都说了。"于是大家嘻嘻哈哈，你言我语边聊边吃……

上 部

展宏钧·龙城

1

1993 年龙城市公安局机构调整，在刑侦支队下面成立了技防小组，负责以技术防范手段配合刑侦工作。接连破获了几起案件后，局里很重视，随后技防小组脱离支队更名技术预防办公室，简称技防办。展宏钧由于参与了技防侦破案件，对这种新手段很感兴趣，跟爸爸商量了一下，向局里申请去当了技防办主任。不久应局里要求又成立了龙城市安防协会，宏钧兼了秘书长，理事长是当地的知名安防企业家挂虚名。行业主管部门和市场服务部门一肩挑是此时的特色，这个阶段的安防业发展像是山脚下蓄势待发的登山选手，脑袋装着政策主导，眼睛盯着企业盈利，左手抓生产许可，右手抓工程验收，脚下蹬着市场化（服务）的石头，一路歪七扭八地爬着，居然快速逼近了上面的国际水平选手。

这天，局里接到上级通知，两个月后有国外政要要来龙城疗养，要局里做好安保工作。此时，龙城仅有麒麟大酒店一家高端涉外酒店，但也没有配套的安保设施。局里马上召开紧急会议，由省厅新调来不久的副局长赖彪牵头，展宏钧具体负责，要求五十天内完成麒麟大酒店的安保项目。

会议结束，赖局长把宏钧叫到办公室道："宏钧，这是咱们成立技防部门以来最紧急的一次任务，政治意义重大啊，你有什么想法。"

宏钧说："赖局，依照麒麟大酒店现有情况，我看至少得安装十几路的视频监控系统，此外门禁、防盗报警、公共广播等系统可能都得上，这是不小的一笔费用啊。从时间看，设计、集成、安装、调试、试运行，不到两个月项目实施周期，太赶了，得找有经验的安防工程商来做，可以从以前跟局里常合作的那几家中选一家。"

赖局长道："钱的事你不用考虑，这是政治任务，麒麟大酒店是国企，政府做主，钱由市财政预算出。这次的活儿急，又是涉密项目，老的合作企业不一定跟得上节奏，咱俩明天先去麒麟大酒店了解情况，施工企业的事得实地考察后再定。"

第二天现场调研后，赖局跟宏钧交代："从现场看，项目复杂，涉及多个子系统集成，原来的单一业务施工商不一定行。我琢磨着可以换个思路，找家有能力的集成商做总包，负责整个项目管理协调，具体每个子系统还是包给原来合作过、信得过的企业来承接。"

说到这里，赖彪煞有介事地从口袋里掏出个小小的电话本，翻了一下道："有家企业叫乾坤视讯，据说实力雄厚、经验丰富。尤其总经理胡威个人能力很强，这是他的电话，你去考察一下，回来跟我汇报。我下午在局里还有个会，就不跟你去了。"说完开车走了。

宏钧看了看表已近晌午，就准备在附近的兰州拉面吃碗面条再去。这时呼机响了起来，显示的号码正是赖局给的号码，于是找了个公共电话拨了过去。

电话那边很吵，好像几个人在打牌，一个人操着副公鸭嗓嚷道："喂，展主任吗？"

宏钧道："我是展宏钧，您是胡总？"宏钧说明了下午要去拜访的意思。

胡威道："展主任，您还没吃饭吧，我这就派司机去接您。"宏钧连忙推辞，说吃过饭再去。

胡威说："赖局刚跟我交代过，项目的事，咱边吃边聊。"宏钧一听是赖局的意思就不好推辞了。

十几分钟后，开来一辆崭新锃亮的黑色桑塔纳旅行轿车，车门打开走下一位三十岁左右的白面精瘦男子。他身穿橙色西服套装，敞着两颗纽扣的打底黑色印花衬衫，梳着打了过量摩丝一动不动的大背头，左手拿着大哥大，右手拿着皮质手包，看见展宏钧忙摇手喊道："展主任，上车。"

车子停在了龙城知名的唐都饭店，由礼仪小姐带入豪华包间。里面已经到了五六位客人正在打牌，看样子都是商人打扮，操着南方口音。经胡威介绍，这几位都是外地的安防设备经销代理商。

酒菜早已点好，宏钧和胡威一到场，牌局就散了，服务员纷纷上菜。四道凉菜上罢，接连又上了鸡汁鲍鱼、百灵菇扒海参、火腿甲鱼、桃木烤鸭、清蒸石斑鱼等几道硬菜，酒点的是茅台。

宏钧哪见过如此豪华的阵仗，一时慌了手脚，定了定神，道："胡总，我跟您几位今天初次见面，你们这么客气，这饭我吃得心里不安啊。"

胡威忙道："展主任，您长我一岁，我叫您展哥。今天是哥几个聚会赶上了，大家打牌填坑，赢的不出钱，用输的钱吃饭，这顿饭是'运气'请客，您别客气。"宏钧知道已经入了局，也不好冷场驳了众人面子。

酒过三巡、菜过五味，一位姓周的商人道："展主任，我们哥几个都是卖安防产品的，北方市场我们是新兵，以后我们都跟着胡总的工程走，项目的事还需要您多支持啊！"

宏钧忙道："今天有幸认识几位老板，龙城是个开放的城市，龙城的安防市场也是开放的市场，具体项目的事我们公安是监管机构，最终还是得甲方和市场认可才行。"

胡威道："展哥，您这话说得太过谦虚，我可不赞同，名义上是市场监管，但事实上可是主管才对，咱公安一手卡住产品市场准入瓶颈，另一手捏住工程能否验收回款，责任重大啊。"

宏钧听他一口一个"咱公安"，明显是话里有话，便道："上午赖局交代，这次麒麟大酒店的安保项目时间紧、难度大，胡总以前做过类似的工程吗？"

胡威故意压低声音道："有咱姐夫指导，展哥信任，众位朋友支持，项目肯定没问题。"宏钧听罢，心里咯噔一下，想起来上午赖局跟他聊天说笑，有意无意提到媳妇姓胡所以爱打麻将的笑话。这一连串事情，立刻电光石火般穿在了一起。

吃完饭快三点了。胡威摇摇晃晃要去开车，宏钧连忙制止，两人告别众人，打了辆车向郊区的白狼河沿岸驶去。宏钧本以为公司在沿河的产业园，没想到车子在一栋五层高的写字楼门口停了下来。两人一起爬上三楼，胡威道："展哥，公司正搬家，先开了两个房间放东西。"

两个房间一大一小共有百十平方米的样子，门口挂着乾坤视讯有限责任公司的崭新招牌，屋里堆了十几个拆开的纸皮箱，显然是刚搬进来不久。外面大一点的房间里有三个人，一个浓妆艳抹的姑娘坐在前台发呆，一个眼镜男在铺满零件的地上安装电脑，还有一个粗壮的家伙把腿搭在桌子上看杂志。

两人走进里面的总经理办公室，胡威道："小姚，来泡茶。"浓妆姑娘诡诡然走了进来，烧水、烫杯、温壶、洗茶、冲泡、封壶、分杯、奉茶，一气呵成。胡威道："小姚是公司的茶艺师、品酒师，叫展哥。"小姚甜甜叫了一声带门出去了。

宏钧问胡威公司具体情况，几个人，做过什么项目，有没有相应的资质。胡威道："展哥你放心，我大部分人在产业园那边，还没搬过来，只是前台、网管和项目经理先过来办公，等过几天你再来，这一层都是咱们的人。公司头几年在南方发展，本地项目做得不多。再说了，建筑资质对咱们做安防项目也没啥用处，这些虚的事还不是您一句话嘛。"

宏钧道："胡总，话不能这么说，资质申请得看企业年收入、过往施工项目，是企业综合实力和诚信度的标志，没有资质项目不好施工啊。"

胡威道："展哥，南方一些大项目运作，总包商没有资质要求，分包商有资质就可以。"宏钧一听，这话跟上午赖局的说法一致，知道这对连襟勾搭已久，显然对这次的项目志在必得。

宏钧问能不能去产业园那边考察一下，胡威以正在搬家为由推托了。两人又聊了一会儿，宏钧提出告辞。胡威挽留道："展哥，晚上已经在北冰洋洗浴中心订了场，连吃饭带洗澡按摩一条龙服务，您一定得赏脸啊。"

宏钧眉头一皱道："胡总，不是不给你面子，我家老爷子规定每周末全家人聚餐，雷打不动。"胡威久闻老局长个性，一听也就不再劝了，笑言下次一定要给宏钧补上。

宏钧说的不全是借口，展家确实有这么个不成文的规定。一家人吃完晚饭，老太太带着媳妇、孙子去外屋聊闲天，老展跟儿子姑娘里屋谈工作。宏钧说了这两天的事，老展问他怎么看。宏钧说："乾坤视讯十有八九是个赖彪和胡威合作的皮包公司，他们估计啥事也做不来，但铁定想吃这块肥肉了，这么重要的项目交给这种公司真的不放心。不行的话，明天我跟一把局长汇报一下。"

老展想了一会儿，道："先等等，又没凭没据的反映啥？这几年跟以前不同了，钱多了，人心浮躁。我看这姓赖的不简单，刚调来就敢这么做，他自己又不出面，还有商家配合，这不是一个人两个人、一天两天就能成的气候，这么嚣张，应该是上面有人。"低头喝了口茶，问道："凭你以往的经验，如果找扎实、可靠的工程商来做，能不能按时、保质、保量完成项目？"宏钧点头说项目问题不大，就是让他们这么坑国家的钱心有不甘。

老展说："人家提的是用新模式解决新问题，没毛病啊！走一步看一步吧。既要保证项目，也要保护自己。"想了想又叮嘱道："宏钧，你要记住两点：一是绝对不要参与到他们的钱权交易中，不要拿钱也尽量不要参加什么特殊餐饮娱乐活动，以免落人口实；二是不要轻易跟领导发生冲突，必要时宁可受委屈也要把工作做好。"宏钧点头应允。

到了周一下午，赖局长通知宏钧，局里办公会确定启动麒麟大酒店项目，由于系统复杂、集成度高，项目采取总包制。赖局问宏钧公司考察得怎么样，宏钧含含糊糊地不置可否。于是赖局拍板，由乾坤视讯作为总包方，具体几个子系统的搭建让宏钧去找到踏实肯干的分包单位。

晚上胡威又给宏钧打电话，说介绍几个产品经销商朋友认识，一起去吃饭唱歌，宏钧说忙着盯方案设计就没去。第二天上午胡威约宏钧公司见面，说要参与到方案设计中。其实按理不该如此，但当时项目管理并不严格，招投标制度也未普及，又是局里代甲方行使职能。宏钧也知道他没啥设计人员，无非是想在项目里指定产品，于是跟他开诚布公地讲，设备采购照理应该由施工方负责，这样不仅责任清晰，还能保证工程商利益，激励他们有干劲做好项目。局里代甲方指定产品，最好赖局能开会协调下总包和分包商的利益和责任分配。

听说要赖局协调，胡威犹豫了一下，道："这点事，展哥你就拍板定了呗。"

宏钧忙说："这么做不符合流程，我也做不了主啊。"

隔天赖彪找到宏钧，说采购的事还是总包定比较合适，毕竟总包是责任主体，让宏钧跟几家分包商打个招呼，于是宏钧就按赖彪的意思私下办了。

胡威自此与宏钧虽然见面还是热络，但不免觉得折了面子，就不再主动约他出去玩了，而宏钧当然乐得如此。

麒麟大酒店安防项目进行得挺顺利，分包商是常跟市局合作的几家企业，工作勤勤恳恳、人员随叫随到，乾坤视讯公司作为总包方基本上没做事情，分包商虽不满意但打听到胡威的背景也无话可说。

四十几天一晃过去了，到了最后的视频监控系统调试运行阶段。这天无论如何系统都无法调通，一连两天分包商的工程师们昼夜无休还是解决不了问题。眼看项目截止日期快到了，宏钧急得嘴上起了疱，通知第二天所有相关企业都在现场开办公会，为强调重视还特意邀请了赖局参加。

隔天一早，几家分包商的总工都来了，乾坤视讯公司来的是胡威和上次见到的眼镜男，人员到齐，会议准时开始。宏钧先是介绍了项目进展和遇到的问题，接下来让视频系统分包商的总工发言。这位总工三十岁上下，一副文质彬彬的样子，他先是强调自己公司跟市局合作多年没出过问题，以往都是工程商自己采购产品，这样产品质量、系统集成、售后维保等都是一家来做，出了问题也不会扯皮。这次项目虽是总包商采购，但所选择的也是常用的业内知名品牌，所以起初并未在意。

说到此处，总工话锋一转道："这次事故很蹊跷，实在找不到原因，我昨晚通宵加班拆了几个摄像头，发现里面的部分关键器件竟然是塑料制品，明显是假冒伪劣产品。我本想立刻通知展主任，但又想马上就开会了，明天一早商量办法还来得及。"说完情况当场把拆开的产品摆上了会议桌。

宏钧一听暗道糟糕，这总工太书呆子气了，怎么不提前打个招呼，这下胡威和赖局的面子往哪儿放，弄不好，还以为宏钧与总工串通搞事呢。果然，赖彪听完立刻大发雷霆，当着众人面狠狠地训斥了胡威，让他马上采购一批合格产品替换上，不仅要承担全部损失，还要缴纳罚款。同时要求宏钧将乾坤视讯踢出局里今后的合作伙伴名单。胡威面如死灰、一声不吭，恨恨地看着那个总工和宏钧。

设备更新后，系统调试成功，项目顺利验收，保障了接待任务圆满完成。当初由于时间紧迫，政府预算需要人大表决，不会那么快批下来，所以项目由企业先垫资建设，后收款。胡威的皮包公司自然是没钱，各分包商识趣得很，连胡威的设备采购款也预付了。等到甲方付款时，也自是胡威先拿，再给各分包商。

几个月过去了，独独视频系统分包商没拿到钱，老板连垫了两次设备款，眼见资金链要断，急得直跳脚，一周找了宏钧三次。宏钧每每给胡威电话，他总说马上打款，背地里却放出话来，要挣回面子。老板迫于无奈，带着总工上门道歉，又请吃饭又唱歌，还答应胡威免了第一次的部分设备垫款，总算让胡威挽回了面子，拿到了尾款。事后，老板找宏钧吃饭，说再也不敢碰市局项目了，不仅赔了设备款，还得罪了领导，真是赔了夫人又折兵啊。宏钧想到自己辛苦一番也是如此下场，两人唏嘘不已，大醉而归。

2

自此后宏钧与赖彪生了芥蒂，两人见面虽然如常，但心下却有了隔阂，做事便不顺当，有时就会觉得对方在针对自己。工作上不顺心，心情也郁闷起来，在单位无法释怀，回到家中就常常挂在脸上。宏钧与老婆舒娜是公安大学的同班同学，宏钧是班长，舒娜是班花，两人在大学就建立了恋爱关系，毕业后舒娜就随宏钧一同分配到龙城市公安局，这几年一直在出入境管理科工作。

漂亮的舒娜在大学时就不乏众多追求者，随宏钧来龙城本想着借助展不平的关系能求得更好发展，对平日里不怒而威的老展她打心眼里畏惧三分，只好时常撺掇着宏钧跟老展谈自己想"进步"的事儿。宏钧知道父亲个性，也不会去提，拖来拖去一直到老展退休舒娜也没混上科长。后来随着儿子展鹏宇的降生，这几年舒娜也逐渐乐天知命起来，开始将雄心壮志挪到宏钧和儿子的身上，在家里也常把电视中夫唱妇随、母以子贵那一套挂在嘴边，让人好不厌烦。

在舒娜的想象中，宏钧内有自身业务能力托底，外有老展社会关系支撑，是要在三年内往副局长争取的。没承想老展退休以后闭门谢客、不问世事，只是看书写字、钓鱼跑步，外援这条路首先断了。打从去年宏钧又主动申请走技术路线，在公安体系一般来说还是做刑侦升得快些，这在舒娜看来是把内援也降级了。即使如此，在舒娜的内心中还是对"妻以夫荣"存着蛮大期待的。

麒麟大酒店项目的事，起初宏钧回家也常跟她提起，后来与赖彪、胡威交恶，眼看宏钧一天天萎靡下来，舒娜的雄心之火也渐渐熄灭了。如此一来，宏钧再提及赖彪、胡威的事，舒娜便愈加烦闷、憎恶，日子久了就开始说宏钧清高，耽误了自己的前途，嘴上说着"清高"，眼角就流露出"没用"的意思来。宏钧自问没有做错，妻子不仅没有安慰，还百般挑剔，也就不再跟她提单位的事了，两人间话语越少，神情便愈加淡漠。

胡威自麒麟大酒店项目后日子也不好过。先是在众人面前连累赖彪一起丢了面子，接着展宏钧又把乾坤视讯踢出了局里的合作伙伴名单，其他分包商背地里都说他心太黑，自己肉全吃了汤都不给人留一口。这样一来，偌大个龙城还有谁敢跟他合作项目。无奈之下，他跟赖彪私下里商量，注销了乾坤视讯公司，等待机会东山再起。

栽了这么大的跟头，胡威从没想过是因为自己贪图便宜买了假冒伪劣的产品，却始终认为东西好坏无关紧要，是宏钧故意设计圈套害他，不仅让他在赖彪和同行跟前丢了面子，还赔了一笔不少的设备款。这怒火烧得他珍馐美味也食之无味，即使天天 K 歌、按摩也难以抚平他内心的恨意。他眼中的展宏钧就像一个无缝的鸡蛋，油盐不进、百毒不侵。

3

一个周末，赖彪约胡威出去喝茶，胡威听不是吃饭、唱歌，知道是要谈正事，忙离开牌局开车去接赖彪。见面后赖彪说自己最近想了很久，看好龙城安防市场的现有规模和未来发展，自己又是分管科技的副局长，所以他想学着其他行业的样子也搞一个"龙城安防博览会"。可以请市政府和局里出面做主办方，市安防协会做协办方，让胡威新注册一家公司做具体负责招商的承办方，这样头两届展会可以在市里申请点专项支持资金、展馆低价租用政策等，估计两三年培育过后就会带来大量现金，是顶好的业务。

其实抛却人品不谈，赖彪眼光独到，业务能力确实是挺强的。他让胡威着手注册公司、招人，准备些资金运作。胡威就势哭穷，说上次项目赔了设备款，又被踢出市局合作伙伴名单，现在资金紧张。

赖彪听罢，一脸肃然道："钱紧还天天大鱼大肉、唱歌打牌？不行的话，我可以找别人合作。"

胡威赶忙堆起笑脸，道："没事姐夫，我挪动挪动还支撑得开，不行房子还能抵押贷款，毕竟自己家人干活放心。"

赖彪也顺势笑道："是啊，创业维艰嘛，没点风险，就没啥动力干活。"胡威心中暗骂，你就他妈的没风险，还不是拿大头。

两人正事谈罢，胡威道："姐夫，龙城新开了家莱茵河畔洗浴中心，在远郊，设施好、服务有特色，人还不多，去泡泡澡吧。"

浴池中，两人聊到宏钧郁闷不已，赖彪道："这小子脑袋不开窍，但毕竟是老展局长的儿子，又负责具体技防工作，虽然是块绊脚石，但没犯什么大错，一时也拿他没辙，能争取还是争取才是上策。你记住，咱们和气生财，多个对头多堵墙，不要存心找他晦气。"

胡威问起宏钧家里情况，赖彪说宏钧老婆也在局里工作，是个贪慕虚荣的花瓶角色，胡威听后留了心思，回到家中便在心里生出一丝恶意。

转过年十月，市里开始大力发展新兴产业，其中包括推动会展经济。赖彪跟局长汇报后，向市里打了举办"龙城安防博览会"的建议报告，很快得到市领导支持和批复，局里指定具体由宏钧牵头负责。

胡威提前得到消息，注册了风雷科贸有限公司。展会确定下来后，三项工作最为要紧，一是参展企业招商，二是观展用户邀请，三是相关媒体宣传。对于安防的展会，这三项工作都离不开宏钧的支持。参展招商的目标企业大部分为市安防协会会员，宏钧这个秘书长振臂一呼当然应者云集，要不然靠胡威现找人员硬磕头拜访，毕竟是新生事物，多半企业估计不愿掏钱给这面子；另外观展用户，多属于区县主管科技的公安或市直机关、企事业单位的用户，没见红头文件，大家多半不会主动来参观展会，这点还需要借助宏钧技防办主任的身份去发文邀请，靠胡威也是没戏。问题是这两项工作是展会承办方的事，市局作为主办方邀请点用户还勉强说得过去，招商就解释不通了。

胡威几次约不动宏钧，只得祭出赖彪这面大旗。赖彪找宏钧谈话，说跟局长打了招呼，办好展会是促进市里经济、推动安防市场的好事，由于首次办展没经验，要宏钧多帮承办方做一些工作。毕竟赖彪是主管领导，宏钧这年纪又是建功立业的最佳年龄，他也盼着把龙城的安防产业做大做强，所以当场答应帮助胡威。但这次谈话留了个尾巴，双方谁也没提收入的分配问题。

日子一天天过去，在宏钧带领技防办人员的帮助下，展会招展和用户邀请工作进行得都很顺利。展会开幕式这天市长致辞，公安局长主题发言，各大机关主要领导都站在主席台捧场，电视台、《龙城日报》也做了全面报道，活动办得非常成功。依照赖彪设计，这事该宏钧得名，胡威得利，大家相安无事。

人算不如天算，不料在一点小事上却出了纰漏。这天协会新招聘的工作人员小李找宏钧，说展会的会刊印刷费、媒体宣传费等几笔费用还没付，请示下怎么处理。宏钧怒道："去找胡威要钱，毕竟是替他们公司做事，改叫周扒皮得了，一毛不拔！"小李刚来协会不久，也不清楚胡威底细，平日对企业就没太多耐烦，这次展会跑上跑下累得够呛，不能向领导抱怨，对胡威说话言语间就大有不敬。胡威哪里受得了这个气，抓起电话就冲宏钧嚷嚷，非要他处分小李不可。

宏钧对胡威的傲慢和贪婪早有成见，偌大个展会办下来，帮了这么多忙不仅没说请工作人员吃顿饭，出去玩一玩，连句感激的话也没有。局里技防办有规定不允许吃吃喝喝，但协会是民间社团组织，工作人员也是外聘的，大家是需要物质激励的，这钱又没法从局里支出。暗示几次，胡威总是光打哈哈不办事。尤其最近两三个月，胡威对他态度很是奇怪，言语中十分熟络的样子，什么话都能说，可神情中却又带了一丝鄙夷，开玩笑也没了分寸，这点让他很反感。

小李的事像一根导火索，点燃了两人深埋心中的新仇旧怨，都是血气方刚的年轻人，电话里你一言我一语，逐渐从心平气和到高声咆哮，最后气得宏钧挂了胡威的电话，满屋转圈越想越气，给胡威发了一条信息："本周五召开会议讨论展会收入分配。"几乎同时收到一条回复信息："想要钱回家找你老婆要。"宏钧一看，当时血就冲到头上，快步跑下楼打车要去当面教训胡威。

车行半路，宏钧略微冷静下来。心想胡威这小子再混账，也绝不敢这么辱骂自己，仔细琢磨似乎话中有话。再一想，最近半年舒娜就很不对劲。本来生完儿子鹏宇后，她不再像以往那么爱打扮了，每天就简单涂下口红、描描眉。可现在又喷香水又抹粉，每天捯饬个把钟头才出门。尤其近两个月舒娜对他也不再像从前那样冷眼相对，上周末两人还一起看了场电影，这在以前是极少见的。宏钧越想越不对劲，于是让的士司机掉转车头回家。

当天舒娜下班回家，看到宏钧坐在沙发上不禁一愣，打趣道："大主任日理万机，怎么得闲体验生活啊？"仔细一看宏钧脸色不对，忙道："怎么了，哪里不舒服？"伸手要摸宏钧额头。

宏钧一手扒拉开她的手，面色铁青问道："我以前跟你提到过赖局的小舅子胡威，你认不认识？"舒娜一听，心里咯噔一下，暗道不妙，点头答应。宏钧咬牙切齿道："你们到底什么关系？"

舒娜一见，知道他想得偏了，立时气得粉脸通红，道："能有什么关系，认识呗，我告诉你展宏钧，你别脏心烂肺地想啊！"

宏钧听罢放下心来，当下觉得理亏，音调低了八度，问："没听你提过认识这小子啊。"

舒娜见他稳定下来，自己也一改平日得理不饶人的风格，低声道："就是帮他办过点事，也不熟。"

宏钧奇怪道："你知道我总在跟他打交道，怎么没听你提过，办啥事儿啊？"

舒娜问："你今天是怎么了？突然来这么一出？"宏钧把白天跟胡威吵架的事说了一遍，最后又道："我事后想想也是一时冲动，话赶话就没忍住，但他却回复了我一条没头没脑的信息。"说罢，拿了呼机给舒娜看。

舒娜登时呼吸急促起来，说："宏钧，他这话是有所指。我本来这几天正想怎么跟你说这事呢，你先消消气，听我说。"

大约在半年前胡威找到舒娜，说自己要出国转转，看看有什么商机。此时正当出国潮高涨，出国手续和换汇都管得比较严，一般只有公派留学和商务考察两种，转一趟回来靠带进来的免税商品差不多就可以赚回差旅花销。舒娜在出入境管理科了解流程，又知道他是赖局的小舅子，所以一路绿灯轻车熟路就给他办好了。

胡威回国后偷偷塞给她一个袋子，说是捎带点小零食表达谢意，单位人多嘴杂，让她回家再拆。舒娜回家打开一看是几瓶法国名牌化妆品和香水。她知道宏钧和胡威合作并不愉快，第一反应是把东西退回去，但这些花钱也很难买到的奢侈品对于她这么漂亮的女人，就像沙漠中饥渴的商旅看到绿洲一样，那种渴求是超越理性的，于是她安慰自己，毕竟胡威出国的事她也出力了，就算是报酬吧。

两个月前儿子展鹏宇念小学，她家学区的学校没啥名气，听人说进龙城实验小学要找对人还得花几千元送礼。为了儿子，勒紧腰带也要上最好的学校，她便托胡威打听有没有能说得上话的人。没承想一周过后，胡威直接跟她说已经办妥，递资料就行了，舒娜大喜过望，便问胡威花了多少钱要还给他。胡威道："姐，自己人客气啥，展哥也在帮我忙，您有空跟他提下，兄弟的力就没白出。"她回家旁敲侧击，知道宏钧迫于赖彪压力在帮胡威忙活展会，便觉得心安了许多。她知道宏钧向来反感走后门拉关系这一套，又跟胡威一贯不和，所以一直没想好怎么跟宏钧解释这事儿。

舒娜一口气说完，宏钧顿时像被打了一闷棍，终于明白胡威最近为什么对他阴阳怪气，为什么对办事人员趾高气扬，为什么在费用上一毛不拔却又无所顾忌，原来自己早成了人家棋局上随意摆弄的一颗棋子了。沉默半晌，直气得面色苍白，心跳加速，嘴唇发干，冲舒娜脱口嚷道："你咋就那么不值钱，几瓶描眉画眼的破东西就把你打发了。整天叨叨着儿子不能输在起跑线，花钱作弊占的起跑线，还没跑就犯规，这算什么赛跑？屁！"

结婚多年，往往都是舒娜发小姐脾气宏钧哄她。今天头遭见到宏钧发这么大脾气，舒娜一时语塞，停顿片刻号啕大哭，道："你嘴怎么那么脏，化妆品是我给他办事应得的，儿子你也有份，你要有本事还用得着我去求人？"

宏钧气得七窍生烟，一摔门出去喝闷酒了，舒娜也觉得委屈，趴在床上呜呜哭了半晌。自此，两人进入漫长的冷战阶段，即使和缓之后，在对方心中已经划下深深的伤痕，两人间貌似正常，但原来的热乎劲儿却已荡然无存了。

宏钧既已知道舒娜收了胡威的好处，而且不是退钱就能解决的问题，把柄落人手中，自然在气势上矮了一头，就此再没提展会收入的茬儿。

赖彪听说胡威与宏钧吵架的事，特意把两人叫在一起喝茶，道："话已经说开了就好，今后兄弟们是一家人，彼此不要记仇，齐心协力做好事情，和气生财，事业生活两不误。"言外之意，两人都懂，但双方仇怨已深，岂能那么容易化解。

4

匆匆几年一晃而过，伴随着国家对民营经济的重视，创业者如雨后春笋般不断涌现。龙城安防协会的会员从几十家扩展到了百余家，市场规模从几千万攀升到了几个亿。市场蛋糕变得越来越大，赖彪也随之愈发斯文起来，他的摄影作品甚至偶尔出现在《龙城晚报》上，他私下里收藏的文玩奇石堪称龙城一绝。胡威的座驾已经从桑塔纳换成了奔驰，假期里他时常邀请赖彪去他的海滨别墅小住几日，吃吃海鲜、唱唱歌放松一下。

宏钧这几年的日子并不好过，他像是陷入茧丝里的一颗蛹，利欲熏心的上司、贪慕虚荣的妻子和自律好强的个性共同编织了一层厚厚的大网，憋得他喘不过气来。他想拼死一搏却又不知从何处下手，于是他只能作为一颗等待蜕变的"蛹"安眠在丝网中，不贪吃、不妨碍、不挣扎。

萧阳最近很苦恼，某种意义上他被塑造为龙城企业家的一面旗帜。中科院博士后、多项防盗门专利技术拥有者、高级知识分子下海经商，几项金光闪闪的招牌使他成为龙城市长口中的宠儿。萧阳如果成功，不仅是他一家企业的成功，也将意味着龙城市对高科技人员技术成果转化扶植的成功。可是税收减免、银行贷款、厂房免租等一系列措施扶持下，萧阳的"卫士"牌防盗门销量依然寥寥无几。

这一日，萧阳约宏钧来公司考察指导。加入协会一年多，两人见过几次，但大多是吃吃喝喝的场合，单独面谈还是头一遭。两人先是在生产线转了转，然后上楼到会议室，萧阳用了一个多小时详细地把技术特色、专利情况跟宏钧解释清楚。

市面上的防盗门主要技术含量在锁芯。锁芯有三种，一种锁芯使用最常见的"一"字或"十"字形钥匙，这种锁对于稍加训练的小偷来讲基本形同虚设，会在一分钟左右被打开；第二种锁芯多为平板钥匙，钥匙面上常见一条不规则曲线，这种锁芯即使专业小偷也要五分钟以上才能打开，对于心理素质不好的贼来说，已经是忍耐的极限了；第三种锁芯为边柱型，多使用单片钥匙，如强行扭转会自爆锁死，即使专业人员也要一个小时以上才能打开。此外，还有通过猫眼开锁、防盗门材料与厚度等等，总之学问很多。萧阳的"卫士"防盗门，是市面上少见的同时拥有锁芯发明专利、材料与设计实用新型专利的高科技产品。

宏钧听完萧阳详尽的介绍，道："老弟，我从事技防工作几年了，能听出来你的产品是好东西，质量不错，技术有特色也有门槛。但你看，讲了这么久你始终没提你的目标客户是谁，高档别墅、普通住宅、公司财会室还是商户？产品价格有没有优势？竞争对手在哪里、与竞争产品有何差异、有没有替代性产品？你的销售渠道咋样，是代理制还是门店直销，或是靠房地产商代销？有什么宣传手段，电视与报纸杂志广告宣传，或是软性文章、公关活动宣传？这类问题很多，我就不一一说了，总之一句话，老弟你的营销做得不够，你也好像不太在意。"

萧阳说："展哥，我觉得做好产品和技术才是企业的核心竞争力，再有精力就是抓生产工艺提升的细节，其余的都太虚，我让公司的行政人员兼着处理呢。在那些细枝末节上投入太多，会使消费者承担不必要的成本。"

宏钧道："萧博士，你的话我不赞同。虽然我是在机关工作，但考察过很多知名企业。现在是市场经济，营销是企业经营最重要的环节之一，你缺这方面的部门设置和专业人才，最好是在管理层也要有营销总监或副总来负责这块工作。你是技术大拿，营销和管理我看你不在行，专业人做专业事，需要去找。现在不比以往搞计划那套，酒香也怕巷子深啊！老弟，要不这样，下周我带你去两家企业看看，一家是世界知名的外企，我妹妹在那里工作；还有一家是国内做线缆的龙头企业。我跟他们提前打好招呼，咱俩仔细考察一下。"萧阳千恩万谢，一口答应下来。

两家单位的考察对萧阳触动很大，周末他逛书店买了现代营销学之父菲利普·科特勒的《营销管理》等几本书，书本的指引使他对市场定位、客户需求、产品推广都有了新的认识，对展宏钧之前的一番话也有了更深刻的理解。于是他广撒英雄帖，登广告求才，在人才市场招聘、拜托熟人帮忙留意，可千军易得一将难求，高端营销人才往往可遇而不可求。

这天，妹妹展宏翼给宏钧电话，说她的大学同学柳芊芊，原本在一家知名外企当国内营销总监。她公司在华业务整体出售给另一家跨国企业，她所在部门也因此受到波及开始合并裁员，柳芊芊刚辞职在寻找事业机会。宏翼问萧阳公司是否还在招人，能不能请宏钧先跟柳芊芊聊聊他公司情况，如果有意向再给两人约面谈。

听妹妹说柳芊芊爱吃火锅，宏钧在市中心的川味火锅店订了位子，三人约好晚上去吃火锅。宏钧先到，在靠窗的桌边坐下嗑瓜子等候。不一会儿，见妹妹携手一位三十出头的少妇走来。宏翼介绍说这是大学同宿舍的闺蜜柳芊芊。灯光映照下的柳芊芊肌肤白皙，中等身材，长了一张女人不常见的国字脸，容色虽不妩媚动人但素雅清丽，姿态大方而不造作，化了淡妆，扎着头发，身着一件淡蓝色的连衣裙。宏翼又介绍宏钧，柳芊芊道："展哥好，麻烦你帮忙。"声音清脆明快。

三人落座，服务员拿来菜单，柳芊芊也没谦让抢先接过，问宏钧有无忌口，点了鸳鸯锅底、肥牛、羊肉、虾滑、毛肚、香菇、山药、笋片、宽粉、豆腐、茼蒿，又从包里掏出一瓶白葡萄酒。她对展家兄妹笑道："麻辣火锅配白葡萄酒比较清爽，为聊天增加一下气氛。展哥，没拿你当外人，我可不是酒鬼哦。"

火锅没开，三人取了小菜蘸料边吃边聊。宏钧介绍了萧阳公司的基本情况，现在遭遇的发展瓶颈，以及自己的看法。柳芊芊对萧阳个性及宏钧做出的企业判断听得很认真。听他说完柳芊芊道："在外企工作，老外的规范化管理水平很高，熟悉制度与流程最重要，但缺点就是条条框框限制太多，一个萝卜一个坑，个人发展空间有限，这点宏翼肯定也有感受。我这次放弃原公司内部调岗，就是想换换思路，找个更能施展个人能力的环境，挑战一下自己。"

宏翼点头称是，芊芊接着说："民企虽然在经营、管理上有各种各样的问题，但对我而言反而是挑战。所谓机遇，没有危机就没有施展的空间，也就不会有较大成功的境遇。所以展哥，我觉得公司有问题不怕，中国的民企发展关键是老板一定要有格局、能信任人、会放权、讲信用。"

宏钧说："这几点恰恰是萧阳的长处，他是技术专家，我评价他最大的优点是知道自己擅长什么、不擅长什么，最近认识到营销与管理的重要性，希望能找更专业的人才指导。他曾说找到合适的人，总经理都可以让出来，他只做大股东和技术总监。"

柳芊芊听完很开心，当下决心去试试。但她有个条件，让宏钧先不要跟萧阳推荐她。她想自己去面试这个岗位，就说是看广告来的，等过段时间如果能稳定下来，再说大家的关系。宏钧一口答应。

聊完正事，大家开始喝酒。宏翼跟这位同窗闺蜜一年多没见了，很是亲热。聊到自己儿子鹏飞调皮捣蛋的趣事，三人哈哈大笑。宏翼问道："芊芊，你那位大律师咋样，还是那么忙吗？再忙也得考虑下一代啊，咱宿舍六姐妹可就差你了。"

话说完，看柳芊芊脸色一白，顿感不妙。柳芊芊低头喃喃道："宏翼，我们离了半年了，不是啥好事就没跟大家说。"沉默一会儿，接着道："先是两人都忙，他事业做得不错，与合伙人在北京也开了律所，所以总是出差，我公司活动也多，日子久了，电话越来越少，被他北京的同事乘虚而入了。其实，不全怪他，大家都有责任，事后想想他可能当初也挺寂寞吧。我们是和平分手，他离开龙城去了北京发展。"

宏翼听完柔声安慰几句。宏钧也从旁道："你想开点，可能也不是坏事。两个人要不合适，趁年轻早点分手可能更好，有了孩子再分就难了，对付着过日子更是煎熬啊。"

宏翼听他说完，一撇嘴道："哥，你就说得好听，自己都耽误几年了，再熬成小老头了，要我说不如慧剑斩情丝，干净利索。"宏钧苦笑无语。

5

柳芊芊的面试很成功，以她这种资历、经验肯来民企工作的人十分罕见，萧阳如获至宝，当即任命为副总经理。芊芊是职场老手，知道老板对新人这种蜜月般的热情，不仅靠不住还很危险。所以她主动要求，试用期三个月，转正后年薪三十万，但月薪仅取一万元，剩余薪资年底完成两千万销售收入后领取，完不成百分之八十业绩则分文不取。萧阳哪懂这些，自然满口答应。

芊芊上任两个月后，开始重置公司组织架构，将原有人员分别纳入生产运营部、产品研发部、质量监督部，新设市场营销部、采购物流部、售后服务部，另将行政、财务、人力资源统一归口总经理办公室，将业务重叠人员和长期绩效不好的人员，一律打入试用期重新竞聘上岗。

第三个月芊芊将工作重心放在新设置的采购物流部和市场营销部。采购物流，是在节约成本上下功夫。多数企业只重视市场扩张，其实靠市场竞争带来的收益本就艰辛，再转化成利润就更少了。相较而言，反倒是在合理规划物流、节约物料采购成本、加强内部人员花销费用管控方面，所省下的每一块钱都是在提升利润。

在产品营销方面，芊芊觉得原来的品牌"卫士"，太过于强调产品的功能属性，冷冰冰的缺了点人情味儿。想了几天后，她跟萧阳建议防盗门更名"盼归"，恰逢中秋将近，可以在火车站、市中心百货大楼登巨幅广告，宣传词她也想好了——"桂香中秋近，掐指盼归期"，画面有月、有人、有门，更有情，萧阳听完大喜，采纳了芊芊的建议。结果中秋未到，巨大、新颖的路牌广告已经形成了轰动效应，龙城电视台、晚报等媒体纷纷报道，这话题在很长一段时间成了龙城百姓茶余饭后的谈资，由此"盼归"防盗门销量大涨。

到了第三个月的月底，芊芊召集新成立的售后服务部门员工开会，强调随着产品销量增长，安装维保变得愈发重要。熟练的安装水平、客户就是上帝的服务心态，加之产品促销策略的刺激，能给客户带来更舒心的产品体验感，这就会形成口碑效应，进而可能实现爆炸式营销，使产品信息快速复制、传播到更广泛的客户群。反之，一次不友好的服务也可能经由病毒式传播为公司带来灭顶之灾。

芊芊三个多月大刀阔斧的改革，使企业如久旱之苗遇到甘霖，不仅焕发生机，更喷发出蓬勃的活力来。过了转正期，芊芊与萧阳签署了正式的人资合同，她也接受萧阳赋予她常务副总的任命，这更便于她管理企业大部分日常业务。

周末芊芊约了萧阳吃饭，说是为他引荐两位朋友。萧阳见到展氏兄妹十分惊讶，听芊芊说明应聘的缘由，不仅十分感谢宏钧、宏翼的帮助，也由衷钦佩芊芊这种职业化的处事原则。

中秋过后不久，又迎来龙城安防博览会。这是龙城市安防业一年一度的盛事，对于企业形象展示、新品发布、贸易磋商都有巨大帮助。芊芊在企业内部全体动员，借助良好的销售势头，再烧一把火。她找宏钧帮忙协调特装展位，并在展馆门前竖立大型充气拱门，展会期间还穿插有奖问答、现场促销等环节，她还计划展会同期在麒麟大酒店办一场系列新品发布会。

有宏钧代表协会出面，企业发布会的场地及参加人员邀请很顺利。参展方面，宏钧约了赖彪、胡威和萧阳、芊芊五个人面谈。萧阳介绍了公司最近不错的发展势头，对市领导和局领导一贯的支持表示感谢，芊芊提出展会需要帮助的具体请求，赖彪当场拍板，要把企业树立成龙城安防界的龙头企业，让宏钧、胡威全力配合企业的会展促销活动。众人走后，赖彪留下胡威特意嘱咐，这家企业不比寻常，是市领导重点扶植的企业，按章办事尽力做好支持服务，不要打歪主意。他知道这个小鼻子眼尖，见了肥肉挪不动腿，根本就没有政治敏感性。

展会顺利召开，规模更胜往届。几项新颖的促销措施，让盼归防盗门又在龙城大火了一把。芊芊跟萧阳商量，趁热打铁尽快推出针对不同消费阶层的多款系列产品面市。

依据法规防盗门生产需要办理生产许可登记，还需做产品检测、强制性认证等工作。一般来说，企业自己跑这些手续不仅耗时耗力，还常有波折可能需要多方打点。在龙城，胡威的公司是唯一安防产品检测、认证、生产登记等业务的代办公司，产品制造商为避免麻烦大都直接委托他办理。所以这几年胡威仅依靠展会和中介服务两项业务就赚得盆满钵满。

在胡威的想法中，展会期间帮萧阳、柳芊芊办了这么多事情，他们的产品又大卖，怎样也该表示一下才对，怎么只是吃了顿饭就没下文了呢，这实在是对他贡献和实力的侮辱。所以当柳芊芊找到他代办生产许可和产品检测认证时，他不仅上调了代办费，言语间也着实地敲打了一番。芊芊是多伶俐的人物，早摸清了他的底细，当即道："胡哥，你知道我刚来不久，前一段忙得脚打后脑勺，今天才来拜访您，实在失礼。"两人聊了一番，临行前芊芊留了一张购物卡，说是给孩子买玩具，不过估计买一屋子玩具也花不完。

6

日子一天天过去，盼归防盗门品牌越来越响，企业规模越做越大。可企业小有小的好处，大有大的难处。企业大了接待任务变得异常烦琐，市长走到哪里便把"萧阳模式"宣传到哪里，这对品牌固然是好事，但却要企业家常常陪伴领导身边，这占用了萧阳和芊芊很大精力。直到本届市长调任高升，这种情况才有所改善。毕竟一朝天子一朝臣，新来的领导要树立新的典型，形成新的模式才能产生新的政绩。

新市长对"萧阳模式"的热情降温了，赖彪对盼归防盗门的热情便相应地高涨起来。他让胡威的公司开始密切地关注盼归防盗门新品的面市，起初仅仅是不同系列产品需要检测、认证，慢慢地，各种细分型号都需要分开检测，到后来即使颜色、线条略有变化的同款产品也难逃胡威的"法眼"。大量产品检测与认证，不仅需要巨额费用支出，还耽误了产品面市的最佳时机，使企业深陷不利的竞争局面。

芊芊找胡威吃饭，希望能通过固定的取费模式化解问题。胡威却对她大吐苦水，说自己只是赚点中介代办费的小钱，还需要舟车劳顿挺划不来的。芊芊一听，知道他是在提醒自己，第二天便送了购物卡过来，还暗示他每月都有。可过了一段时间，代办费用不但没有减少，还增加了购物卡的支出。

其实这事胡威也不做主，公司确实从代办生意上赚了不少，但他公司唯有财务人员是赖彪亲自找来的，公司盈利他拿的是小头，所以他才向柳芊芊开口要对他私人有所表示。芊芊又找胡威，胡威说产品检测、认证、生产许可等规定是国家行政机关的命令，自己确实无法做主，让他去找主管部门想办法。

胡威这样一说，太极拳就打到了宏钧的技防办身上，不得已芊芊只能去找宏钧。宏钧更没牵涉到利益，当然希望能给企业减负，于是带了芊芊去见赖彪。赖彪的搞钱模式设计得天衣无缝，到嘴的肥肉自然不愿吐出来，便打官腔道，现在国家对安全相关产品严格管理、强制认证，是对百姓的生命和财产的负责，严格点对企业经营也是件好事等等，诸如此类。两人听得七窍生烟，却又无从反驳。

两人垂头丧气从赖彪办公室出来，宏钧提出去吃羊蝎子火锅，席间又点了瓶白酒。芊芊本是外柔内刚的女子，可最近屡遭打击，借着酒劲向宏钧诉说一个女人经营企业的辛苦与心酸。同是天涯沦落人，宏钧也敞开心扉，跟芊芊说起与赖彪、胡威的矛盾，眼看仕途走进死胡同，与妻子舒娜的隔阂，乃至分居，生活亦踏入绝路。酒入愁肠化作珠泪，两人说到悲恸处，牵动了真性情，是夜踉踉跄跄的两人相互搀扶着走进了芊芊的住处……

盼归防盗门继续一路在市场上高歌猛进，羡煞旁人。国人的老传统，便是枪打出头鸟，失去了市领导的关照，慢慢地不仅是赖彪，旁人也都慧眼识英雄，于是介绍人员工作的、参观接待的、卖礼品的、宣传推广的，乃至工商城管税务等等各路豪杰纷至沓来，好不热闹。外人看来，企业红红火火，可芊芊心知肚明，企业收入成倍增长固然不错，但费用支出却是几倍地增加，这样的增长不仅难以持续，长期来看更是饮鸩止渴。

萧阳是盼归防盗门取得成功的最大受益者，起初他也能做到埋头钻研技术、开发产品，不问世事。可他毕竟是企业的董事长，一些大场合还是要应酬的。慢慢地，他喜欢上了荣誉，当上了龙城大学的客座教授，又成了市政协委员。他的最主要变化是迷上了"专业化"管理，毕竟念书是他的专长，他先去念了中欧商学院，带回来一大堆洋气的管理学理论，时常跟芊芊探讨，后来自觉水平很高，常常直接指导中层工作了，再后来他又迷上了儒商文化，强行在公司推广"仁"和"礼"的文化，并启发大家不时开会讨论制定可以传承百年的企业文化、公司愿景。

在内外部共同"努力"下，盼归防盗门这只下金蛋的鸡终于被榨干了力气，隔三岔五就难产了。企业是块肥肉时，大家趋之若鹜，但如成了臭肉当然是避之则吉，更有甚者就会跳出来落井下石。成本与费用急速膨胀，使企业现金流经常出现问题，其实这大多是三角债，只需一段时间周转，房地产等大客户的钱一旦到账，支付供应商款是没问题的。偏偏这家供应商也是等钱开饭，于是就在萧阳企业门口叫了一堆民工聚众维权，喊口号、拉条幅，忙得不亦乐乎。媒体见了如此难得的焦点故事，萧阳又失去了明星企业家的光环，自然不肯放过。大肆宣传之下，本来的小问题，成了大麻烦，大批要钱的供应商蜂拥而至，税务工商也不甘人后，企业眼见一口气难以续上。

情急之下，萧阳急忙丢了先进管理模型和儒家礼仪斯文，整日找芊芊、宏钧开会商量对策，最后以宏钧的安防协会牵头并做名义上的背书，萧阳个人做无限责任担保、企业资产抵押、应收账款保理，一系列动作之下从银行快速贷出一大笔款才解了燃眉之急。

麻烦虽然解除，品牌形象却遭到了不小打击。好在萧阳重回正途，安心研发，不再多管闲事，芊芊使出各种危机公关手段，逐渐挽回影响。同时，芊芊借助这次危机，下大力气整治内部成本费用，削减不必要的花销，裁撤冗余人员，企业虽不如从前风光，但也慢慢恢复起来。最让芊芊头疼的还是产品的检测认证等费用太高，尤其上次跟胡威谈话后，不仅代办费没减下来，还增加了孝敬他个人的支出。

7

这天宏钧兴冲冲找到芊芊，说终于盼到了好消息。公安部科技局发文，由于防盗门等几类民用产品检测与国家行政许可法抵触，不符合简政放权的改革精神，已经宣布取消防盗门强制认证，产品生产许可也改为产品生产登记。芊芊听完大喜过望，最大的无效成本支出终于解决，一年省下近百万费用，这对于康复期的企业无疑是一服良药。两人喝酒庆祝之余，少不了温存一番……

可惜好景不长，赖彪哪能忍受煮熟的鸭子飞了。憋了一个月，他叫宏钧通知召开龙城安防协会会员大会，所有企业董事长或总经理必须参加。会上他宣读了指导文件，取消部分制造商产品强制认证与生产许可，取消工程商资质强制评定。但他同时指出在实施改革的过渡阶段，为保证企业规范发展，保护消费者权益，龙城拟推出符合本地市场发展规律的企业产品自愿性强制认证制度，工程商自愿性资质评定制度，其范围基本涵盖刚刚解套的品类，并在龙城公安验收的项目中优先采用具有龙城公安局技防办认定资质的工程商。发言过后，组织大家讨论并表决，大家灰头土脸、面面相觑，于是提议毫无悬念地全票通过。

会议开完，如当头的一盆凉水浇下，直冷到芊芊的骨髓里。宏钧也是傻了眼，赖彪不与他这秘书长商量就直接宣布，这让他还有什么脸面对企业。隔天，赖彪叫宏钧和胡威出去吃饭，席间赖彪道："前天的会议，没有提前跟你们商量，不知道你们怎么看，还有参会企业的看法如何，你们了解吗。"

胡威抢着表忠心："大家都很支持您的提议，我个人也完全同意。"

赖彪又问宏钧，宏钧吭哧了几下道："赖局，我是直肠子，大家私下里还是有看法的，这种做法给企业带来很大成本支出压力。我个人也觉得，技防办和协会主要工作是服务企业，帮企业解决问题，不能再给企业增加过多费用负担。"

赖彪诚恳地笑道："直说最好，把你们私下叫出来就是要听真心话。其实我也知道企业哪能心甘情愿地套上小夹板儿。但这件事，于公于私都必须这么做，知道你可能会有想法，所以我才没跟你商量就直接宣布了。"

他看了下宏钧表情又道："技防办和协会是两个不同的机构，但它们之间又有千丝万缕的联系。宏钧，有一点你要搞清楚，技防办是管理职能为主，服务是协会的事。管理什么？靠什么管？"他看宏钧有些发呆的样子，得意道："管理的是市场和企业，依靠的是权威，或者说是权力，否则谁听你的？市场有两端，在供应端我们管产品，没有强制认证带来的生产许可权，我们的话谁听？在需求端我们管项目验收和资质评定，否则项目谁都能做，谁都能过，我们的话还有谁听？我们的话没人听，我们失去了权威，那技防办还有存在的意义吗？协会是非营利的社团组织，协会和技防办是皮和毛的关系，没有技防办的权威支撑，协会还能走多远？如果那样，你个人的出路又在哪里？"

赖彪停了一下，又看了一眼宏钧语重心长道："所以管理的权威性是基础，权力才是这一切的根本。国家改革开放要放松市场管制，简化办事流程，这点我们必须执行。但我们也要为自己考虑一下嘛，既然技防办的工作不能做，我们就挪到协会来办；既然强制认证不允许，我们就做自愿性强制认证；既然资质评定不提倡，我们就做自愿性资质评定，甚至可以搞企业的能力论证。总之，机构在、方法在、机关与协会的纽带关系在，管理的权威性就存在，办法总比困难多嘛。"

说罢，赖彪端起一杯酒，道："宏钧，我们一起快十年了吧，我再有几年就退了，这副重担我想你责无旁贷啊。你也快四张的人了，今后要为自己多打算打算。胡威那个公司，这几年干得不错，展会和代办业务都有起色，我想让你也成为核心股东，你可以找个人代持股份，当然股权是免费赠予的，具体怎么操作，胡威知道，你们哥俩抽空商量商量。"

其实赖彪如此操作也是无奈之举。在他心中宏钧是又臭又硬的绊脚石，以往的办法是绕开他行事。可按照这次红头文件精神，再绕过宏钧直接让胡威公司介入业务收款已不可能，想了几天到嘴的肥肉不忍放弃，只好冒险让宏钧加入。胡威对赖彪的做法很不赞同，但他是看赖彪脸色吃饭的，哪有资格说三道四。

这一顿鸿门宴吃完，宏钧的心情更加郁闷了。他深知赖彪的提议，他是决计无法接受的，这不仅涉及个人信念和贪污风险，还关乎展氏家族的声誉。以往对赖彪和胡威的事情，他睁一眼闭一眼地不闻不问，采取不参与、不合作、不妨碍的"三不"做法。但现在赖彪彻底摊牌了，宏钧知道自己即将面临抉择。

周末照例在爸爸家吃饭，饭后宏钧把最近遇到的情况跟老展一一道来。展不平道："你原来的'三不'做法，虽谈不上正大光明，但大环境不好时，也算是明哲保身的上策。但现在看来人家是一定要逼你入局了。这没啥好说的，我们展家的人绝不做贪污受贿、吃拿卡要的混蛋。但赖彪这小子做事缜密，你以前没法抓住他的尾巴，现在他狗急跳墙，对我们则是大好时机。业务上你先找个借口拖一段时间，这段时间你把重心放在胡威身上，以参与入股为名摸下他的底，再从银行往来、工商备案、大额合同等几个方面，深挖胡威公司幕后实际控制人，找到赖彪贪污徇私的切实证据，然后实名举报拿下他。"

宏钧听罢暗自叫好，看来姜还是老的辣。只听老展又道："这有一年多了，总是你带孩子来看我和你妈。舒娜你俩到底怎么回事，别总跟我打马虎眼。"

宏钧一听躲不过去，就把最早由胡威引发的矛盾，后来舒娜认为他不配合赖彪是自毁前程因此看不起他。他也受够了舒娜贪慕虚荣，嫌贫爱富的个性，两人早已没了感情基础。只是宏钧略过与柳芊芊激情燃烧一节不提。

老展听罢道："你们夫妻之间的事，照理即使父母也没权力插手。我只是提醒一下，你们都是成年人了，孩子现在也大点了，日子不能对付着过，先想清楚感情还能不能弥合，如果分开孩子怎么办、财产怎么办、社会关系与单位关系怎么处理。做事情不要拖泥带水，想明白了就去解决，能过就好好过，不能过就趁早离，不要耽误对方也误了自己，拖着只会使两个人越来越痛苦，甚至成为仇人。你回去仔细想想我的话。"

8

接下来一个多月，宏钧以考虑入股公司为名，摸清了胡威公司的股权结构、资金调度等情况，又通过几家熟悉的安防企业拿到了胡威公司以往不法收入的合同、银行票据等证据，尤为重要的是掌握了赖彪几处房产资金由胡威公司投资的证明。

赖彪也觉察到宏钧对他的提议积极性不高，总是以流程为名拖着不办，就叫来胡威让他给宏钧点压力。胡威知道宏钧曾积极扶植萧阳的企业，跟萧阳、柳芊芊都私交不错，盼归防盗门又是龙城安防企业的龙头，便准备由此入手杀一儆百。

胡威找来柳芊芊，提出两个月后的安博会展位紧张，原来给他们企业的特装展位只能换成两个标展，并提醒芊芊盼归防盗门自愿性强制认证工作不配合，局领导很不满意，可能会导致产品生产登记延期办理。芊芊明白这是抓他们当典型要立威给大家看，忙表态愿意配合市局认证工作，还是需要较大面积来特装展位，愿意多出服务费做补偿。胡威说他也是做具体执行工作的，原则还是得听市局展主任安排，让芊芊去找宏钧指示，他听命宏钧按章办事。

晚上芊芊找到宏钧，将白天的事如此这般说了一番。宏钧知道这是赖彪在逼他就范，但偏偏找到芊芊来传话，这让他很恼火。于是他跟芊芊说明最近在调查赖彪，手上已经有了切实的证据，他准备这几天就去跟赖彪摊牌。

芊芊听完默然不语，宏钧以为她怕企业受到牵连，便道："芊芊，你放心，我跟他翻脸，不会提你们公司，本来这事跟你们也没啥关联。"

芊芊微嗔道："钧哥，你也太小瞧我了。我是在想，你一旦实名举报赖彪，开弓没有回头箭，今后怎么办？"

宏钧道："我有实在的证据，没啥可怕的，先告倒他再说。"

芊芊又说："钧哥，你还得再想透彻些。赖彪从省厅过来，估计上面有人，能不能顺利扳倒他，他会不会报复你，这都是未知数；再者，如果他下去了，这块业务接下来怎么办，做还是不做，怎么做更合理？你得心里有个主意。"

宏钧点头道："那我想想周全再去找赖彪谈。"接着含笑问道："还有我俩的事，要商量商量定一下。"

芊芊俏脸通红道："我俩有啥事？"

宏钧说："你也知道，我跟舒娜分床两年多了。大家对付着过，一是担心孩子，二是怕老人反对。现在孩子大点了，懂事了，能看出来我俩感情不和，还私下跟我说过能接受我跟他妈分开。我上个月去看老爷子，他也问起来这事，我就实话实说了。没想到他倒是挺开通，还劝我别拖泥带水呢。"

芊芊媚眼如丝，道："钧哥，你说这干吗。我俩是露水鸳鸯，我可真没想过拆散你们夫妻啊。"

宏钧道："本来我们之间已经没啥感情了，我这次调查赖彪，她察觉到了，最近总是唠叨不仅没帮她什么，恐怕日后还拖累她也没法正常工作。看她这么自私薄情，我下定决心要离婚了。"

芊芊听完道："钧哥，我现在是单身。我俩目前就这样我也能接受，你有决定了我更开心，总之不要有负担，你们夫妻这么多年，很多事情商量清楚了再定，好聚好散嘛。"

又过几天，赖彪看宏钧还没动静，就责令胡威去跟宏钧谈个准话出来。宏钧知道再也无法躲过，便跟胡威道："我考虑再三，决定遵照部里和省厅文件指示，对安防产品取消强制认证和生产许可，技防办和协会将不会参与'自愿性强制认证'等工作。另外，我对入股你公司的事情也没有兴趣。请转告赖局，多谢他的信任。"

胡威一听，顿感不妙道："展哥，你再想想清楚，这可是局里的意思。"

宏钧道："这不是局办公会的决定，这是赖局个人的意思，而且明显跟上级指示不符。我是具体执行人，也要承担责任的。况且这事总跟你公司业务挂钩，有以权谋私的嫌疑。"

胡威道："展主任，你这么说明显是针对赖局啊，况且业务是你们公安的，我只是咨询代办服务公司，你可别乱扣帽子。"

宏钧怒道："技防办属于公安局，是机关单位，协会是非营利组织，我有会员费不需要赚这些民脂民膏来生活。说以权谋私是给你面子，说不好听的就是贪污受贿！我说的不仅是代办业务，还有展会服务，凭什么每年上百万元收入的服务费进你腰包，却要我们公安站台？说我扣帽子，哼！要证据我多的是，可是得留着给该看的人看。不怕实话告诉你，我这几天就要实名举报你们的贪污行为。"

胡威听罢大惊失色，忙道："展哥，你别激动，我不是这意思。咱哥俩这么多年处得不错，嫂子当年有事我也当自己的事一样全力去办。赖局本意也是帮您未来多找条出路，买卖不成仁义在，大不了我把公司关了，不做这块业务了，您没必要做这么绝吧！"

宏钧道："舒娜找你办什么事，我不知道，她的事她自己负责，我们正在办理离婚手续，你别总拿这说事。人在做，天在看。事情你既然做了就留下了痕迹，岂是你说关就关那么简单。"胡威一听宏钧句句语气不善，知是思谋已久，求饶了几句，料想他不会善罢甘休，匆匆离去跟赖彪汇报。

胡威走后，宏钧知道既然双方已经翻脸，就得先发制人，不能给对方留下毁灭证据或报复的机会，于是立刻备好资料，买上火车票，亲自去省厅纪检部门实名举报。火车开动两个多小时后，宏钧收到赖彪来电，他想既然事情到了这个地步就没接电话。不一会儿，弟妹穆小芳来电，宏钧接通手机，那端小芳道："哥，宏图出事了，被拘留了，一会儿你接下赖局电话，他会跟你说。"

十几分钟后，赖彪又打来电话："宏钧，你弟弟被批捕了，有人告他通过并购十几家国企，侵吞大量国有资产，造成众多工人下岗，巨额国有资产流失。现在人在拘留所，你放心，我照顾着。你快过来，我俩商量下怎么保他出来的事儿。"

宏钧急道："赖局，您等下，我在远郊区参观企业，大概两三个小时回来，马上去见您。"

放下手机宏钧长叹一声，没想到赖彪的反击如此快捷迅猛，两事相较之下，毕竟弟弟的安危更为重要，于是在下一站黯然下车返程。

晚上在拘留所外见到一团和气的赖彪，他只字不提之前的事情，只是热心道："宏钧，你别着急，你弟弟的事影响面挺大，法院说得挺邪乎。但说到底还是经济案件，改革哪有一下成功的，总允许人犯错吧。这事可大可小，我觉得关键是跟领导先打个招呼，看事情怎么定性，你回家问问老爷子怎么解决，如果你不见外，我也帮着走走省法院的关系，争取当作企业经营不善的问题来对待，你看怎么样？"

宏钧多少了解弟弟近几年在做的事情，知道赖彪所言也并非空穴来风。只是他肯定是利用了弟弟的事情，加速激化了矛盾，才有这个结果来逼他就范。于是道："多谢赖局，您还是帮忙找找人吧，其他的事情我都停一下，先把这事处理好再说。"这话相当于给赖彪一个暂时的保证，赖彪知他素来言而有信，便点头答应帮忙。

宏钧深知父亲秉公执法的个性，弟弟这事其实由他自己引起，没法跟父亲商量，于是去找诸葛达明请教。教授听他说完事情始末，道："宏钧，赖彪的事走到如此地步只有进退两条路。告下去，你是实名举报又有真凭实据，上级纪检部门一定会受理，并且有很大胜算扳倒他。但大家就此结了死结，你弟弟估计难以保住，他既然没法动你，就会发动全部资源攻击老三，宏图自身也确有污点，且主要问题都处于灰色地带，没有先例、难以定性，说不判也过得去，说多判几年亦可。所以告赖彪容易，但要做好牺牲宏图的准备。"

"那第二条路是什么？"宏钧问。

诸葛达明道："第二条是退路。同意赖彪的建议，入股胡威的公司，跟他们一起做。"

"能不能还像以前置身事外呢？"

"如果能，你会走到今天的地步吗？"教授反问道。

宏钧沉吟半晌，狠狠道："我天天跟企业打交道，知道公司经营的种种艰辛不易，我就是看不惯赖彪利用权力巧取豪夺！"

诸葛达明道："人有七情六欲、私心杂念、贪婪痴迷这些欲望都是正常的天性，可人欲、私欲要通过制度和个人修养加以合理化限制，让它合于天理、公理，欲合于理则正，不合就会诱人徇私枉法、贪污受贿。"

"除了进退两条路，有没有第三条路可走？"宏钧问。

诸葛达明神秘一笑道："肯定有，路是人走的，有人就有路。今天晚了，你回去自己再多想想，这是大事，第三条路明摆在那里，大主意得你自己拿。我也再琢磨琢磨，明早我俩电话碰下，做个决定。"

宏钧从教授家出来不愿回家，后半夜了也不想去打扰芊芊，就沿着白狼河边溜达。但见月下河水波光粼粼奔流东去，脑中忽然闪现张若虚的那句"人生代代无穷已，江月年年只相似"。想自己十几年大好青春，竟处处受制于小人，如今已过不惑之年，建功立业有限，却还在思考着反复进退之事，不禁十分汗颜。但见远处黑暗中，一丝闪亮跃跃欲试，倏忽间一轮红日跳将出来。忽地大悟，对河水吼道："我不要再憋屈，事业、生活我都要换个活法，也不枉人间走一遭！"

翌日，宏钧回了诸葛达明电话，感谢他的启发，然后给赖彪发了一条短信："赖局，我已决定辞职。展宏图的事你务必要帮忙。你的强大，依赖我的沉默！！！"

展宏翼·龙城

改革开放的中国吸引了全世界知名企业的目光。1985 年美国惠普率先成立中美合资公司，1987 年松下电器在北京成立合资公司，美国与日本前几个吃螃蟹的企业获得了中国政府的热烈欢迎和大量扶持政策。外企需要中国广大到不可思议的消费市场，中国则需要现代化技术和管理经验，由此开启了海量跨国企业如潮水般涌入中国的历程，企业经营形式也由早期的中外合资向合作、独资、贸易多样化发展。岗上电器产业株式会社是在八十年代末最早进驻中国的那批日企之一。

1

与大多数女性不同，展宏翼天生热爱技术。父亲曾跟她说，当年为她报考理工专业是因为她"认死理、爱钻研"的个性，用弟弟展宏图的话说，她真正热爱的是技术背后所体现出来的秩序与细节。在哈工大学习期间，宏翼了解到日本精密仪器制造的全球领先地位，为查找资料，她还特意选修了日语。研究生毕业后，宏翼没有像其他同学那样服从分配，而是自主择业，靠递简历应聘进入了刚落地龙城的岗上电器公司。

宏翼在岗上电器的第一个职位是安防事业部售后工程师，负责解决部门产品技术层面的服务难题，跟踪评估用户系统使用状况，提供售后技术支持、用户培训等。她念的是工业自动化控制专业，人又喜欢钻研、痴迷于解决技术难题。几年下来，宏翼对部门所有产品的各类指标、性能、原理都非常熟悉了，她根据监控系统在不同应用场景容易出现的问题，提出产品与系统技术改进的报告，获得了岗上电器中国区总经理松山雄先生的高度认可，没过几年她就被提升为主管技术支持与服务部门的课长。

宏翼升职后发现自己的工作内容发生了很大改变，她不能再把全部精力专注于产品和技术，至少要分出一半以上时间用于人员管理和部门间协作，主要是与销售部门的协同作业以及对销售人员的培训与技术支持。销售业务部课长贾忠信，刚进入公司不久，是日企不多见的空降兵（外聘管理者），据说以前是一家跨国公司的销售业务明星。

展宏翼与贾忠信这一拨公司新提拔的主管，不仅是工资与福利待遇提升了许多，还能享受一个月的带薪培训。上任三个月后，新任主管们基本熟悉了业务流程，公司组织国内各事业部新近提拔的十几名经理人，一同去日本总部做基层管理培训与实习。上了飞机宏翼发现坐在自己旁边的是贾忠信，两人平日虽然工作搭档但却很少谈及私事，年龄又相仿，旅途无事一路谈天说地倒也不觉得无聊。

次日培训，破冰伊始两人因为同属一个事业部又较熟悉，便被编入了同一个小队，分别担任小组长。先是几天的参观考察和专业知识学习，接下来是管理培训与互动。第一天培训老师带来一个好玩的话题让学员们辩论——"天才是怎样炼成的？"

大家七嘴八舌开始讨论，每个人都有不同看法，有的认为天才是环境影响出来的，有的认为是教育的结果，有的则说是个人禀赋的不同，还有人认为只能在特定历史条件下才能出现天才。大家说法不同，但都一致认为只是单靠培养或勤奋是无法造就天才的。讨论结束，分组给出意见，大致出现四种说法：由历史条件造就的"机遇说"、"忠诚与信仰说"、"勤奋说"以及由个人禀赋成就的"基因说"，其中"勤奋说"大家一致认为是天才成就的基础条件没有争议，对于其他几种说法则各持己见。

贾忠信小组赞成的是"机遇说"，轮到他代表发言时，他指出："天才产生主要是个人与环境冲突的结果，因此天才往往出现于各个时代或各专业领域矛盾最为激化的时刻，如春秋战国时代的百家争鸣，近代的新文化运动等。即使在全球范围看，天才也往往扎堆出现于乱世，如同时代的孔子与老子、古希腊三贤和释迦牟尼，还有文艺复兴时代的多位科学家与艺术巨匠，因此中国人常说乱世出英雄。"

宏翼小组提出了"忠诚与信仰说"。她发言道:"我们认为天才产生于信仰与梦想,以及对信仰和梦想的忠诚与执着。比如唐代高僧玄奘法师就是一位走在信仰之路上的天才。他自幼出家,成年后西行五万里,历经艰辛到达印度那烂陀寺学习真经。十七年游学全印度,学成大小乘佛法,贯通经律论三藏学识,被称为当时中印佛教第一人,后译经千余卷,创唯识宗,流芳千古,所有的这些,都凭借他对佛教的信仰和对解救众生脱离苦海的执着。"

几个小组长发言结束后,培训老师总结道:"这个话题是启发大家思考个人与企业的关系,其实并无定论。但通往天才之路肯定不易,这里既有个人的汗水、坚强的信念、环境的压力,也有机缘巧合,所以这也是天才难遇的原因吧。"

有好事儿的同学问道:"那您个人更赞同哪种观点呢?"

老师稍一鞠躬道:"我更喜欢展小姐的论点。"

事后来看,老师的观点无疑与日本人重视忠诚及感恩的民族性格有关,日企往往也把这些当作衡量一个管理者的关键参考,在这个意义上看宏翼的回答更胜一筹。

2

过了几天,培训师为大家又提供了一个有趣的讨论话题。假设作为故事主人公,你正站在有轨电车的转轨扳手旁,突然一辆电车飞驰而来,而轨道旁有五名工人正在专心地埋头干活,很明显他们来不及逃离了。这时你发现,如果你立刻拉动扳手,就可使电车转向另一条轨道,这五人将因而得救。但另一条轨道上此时正有一名工人在埋头干活,同样来不及闪避。就在这电光石火之刻,你该拉动扳手吗?

对于此类二选一的命题,大家辩论焦点当然是救还是不救的问题。但深入探讨下去,很多人把讨论的立足点放在什么是正义,怎么选择才算是正义的行为,正义的行为中能否允许带有功利色彩等问题上。

讨论结束后代表发言。轮到宏翼代表小组发言,她说:"我们的选择是不做'杀一救五'的举动。我不想过多讨论此选择正义与否,因为生命价值无法量化,更不用说生命的累积计算,何况生命权利不能被以任何非法名义无端剥夺。在这里,我要从科学地制定规则,即可执行的规则这个角度重新解读下此命题。

"我们之所以选择不进行'杀一救五'的行动，是因为这种做法在操作上不具有执行标准，太过于随意。反过来看，如果以施救人数决定行为准则，就要面对制定很复杂以至于无法执行的规则。如具体操作时杀的是谁？救的是谁？杀多少？救多少？怎么杀？怎么救？什么时候杀？什么时候救？什么地点杀？什么地点救？……无穷无尽的问题，将导致所制定的规则，根本不具有强有力的操作性。而这么复杂的规则，必将带来严重的社会问题。如腐败、种族歧视或社会道德沦丧。在遇到危机、进行取舍时，谁将成为被牺牲的少数族群？是少数民族、老人、儿童、残疾人、穷人？……当自身安全难以保证时，任何群体都不会坐以待毙，社会秩序将为错误的规则付出巨大代价。"

培训师组织大家根据宏翼的发言做新一轮的讨论，大家都没意识到，问题按照这种新角度思考更具现实意义。

轮到贾忠信代表发言，他说："我想补充一下展宏翼的观点。科学的规则，首先必须是可执行的规则，无法落地执行则一切都无从谈起，所谓没有规矩不成方圆。我认为好的规则应该满足三大要素：简单、易用、可申辩。简单，指的是好衡量。易用，指的是好判断、好执行。可申辩，指的是对于特例的弹性处置，保证规则的公平性，这点尤为重要。"

他有意停顿了下，接着道："因为展小姐和我都来自安防事业部，我想到当制定涉及重大安全形势的关键性社会规则时，甚至应该以零容忍的心态去制定规则，同时特殊案例可允许事后申诉。如发生严重传染病疫情时，就不论任何原因，严格执行政府规定的限制人群流动与疾病监测等规定。同样道理，大型体育赛事对运动员进行严格尿检，即使其服用治病的药物，检测结果不达标也绝不姑息。这时，零容忍带来的高效执行就意味着最大的公平和最广泛的自由。"

宏翼仰头专注听着贾忠信的发言，看着他神采飞扬的样子，突然有种心有灵犀的知音感，心跳一时不受控地怦怦急促跳起来。

3

一个月的时间转瞬即逝，培训接近尾声。讲师提前两天布置任务，要求每位学员根据自身岗位结合培训内容做总结发言，所有学员和培训师共同为其演讲打分后存档。

贾忠信发言的题目是《解决方案营销将大行其道》。他自信满满地走上讲台道："我来自业务销售部，以前我们销售人员是销售产品。但伴随着用户的成长，他们不再满足于简单的产品需求，而是希望有更多能落地的个性化应用，希望得到更切合实际的整体解决方案。如何解决用户的大项目、个性化、系统化需求，满足碎片化细分市场需求，是一个品牌综合竞争力的体现。传统的销售人员缺乏技术根底，这就需要有售后技术功底的工程师配合他共同形成个性化的销售解决方案，这就是方案营销的成因……"

宏翼发言的题目是《新时代的技术创新》。她指出："创新驱动是当今经济增长的主要动力。我认为技术创新有三类：一是专业技术创新，如图像领域的数字化、网络化、高清化等都属于此类，日企这方面做得很好；第二是技术观念创新，如分布式存储、数据化、传感网等，不光是一种专业技术，其中更是含有技术观念变革创新的成分；第三是复合创新，这是将传统技术与多行业应用结合衍生出来的新技术手段，其中更有涉及商业模式的变革，如利用图像分析帮助便利店进行消费者分析、货架摆放设置等，本土化程度不够的外企在这方面创新稍显不足……"

两人的发言十分有趣，作为销售的贾忠信大谈技术支持，而搞技术的宏翼则谈起了技术与市场应用相结合，仿佛冥冥中一只看不见的手将两颗默契的心牵在一起。

培训结束后，公司组织吃饭喝酒庆祝，然后去唱卡拉 OK。日本人工作压力大，业余玩得很疯。当晚展宏翼、贾忠信两人由于培训时表现出色，得到领导频繁赞赏，于是被众人轮流敬酒，都喝了不少。两人年轻，又都是单身，被大家起哄合唱，其他的日文歌曲宏翼并不熟悉，贾忠信便选了一首《北国之春》。这是首大众歌曲，虽是日文歌但当时经邓丽君翻唱得红遍全中国，宏翼自然无法推辞，唱到"虽然我们两情相悦，至今尚未吐真情"这句歌词时，不由结结巴巴、面红耳赤。清酒后劲大，贾忠信酒量本来极好，但过于高兴失了戒备，不觉间喝高了，被宏翼搀扶回到酒店，蹲在马桶旁吐得一塌糊涂，宏翼扶他躺下立刻鼾声大作。宏翼帮他收拾干净回到自己房间已是后半夜了。

第二天一早两人睡眼惺忪上了飞机，贾忠信一个劲地道歉加感谢，宏翼涨红了脸微笑着推辞。两人又换到邻座聊天，都觉得这次培训收获颇丰。宏翼提议两人各说出国内与日本企业的优缺点，贾忠信说可以借鉴诸葛亮和周瑜在赤壁之战的做法，每人各写两点在手上比较。先写优点，两人思考片刻各自写罢同时拿出比较，只见宏翼写的是"奉献、专注"，贾忠信写的是"福利、品牌"；两人又写缺点，宏翼是"轻应用、低效率"，贾忠信写的是"重等级、不自由"。多年以后，宏翼时常想起两人飞机上的小小游戏，竟然好似一则占卜的爻辞，冥冥间预示了两人后半生的分合纠葛。

培训过后，两人工作起来配合日渐默契，生活上也走在了一起。这年秋天，贾忠信得了肺炎，高烧不退，后来住院输液治疗。他不是本地城里人，又不愿通知乡下亲人来照顾，就在联系人一栏写了展宏翼。宏翼得知他没来上班是住院请了病假，便买了些水果去医院看他。人刚到便被护士长拽到一旁训道："你是病人家属吧？虽说不是什么危重病，但怎么也不陪护照应一下，让病人自己办住院手续，打点滴也没人看着，病人起居用品啥也没有，这也太粗心了吧。"贾忠信闻言便要解释，宏翼摆了摆手，红着脸赔了不是，接着跑上跑下忙活了一阵子，买了饭盒、盆子、手纸一应用品，又办了饭卡，才坐下聊了一会儿，让贾忠信安心养病，说自己每天下班都会过来看看，有急事就打她电话。

在宏翼的精心照料下，贾忠信的病很快好了。中秋节时，宏翼带了贾忠信去爸爸家吃团圆饭。老展看小伙子一表人才，口才很好，不知个性如何，既然女儿满意自己当然同意。元旦小假期，宏翼跟着贾忠信回乡下老家，贾忠信父亲对这个漂亮能干的未来儿媳印象很好，乡下人迷信找来两人八字让先生看。贾忠信年命五行纳音是佛灯火，宏翼则是金箔金，火克金五行本不相配。算命先生全凭一张嘴，拿人钱财与人消灾，强作解释以弱火试炼弱金，久炼成钢、细水长流，是对美满婚姻，乡下人听不懂这些只要好就安心了。于是转过年春节两人完婚，次年年底宏翼生下儿子贾鹏飞，宏翼事业心强，还未休满三个月产假就照常上班了。

4

日子就这样一天天流走，日企的工作比较平稳，缺少锐意变革带来的机遇，但在持之以恒的严苛努力下，员工也较少后顾之忧。六年后的一天，中国区总经理松山雄先生，找来安防事业部住谷部长及几位核心业务的课长，松山雄说由于住谷先生年事已高，常驻中国太久，家人疏于照顾，经本人申请已批准半年后回国工作。近几年岗上电器在中国业务发展迅速，公司十分重视本土化发展，这次董事会决议要从公司内部提拔一位中国人当安防事业部部长。由于中国快速发展的现状，本次选拔不完全依照日企传统的"年功序列制"惯例，而是几项指标综合考评，为期三个月，之后公布结果，参会的各课长均在本次后备高层干部选拔之列。

回到家中，宏翼开玩笑让贾忠信请客吃饭，论资历、讲业绩、看性别，贾忠信无疑是几个候选人中最有希望的。

三个月后，松山雄找宏翼谈话，祝贺她最终通过考评晋升部长。这个结果大出宏翼所料，于是松山先生解释了考评共有五项，前三项是基础考核，包括业绩与管理能力、自我陈述、上级评价，结果贾忠信得分最高，宏翼紧随其后，高于其他人得分。第四项是同事访谈，主要问的核心问题是"除你自己外，你认为公司快速发展最得力于哪个部门或个人"，这个问题是松山先生专门设计的，他认为答案能很有效地排除每个人的主观性，从而选出大家真正心目中认可专业能力和协调能力较强的领导，访谈结果宏翼遥遥领先。

对于最后一项考评，松山先生面带神秘地说——是个终极测试。他找到一家猎头公司，以竞争对手名义给所有参评者发出十分诱人的高薪、高职面试邀请，所有人中，只有宏翼一口回绝了猎头。还有一个人递了简历，但没有去面试。剩下的人，包括贾忠信都去参加了面试，并在面试者诱导下不仅泄露了公司情况，还表示出了对公司的不满是考虑离职的原因。

最后松山先生对宏翼说，他理解快速发展社会中的每个人都有不同的问题，中日之间也有文化的差异，包括过去的战争带来人群间观念的不认同，这些他都能理解，他也能接受测试者不同的反应。但对于高层管理者，他希望选拔一个忠诚务实、懂技术、有荣誉感、任劳任怨的继承者，他更看好宏翼身上这些优秀的品质。宏翼感谢了松山先生的信任，并答应肩负起这份重任。

回到家中，宏翼把松山雄与她的谈话，包括考评的方法都告诉了贾忠信。贾忠信听了面色骤变，但还是勉强地祝福了宏翼。宏翼事后想起来，这件事上，自己处理得极为不妥。在宏翼眼中两口子无话不说才不会产生芥蒂，但这恰恰让贾忠信多年形成的自尊心、自负感、事业上的野心，都受到了极大的打击。一夜间，他仿佛被剥去了辛苦穿上的层层甲胄，又成了墙角边那个破衣烂衫的乡下自卑小孩。

住谷先生按公司的交接计划培养宏翼，三个月后宏翼正式走马上任安防事业部部长。这次职位升迁对宏翼来说，最大的瓶颈是销售管理，因为她是技术出身，在学校也学过基础会计，看懂财报三张表不在话下，其他部门多少也有所了解，但产品销售是实践型工作，不合她的个性，平日里就缺乏深入了解。不过好在销售由贾忠信负责，夫妻俩当然放心，于是就授权让他放手去做。

贾忠信也不负宏翼所望，当年销售额大幅增长百分之六十，远高于其他事业部。转过年春节前论功行赏，贾忠信的工资加上大额提成后，居然超过了宏翼，这也让他大大地扬眉吐气了一把。宏翼问他是如何做到超速增长的，贾忠信略带得意道："做销售，除了传统的好口才、关心客户、做好后续服务等基本功之外，还要懂得向渠道压货。通过压货能够使经销代理商为了返利或超额奖更加卖力地销售我们的产品。渠道商重视我们，就必然会忽视竞争对手产品，长此下去，就把竞争对手的份额慢慢吞噬掉了。"宏翼听了觉得很有道理，其实贾忠信隐瞒了另一层意思，压货还可以帮他年底冲销售业绩，拿到更多提成和年终奖。

贾忠信又道："宏翼，我最近想了很久，要实现更大的业绩增长，还可以推行两大策略。一是大项目销售，最近项目金额越来越大，今后我们可以直接跟甲方沟通，让其指定产品会更容易操作，甲方也更认可我们这样知名品牌企业；二是盘活库存，我想可以通过租赁设备的方式盘活库存，现在很多大型活动、演唱会、企业晚会、运动会、论坛等都需要我们的产品与系统，可以用短期租赁方式提供设备及专业服务，用户又省钱又省力，肯定受欢迎。我们即使自己不做也可以找到适合的代理商来做租赁主体。"

贾忠信看宏翼被他说动，便进一步道："业绩持续增长，要放宽三个方面的授权，即延长产品账期、库存管理和大项目直销模式。我写个详细的执行方案，你报松山先生审批，怎么样？"宏翼听他说得头头是道，便同意按他的意思办。松山先生的批示很快下来，同意安防事业部的改革思路，让他们放心做、大胆尝试。

5

第二年，按照贾忠信的销售改革方案执行，销售业绩仍是取得了百分之五十的增长，但到了第三年销售业绩突然出现了较大滑坡，仅有百分之二十的增长。贾忠信的解释是用户需求周期有淡旺季的"小年""大年"之说，这是"小年"项目变小、需求减少的特点。宏翼多方听取意见，发现每个人说法不一，为了寻求合理解释，她特意全程参与了岗上公司年度经销商与合作伙伴大会，并将岗上公司安防渠道商聚在一起讨论，然后发不记名问卷调查。渠道商都是"人精"，早都打听到她和贾忠信的关系，讨论会上除了表决心就是要优惠政策，没啥实际的效果。但在回收上来的几十份不记名调查问卷中，宏翼反倒是初次见识了贾忠信的另一面个性。

对于贾忠信的三板斧之一"渠道压货"，贾忠信只是道出了少量压货倒逼经销商、冲击竞争对手这些积极的作用。但事实上，渠道商反映长期持续的过度压货，不仅大量地占用他们的资金，还使其库存日益老旧，这让很多经销商逐渐丧失了对岗上产品的信心，让他们觉得无利可图，完全沦为帮助贾忠信完成年度销售业绩，拿到高提成的工具，部分经销商就是基于此，开始同时兼顾销售竞争对手产品。

另外，贾忠信直接管理的大项目销售，从短期看确实带来了业绩的快速飙升，但其本质是利用厂家自身优势与渠道商争利。渠道商的设备价格、账期、服务等核心条件，根本没法跟厂家竞争，这样厂家成了下场踢球的裁判员兼球员，渠道商哪里还有赢的希望？如此长期下去，渠道体系必然会被冲击得支离破碎。

这次调查问卷还反映了一些宏翼不了解的信息，其中一些是贾忠信为完成业绩采取了并不光彩且略有激进的措施。看到这些宏翼内心深处第一次有所触动，让她明白了即使是夫妻、同事，贾忠信出于某种考虑，对她说的话也并不完整，更谈不上坦白无私。为了照顾贾忠信的面子，宏翼没有过多提及这些，只是找到贾忠信共同商量对策，提出要适度减少渠道压货，将大项目销售权力下放一级渠道商等改进的建议。

贾忠信欣然同意宏翼的意见。认识贾忠信的人都知道，他表面看起来是个很讲原则的人，但只有最熟悉他的人才知道，如果某人很重要并且不喜欢他的原则，那他就会换些令人讨喜的原则。这是他的生存之道，不仅适用于工作、领导，同样适用于他的生活、妻子。

接下来的几年，整个岗上公司各事业部的销售业绩每年都有一定幅度滑坡，从家电、IT等民用领域，到广电、安防等专业领域莫不如是。为此总经理松山雄先生组织公司内部管理人员讨论业绩下滑原因，同时聘请知名的战略咨询公司对岗上产品的市场占有率、用户满意度、产品定价、渠道建设和竞争策略是否合理等一系列问题进行调研。

内部讨论会议上，宏翼认为业绩的下滑与竞争对手的不断涌现有关。先是一些韩国对手，以同质量的低价产品抢走一部分高端市场，后来一些台湾地区的品牌出现又分走了部分中端市场。直到最近两年，民族制造业的崛起。这些国内本土公司经过十几年开放发展，已经具备了相当实力，同时消费者对国产设备也开始具有了一定的信心。在这种背景下，这些企业一手大举振兴民族工业的旗帜，一手大打价格战，又有本地化服务、本地化项目关系的支撑，所以发展迅猛，逐渐开始大量吞并欧美与日韩品牌的中低端市场份额。

松山雄先生部分认同宏翼说的道理，但他认为此时的国内制造商双腿仍显羸弱，主要是缺乏资本市场和核心技术两点支撑，所以要死守住利润最高的高端设备市场并不难。他又问其他人有何看法。贾忠信发言认为业绩下滑与管理流程烦琐及授权不够有关。他举出了一个例子，全球最大的白色家电制造商惠而浦收购国产名牌洗衣机"水仙"后进入中国市场，但美方认为中方销售网络太落后，于是决定自建渠道，结果经营成本翻倍，销售额反而缩水，每项大额销售订单都要从区域到北京到香港再到本部层层审批，一份报告来回要拖两三个月，国内对手早就上马新产品了，所以每年亏损达亿元。贾忠信的意思很明显是想要到更大授权，松山先生没有点评贾忠信的发言，但把他的话认真地记在了本子上，说要回去仔细思考。

不久，松山先生聘请的外部咨询公司通过大样本用户抽样调查和重点专家访谈，统计得出了一个惊人的结论：岗上公司国内实际销售产品仅占市面上的岗上品牌产品的五分之一左右。咨询顾问给出的解释是市面上绝大部分的岗上产品由走私品和假冒伪劣品构成，其中大多数来自岗上正规渠道体系的不法操作。当咨询公司私下将这个结论汇报给松山雄时，他惊讶得目瞪口呆，随即召开各事业部部长会议讨论。

事实上近年来的水货和假冒品问题十分严重大家心知肚明，但竟然达到这种地步仍然是让人很难接受的。看着咨询顾问逐一介绍统计抽样分层与分区域模型、官方公布数据、专家访谈整理、大用户随访记录，大家对这个结论的科学性无从辩驳。会后，松山先生留下宏翼和家电事业部部长，责成两人根据咨询公司调研线索彻查岗上公司的销售渠道问题，三个月后向他汇报。

宏翼回到家中把松山先生让她调研水货、假货的事情跟贾忠信大体说了下，但没提重点调查现有渠道商参与其中的事。贾忠信听后很积极，答应协助调查。一周后，贾忠信给出了一份报告，报告阐明水货与假冒伪劣产品的主要原因，在于国家对外贸易管制过于严格，同时国内外设备价格悬殊。但在我国加入世贸组织后，关税大幅下降、外贸政策放宽、国产品竞争力提升这三方面的推动下，这一年多的市场上水货已经大为减少。至于假冒伪劣产品则多出现于各地电子市场柜台，并没有进入正规渠道，所以对用户造成的影响有限。

6

宏翼看了报告，认为宏观环境和政策分析得很有道理，但具体在岗上品牌安防产品的问题上语焉不详，明显有糊弄的嫌疑。为避免打草惊蛇，宏翼让秘书安排，她想以新品推广为借口，去京津、广深、沪杭几大市场走一趟，亲自去了解用户、工程商、经销商的真实想法。

北京、天津、上海每到一处，当地经销商与合作伙伴都热烈欢迎宏翼考察，也积极参与她组织的会议。但新品推介过后，会议一提到渠道管理，询问大家怎么看当前的水货、假冒伪劣问题时，大家要么默不作声，要么说着与贾忠信报告中大同小异的官面文章。三站下来，宏翼感觉似乎面前碰到了一堵墙，当提到新品发布、技术支持等话题，她似乎跟大家肩并肩地一起站在墙内一侧讨论；而提到走私、造假等问题，大家虽然也在发言，但声音显得那么遥远微弱，似乎只有她一个人站在墙的外面，即使竖起耳朵也很难听到墙那边众人的低喃声。

下一站是杭州，宏翼没跟别人打招呼，一个人坐车来到杭州，住在西湖边的香格里拉酒店。这次她没忙着召集会议，而是先用了一天时间转了转周边的风景，拜岳王庙、观灵隐寺、访雷峰塔、寻西泠印社，直到下午三四点钟才电话约了三个相知多年的经销代理商朋友晚上吃饭。

宏翼一个人沿着西湖边一路溜达到孤山脚下的楼外楼菜馆，在二楼靠湖的包间坐下，泡一壶狮峰龙井，淡雅的兰花茶香中，一边点菜一边欣赏黄昏下的西湖美景。三个客人很快到了，服务员开始上菜，宏翼点了六道本地特色菜：西湖醋鱼、叫花童鸡、龙井虾仁、油焖春笋、杭椒牛柳、宋嫂鱼羹，又要了一瓶红酒。

见人齐了，宏翼道："大家都是老朋友了，我就没见外，酒桌上的规矩我不太懂，晚上就吃得清淡点吧，希望几位别介意。"

几人忙道："自己人，这样最好，健康饮食。天天陪客户喝酒也累，难得放松放松。"

宏翼轮流各敬了三人一杯酒，道："这次来杭州主要三个目的：一是几个最早支持岗上的老朋友这两年沟通少了，怕有些生分，来主动联络下感情；二是有两款新品推广；三是进行渠道调研。今天没请外人，三位都是我认识十几年的老朋友，这么多年始终支持我，咱们今天畅所欲言。

"实话实说，我最近感觉不太好。这次出来走访几大区域市场进行渠道调研，总感觉大家有什么事瞒着我，又说不出具体是什么事情，因为一切都显得那么合理。这种感觉很诡异，怎么说呢，我一直认为'真的事情'有什么不好，那就是它会好一下，坏一下，你控制不了，所以才真实。不像是'假的事情'它能保证无论何时何地总是表现得那么好。开经销代理商大会讨论问题，我就常常会有这种不真实的感觉，大家对问题的看法实在是太过一致了。所以这次我先找三位好朋友聊聊，就是想听听掏心窝的话，然后再开大会讨论。"

三位听宏翼说完先是一愣，然后沉默了一会儿，年纪最小的腾总说道："展姐，既然你这么信得过我，我就先说几句。你去上海调研的事，我们都听说了，不光是同行的朋友说，岗上公司内部也传出话来让我们说话要有分寸，不要顺嘴瞎说。岗上产品这几年渠道是乱，但你想啊，外人卖设备到咱们用户手里，哪有那么容易。这就像一个大萝卜，真要在外面磕磕碰碰开始腐烂，你不早发现了，就怕看着好好的，想吃的时候，一刀子下去才发现心儿糠了，从里向外败坏得不露声色，你就不容易看出来。说一千道一万，还是岗上有内鬼，而且还不是一般的人，这点你心里得有数才行。"

一旁老成的李总看宏翼表情确实诚恳，明显听进去了，也帮腔道："没错，你刚从上海过来。开经销代理商大会，你看熟面孔还剩多少？这些新上来的企业眼里盯的就是钱，都没跟岗上公司风雨同舟过，还谈什么江湖情义。"

宏翼转头向另一侧岁数最大的杨总问："老杨，您是前辈，您怎么看？"

老杨道："要说水货，就是广东、江浙几个大佬在渠道里掺货，听说也要金盆洗手，新加坡、澳大利亚移民都办好了，很快就会收手。行外人的走私货也有些，这两年降得很快，国家抓得严了，关税下降后利润也薄了，这本来就是搏命的买卖，无利不起早，估计以后不会再有多少人做专业设备走私了。干这行的都去做手机、红酒这些小件快消品了，便携、量大、来钱快。倒是假冒伪劣的产品，猫腻多、利润高、罚得轻，我看一时半会儿绝不了，岗上牌子在这上面可是吃了大亏的。"

一顿饭下来，宏翼听三人虽然还是有所保留，但无非是顾忌着她的面子，能做到这份儿上已经称得上是推心置腹的好朋友了。三人的话就像一阵清冷的寒风驱散了最近弥漫在宏翼眼前的浓雾。

伽利略曾说过，"所有真相一旦被发现都很容易被理解，关键是发现他们。"通过这顿饭，宏翼终于找到了发现真相的钥匙。

送走三人，宏翼沿着湖边慢慢溜达着回酒店。三人话中的弦外之音她越想越清晰，问题来自岗上公司内部的管理层，渠道体系被比较彻底地洗过牌，渠道中的走私掺货现象在改善，打击假冒伪劣才是下一步的重点。

宏翼不禁联想到福尔摩斯的演绎法——排除所有不可能的，剩下的那个即使再不可思议，也是事实。于是尽管情理上难以接受，但这一根根利箭的锋头，都毫无疑问地指向了唯一的嫌疑者——贾忠信。于是贾忠信的大胆改革、争取授权等等一切行为，都有了更为合理而独特的解释，曾经的意气风发背后竟隐藏着如此浓重的黑暗心机。想到这需要多久的深入布局，宏翼不禁浑身冷得抖了起来，她朝夕相处的男人竟是如此陌生。她一路小跑，气喘吁吁地回到了酒店。问题悄然出现，扎根于心中，信任的天平一旦被打破，疑虑的种子便开始生根发芽。

第二天的经销代理商会议上，宏翼先声夺人说明了近期岗上公司业绩下滑的原因，表明了要重新梳理渠道体系的决心，同时强调要对走私、假冒伪劣岗上品牌的情况深入调研，已经聘请专业调研咨询公司介入，希望大家配合，可以反映自己的情况，也可以说说别人的问题。对于经销商主动交代的问题，既往不咎，整改后可以继续合作，但对于恶意损害岗上品牌且不知悔改的经销商一定严惩，甚至举报法办。最近两周她将坐镇杭州，把问题解决好再回去，大家有事也可以跟她直接交流。

最后宏翼言道："我听过一句美国谚语，'我是只百灵鸟，谁给我面包，我就为谁歌唱。'对于少数吃着岗上的饭，却砸着岗上的锅，这种害得大家都没饭吃的人要把他揪出来，能改正头脑的就改正，不能改头换面的就挪挪屁股走人！"

两周后一身疲惫的宏翼回到龙城，杭州、上海的问题基本解决，但随之而来出现了一个更大的麻烦：山寨品发源地——广深市场。她要在去广东之前，跟贾忠信面对面地深谈一次。

7

第二天是周末，宏翼让儿子鹏飞去姥爷家写作业，她约了贾忠信去爬龙城郊区名扬天下的凤凰山。贾忠信打趣她："去了趟江南，人也小资起来了。"宏翼则称天天忙着工作，疏于锻炼身体，两人世界也变小了。

这时节正值枫叶红、银杏黄，漫山色彩缤纷，是爬山赏景的佳期。两人驱车一路上山，见万山红遍、层林尽染煞是好看。到了山腰宏翼忽叫停车，两人将车停在山腰间的荣枯寺前停车场。

下了车宏翼说："忠信，你知道我刚才为什么叫停车吗？"贾忠信摇摇头。宏翼接着道："记得我们还在恋爱时，第一次爬凤凰山，也是这个季节，也是这个地方，你说要停下来看一看，这里的风景真美，就像在杜牧的诗中——'停车坐爱枫林晚，霜叶红于二月花'。你说霜叶有了，爱人有了，要是再有车子、有个家就完美了。"宏翼看了下周边道："你看如今，枫林、爱人、孩子、房子、车子我们什么都有了。忠信，人生如此，夫复何求啊！"贾忠信点头称是，两人沿着登山小径一路攀爬，一个小时后到了山顶的凤凰台，已是气喘吁吁，吹着山风坐下休息。

宏翼问道："这里为什么叫凤凰台？"

贾忠信道："这个我倒是听说过。咱们龙城自古多龙。传说古时候有一条巨大的蛟龙为害百姓，其他龙族都不敢招惹它。它常年汲取白狼河水，使得庄稼干枯，百姓颗粒无收。为制服恶龙，全城百姓绝食祈求上苍降龙。几天后飞来一只蓝凤凰，她与恶龙激战三天，后因体力不支被恶龙杀死。百姓为报答她舍生取义，收殓了蓝凤凰尸体火葬，熊熊大火烧了整整七天七夜，灰烬中飞出一只火凤凰。浴火重生后的凤凰功力骤增，激战一夜打败了恶龙。她取走恶龙额下珠，又吐出自己的内丹，炼成混元珠，光耀龙城，白狼河重现，万物复苏，龙城自此长盛不衰。丹成之后一龙一凤皆灰飞烟灭，人们为了纪念火凤凰，在她炼珠之所筑成高台，就是如今的凤凰台。"

见宏翼听得神往，贾忠信又道："还有一种传说，汉代大文豪司马相如曾携夫人卓文君游历至龙城，听闻凤凰山之名十分喜爱，夫妻两人于是登顶凤凰山，在台上琴箫合奏过一曲《凤凰吟》。"

宏翼听完沉思片刻道："《凤求凰》倒是听过，这《凤凰吟》恐怕已成绝响了吧。"抬头问："忠信，你知道司马相如夫妇为什么如此偏爱凤凰山吗？"

贾忠信道："这不过是传说附会，汉代龙城这里远离中原繁华富庶之地，估计他们都没来过。"

宏翼悠悠道："我倒是宁可相信这段佳话，我猜他夫妻俩可能有感于'凤凰的故事'，才来此游玩。忠信你知道吗，司马相如和卓文君跟凤凰可是大有缘分呢。"两人坐在台上，清风徐来，满眼青山、绿水、红叶、黄花，风光无限，宏翼娓娓道来：

司马相如少年时已略有才名，一日去蜀中首富卓王孙家做客，偶遇其女，即丧夫后居家的绝代美女卓文君，两人一见钟情。几日后，司马相如在卓家大厅弹奏了那曲闻名天下的古琴歌《凤求凰》，第一句"凤兮凤兮归故乡，遨游四海求其凰"便深深打动了卓文君，当夜文君便随司马相如私奔回成都。司马相如其时一贫如洗、家徒四壁。因两人是私奔，得不到卓王孙经济上的支持，为谋生计两人开了个小酒馆，卓文君虽出身巨富，但甘愿放下身架，不惜当垆卖酒，两夫妻相依为命、共渡难关。

后来司马相如被举荐为官，得汉武帝赏识。久居长安后，便逐渐忘却了老家的发妻，生起了遗妻纳妾的念头。他给卓文君写了一封十三个字的信："一二三四五六七八九十百千万。"卓文君读信后，发觉独少了一个"亿"字，不禁泪流满面，知道司马相如对她已是"无忆"与"无意"了。文君后来以这些数字作了一首《怨郎诗》回复，打动了相如，自此没有纳妾，诗词很长具体内容记不得了。只记得夫妻和好后，她还作过一首《白头吟》，其中有两句印象很深："愿得一人心，白首不相离。"还有最后一句："男儿重意气，何用钱刀为。"意思大概是好男儿应该重情重义，钱财乃是身外之物，失去了真诚的情义是多少钱也无法弥补的。

宏翼讲得动情，贾忠信听出她弦外之音，只是默然不语。宏翼见他不说话，又道："忠信，夫妻有情、做人有义，才无愧于心，君子爱财，取之有道。松山先生这么多年对我俩信任有加，我们应以忠心回报，岗上公司给我们工作，发我们工资，我们则报以诚信、努力。钱这东西，像黑夜的烟花，看起来霞光万道，片刻后不过是烟消光散。我们应该为理想、信念而奋斗，至少是为生活而奋斗，而不仅仅去为金钱奋斗。贫苦一点的生活，也可以很美好。内衣清白，外穿粗布棉袄，也胜似内衣污秽，外罩裘皮。

"这次出去走了一圈，我发现了很多问题，也解决了一些问题。今天咱们夫妻俩把话说开了，一起面对、共同解决。我问你两个问题，希望你实话告诉我。岗上设备渠道的走私水货和假冒伪劣问题，你参与得有多深，是参与还是主导？为什么对渠道商体系做这么大替换变动也没跟我说一声？"

贾忠信低头沉默了好一会儿，道："这件事我其实早想跟你说，也早该跟你说了。水货进入岗上品牌的正规渠道，我是知道的。前几年你刚当上部长，销售压力大，我为了多完成销售业绩，使用了很多手段。起初是降价促销，后来给主要的经销商更长的产品账期，再后来采用大项目销售，通过所有这些办法向渠道内大量压货，当老渠道商承载不了更多的设备时，他们纷纷提出要降销售预期，给他们时间来消化库存。但为了业绩持续增长，我没有答应他们的要求，而是分阶段替换、清理了这些老经销商。

"新加入的经销代理商答应压更多的货，我起初很高兴，但不久就发现他们很多企业都在往渠道里大量掺水货，我曾经跟他们提过要清理水货，但他们以业绩下滑要挟我，又答应按销售额比例掺水货，我就默许了这种做法。这两年关税下降、国内竞争产品崛起，渠道利润变得越来越薄，很多后来加入的经销商本就是捞金来的，看到情况不好就逐步退出，这是我们业绩开始下滑的主要原因。至于假冒伪劣产品，我觉得都是个人作坊在做，很难清理，估计量不大，我没接触过。水货的事情，我确实有责任，我不推脱，你可以如实跟松山先生说。之所以瞒着你，起初是为了业绩，后来纯粹是为了提成奖金。"

说完这些，贾忠信长出了一口气，叹息道："宏翼，你有没有发现，我俩在看待有些事情上，完全不在一个频道。你爱谈理想、信任与忠诚，我其实把生存放在第一位，'钱'对我来说，不是风轻云淡，钱关乎命运。我很少跟你提到以前的事，不是不愿意说，而是不想回忆那些痛苦……

"我来自贫苦的农村。我们家族世代生活的那片村庄自古十年九旱，由于是远离城镇的封闭山村，很少有本地人走出去，也很少有外乡人走进来。记忆中村里的田地大都是山坡砂石地，存不住水，下点雨也都流走了，遇到灾年一家人就会常常处于半饥饿状态。家里只有爸妈两个劳动力，却有三个孩子要养，妈妈身体又不好，单靠爸妈赚的十四五个工分是不够的。饿得难受时我和弟弟、妹妹就去四处挖土豆、找野菜，把土豆切成片，贴在锅边，加点野菜，来一锅乱炖，连饭带菜就都出来了。炖菜时没有油，都是用米汤来代替的，熟了之后将土豆用铲子起下来，里面出现一层黄锅巴，特别好吃，那种香味儿，现在偶尔还能梦到。除了野菜充饥外，还有一些能吃的东西，如榆树钱、杏树叶、杨树狗、槐树花，还有山上的蒲公英、马齿苋我都吃过，许多野菜和树叶都可以蘸酱吃或做成菜饼子。

"念初中时，每天要走十几里山路到镇上念书，但我不觉得苦，因为我知道只有读书进城，才能改变我的命运。我读书很刻苦，初三毕业时成绩是全班最好的。爸爸想让我报考中师，这样可以拿国家补助去读书，毕业后还能进城当老师，老师属于干部可以吃公粮。我们班主任找我谈话，说我这么好的成绩不念高中、考大学太可惜了。我也想继续念书，就撺掇老师去跟爸爸谈，前后谈了三次爸爸才答应。后来为了我念大学，爸爸妈妈多养了两头猪、几十只鸡、兔子，弟弟读了带工资的技校，妹妹初中毕业没再去念书就在家里帮忙养鸡、养兔子。可以说为了我自私的理想，一家人都付出了汗水、金钱和各自的梦想。

"我念大学时，妈妈的身体越来越差，已经起不来炕了，起初两条腿浮肿得发亮，到后来全身一直到头部都浮肿，可农村缺医少药，只能用土办法，刮痧、拔火罐、喝姜汤，这些土法小病还可能应付，重病就没辙了。山里医疗条件差，爸妈好强不愿意再借钱看病，妈妈是送往县医院路上去世的，我没能看到她最后一面，只能通过更好的学习成绩、找到更出色的工作、赚更多的钱来怀念她。

"受苦的人没有悲观的权利，如果我天天抱怨上苍不公，回忆痛苦的往昔，就会失去面对现实的勇气。所以这些年来，我要向前看，更要向钱看，不仅为我自己赚钱，为了我们的小家，更是为了弥补爸爸、弟弟、妹妹的付出。"

宏翼听他讲到动情处，不禁随着落下泪来，一把搂住贾忠信道："结婚这么多年，我直到今天才知道你经历过这么多难以想象的苦难。今天既然说开了，过去的就让它过去吧，过往的人生只是一种经历而不应该成为我们的负担。公司的事情，我想再去广深调查一下假冒伪劣的情况，回来我会如实地跟松山先生谈一次，至于什么结果，我们共同面对、一起承担。忠信，我觉得只要我们夫妻同心，遇到再大的挫折也能克服，大不了我们从头做起。"

贾忠信见她听了自己掏心窝的表白，还要继续调查，并跟松山雄如实汇报，不禁暗自皱了皱眉，但没有再说什么。

回到家中，过完周末，贾忠信先是飞往广州做渠道推广宣传，宏翼接着也订机票飞往深圳继续调研，儿子鹏飞吃住在姥姥家，一家人天南地北早已习惯了。

8

宏翼下了飞机，打车直奔岗上公司深圳服务商。她想从一件奇怪的悬案来入手，了解这个改革开放的前沿城市，这件怪事源于运维服务商李总的一个困惑。

前些天李总接到用户的电话，一个用了几年的岗上枪式摄像机出了故障需要维保。李总派人拆除了设备拿回维修，但明明是正在使用的岗上产品，在电脑上查询序列号却是已经报废了的设备。李总派人去看同批次的其他产品，发现很多设备都存在这个问题，他打电话到岗上公司查询，发现这批货的确是已经标明报废的产品。

李总把这个情况跟宏翼又详细说了一遍，宏翼打电话让财务当场进行查询，发现这是一批原本积压的库存产品，几年前贾忠信曾经提出盘活库存，利用库存品做租赁业务，经过几次租赁后设备日益折旧，后来这批设备就报废处理了。论质量岗上产品是一流的，虽说是积压库存，但仅仅几次租赁按理还能使用，折旧、报废的确快了许多。让宏翼搞不明白的是，为什么曾经用过的旧设备还能销售出去呢？

宏翼向李总问清楚，用户是一家大型商场，带着疑问宏翼与李总当天下午拜访了商场设备采购部门的负责人刘经理。李总向刘经理介绍了宏翼，并说这批设备是岗上公司已经报废的产品，本不该存在的，按理说属于假冒品，不该纳入维保范围。但他跟宏翼汇报了具体情况，宏翼仍然承诺替用户进行维保，前提是希望能了解清楚这批设备采购的来龙去脉。刘经理说他是新近提拔的经理，原来的经理离职了，但既然宏翼这么大度答应延期售后服务，他去找下原来的采购清单。

不一会儿，刘经理拿着几页单据的复印件回来递给宏翼，道："展部长，我查了一下，设备是从岗上公司东莞经销商处买的，买的时候是新品，公司的名称和地址资料上都有。"

宏翼和李总告辞出来，打电话回公司查询，发现这家经销商前年开始就不跟岗上合作了。第二天，李总托朋友找到关系，带着宏翼来东莞工商局查询，工商局的小赵受领导所托热情地接待了他们，一番查询过后，小赵告诉宏翼这家公司已经在年初注销了。宏翼说明了情况，小赵说这种情况前几年在国外品牌产品销售中很常见，应该是岗上公司内部的人拿到提前报废品或二手设备，运到东莞这家公司，从这里进行二次翻新，换上新的外壳、线材、包装等，再通过正规渠道流入客户手里，赚取高额利润。因为日本产品比较耐用、不易损坏，只要不涉及维保一般三五年很难发现。几年后，这类公司赚足了钱，就会注销公司改头换面。这几年制造业发展得很快，造假也不再局限于外包装了，而是设备从里到外高仿真、系统化造假，利润更高，这类低科技造假公司就逐渐被淘汰了。

线索到这就断了，两人不由十分沮丧。小赵送两人出门前，宏翼灵机一动，问道："能不能帮我查下原来公司的股东和地址？"

小赵敲了几下电脑道："股东有熊沛百分之五十一股份、陈敏燕百分之四十九股份，地址我抄给你。"

宏翼一听觉得仿佛哪个名字似曾相识，又说什么也想不起来，便道："同样的股东或地址，能查到其他公司吗？"

小赵又埋头敲了几下，冲着宏翼笑道："还是展总思维敏捷，原企业注销后，这两个人在附近另一个工业园区又办了家工厂。这是厂址，一般来说这类企业的实际控制人不会亲自担任法人。不过可以去看看，总算是个新线索。我就不方便再陪两位出面了。"

两人谢过小赵，出门打车来到这家工厂地址，想以客户拜访名义一探究竟。没想到工厂管理十分严格，门卫保安根本不让入内，还客气地跟他们说，工厂只负责生产，不接外单，没有销售人员，也不接受参观拜访。宏翼发现厂外贴着招工广告，看来经营得还不错，于是两人决定先回去，商量好下一步对策再说。

次日，李总派手下维修工程师小周，以应聘工人之名成功地进入了工厂实地了解情况。几天后，这位周工向宏翼和李总全面汇报了情况。这家工厂的确是岗上假冒产品的制造基地，厂家直接从日本进口芯片和镜头，其余大部分设备零部件均能自主生产，而且半自动化流水线生产、制造工艺很不错、管理比较完善，产量也具有一定规模，除了仿冒岗上多款产品外，这两年已经开始创立自主品牌。厂长就是股东之一的熊沛，四十岁上下的样子，这个人对产品很熟悉，管理也很有经验，看起来是个办厂的行家里手。董事长陈敏燕是个神秘人物，据说从没人见过她。由于工人进出厂前需要换工作装且不能携带私人物品，因此没能拍照留下更有力的侵权证据。

宏翼听完，决定先不打草惊蛇。下午，她坐车到了广州，拜访了广东省安防协会的秘书长去摸下熊沛的底细。秘书长告诉她，熊沛原本是个副厂长，专为某跨国公司做代工，后来自己出来单干了，据说前两年还只是接点散单维持，最近自创的新品牌成长很快。秘书长平淡的话语对于宏翼而言不亚于一声声霹雳惊雷，在电闪雷鸣般的轰击下，宏翼脑中千丝万缕的线索碎片终于拼成一幅清晰的图画……

熊沛与贾忠信原本曾效力于同一外资品牌，贾忠信做销售，熊沛做OEM。贾忠信加盟岗上后，一定是在某个阶段与熊沛重新合作，然后贾忠信按照自己的商业计划开始重组岗上销售渠道，同时与熊沛合作兴办工厂。

刚开始时两人利用库存做翻新品销售，后来实力变得越发强大，干脆直接制造全系列高仿真产品，并通过岗上渠道体系中可控的经销代理商进行混合销售，这样操作应该已经有几年光景，攒足了原始积累所需的资金，他们现在已经进入了造假与自主品牌制造并行的阶段，以此将企业慢慢"洗白"。

由此不难想象，东莞公司一个股东是熊沛，负责生产制造，另一个股东陈敏燕则一定是代持了贾忠信的股权。这个陈敏燕是谁呢？贾忠信这么信得过的……突然脑中灵光一闪，没错，怪不得当初听到这个名字时，感到如此熟悉，这是贾忠信弟弟贾忠毅老婆的名字。这个没念过几年书的山里婆娘，自然是最好的掩护，只是用下她的身份证、签几次名字，估计至今企业在哪儿她都不会知道呢。当然利益留到了贾忠信哥俩手里，出了问题却很难查到贾忠信的身上。

告别秘书长，宏翼精神恍惚地回到深圳，她悲恸地意识到贾忠信又一次欺骗了她。谎言的代价是什么？并不是我们会错把谎言当作真实，真正的危险是如果我们听了太多的谎言，我们就再也认不清事实了。宏翼发现她从未真正了解过贾忠信这个人，她一直认为贾忠信跟自己一样是个有原则的人，只是有时原则性差了一点，利益看得重了些。事实证明，贾忠信是一个根本没有底线的人，为了利益、欲望，他甚至可以去作假、去犯法，甚至去欺骗亲人的感情，他陷得太深了，事情做得也太绝了。夫妻之道重在理解、信任和欣赏，没了这些动力，他们的生活就只能剩下苍白的谎言和麻木的琐碎。

9

第二天一早，一夜未眠的宏翼决定先抛开情绪，把事情调查清楚，坐实证据。自从想通贾忠信与东莞工厂的关系后，很多事情都更加一目了然，包括贾忠信为什么总在广东出差待那么久。所以不难判断，贾忠信这次的广州之行依然是幌子，他知道宏翼来调查假货的事情，提前来做掩护，所以他一定还在东莞的工厂里与熊沛商议对策。

宏翼让李总找来上次调研东莞工厂的小周。宏翼给他看了几张刚从电脑中找到的贾忠信和熊沛的照片，嘱咐他拿好相机去东莞工厂门口蹲点。最好拍到岗上产品出厂的照片，如看到贾忠信和熊沛进出厂，跟上他们，看他们都去了哪里，见了什么人，并把他们的去向随时向宏翼汇报。为了调查方便，宏翼自己也搬到东莞的一家酒店暂住。

三天后，小周跟宏翼汇报，每天晚上七点左右熊沛与贾忠信一起下班，开车去附近的一家饭店与约好的客人会合去吃饭，十点左右几个人吃完饭开车去KTV唱歌，十二点多从KTV出来后，去一家高档SPA，然后一点多客人和熊沛出来开车散去，贾忠信则留宿其中，直到第二天早上自己打车去工厂。这三天贾、熊两人日程安排差不多都是如此，只是每晚的客人不同而已，客人都不熟悉，工厂没有货车进出。宏翼听罢估计他们已有警觉，想现场抓假货很难，就让小周不用再跟了。

经过几天调查，又听小周说见到其人，对贾忠信参与造假已经再无疑惑，只是没想到贾忠信生活竟然糜烂至此，事业与生活的双重欺骗像两座大山压在宏翼的心头，她深知与贾忠信十年夫妻的缘分已经走到了尽头。

当晚，宏翼尾随着贾忠信、熊沛的车来到了KTV，目送二人上楼后，独自在车中发了呆许久。她本想等到贾忠信去SPA时给他一个难堪，但那又有什么意义呢？算了，十年夫妻还是各自留些许颜面，好聚好散吧！想到这，她打开车门走进KTV，向前台小姐道："我是熊沛总的秘书，他手机丢饭店了，我上去交给他，请问他在哪个包间？"

走到包间门口，里面飘出的歌声竟是那首熟悉的《北国之春》，听到贾忠信与另一个甜腻的嗓音合唱道"分别已经五年整，我的姑娘可安宁，故乡啊故乡，我的故乡，何时能回你怀中"。想起两人在日本合唱此曲时的情形，宏翼的眼泪再也无法抑制地夺眶而出。

一曲终了，宏翼擦干眼泪，推门而入。炫目、闪烁的灯光下，贾忠信正搂着一个浓妆艳俗的妙龄少女走回座位。长沙发上另有五男五女勾肩搭背坐在一起，旋转、迷幻的灯光下，巨大、嘈杂的音乐中，一切都显得那么朦胧虚幻。

宏翼抓起麦克风，看了一眼呆住了的贾忠信，道："我是贾总的朋友，今天在这儿巧遇。献歌一首，祝贾总、熊总生意兴隆，财源广进。"转头对点歌小姐道："唱首张学友的《一千个伤心的理由》。"说罢，专心看着屏幕开始唱歌，"爱过的人我已不再拥有，许多故事有伤心的理由，这一次我的爱情，等不到天长地久……"

贾忠信站在一旁只是愣愣地看着宏翼，一曲结束，贾忠信上前想要解释，宏翼冷冷道："贾总，春宵一刻值千金，一会儿您还要去SPA吧，我就不耽误您时间了，再见。"说完，快步走出包间，贾忠信呆了一下，想要去追，终究没有迈开步子。熊沛看着情形不对，赶上来忙问是谁。贾忠信一脸苦相道："展宏翼！"

当夜，宏翼开车赶回深圳。次日，在飞回龙城的飞机上，宏翼忽地想起，两人当年在飞机上的小小游戏，其实已经揭示了后来多年工作与生活的分歧。只是这种人生观的分歧被两人各自忙碌的工作暂时遮蔽而已。宏翼认为平淡如水的工作和生活很自然，但现在看来这些根本不是贾忠信想要的，宏翼发现其实忽视了贾忠信内心深处的事业野心和生活激情。两人竟是从事业始，亦从事业而终。想来真是"此情可待成追忆，只是当时已惘然"。过去短短的几天，对宏翼而言无比漫长，竟恍若隔世。

宏翼终究没有把贾忠信送进监狱，而是选择了辞职，她不能让儿子有一个罪犯的父亲，但宏翼也非一味地忍让，她强制贾忠信离婚，并轻松拿到了儿子的抚养权。半年后，历经辞职、离婚一系列打击的宏翼独自爬上凤凰台，极目远眺，她不由想起欧阳修的《浪淘沙》："把酒祝东风，且共从容。垂杨紫陌洛城东，总是当年携手处，游遍芳丛。聚散苦匆匆，此恨无穷。今年花胜去年红，可惜明年花更好，知与谁同？"

倔强的宏翼，只给自己留下短暂的时间低头舔舐伤口，她深知痛苦是构成生活的必要元素，而折磨只是一种自我的选择，很快她又抬起头来望向远方，这次她要去东南形胜，三吴都会，自古繁华的杭州闯荡一番……

展宏图·龙城

1

穆小芳笑得花枝乱颤停不下来，男朋友展宏图在一旁看得莫名其妙，凑上前问："看啥呢？这么开心。"

"哥的信，太逗了，哥成诗人了。"

只见信上歪歪斜斜地写着："高楞林场采购木材有感，赋诗一首。十月到高楞林场，胸有大志脑袋装。一心想订三千方，合同单上盖了章。谁想纸上谈兵易，实施起来事无常。原定封江全完成，腊八一根还没装。订点木材真费劲，三番五次实在难。木材科门槛踏平，鞋子磨得直掉皮。今天等啊明天盼，宿费花了一千三。内部意见不统一，让俺心里真着急。问他何时能开运，还要再等俩星期。"

"这打油诗不署名，搁哪儿都丢不了，叙事清晰、格调乡土、平仄全无，浓浓的大奎风格。"宏图道。

穆大奎是展宏图的小学与初中同学，初中毕业后去当了兵，前年刚复员回龙城，正好接退休父亲的班，在物资局下面的木材公司做采购员，除了完成计划内任务，还经常到黑龙江方正县林区采购一些计划外木材，用以弥补计划内供应不足。

宏图问道："你哥信里提啥时候回来没？"

"哥说快了，临出发前打电话通知我。"

"嗯，等他回来，我们吃烧烤、喝啤酒给他接风，好久没见了。"

穆小芳本是个天真烂漫、活泼好动的女孩儿，她爸爸却偏偏给她选了个乏味憋闷的财会专业。去年刚从龙城财专毕业，分配到百货公司当出纳，平时事儿不多，很无聊。听展宏图说要吃烧烤，就开始心痒难耐，过了一周迫不及待开始准备了。借炉子，买炭，擦铁扦子、铁网，准备调料，忙得不亦乐乎。

周日一早，展宏图和穆小芳去火车站接到大奎，让他回家补觉。两人去市场买了羊肉、鸡架、鸡头、鱼、馒头、玉米、饮料等，到小芳家收拾鱼肉、串上扦子、加上调料腌制好，已经过了晌午。叫醒了大奎，三人骑车带着炉子、腌好的鱼和肉，直奔白狼河畔。

此时清明刚过，远处凤凰山初蒙绿意，白狼河水波光粼粼，河畔细柳初上新芽，几处炊烟袅袅，近看已有两三伙年轻人听着单卡录音机的高亢歌声开始烧烤了。三人架起炉子，大奎生火，小芳与宏图摆好坐垫，倒上啤酒，不一会儿火势旺了起来，三人边烤串边聊天。

小芳问大奎林场的风土人情。大奎说："那里叫高楞林场，属于方正林业局，位置在长白山与小兴安岭交界处。一年平均温度才零度左右，冬天零下四十几度，冷得能冻掉耳朵，即使穿着羊皮袄、大头鞋、毡袜子、棉帽子也不敢长时间待在外面。山里常刮白毛暴风雪，人外出要遇到就可能迷路冻死山中。林区有我们国家为数不多的大面积原始森林。林区里生活虽然艰苦，但有时抬头看看万里林海，白茫茫一片，松花江解冻汽车大小的冰排被人工爆破炸碎后，碰撞着顺流而下发出炸雷一样的轰鸣，春天红毛柳絮漫天飞舞，冰湖遍布山间，不几天就化作瀑布溪流，看着那些美景心里会现出从未有过的平静，觉得自己像是能融化在这片无边无际的林子里。原始森林一眼看不到头，林子里主要树木有红松、水曲柳、云杉等，这些笔直的大树都有十几米高，树上住着松鼠、猫头鹰、啄木鸟，林子里还有野猪、狍子、黑熊、梅花鹿、貂等大大小小的动物生活其中，据说还有东北虎出没，不过没人见过。

"我的工作就是去方正林业局办采购木材手续，然后联系山上林场负责人，把伐完的木材从山上林场用卡车运到山下松花江码头，再装船运到佳木斯，最后装火车运到龙城，把木材卸到木材公司。一般来说，除计划内使用木材，许多老百姓都有盖房、打家具、做床的需要。尤其年轻人要结婚对木材的需求是挺大的，但这些普通百姓很难直接获得木材票，这就需要物资局领导或是木材公司领导签字批的条子，对于计划外木材，我们是见到条子才能卖木材给私人或单位。"

宏图在一旁问道："那运输是你找的，还是什么人找的？去林场联系采购业务就你一个人？"

"当然是我自己，那地方死冷的，打个电话得走十几里山路，山上一待就是几个礼拜，谁愿意去啊？木材下山卡车运输我要跟林场司机处好关系，牡丹江船运也要等排期，运回龙城的火车皮是物资局里一个领导安排的，他战友在佳木斯火车站当站长，运输淡季能多搞到些车皮，不过他批的木材条子也最多。"

羊肉、鸡肉已经烤好了，小芳取出铁网忙活着烤鱼，不一会儿鱼也好了。小芳提议大家拿着肉串、鱼，就着几样买来的小咸菜坐下来边吃边聊。

宏图问："做这份工作，最难的地方在哪里？"

大奎说："主要是运输难，公路、水运、铁路等都得一环扣一环地衔接好，最终才能顺利地把木材运到家，尤其是船运和火车车皮最难找。再就是人的问题，得有人长年驻扎在本地，由于林区内部互相制约，各个环节工作都要做到位，才能办成一定数量的计划外木材。这人得能上能下，既能跟林场领导打交道，又能跟具体办事的装运工头和司机师傅处好关系，还得能吃得了苦，没日没夜地跟着装运、跑车跑船。"

宏图道："都不易，没想到你吃铁饭碗的也是这么艰苦。你看我这两年挣了点钱，但我爸说我是投机倒把分子，旁人说我是'倒爷'是搞'对缝'的，大家都在背后指指点点。好像我是蹲大狱的犯人一样，真正瞧得起咱的人不多，反倒不如接我妈班当老师那会儿。虽然只是个体育老师，街坊邻居见着还挺羡慕。"

小芳说："想那么多干吗？自己开心才对，当老师那几个月，你天天摆着张苦瓜脸，哪有现在舒坦。再说现在兴叫'万元户'了，我看着人家也不像过去那样，一提到个体户除了'流氓'就是'盲流'。话说回来，也就是我这个'伯乐'，为了识出你这匹小马驹儿，顶着多大压力啊！连百货公司领导都找我谈话，怕我误入歧途了呢，呵呵！"

宏图连忙笑着点头称是，道："我就是不甘心一辈子只是当个体育老师，我这人最懒得运动，又不懂啥体育项目。其实旁人看得不透彻，干我这行的也有门道，倒买倒卖，'倒'的是价格差，那价格有差价才能'倒'啊。以前大部分商品几十年价格都是国家制定的，还没多大变化，那就没法'倒'。"

宏图喝了口啤酒接着说道："这几年你们看，从吃喝拉撒的物件开始，一类一类的东西开始有了两种价格，这才出现了能低价买再高价卖的'倒爷'。除了'吃'和'穿'以外，最近很多'住'和'行'，甚至是娱乐的东西，像电视、录音机、组合家具、自行车等等，也开始出现两种价格。我感觉从'衣食'到'住行'，从老百姓的日用品再到工业原材料，这种价格放开是有规律的。

"我看报纸现在总提要少搞'计划'，多开放市场调节价格，让老百姓工薪收入年年增长超过物价增长。我估摸着慢慢地所有东西都会有平价与议价，最后两种价格不断接近变成只剩下一种市场价格，就是政府不再直接管的价格，你们看现在吃的白菜豆腐、穿的衣服已经不再凭票供应了，基本上就只剩一种价格了。"

肉串有些凉了，宏图收了站起来，在炉子旁重新加热，说道："大奎，我觉得这三两年是木材这类东西价格差出现的高峰期，如果咱们不好好把握，再过几年价格统一后就没机会了。"

大奎叹了口气说："你说得有道理。原来是木材取之不尽，车皮难找，运输木头的车如果翻倒在路边，木材都直接扔在原地也不会再费事装车。现在我看山中树木不断减少，一片林子不到一个月就砍没了，批木材也逐渐没有那么宽裕了。不过短期看，木材再撑几年不是问题，关键还是运输，能搞到卡车、火车皮才是本事。别看忙东忙西累得臭死，我自己要搞点红松打一套卧柜，都等快一年了，没有领导条子连我也没辙。"

宏图说："听你一说我觉得你干的这事儿有商机，下次你出差带我也去转转。我最近刚好事不多，在寻找机会。我还没见过原始森林呢，正好开开眼。"

小芳听了，也吵着要去，大奎一句"你不要工作了"，就把她怼了回去，她一脸愤懑地抢走了大奎手中的肉串。

2

两个月后，宏图和大奎来到林区。大奎先是带着宏图到山上林场看看，置身小兴安岭的万里林海，让宏图顿觉心胸也开阔了许多。宏图兴奋地问东问西，森林里有什么植物、动物、特产，四季的气候、风土人情，大部分问题大奎也不知道，大奎就托关系在当地找了个经验丰富的老伐木工人陪着他俩边看边讲解。一连五天在林中转够了，两人又依次去了伐木场、贮木场、山下的货运码头，最后宏图提议沿着木材运输的轨迹，从山下码头坐船顺松花江到佳木斯码头，再到佳木斯火车站一路看看。就这样，大奎陪着宏图顺流而下，为他讲解木材交易和运输的完整操作流程。宏图一路认真听着，还不时拿个小本子记录下关键的地名、涉及单位、重要人物等信息。

当晚大奎约了佳木斯火车站的货运处武科长吃饭，宏图做东点了小鸡炖蘑菇、侉炖鱼、酸菜汆白肉，又要了两瓶北大荒，不一会儿三大盆菜端了上来。大奎先跟宏图介绍道："每次运输木材都是武哥帮着张罗，武哥也是当兵出身，够哥们儿。"

接着转头对武科长说："宏图是我光屁股一起长大的发小、同学。"

武科长也不客气道："大奎兄弟是实在人，我们脾气相投，大忙其实帮不上，车皮都是看站长的一支笔批条子，具体装多少、装得快慢、碰撞损坏或丢失这些我负责。这里面门道也不少，大奎兄弟的木材，我从不耽误，也不偷工减料，就是每次车厢经常不饱和，浪费了。"

三人边吃边喝，气氛融洽。宏图打听到站长姓黄，也是当兵出身，就问武科长能不能约站长出来聊聊。武科长摇摇头说："有点难办。黄站长今年家里操心的事儿多，老母亲肺心病、糖尿病并发症离不开人，最近又在张罗儿子明年结婚忙得焦头烂额，他本来是个很开朗愿意交朋友的人，但最近忙得很少出来应酬。"

三人吃罢饭，宏图和大奎回到招待所。宏图意犹未尽，沏了一壶浓茶两人接着聊。宏图道："大奎，这几天走下来，我有一个决定、两点想法要跟你商量。"大奎见他表情凝重，知道要谈重要的事情，便也郑重道："你讲。"

"我想参与到木材生意中，我们俩合伙做，你还是做木材公司分配的工作，在计划外木材采购中，我们多买些、多运些，这些多出来的木材，我出采购与运输的钱，你出经验和人脉，运回龙城后，我们自己单独找地方存放、销售，雇个人卖，自己批条子，赚的钱对半分，你看咋样？"

大奎低头沉思了一会儿，抬头看着宏图道："成！跟你一起做事我放心，不过回到龙城我就不方便出面了。"

"那是自然。我还有一个想法。这几天我在山上转悠挺震撼的，这山是个宝库啊！听那个老伐木工讲山上的宝贝，我觉得这里面商机很大。单是药材，有五味子、刺五加、柴胡、黄芩、灵芝等，这可都是野生的名贵中药材啊；还有木耳、松蘑、榛子这些特产副食品，晾干了带出去估计立刻就能翻倍价钱批发出去，再有林子里的飞龙、棒子鸡、林蛙，江里的大马哈鱼，冬天运出去很容易，在龙城绝对能卖个好价钱。本来我还顾虑运输成本高的问题，今天武科长也说了，你车皮不饱和，我觉得多带些山货完全没问题。如此一来，运费直接就省了。这几天我想再回去找些山里老人调查一下，到底山里还有哪些宝贝，雇些退休的老工人干值不值，再打电话问问龙城那边的批发行情。你觉得我的想法行吗？"

"我觉得可行，你的脑子真活泛。我来了这么多趟，从没想过这些事，就知道一门心思硬磕木材了。"

宏图做个鬼脸道："在商言商嘛，我这'倒爷'恶名也不是白背的，哈。我看所有这些生意，最大的坎儿，还是在佳木斯车站，得把这个黄站长摆平。"

"怎么摆平？武哥是个直肠子，我俩处得挺好，他说黄站长很难约，这不是推辞。"

"我没说是推辞。我听的是前几句。你想啊，黄站长他老母亲的肺心病、糖尿病都是老年慢性病，送病人还有啥补品比山里五味子、灵芝更好的啊。再说他忙着儿子结婚抽不开身，结婚最累的是啥？布置房子呗，打沙发、地板、组合柜，做双人床，这些最耗时。他是站长，木材估计能搞到，但我们要是直接做好了成品家具送过去，他不是更省事？他要是想给钱，我们就收个成本费，也叫他放心。这些事情，我们办他可能不放心，但求武科长替咱们出面既能让黄站长满意，又能保了武科长未来的前程，这种双赢的提议，你觉得武科长是不是会考虑？"

大奎想了一下，道："嗯，你这么一说，本来挺难的事，我看还真有戏。明天我去问问武哥的意思。"

"好呀。你去的时候，带两条古瓷烟，两瓶北大荒，跟武科长说，事情成与不成都不会忘了他的。"

"不用，不用。我俩好得很，没问题，拿东西外道了。"

宏图道："你就说我给的，想交武科长这个朋友，礼多人不怪嘛！以后经常会求到他做事，总没表示，再铁的哥们也不成啊，大奎。"

3

大奎按照宏图的意思依次办理，事情出奇顺利。不到一个月，卡车、船运、火车运输渠道都已经打通，林区的木材生意基本理顺。大奎介绍了林场刚退休的张站长给宏图认识，张站长是本地人，人脉关系强大，刚退下来赋闲在家闷得发慌。宏图跟张站长说要做山货的贸易，本钱、买家、运输已经解决了，想邀请张站长加入生意负责收山货。张站长一听不用花销，也不用操心售卖，跑跑腿就能赚钱，当下应承加入。

搞定了货源和运输，掐指一算，在林区也待一个多月了，宏图电话通知小芳回家，告别大奎，回龙城联系批发、零售的买家。下了火车见一袭白裙的小芳早在车站等候多时了，"上车饺子下车面"，小芳提议去尝下新开业的加州牛肉面，两人点了两碟小菜、两碗面条坐下闲聊。宏图跟小芳讲了原始森林白天山上的万里林海，晚上夜空中的浩瀚星河，风入林中的松涛声、清晨的鸟鸣声、松花江畔的浪涛声。小芳听了羡慕不已，拽住宏图让他发誓以后要带自己去亲眼看看。

吃完饭，宏图去家中放了行李。小芳问他要不要休息一下，宏图说坐的卧铺并不累。于是两人出门逛公园。宏图跟小芳说了自己要跟大奎合伙做木材、山货生意的打算。

小芳道："我哥没啥做生意的头脑，跟着你做倒是合适，你拿主意他干活，有个相互信得过的人搭伙，大家都放心。"

"这次回来主要是找木材、山货的销路。我这几天一直在琢磨，光是批发木材销路不难找，山货卖到食品店、菜市场也问题不大。但收入除去购买货物，再刨去运输、走关系的费用，赚不到一倍。我这次想做点跟以往倒腾东西不同的事。"宏图说得兴奋起来，双手比画着说道，"你看凡是市场面上比同类东西卖得贵的，一是有字号，像老高家烧鸡、大前门香烟都是这种；二是能直接用，像煤面、面粉、布料做成蜂窝煤、馒头、衣服就卖得贵两三倍；三是要有包装能打动人，你看过年串亲戚、看病人送礼的果子、蛋糕，拿张草纸一包纸绳子一捆，看着就不值钱。现在同样东西，装个纸壳盒子里，蒙上个塑料皮放在袋子里。看着就大气，价格噌一下子就贵几倍。"

两人走累了，找了块树下阴凉儿坐下，宏图接着说："我们要做的事道理一样。我想把前几年赚的钱全拿出来，在你们百货公司大楼还有城南、城西的百货商店各租两个柜台，一个卖家具，一个做礼品。卖家具的柜台大点，我把运回来的木材，一半批发掉，剩下一半租个仓库放起来，然后找个水平高的木工师傅，做出几件能拿得出手的家具样品，像沙发、茶几、组合柜、双人床，标上价格摆在那里，同时还接受人们的特殊要求定做适合他们喜好的不同款式、尺寸的家具。卖礼品的柜台可以小一点，主要目的是把五味子、刺五加、灵芝这些山货，变成礼品出售，可以在包装上介绍这些东西都是来自大兴安岭原始森林的野生补品，是送给老人、病人的最佳礼物。还有一些名贵药材，可以泡成药酒来卖，龙城人向来喜欢泡药酒喝，把灵芝、鹿茸等这些药材装在透明的大瓶子里，用酒泡起来，一目了然！买的人也放心。这比单卖给药店要划算得多，酒可以就选大家喜欢的龙城老窖，好喝还不贵。"

小芳听他说完道："你的主意听着是很好，就是把以前赚的钱都投进去，是不是太冒险了？我们百货大楼可还没有做家具和礼品的柜台、专区呢。再说我俩的事，订完婚大半年了，也该准备办仪式了吧，这也要花销。"

宏图知道她担心，忙劝她："我觉得现在时机多年难遇，物以稀为贵，咱们先做，成功概率大，估计很快赚了钱，再风风光光地办场婚礼。"

小芳娇嗔一笑，道："跟着你就是操心的命，我得学会认命。"

多年后，小芳历尽千辛，生活于她像过山车般跌宕起伏，几年一个轮回。想来这是她和宏图一起经历的第一次冒险，虽然当时觉得付出了很大代价，但跟后面生活中的悬崖峭壁、高山大泽比起来不过是初次走过的小小山丘罢了。

在小芳的帮助下，宏图很快租下了几个柜台、店铺，他又找了四个服务员。这样整个生意的链条就跑通了，黑龙江退休的老张负责采购山货，大奎负责采购木材和办理运输，龙城这边的几个帮手负责销售，宏图主要的任务是投钱、打通关系、协调管理。半年下来，各项买卖不仅收回了投入的资金还略有盈余，宏图很开心，在龙城最大的麒麟大酒店宴请合伙人和伙计吃庆功宴。

4

生意走上了稳定的轨道，宏图在小芳父母眼中的形象也瞬间高大起来，从最初的不学无术、游手好闲，到头脑灵活、投机钻营，再到眼光独特、吃苦耐劳，其实宏图还是那个宏图，变的是街坊邻居对"个体户"、对金钱的看法。短短几年间，社会对财富的价值观从不屑到崇拜进行了光速跨越，甚至都没能在理性的区间稍作停留。

宏图和小芳是第二年七夕那天结婚的，宏图罕见地违抗了父亲展不平的建议，决定风光大办，一是借此洗一洗多年来背负"不务正业"的恶名；二是给始终默默承受、无私支持的小芳一个说法。婚礼当天，两辆桑塔纳开道、切诺基随车摄像、豪华丰田皇冠花车居中、标致505压轴，车队一路伴随着邓丽君的歌声招摇着"从恋爱到结婚总是甜蜜蜜……你如果也一样谁都羡慕你……"开到麒麟大酒店。

宏图在婚礼当天包下了麒麟大酒店一层大厅举办仪式，整个二楼摆放五十桌宴席，沾亲带故的朋友、生意上的伙伴、同学、直系的亲属，只要有点关联的都请来参加婚宴，烫金的红请帖上用大字写明不收礼金。

豪华的婚车、宴席等等，所有的一切都是小芳的陪衬，伴随着婚礼进行乐曲响起，身穿极致奢华白色拖地婚纱的小芳款步走出，宏图在双方父母的见证下，把硕大的金戒指戴上新娘的手指。

婚礼当晚，小芳搂着宏图说："今天你给我的风光荣耀，让我觉得这几年受的苦累与白眼都值了，这辈子嫁给你这匹野马，注定要过刺激的生活，今后我就随着你，只要有口饭吃，任你折腾了。"宏图一脸坏笑："我现在就折腾你……"

这次暴发户般的奢侈婚礼，深深刻在龙城百姓心中达几年之久，长期成为街谈巷议的热点，并让无数少女羡慕嫉妒。

宏图同时经营三种生意，两年下来赚了两三百万元的收益，人手也增加到了十几个人，管理上日渐复杂了些，尤其是账目管理缺乏信得过的人手。婚后不久，刚刚怀孕的小芳毅然从百货公司辞职，夫妻俩共同经营生意。

时光飞逝，转眼女儿展鹏程已满周岁。按龙城人的规矩，小娃周岁的"抓周儿"仪式是必不可少的，宏图没请外人，只是两家老人和大奎到场。中午在大家开始吃"长寿面"之前，小芳把一本小人儿书、计算器、印章、玩具枪、硬币、锅铲、烧饼、雪花膏、毛线团、葱、蒜、芹菜置于地上摆好一圈，放了小鹏程在地上边爬边抓。小鹏程抓起这个放下那个，最后右手拿了计算器，左手抓了小人儿书，任大家如何劝说再也不肯放下一样。

无奈下，大奎抱起鹏程，说："男左女右，看来咱家小程程是个善财童子，长大当企业家，能赚会花一辈子不愁钱儿。"

老爷子展不平则道："古人讲左手是先天右手是后天，我看这孩子有读书的天赋，以后可以当个科学家造福社会。"

宏图忙打圆场，道："科学家也好多种，咱家程程可以当个给社会增加财富的科学家。"老爷子哼了一声不置可否。

热闹完了，吃过面条众人散去，小鹏程被姥姥带出去玩耍。宏图、大奎、小芳在屋里喝茶聊天。大奎跟宏图两口子说，他这次专程从黑龙江提前赶回来是有重要事情跟宏图商量。佳木斯火车站的黄站长退休了，接任的王站长是从牡丹江调来镀金的少壮派，很不好打交道，今后的木材运输生意估计会受到很大影响。木材公司和物资局的领导知道这个情况后，也在疏通关系，现在还看不出有啥进展，木材公司领导说可以先适当减少运输量，只要能保证计划内木材就行。

宏图忙问："那林区情况如何？木材能保证吗？人员有没有什么变动？"

大奎长叹了一声，道："也是越发艰难了。以前批木材很容易，现在拖得时间越来越长，管事的人也逐渐熟悉了木材销售行情，从零打碎敲地刮好处费到张口要钱，人心变得越来越贪，就连收山货的老张也提出来要看生意账目分红，喝点酒还四处嚷嚷咱们剥削他，要再找大买家呢，全没了当初的情义。"

"那你说咱这生意还能做吗？"

"做是能做。不过运输要花血本去攻王站长。林场那边也得再让出些利来。"

宏图低头沉思了许久说："大奎，你今天说的事，最近几个月我也一直在思考。我的想法是尽快把生意能转的转，不能转的关门。"他见大奎一脸惊诧，解释道："咱先说木材生意，《森林法》出台后，头几年管理并不严格，但最近很多地区开始强制执行森林采伐限额制度，再乱砍滥伐是要判刑的，以后获取木材越来越难。同时也涉及许多山货的禁令，如野鸡、獐子成了保护动物，灵芝等名贵药材也限制采摘。这是大势，咱们没法改变只能接受。

"再说运输，我倒是觉得这两年运输越发便利了，公路修得越来越长、运力越来越强，所以运输上我们能搞定。问题是原来运输虽然不便，但我们手里有条子，别人没有，但现在大家都能运，铁路不行还有公路，所以我们的资源优势就少了。这点在收山货生意上也一样，老张说得没错，他还可以去找别的买家，价高者得这点上我们也没多大优势。

"最后说龙城这边，我们的礼品生意和家具生意仍然赚钱，但是商场里别人也开了礼品店。有消息说，龙城年底还会开专门的家具市场，到时候肯定种类比我们全，价格比我们低。"

宏图站起来，活动了下手脚，给大奎续了杯茶，总结道："从货源到运输再到销售，从国家发展大形势到柜台买卖，从批条子到市场化，我们的这几样生意做的人越来越多。我以前常说的价格差已经很小了，大家争得越来越激烈，虽然盈利但我认为离亏钱不远了，现在不关可能以后就更不容易关了，不如尽早抽身另起炉灶再开张。"

大奎说："你讲得比我们公司领导还透彻，看来我也得及早想想后路了。咱们生意的事你拍板，如果定了要停，过几天出差我分头打个招呼，几个老朋友再给点分手费，毕竟兄弟一场。"

宏图皱了皱眉道："大奎，做生意就这样聚散无常，你看着办吧，我觉得那几个以后还可能打交道的可以照顾一下，像老张这类的山野村夫估计不会再见了，能省就省吧。"

大奎知道这位老同学向来用人朝前，不用人朝后，也不理他就花自己钱处置了。宏图和小芳用了两个月时间把龙城的几个柜台转租了，人员也都遣散了。小芳没事在家带小鹏程，宏图则白天出去约人聊天吃饭，晚上听新闻看报纸，寻找下一个生意机会。

5

小日子起初过得优哉游哉，但随着时间一周周过去，眼看着宏图闲得抓耳挠腮，小芳也觉得总这样下去，人没有事情就会生出是非来。于是小芳跟宏图提议不能总是围着周边的朋友转，该去找找更有见识的人多谈多学。宏图听了觉得有理，想起好久没见诸葛达明了，他是父亲展不平的忘年交，又是名动龙城的学者教授，知识渊博、见多识广，跟他聊聊保不齐会有启发。

宏图拿起电话约诸葛达明周末吃饭，教授却说都是自家人没耐烦吃吃喝喝，不如在学校食堂一起吃个便餐，然后两人在校门口茶馆喝茶聊天。

周日两人饭后来到茶馆，泡壶凤凰单丛，在袅袅的茶香和悠扬的古琴声中交谈，让宏图感觉比起酒桌上的觥筹交错，别有一番滋味。宏图先是向诸葛教授大概介绍了这几年的生意情况，然后说到几个月前结束了生意，现正在寻找商机，今天来向他请教有什么好的机会。

诸葛达明听罢，低头喝茶不语，沉思了十几分钟，才抬眼直视宏图道："老三，你这个问题让我很难回答，有什么商机我一个教书匠哪里知道。但我觉得你的想法不太对路，现在世道变了，你的思维也要跟着变才行，纯粹的倒买倒卖这种机会以后越来越少了，你不能再把精力盯在这里，你还年轻，要把眼光放长远、看大势。"说罢，抬眼看了下宏图："咱们是自家人，我有话直说，不对之处你就左耳进右耳出，好吧？"

宏图忙道："达明哥，找您就是请求指导。您是老大哥，有啥不能说的，就把我当成你最笨的学生，说得越清楚越好。"

诸葛教授看他态度的确诚恳，便道："那好，我就多啰唆几句。"

诸葛达明顿时换上了教授的面孔，从"理"上说起，直说到"行"，娓娓道来。

一般人立足于世，要经常考虑两个问题，立命与安身。所谓"立命"，早期是解决自己和家人的吃饱穿暖，这点宏图已做到，在此基础上可以追求自我价值最大化以及社会认同。而"安身"，则是要把重点放在修炼与提升自身的素养上，包括行业知识、专业技能、精神境界等方面，儒家讲格物致知、诚意正心、修身齐家、治国平天下就是这个意思。立命与安身两者相辅相成、共同提高，就会使我们的生活与事业快速发展、圆满顺遂。

诸葛达明认为宏图现在的阶段是到了一个事业瓶颈期，又恰逢社会变革加速，钱已经赚了不少，但知识、眼界还不够，所以下一步需要修身进德，才能把握社会大势，驾驭发展潮流。

"用八卦讲容易理解，你听过《周易》八卦吧。"教授道。

《易经》的第一卦叫乾卦，乾卦由七部分组成，象征人或事的七个发展阶段。《易经》讲的是阴阳变化，从事业发展角度来看。第一阶段时阳气居最下，刚开始生发，所以它不主张有太大动作，就像我们初做一个不熟的生意，此时需要默默积累，了解生意、熟悉环境，时机未到之时，不应轻举妄动。

第二阶段时阳气升腾，是个比较好的发展机遇期。此时，我们进入社会或是做生意一段时间了，有了基础、学了技能，又有了些实践，赚了一些钱，可以广交朋友，抓住机遇适当表现自己。乾卦把这个过程抽象地比作龙，此时龙在田间，不在天上，所以虽机遇不错，但还不能完全对事业得心应手，仍需以勤补拙。

到了第三阶段的时候，事业有所小成，开始遇到了可上可下的波动期或是瓶颈期，《易经》指导我们此时不仅更要努力，还要时时警惕，多了解世道流行，理解社会运转大势，才能顺利发展不出问题。也就是说，外部环境变化较大时，我们要在更勤奋的基础上小心谨慎，所谓进德修业就是这个意思，把动荡的环境、激烈的竞争当作对未来成功的磨砺。

到达第四阶段时，一般我们将遇到只能上不能下的困境。此时，龙在渊中，上不着天，下不落地，只有勇往直前，才是唯一出路。换言之，我们经过了事业的积累期、发展期、波动期，大的机遇近在咫尺，要全力争取，切不可犹豫不决或畏首畏尾，否则不进则退是一定的。

诸葛达明认为宏图现在就处在这第三、第四阶段的坎上。前面几年干得不错，年纪轻轻就在物质条件上有了较大收获，但现在事业似乎处在进退两难的瓶颈。所以应该跳出来当个旁观者，而不是出来找什么商机。现在大部分商品都已经市场化了，只有一种市场价而且还根据需求波动，投机能带来的利润空间已经很有限了。

党的十四大提出建立社会主义市场经济体制的目标，乡镇企业、民营企业、外资企业大发展，它们的产值已经占到国家 GDP 的一半了。打开电视机，播的是"人类失去联想，世界将会怎样"，街上的麦当劳大家排着长队去吃汉堡包。毫无疑问，下一步社会的中坚力量是企业，不再是具有特殊关系的个人或单个的商业机会点了。

在诸葛达明看来，宏图以前成功是因为站在了改革开放的前沿，抓住了计划经济向市场经济过渡时期价格双轨制带来的机会。宏图跟一些体制内的人不同，他的处境更灵活但同时也更危险，现在他要有从头再来的心态和勇气，他又一次站到了起跑线上，重新面对社会变革，要保证自己通过学习，始终能赶上改革的最新班车，站在时代大潮的前头。

"通俗地讲，如果说以前的做法是游击队，那么现在你要通过学习，自发地转变成八路军正规部队了。"诸葛达明接着道，"我的意思是，未来的社会发展动力在企业，各种各样的企业，你该去了解、学习企业与市场运作的规律和相关的知识，把你原有的经验、能力与这些新事物紧密结合起来。"

宏图听他一席话真如当头棒喝，猛地从长期以来沾沾自喜的小成就中惊醒，一洗几周来身心的烦闷、豁然开朗起来，言下更是恭谨，问道："达明哥，听你一番话胜读十年书啊！看来我确实是井底之蛙，以前光把眼睛盯在生意上，总是觉得好买卖越来越难找，殊不知其实是形势变了，我的想法落伍了。要不是你今天点拨，我不知道什么时候才能走出这个误区呢。"

诸葛达明说："所以古人说'欲穷千里目，更上一层楼'，要站得高才会看得远。我们做事前首先看清形势然后再选择方向，就不会犯错，磨刀不误砍柴工嘛。我常跟学生讲个人职业规划有三大步骤：看大势、定方向、做积累，依次实施无往而不利。"

宏图点头道："这第一条'看大势'您讲的我明白了，是要我多关注国家经济发展大势，多了解企业与市场的发展，不要只看眼前的蝇头小利做小本儿生意。那后两点您再讲透彻些。"

诸葛达明继续发挥自己的教授特长为宏图讲起了职业规划。

掌握了宏观发展的大势，顺势而为会事半功倍。接下来是确定方向，具体来说就是选择行业与专业。有个关于《西游记》的笑话，当初白龙马陪唐僧西天取经，成功后被封为八部天龙，他回到老家见到童年的好友一头驴子，驴子很羡慕他的成就，哀叹自己还在拉磨，向他请教成功的秘诀。白龙马对驴子说自己有一个目标方向，不论艰难险阻朝西一直走下去终于成功。而驴子却总是在原地绕圈，没有方向自然无法累积本领，所以能力始终得不到增长。这个故事说明确定方向是多么重要啊！诸葛达明认为要选择恰当的行业、专业还需要跟个人的性格、能力、经验、爱好结合起来。

诸葛达明道："老三，针对你来讲，你更适合做老板而不是职业经理人，你的特长是整合、调动资源，而非执行，所以可以把方向定在企业战略规划、投融资等方面。"

诸葛达明接着"讲课"。

如果说确定方向是"做正确的事"，那么积累学识、经验这种行为就是"正确地做事"，在既定方向上做积累是个人职业发展的捷径，很多人虽然具有天赋但频繁地更换行业或专业，三天打鱼两天晒网，没有常性就不会有积累，最终注定成就有限。这种知识和经验的积累有个技巧，那就是自己要制定远期、中期、近期目标，并将明年直至明天要做的事与各阶段目标紧密结合起来。这需要经常思考：十年、二十年后自己要做什么？要什么条件才能做成？怎么实现这些条件？现在怎么做？获得知识与经验的手段无外乎两种，一是读书学习，二是与懂行的人交流。

"自己学加专家教导结合在一起就是我们学校的研究生课程啊。"诸葛达明微笑道。

宏图忙说："达明哥，你讲到后来我也明白过来了。你是要我重新进学校充电啊！其实听你前面说了那些，我就感到自己这几年忙着赚钱反而跟社会发展的新形势脱节了。如果念书，您有什么好建议。"

诸葛达明惊讶于宏图天资之高、领悟之快，点头说："嗯，聪明，我没白费这许多口舌。就你的情况，我觉得念个非全日制的研究生班最好，这种班每年有很多本地成功人士来学，有助于你建立人脉圈子。至于专业嘛，我推荐两个你选，一个是MBA（工商管理硕士），这是个我国刚出现的新事物，重点放在企业管理，学的是以会计学、管理学、营销学、统计学、企业战略、规划与决策这些内容为主；另一个是金融专业，学的是经济学、货币与银行学、投资学、证券期货保险等内容，以后跟银行、证券、投资商打交道多一些。"

宏图向茶馆老板借来纸笔认真记下，说要回家仔细想想，两人又聊了一会儿报考的事，宏图千恩万谢告别了诸葛达明。宏图闭门想了两天，跟小芳商量后，他打电话给诸葛达明说他确实想进一步提高，接下来他在家专心准备考试，让诸葛帮他留意龙城大学的金融专业。

6

半年后，宏图顺利进入龙城大学主攻金融学，姐姐宏翼称之为回炉再造，小芳则私下取笑宏图说本来已是有经验的成功商人，现在又苦学理论，将来应该叫"流氓会武术，谁也挡不住"。

宏图进入龙大听完第一堂课后，就知道自己选择再次读书这个决策是十分明智的。这堂课是由知名经济学教授吴世民讲的。吴教授五十多岁年纪，秃顶微胖，慢条斯理的话语中略带绵软的江南口音。

吴教授慢步踱上讲台，面对大家说道："我的名字和专业很好记。我教授大家经济学。经济这个词的意思是经世济民，也就是讲国家、社会、家庭如何理财，从而帮助提升老百姓生活水平的学问。我姓吴，经世济民这四个字'无世民'，就剩下'经济'，所以说是上天注定我吴世民要教经济学。"

台下同学听他说得有趣纷纷鼓掌。

"在日常生活中说到经济、金融、投资这些词，好像离我们很遥远。其实不然，我们每天都生活在这些概念中，正确理解它们不仅能帮助企业、社会、国家更快地发展，也能使我们个人、家庭更快地摆脱贫困、积累财富。今天是大家的第一堂课，大家又都是有一定社会阅历的在职学生，我想反其道而行之，从我们身边的经济与金融讲起，让大家对一些经济学基本概念有个初步的理解。"

"计划经济、中央集权、全民所有制等等这些社会制度，自古有之，并不是我们这个时代的新发明。"吴教授一句话勾起了大家的好奇心，接下来他开始从大家最关心的社会变革谈起。

自春秋时期管仲提出四民分业，将士、农、工、商四个阶层分立后，社会的职业分工开始细化。在此基础上，管仲针对周王朝原始的市场经济，进行中央集权、国有垄断的改造，他具体的做法是"盐铁专卖、国有民营"……

管仲之后，中国两千多年封建王朝经济发展史始终贯穿着"中央集权与地方分权、国家垄断与开放民营两对社会矛盾进行博弈"这一主线。可以说，这两对矛盾的博弈结果决定了自古至今中国社会的经济形态和改革模式。

无论古今中外社会制度如何，从家庭财富的角度看，社会应大体分为三个阶层，贫穷阶层、中产阶层、富裕阶层。我国由于改革开放才十几年，国力还不扎实，以至于当下后两个阶层人群还不多。但一个合理的社会制度应该是纺锤形，中产阶层居多且三个阶层人口有合理的流动，让有能力、有贡献的人富裕，好吃懒做、无所事事的人贫穷。

寥寥几句话道出了充满独特见解的宏观经济理论，吴教授又开始通过微观的财务指标分析，给大家剖析个人财富的真相。

无论哪个阶层的人，日常生活总离不开四大要素：收入、支出、资产、债务。认识清楚这四大要素都包括哪些内容，再看看不同阶层人群这四大要素的结构，就能发现影响贫富秘密的真相。

一般来说，收入包括两类，一类是城市人口的工资、农村人口的土地收成等相对固定的收入；另外一类是股票期权收益、投资回报、房屋或设备租金、作家版税等不确定的带有独特资本属性的收入。

支出也包括两类，一是衣、食、住、行等生活必需品的支出；二是个人贷款（房子／车等）、子女教育费用、缴税等相对浮动的支出。

资产亦分两类，一类是指自己住的房子、自己开的车子等相对固定的资产；另一类是指出售或出租的房产、股票、债券、现金等。

最后是债务，一是包括自己使用房屋或车子的欠款、子女教育费用、信用卡账单等个人欠债；另外是用于出租或出售的房贷、企业或生意投资、融资与融券。

吴教授一边说一边用粉笔在黑板上画出三大阶层与四大要素的对应关系。"下面我们进入主题，看看三大阶层的收入、支出、资产和债务分配有什么特点，分析这些，我们就会看出来每个阶层取得财富的秘密，并可以有针对性地给出提升财富水平的建议。"

贫困阶层的收入以相对固定的工资、土地收成为主，可能带来增值的投资性收入基本没有；他们的支出以衣食住行的生活必需品支出为主，还贷、缴税、子女教育等支出基本没有；他们的收入差不多全部用于基本支出，多余的消费基本没有；他们的资产基本没有或以祖屋、宅基地、基本的生产资料为主；他们的债务很少，可能因为孩子念书或家人看病背上负债；贫困阶层的盈利能力不足，潜在债务较大，禁不住折腾。

经过分析可以得出以下结论：贫困阶层的优势是负债不多；其劣势则是盈利能力不足；贫困阶层面临的风险是多年后劳动力下降或生病时有变为赤贫的风险。

因此帮助贫困阶层脱贫最好的办法是：提升收入，减少不必要的支出，将省下来的钱，甚至是举债用于两点投入，一是教育投入，包括自身的职业教育投入（增值）和子女的学历教育投入（未来）；二是增加保障性投入，如购买基本的养老和大病保险。

吴教授讲到这里停了下来，道："接下来对中产阶层和富裕阶层的分析与此类似，我想请两位同学依此模式分析后，上台来跟大家分享，上来的同学先跟大家做个自我介绍再做分析讲解。"吴教授稍稍停顿了一两分钟，给大家时间思考，然后叫道："有请童秀丽同学。"

一位三十岁上下的女士站起来跟大家打个招呼："我是龙城市古塔区工商银行支行行长童秀丽，欢迎大家指教。"说完走上讲台，向老师点了下头开始分析。

中产阶层的收入仍以工薪为主，可能带来增值的投资性收入较少。跟贫困阶层相比，中产阶层的收入增长了，有了一定闲钱，但其多余的钱，全都用来买房、买家电家具，变成了巨大、持久的债务，无法变现或增值，只能自行使用。巨大的债务束缚住其手脚，压缩了其进一步提升的空间，如工作的变动、创业等。所以说中产阶层的风险其实是增大了，如不改变投资策略，他们就是有资产的贫困阶层。

对于中产阶层而言，一定要摆脱支出陷阱，把买家电家具的钱用来投资房产、股票、创业、理财等，虽有风险，但有机会进入富裕阶层。自己住的房子晚点买也行，自己吃穿用的差点也没关系。此外，还要进一步加大教育投入，学好专业与行业知识，积累经验，等待机遇，不做月光族。

"作为中产阶层的一员，我深深感受到了这种进退维谷的处境，这也是我重新迈入校园的原因之一。"童秀丽如是说。

童秀丽的现身说法对宏图触动很大，连社会上最让人羡慕的金饭碗——银行行长也具有如此强烈的危机意识和自我提升的想法，可见这个时代变革之剧烈，他还有什么理由不改变、不努力呢？

接下来，吴教授又点名同学分享。应声而起的是一位年近四十，留着络腮胡子的健壮男人。"大家好，我叫蔡国旗，现任市发展计划委员会副主任，请大家多指教。"说完，依照老师的研究方法画了个柱形图后开始分析。

当前社会富裕阶层的人群还不是很多，他们的收入以企业投资、股票、理财、房屋租金等投资性收入为主；其日常支出占（收入）比相对较少，与中产阶层比较其房子贷款基本早已还清，车子大都是公司购买的，所以有时支出不升反降。富裕阶层的优势在于收入与资产巨大，但支出与负债不多；其劣势是容易自身膨胀，忘记社会责任，忽视他人权益；他们所面对的风险是投资失败，资产贬值。

蔡国旗道："人们都说投资有风险，创业维艰，我在工作中接触过很多创业成功的老板，碰到过更多倒闭、破产的企业，我们曾经统计过龙城餐饮企业的生存周期平均在一年半左右，我们往往看到贼吃肉却没看到贼挨打，其实这些企业家、小业主创业真是挺难的，这些年来反倒是倒卖物资赚钱更容易些。不过从长久看国家还是支持实业兴邦的，否则全民倒买倒卖，国家经济不就成了一个大泡泡嘛。"

宏图听他提及"倒爷"不由脸上一红，提起兴趣听他说完，顿时觉得分析得到位，自己虽然依靠前几年生意赚了不少，闯进了富裕阶层的门槛，但如果思维不转变恐怕也难以长久维持下去。

最后吴教授总结道："两位同学分析得很到位。其实贵贱本无常，贫者当自强不息，中产者当胸怀大志，富者亦当厚德善行，那么整个社会必将是繁荣、和谐的大同盛世。"

一堂课下来让宏图大开眼界，他觉得同学之间真的是藏龙卧虎，自己如不勤学习多交流，恐怕要拖大家后腿呢。自此，宏图除了学习书本知识，将更多精力用在建立自己的社交圈子。在同学里，跟他关系最好的要数何锋镝，这是个小他三岁的原外企高管，每天穿得西装笔挺的小胖子，在企业管理方面常有独到的见解。不久，他与蔡国旗、童秀丽、何锋镝三个同学打得火热，四人一同参加会议论坛，一同出去吃饭郊游，一同组织企业考察，被人戏称龙大财经四人帮。

宏图虽然重视学习知识，但对投资、证券等他认为应用性强的学科更为偏爱，而财会、货币学等理论性强一些、宏观知识多些的学科就很轻视，以至于偏科严重，甚至挂科，还需要诸葛达明帮他求情才能勉强通过。他心里其实并不在乎，与其他政府或企业中兼职工作的同学不一样，凭他的个性是很难再去给别人打工了，所以学历证书之于他其实并没有太大的价值。

7

对于飞掠而过的时光而言，似乎单纯与平静的日子摩擦力最小。一晃宏图在龙大读研已经两年多了，回想七百多个日日夜夜的学习、讨论、交流、考察足以让宏图有种脱胎换骨的感觉。终于快毕业了，吴世民教授交代他们毕业论文的方向是当前最热门的"国企改制"课题。为了完成论文，蔡国旗利用职务之便为同学们组织了几次国企考察活动。

这天是第二次考察，考察的是龙城水果罐头厂。这是家规模不大的国企，一百多人年产值六百多万元，主要依靠龙城本地特产的山楂、白杏制成水果罐头。前几年人们物质条件匮乏，过年过节走亲访友、日常看病人都会带上两包果子（糕点）、两瓶罐头，因此销量还不错。这几年随着老百姓兜里有钱了，送礼的档次也逐渐提升到烟酒、麦乳精、新鲜水果，所以企业日益萧条，员工基本干一天歇两天，工资也变成了现金加罐头。

宏图等同学跟着张厂长参观，一边看一边问，经营状况、市场销量、用户人群、资产情况、负债多少，一副兴趣满满的样子。

这一切都被蔡国旗看在眼里。次日，蔡国旗约了宏图、童秀丽、何锋镝四人吃饭。席间蔡国旗问："宏图，你怎么看昨天的考察，觉得这样的国企还有希望吗？"

宏图笑道："昨天考察完，我跟小何秉烛夜谈。如果按现在这样经营下去，无疑是死路一条，如果是置之死地放手一搏，彻底变换企业的管理模式和主打产品，或许还有一线生机。"

"我看你昨天兴致满满，想不想谈合资？"

"人家是国企，我一个老百姓成吗？"宏图问。

"咋不行？我们专门组织学习了政策，以及深圳的成功经验，其实这轮国企改制的重点放在对内开放，包括对民营企业的开放。"

宏图听得眼前一亮，说："蔡哥，我是有兴趣。快毕业了，我也闲了两年多，最近我们始终在找创业机会。我昨晚跟小何商量，这罐头厂虽然目前亏损，但持续时间还不长，人心没散，职工年龄普遍还不算大，而且生产设备还挺新，厂房也是自己的，所以我觉得只要收入能上来企业还有救。他们合资意向如何？什么条件？"

"这家罐头厂是我蹲点的单位之一，情况知根知底，他们合资、出售、合作都可以谈，很多事情我都能做主，亏损的厂子不用啥大钱，也就固定资产能算点钱。"蔡国旗说。

一旁的何锋镝也道："蔡哥，我昨天跟展哥聊过这家企业。我觉得有个事要说在前头，如果双方合作谈成了，我们要控股当然也要有相应的话语权，主要在业务和人员任用上，要有较大的动作，不然企业很难扭亏为盈。"

蔡国旗忙说："那是自然。哪有让钦差办案不给尚方宝剑的。现在各地的国企改革都在提倡'破三铁'，这也是大势所趋。"

旁边童秀丽笑道："小何，看你不声不响的，敢情宏图你俩暗地里谋划着要搭帮创业啊，怎么不叫上老姐？"

小何脸一红笑道："童姐是大行长，谁请得起？我是待业青年，展哥是待业老板，我们一拍即合，我给他当先锋官。"

宏图也附和："小何以前是大企业高管，既有管理经验又见多识广，不像我是暴发户，只会做买卖，不懂企业。我俩合作创业，各取所长。将来公司做大了，还得你们两位一个出资源、一个出钱（融资）多多提携。"

蔡国旗端着酒杯站了起来道："那就说定了，宏图，现在是多年难遇的好时机，你和小何回去再碰下条件，我约下张厂长，接下来几天我们谈谈合资价格及条件。"

谈判进行得很顺利，宏图和小何有两个主要诉求，在控股基础上尽量向全资并购方向谈，投资方委派总经理全面负责经营。张厂长还有两年就要退休了，在职务上没有过多考虑，他也乐得有人接下亏损的烫手山芋，因此非常主动配合谈判。他代表厂家提出两点条件：一是找第三方对厂房、设备等资产评估作价，避免以后产生责任纠纷；二是善待员工，保证合理延续绝大部分员工劳动合同，对不续签合同的员工进行必要的经济补偿。两个月后最终谈妥，宏图以一百万元全资收购龙城水果罐头厂，他个人出让百分之二十的股份进行管理层持股激励，委派何锋镝担任总经理，张厂长仍任厂长（主抓生产）同时兼总经理顾问。

8

小何上任总经理的第一个月，几乎没人见过他的影子，厂里消息灵通人士说见到他跟经销商吃饭、在百货商场罐头柜台附近转悠，甚至在小商店里见过他跟小店业主聊天。第二个月他跑得更远，有人听说他时而在凤凰山的山区里游玩，时而出现在农民的果园里。到了第三个月他开始打卡上班，但只是这个办公室走走，那个流水线看看，然后就是找人聊天，先是跟所有的业务员每个人聊半天，然后是工人，最后是管理层，公司上上下下的人几乎都聊了一遍，但也只是天南海北随意的闲聊，并没提出啥针对性的问题，就这样又过去了半个月。接下来的半个月他紧闭办公室大门，用了整整两个礼拜在办公桌前写写画画。

所有人的目光跟随着他，从紧张到期待再到好奇最后回归失望，经历了过山车般的起伏变化。奇怪的是，尽管小何如此不务正业，宏图那边居然毫无动静，任他折腾。

终于到月底，小何打开了办公室的大门。他先是跟宏图、张厂长进行小范围讨论，然后与管理层、销售部门开展为期三天每天十个小时的密集工作会议。会议的主题是业务转型与管理提升。会议结束，绝大多数人投票通过小何提出的改革方案，宏图宣布全厂员工普调一级工资，全员开足马力进入新业务转型期。

原来，在第一个月小何独自进行了大范围多类用户的市场调研，他得出的结论是单一水果罐头市场已经面临饱和，企业需要开辟第二市场。所以在第二个月他找专家、访客户，在果园实地考察，最终他选出了两个极具本地特色的产品——沙棘和酸枣。

龙城自古十年九旱，土地以贫瘠的沙土地为主，但这种土地却是耐旱植物的天堂。本地农民田里种的是谷子、高粱，山里的果树则以沙棘、酸枣居多。沙棘号称维生素C之王，甚至能在盐碱地上生存，可用于沙漠绿化，大面积种植国家还有一定补贴。酸枣不仅营养价值高，其果仁也是安神助眠的最常见中药，可以直接卖给药厂。

小何知道这两种水果虽然量大，但在市面上并不多见，果小汤酸不太适合做成罐头，经过找专家论证现在国内罐头市场趋于饱和，正在向果汁饮料市场转化，这是一个巨大得超乎想象而又几近空白的市场空间，有营养的特色果汁饮料尤其罕见。

小何跟宏图商量新战略是依靠沙棘和酸枣为原料打开本地果汁饮料市场。罐头厂的生产线制作果汁具有得天独厚的优势，设备并不需要过多改造，工人稍加培训即可上岗。关键的问题在于营销宣传。小何说动宏图拿出八十万元巨资，在《龙城日报》、电视台、机场、火车站都打出巨幅广告，同时在龙城大学、商业街区等多处为普通消费者开展为期一个月的免费试喝活动。铺天盖地的广告宣传和现场实地的体验品尝相结合，获得了巨大的营销成功，短短三个月罐头厂的维C果汁营养饮料就垄断了龙城的饮料市场。出乎意料的是广告宣传居然还带动了原有罐头产品的销量激增。

小何改革方案的另一个主题是内部管理提升，主要从提升效率、节约成本抓起。小何把外企的管理制度简化后移植到国企，并结合国企的特点树立模范典型并进行重奖，对一贯懒散的工人，则两次通报批评后降薪，三次批评后解聘。在节约成本方面，小何严抓企业的吃喝风，"一支笔"控制营销公关与渠道推广费用，对差旅等费用实行分级管理。几项措施落地，不仅工人效率大大提升，重要的是成本缩减几近一半，这挤出来的可是实打实的纯利，比单独依靠收入提升对企业帮助更大。

一年后的一天，小何兴冲冲地推开宏图办公室的门，道："展哥，有个好消息要告诉你，截止到这个月我们扭亏为盈了，照这样的发展速度，年底应该能有个几十万的利润呢。"宏图听完大喜过望，说："太好了，晚上咱哥俩喝几杯庆祝下。"

翌日，宏图找到小何说："昨晚我想了很久，既然我们已经取得了初步成功，不如加点柴再猛催一下，让这团火烧得红遍龙城。我全部家当还有一百多万，我想全拿出来，财务是咱自己的人，让她把这笔钱以交易合同做进账里形成利润，你看怎么样？"

小何十分不解，像看怪物一样盯着他："为什么呀，展哥？咱企业发展得这么好，不出意外，明年就会赚得盆满钵满，你为啥还要冒着违规犯法的风险自己贴钱入账呢？"

"我查过罐头厂以前发展最好的时期也就一百万利润。咱们把这个钱加进去，年底估计能冲到两百万利润。这给人感觉是不一样的，短短一年多不仅扭亏为盈，还打破历史最高收益、成倍增长，这是多强的冲击力啊！这里面可以做很多文章，具体我还没想完全，眼前我只想到一条，这么做肯定能快速拿到超出我们预期的大额贷款。"

宏图说到兴奋处，手舞足蹈："本来我俩预计明年还要扩大投入，只是贷款这一条就足以弥补我个人的追加再投入了。童行长虽然是咱同学，但也得咱们业绩漂亮才好多给钱啊。小何，抢占市场兵贵神速啊，贷到足够多的钱明年扩大生产规模，加大宣传力度，再开辟几个新市场，争取把产品覆盖到全省，产值再翻一番估计不成问题。到时候，这点投入自然会回来的。我觉得这么做来得快，比现在默默无闻地慢慢折腾要快很多，拿自己的'小钱儿'贴补业绩，然后产生轰动效应再以此为杠杆去博贷款的'大钱儿'，估计还能拿到政策补贴等一些更大的资源，这样做是值得的。"

小何用陌生的目光重新审视着这位老同学，脸上的表情异常复杂，其中掺杂着惊讶、刺激、担忧、兴奋……

9

腊月二十五，麒麟大酒店的豪华包间里，展宏图做东四位老同学齐聚一堂。蔡国旗年纪最长坐主位，宏图主陪，小何与童秀丽分坐两边。

宏图道："麒麟酒店来了位新主厨，山东淄博人，蔡哥也是山东老家，今天我们吃鲁菜如何？"大家点头称是，由小何点菜。鲁菜不以凉菜见长，大家又都是熟人，就直接上热菜。葱烧海参、九转大肠、糖醋鲤鱼、芙蓉鸡片、神仙鸭子、奶汤蒲菜、乌鱼蛋汤，六菜一汤上齐，鸡鸭鱼肉、荤素搭配俱全。小何征求大家意见后喝孔府家酒，饮料是咱自家企业生产的沙棘汁、酸枣汁。

按规矩宏图先抬三杯，宏图起身道："友谊是酒，越陈越香。我们几个老同学好久没碰了，但感觉朋友间就像放风筝，你在这边我在那头，互相有着剪不断的牵挂。又过一年了，这第一杯酒敬我们又增一岁的同学友谊，干杯！"

喝完第一杯，四人各夹了几口菜，宏图又道："前天小年祭灶，是灶王爷上天汇报我们的情况。今天是'接玉皇'的日子，玉皇大帝亲自下界查看情况，来定我们明年福祸。你们两位就是我跟小何的神仙贵人，呵呵。我们现在做的事业能有今天全仗两位支持。饮水思源，所以这第二杯酒是感恩的酒，来，干！"两人连忙推辞客气。

几句闲聊后宏图再次举杯，道："喝第三杯前，我要跟你们两位汇报下企业的发展情况。咱们小何真是能干……"宏图开始绘声绘色地讲述小何不同寻常的行为和高超的改革方案，两人听得津津有味。

最后宏图总结道："……就这样，经营上开辟新市场创收，管理上压缩费用支出，开源节流两招齐发，截至年底不仅全面扭亏，还创造了两百多万的利润，这可比罐头厂历史最佳业绩都翻了番啊。当初谈收购时我就邀请过你们两位日后做咱企业股东，这话不是戏言。你两位当初可能没当回事，我们却是当真的，安全起见你们的股份小何代持着呢，现在盈利了，所以好消息跟你两位唠叨唠叨。未来发展前景无限，还要你们两位股东多支持呢。所以这第三杯敬我们共同的事业，干杯！"

蔡国旗听了大喜过望，当初真没想到企业转型如此顺利，口上仍是推托："宏图、小何，咱们可是同学，当初真没想什么利益，就是觉得挺好个国企还有希望，资产不错，又没负债，得找个能人帮帮企业。说一千道一万，还是你俩厉害，病入膏肓的企业几下就妙手回春了。别提股份的事，见外了，同学帮忙应该的。"

说到此处，蔡国旗压低声音故作神秘道："我刚听宏图一说，脑子有个新想法，这肯定是咱龙城国企改制成功的第一个案例，不仅扭亏而且巨幅增长，据我所知还没先例，我这几天去实地转转，争取写个详细的报告递上去。这无疑是市长、书记们需要的典型政绩，可以大书特书，到那时咱们企业要厂房、要人才、要政策，要什么资源没有啊？"

童秀丽在一旁也帮腔道："老蔡说得有理，能在领导那里挂上号，企业贷款就绝对不用发愁了。"

四个人越说越热闹，又都是各自领域的专业精英，新思路层出不穷。听着听着，一个未来三五年的集团化发展战略模糊地闪现在宏图的脑海中，他感觉到即将面对一次千载难逢的大好机遇。时机已然成熟，需要他清晰战略果断出击。

四人聊得开心，不觉间已到了晚上十点多，小何起身结账。宏图从墙角拿出两个塑料袋说："今年企业刚上轨道，不分红了。但取得的成绩还不错，要过年了，得给股东们'表表心意'。"说罢，递给两人。

蔡国旗接过一看，袋子里装了两瓶自家饮料和一个小盒子，也没太在意。走到门口，小何再次叮嘱两人小心拎着袋子，礼品怕摔。蔡国旗于是长了心眼，回家拆开盒子一看，赫然是一块劳力士手表，证书包装齐备，他是懂行人知道这表价值十几万，才明白宏图的"表表心意"原来如此。心下顿时觉得此人大气，忙拎起电话推辞，宏图却说同学友谊地久天长，所以弄个手表纪念一下，以后难免叨扰，来日方长。蔡国旗面子、里子都有了，想想确实自己尽力不少，也就不再推辞。

宏图和小何送走两位，又聊了一会儿，便分别接到蔡国旗、童秀丽电话。放下电话，宏图接着说："你看，客气归客气东西都收了。这不是节约成本的事，咱们虽然刚盈利，但别舍不得。我做事的原则是什么钱都可以省，送礼的钱和看病的钱不能省。你现在觉得花三十万给他们买表太贵了，但咱要目光放长远呀！我琢磨着未来肯定要集团化、多元化，企业并购、银行贷款才是一切的根本，这些资源得靠这两位'贵人'才行，他们是中层干部里的实权派，能量很大但胃口还小，而且大家毕竟是同学相对放心。等明年这个时候你再回头看看，这肯定就是'小钱儿'啦。现在还是投资期，咱宁可自己吃白菜豆腐，鲍鱼该请也得请，这叫'该省的省、该花的花'。"

小何点头接受，不置可否。

10

蔡国旗春节假期憋在家里十天没出门，写出了一份翔实的调研报告——《龙城国企改革成功之路探索与实践》。报告详述了龙城水果罐头厂改制的前后措施与细节，最终以企业成功扭亏为盈的结果扣题，将此事定位为打响龙城国企改革第一枪的成功案例。

节后，他将报告提交给一把手主任，很快主任又将报告提交给潘市长，作为一项重要议题在市长办公会上讨论。潘市长组织领导班子详尽地参观考察了罐头厂，最终将龙城罐头厂的改制作为正面典型，树立为龙城国企改革成功示范案例。

罐头厂成为"市长项目"中的明星示范企业后，来参观的各委办局、各大国企领导络绎不绝，媒体采访也纷至沓来，小何鞍前马后安排接待、参观、讲解、领导题词，忙得不亦乐乎。宏图却一连几天不见人影，小何电话联络才知道宏图去了香港。

原来春节过后宏图也没闲着，他跟蔡国旗始终保持联系，知道事情的进展已逐渐到了烈火烹油的高潮阶段，各路资源即将源源不断汇聚而来。罐头厂改制的成功不仅没有满足宏图的野心，反而催生出他更大的胃口。

资源多了、势头更好了、人脉更丰富了，他开始在心中构思一盘更大的棋局。他的思路越来越清晰，为了验证自己的想法，他需要高人的指点。于是他找到导师吴世民教授商量，吴教授虽然觉得他的想法过于简单宏大、基础不稳，但目前的政策、市场机遇稍纵即逝，这一想法值得尝试，于是同意他的战略发展思路，并指点他去深圳拜访自己的资本圈朋友，然后再去香港考察实施展宏图计划的第一步。

十天后宏图风尘仆仆地赶回龙城，一下飞机便看见小何一脸焦急在等待着。两人边走边聊，小何道："展哥，你走这十天可把我忙坏了，各种接待任务，前天潘市长还点名要见你，我都推掉了，说你去外地建分公司，回来就去找他汇报，你再不回来我可要扛不住了。"

宏图忙道："辛苦你，小何，让你当'交际花'确实难为你了。好在我事情办得差不多了，今后咱俩还是你做经营管理，我来做融资和公关，应付领导和投融资方这类事交给我。晚上你约蔡主任、童行长了吗？"

"早约好了，我跟司机说了我们直接去雅颂茶楼。"

"嗯，也好，吃简单点，谈事为主。"

四人茶楼见面寒暄了几句，各自取了喜欢的自助餐品、水果进入包间，不一会儿吃完了饭，小何要了一小罐极品的武夷水仙、一壶开水，遣走服务员，投茶注水、高冲低泡，四人围坐桌前边喝边聊。

宏图先道："今天请各位来，一是最近公司内部业绩冲得很快，在蔡哥年后的努力下，现在外部资源大量涌入，想跟大家碰碰情况，我们现在手里具体有哪些资源可用；二是过几天要向潘市长汇报情况，我有个更大的发展思路，想听听大家意见；三是我最近去了趟香港有些收获，一会儿跟几位汇报。咱们一条一条说，蔡哥你先说说情况。"

蔡国旗道："年后我提交了报告，起初也没想到这么大动静。现在咱企业成了潘市长主抓的'市长工程'，龙城国企改制成功的示范案例，正好赶上全国都在解决国企改制的'老大难'问题，据市委秘书长说还要总结资料往省里报呢。就目前的形势看，你要什么条件尽管向潘市长提，土地、厂房、资金、人才等，估计都好商量。"

宏图又问童秀丽："童行长，现在咱企业发展潜力还很大，处于市场扩张期，如果能有大量贷款，一年之内业绩再翻一番不成问题，你看就咱们的情况贷款能批下来多少？"

童秀丽道："宏图，凭咱们的盈利能力，再加上老蔡的运作，潘市长如果能发个话，光是我们行贷款两三千万，我看应该问题不大。我晚上再想想，明天小何领你们财务经理找我一下，我觉得还有一些银行产品，如项目贷款等银行推出的新业务模式都可以挤出钱来，再说有些资产多抵押几家银行虽然不太合规但问题不大，这些只要想办法、有技巧都能操作。听说刚成立的国开行低息或免息专项贷款，定向支持有特色的企业改制。我有个大学同学在省行工作，我晚上电话联系下，我们企业现在的情况很适合申请国开行的专项贷款。"

宏图道："听两位一说，我心里就大体有数了。这次跟潘市长汇报，我倒不想要些蝇头小利。我主要有两点想法：一是争取资金支持，这点刚才童行长说完我觉得问题不大，就是要潘市长的一个承诺；更重要的是我想做件大事。这也是我今天找各位商量的重点内容。"

宏图喝了口茶接着道："现在媒体舆论都在提国企改制。半个月前我拜访了咱们吴世民教授。他说宏观来看单个国企改制的成功拉动效应不大，要利用明星示范企业多做文章、做大文章。这个观点跟我不谋而合。上次咱们春节前吃饭后，我就开始琢磨能不能通过并购多家国企快速集团化、多元化。对并购来的企业在其外部市场转型或扩张，在其内部制度上节约成本、提升效率，这样就能以点带面一次性解决整个地区多家中小型国企的转制问题。我想站在潘市长的角度，他更关心的应该不止一个企业，而是某种国企改革难题的解决思路和整体落地执行方法，你们说呢？"

宏图说完，大家沉默了足足几分钟。这么宏大的思路完全在三位的意料之外，仔细想想逻辑上却又那么合情合理，尤其当下企业的业绩、发展态势、舆论形势，确实是大干一场的绝佳时机，于是三人纷纷点头同意。

"如果大家赞成，那么接下来还有两个问题：一个是身份定位问题，也就是'借势'的问题；另一个是资金问题，这是如何'借钱'的问题。"

"先说借势。"宏图向大家解释吴教授为他做的分析。

此时在全国范围内，福建、江西、浙江的国企改制试点最为成功，这些省份的做法是大批量并购国企走集团化道路，他们的定位是"引进外资改造国企"。不少研究机构、专家都赞成他们的说法，有些媒体也大篇幅报道过。可以说舆论上已经有一定共识。

"这个'势'是完全可以'借'的。"宏图道，"我这次去香港就是去预订一顶外资'帽子'，意向已经谈定。我想成立一家打着国际知名投行旗号的合资公司，其中一方是吴教授介绍的一家国际知名投行，看好中国国企改制要分一杯羹，他们的品牌响亮对我们帮助很大，又应允了不参与实际经营；另一方是罐头厂在香港合作贸易商的关联公司，是家港资投资公司，已经经营了十几年，有很好的财务数据和商誉，我跟他们谈了只要条件合适就可以把控股股东变更为我们指定的个人；第三方公司在本地，是我以前做生意的投资公司。新成立的集团公司由外资投行做大股东、港资与龙城本地两家投资公司各占百分之三十股份，这样表面看是家带着光环的知名外资投资机构，以其为母体公司专门来做中小型国企并购和管理，实际上我们可以控股进行具体资本运作和经营管理指导。"

宏图一口气接着道："至于并购资金的问题，我想自筹一部分，依靠政府通过评估作价再支持一部分，这点还得请蔡哥务把力。此外，听说外资银行都有并购贷款，童行长您帮我了解一下看咱们能不能也去申请。这些就是我准备跟潘市长汇报的大体思路，您几位回去这两天帮我琢磨琢磨，看看还有什么补充。未来并购国企的事，蔡哥您得多操心，帮咱们物色些有发展潜力又没啥负债的目标企业。我下周跟潘市长汇报，这之前咱几个再碰下。"

11

几人商量完各自回家。一进门小芳领着孩子迎了出来，道："大忙人，才想起回家啊，你都快赶上大禹治水了，三过家门而不入啊。"

宏图忙打趣解释："机遇难得，忙得紧，夫人担待。"接着把刚才茶楼几人碰过的想法又跟小芳说了一遍。

小芳听罢，道："我看这几年你的眼界高了，想法格局也越发大了。你说的我能听明白个大概，但说到底还是一个问题。这钱打哪儿来啊？别人还道你是有实力的大老板，我还不知道，为了这罐头厂的效益你都快把我们娘俩押进去了。"

宏图诡秘地笑道："你说到点儿上了，有一句话我没跟任何人说过，你听了要烂在肚子里，就是你哥也不能讲。"

小芳一笑："啥呀，神秘兮兮的？"

"有个传统魔术叫三仙归洞，听过没？"他见小芳摇头，笑道，"就是轮换着拿两个碗扣三个小球，来来回回倒腾让你猜，但观众总也猜不中。"

小芳嘻嘻道："这是街边的卖艺把式，小时候挺常见，跟你的事啥关系？"

宏图正言道："这个魔术的关键秘诀有两个，一是快，二是不停地倒腾。

当初罐头厂明明盈利了，我还自掏腰包补了一百多万利润，这几乎是咱们全部家当，你还跟我生闷气，小何也不明白为什么。我只跟他讲了一半——为了接下来大量的贷款，我跟他说钱用于拓展未来市场，但其实大部分资金不能放在见效慢的经营上面。我之所以下这么大血本，是想尽可能多地撬动贷款，用来下一步的国企并购。"

"你那时候就想到了？马后炮吧。"小芳打趣道。

"那时倒没完全想通，但这么多年做生意下来，我发现民营企业做不大的根本原因只有一条：缺少资金支持。相比国企而言民营企业受资信条件、抵押担保等限制，很难从银行申请到贷款，所以民间借贷才这么盛行。当初搞国企合资改制，我最看重的就是企业这种容易贷款的身份。"

"你这招瞒天过海，可是瞒过了所有人。坏人啊，你！"小芳拿着腔捧他道。

宏图得意地说："就眼下来说，香港公司的控股权，龙城投资公司的增资，都需要这笔还没到手的贷款。钱一定会下来，童行长现在一门心思想给咱办成这件事，重要的是这钱一到手就不能停在账上，得让它动起来，而且要快速地在几个公司、几种业务间流转。所以说我是在玩三仙归洞的资金魔术。"

"这么做没太大风险吧，你冒险时可得想想我们娘俩。"

"没事，我心里有数呢。现在咱家鹏程也上幼儿园了，你前几天还跟我叨咕说要去找工作，你做过财会，资金的事我交给别人不放心，你准备着过几天到新成立的公司主管财务，罐头厂的财务人员也划归你统一管起来，这样以后调钱就方便了。"宏图道。

第二天一早，宏图去找吴教授求教，说了要见潘市长汇报情况的事情，吴教授说上次谈完后他想了很久，已经有了初步结论，当场写下几点总结，详细解读一番后交给宏图。宏图领了锦囊妙计回家苦苦思索了两天，总结出一个简单易懂的模式来。

12

一周后，宏图应邀去市长办公室汇报。潘市长五十岁上下的年纪，中等身高、体形略瘦，偏分发型梳理得一丝不乱，面皮白净，戴一副金丝边眼镜，

举手投足间有一种学者的味道，言语间偶尔透露出一丝江浙乡音。

双方入座，几句闲聊过后，潘市长要宏图介绍一下罐头厂改制前后的情况，并跟宏图说今天特意留了半天时间专门聊这个事，让他不用急尽管详细地说。

宏图于是从头说起，罐头厂家属院恰好在他家附近不远，每日看到老国企日渐萧条，厂区里杂草丛生，工人无所事事，很感到心痛。当时他还正在龙城大学研究生院进修，政府部门组织企业家同学参观考察国企，深入了解后他认为企业的硬件设施还不错，但是市场发展思路、营销理念落后，企业体制、管理与效率存在较大问题，导致经营不善，处于休克状态，虽然亏损但并不是真正的无药可救。此时，如果能有一剂"强心剂"注入新的市场战略、管理思路和行之有效的落地执行制度，企业应该能被救活。因此，就产生了合资的想法，但罐头厂毕竟是国企，思想上还有很多顾虑，所以没有主动提出来。恰好当时蔡副主任负责国企改制工作，约了几个企业家征求考察建言，自己便把思路提了出来……

宏图又从企业合资说到总经理小何出奇制胜的改革方案与做法，最后一直说到截至去年年底，不到两年时间罐头厂不仅扭亏为盈，还创造了两百多万元利润的奇迹，这一成就远高于历史最佳业绩。

潘市长聚精会神地听完宏图的汇报，沉思了一下问道："展总，你现在有什么困难要解决，今后还有什么打算？"

宏图说："主要还是企业规模小，尤其改制后成了合资企业，银行贷款难、额度小，影响了企业进一步扩展市场，如果资金有保障，我敢打包票明年收入能再翻一番。"

潘市长未置可否，又问："展总，你以前还做过什么企业？"

宏图脸一红，道："早期主要是做些木材生意，后来觉得格局和知识都不够，就去龙大进修了金融学，现在罐头厂占我一小半精力，主要是总经理小何做日常经营管理，我在跟外资投行合作做一些投资与并购业务。"

潘市长听了，立刻眼睛一亮，忙问道："主要是投资哪些领域？效果如何？"

宏图答道："这块业务起步不久，已经依照罐头厂的改制过程把模式总结出来了，正在评估未来是否可能以投资、并购进行模式复制。"

潘市长又问宏图对国企改制模式有什么思考成形的结论。宏图说自己根据这两年来的经验教训，曾经总结了三点想法：

一是政策东风。十四大后政府鼓励为适应市场经济而进行国企改制，并规定产权清晰、政企分开、自负盈亏等原则，尤其是"抓大放小"口号的提出，让制度僵化、经营不善的中小国企放开成为可能，这是国企改制的先决条件。

二是资本运营，引入资金改造国企，进而转换国企经营机制，打破传统机制束缚。以前民企资金介入还是小打小闹，近来政府提出引入大量外资改造国企，这是集中资金做大事的前奏，也能看出政府改造国企的决心，已经有几个省的成功经验做指引，这可能是国企改制的主要方式。

三是企业变革，主要是开源节流两方面同时下功夫，在经营方面发展老市场的同时，重新定位寻找并开拓新市场空间。在管理方面，要打破大锅饭，奖罚分明、多劳多得，破格选拔能人做管理，在提升效率的同时节约成本，这是国企改制的具体方法。

"总的来说，中小国企改制，政策东风是条件，引入资本是方式，制度创新是方法，三管齐下效果才更显著。"宏图总结道。

潘市长听完宏图汇报说："展总，听你一番话能真真切切地感受到企业变革的艰辛和风险，也能体会你们操劳付出有所收获后的成就感。你总结的三点模式很务实，操作性强，但你对宏观政策的体会还不够深入。"

接下来，潘市长谈到近期国企改制的政策导向信息，明确地告诉宏图："未来一段时间，国企改制是大势所趋，速度上慢不得，数量上会加大，不再是试点而是全面推广，也不局限于合资，有条件的产业甚至可以多个国企'打包出售'。"

潘市长停顿了一下，喝了口茶，让宏图用短暂的时间消化一下这个重磅信息，接着道："展总，从目前的政策环境看，你事业上的格局还可以再大些，我为你的模式补充两点内容：一是案例示范、舆论开道、政府支持；二是全资并购、集团化运作。"

潘市长语重心长地说："展总，能者多劳啊，像你这样有能力、有经验的企业家在改革的关键时期更要有铁肩担道义的使命感，深入参与到国企改制的大潮中，还要勇立潮头。市政府会集中优势资源全力支持你。至于你刚才提到的贷款支持问题，我会跟刘行长打个招呼。你回去再想想，也可以跟赵秘书长或张主任了解一下具体情况，我希望你能作出更大的贡献，这跟你要做的投资业务方向是一致的，投资国企、并购国企不仅利国利民，还能以更低的成本，得到更多的支持。"会谈结束，潘市长亲自送宏图到电梯口，临别时特意交代宏图："等你想好了，我们过几天再详谈一次。"

13

跟潘市长的谈话确认了宏图对形势的预判，也更加坚定了他的信心。潘市长和宏图虽然目的各自不同，在政的言政、在商的言商，但两人目标与做法却是高度一致的。宏图第二次汇报后，两人一拍即合，专门成立龙城国企并购工作组，潘市长任组长、宏图为副组长，由发展计划委员会配合宏图拟定并购清单和整合方案，银行、电视台、工商财税等相关部门全力支持并购工作。

龙城这一亩三分地，一把手工程执行力度当然最大，很快巨额银行贷款到位，蔡国旗为宏图提供的国企名单也逐一进入谈判阶段：毛巾厂、玻璃纤维厂、纺织厂、水泥厂、元件厂……起初形势发展快得令宏图吃惊。可具体一家家谈判下来，宏图发现"县官不如现管"，你动了别人的奶酪（利益），即使这奶酪已经并不新鲜了，但人家如果一点也吃不到就不会让你轻易上口，于是大部分并购谈判进入胶着状态。

因为并购进展缓慢，周末宏图拎了两瓶法国红酒来龙城大学家属院，找导师吴教授取经。进了家门，宏图跟师母寒暄几句，便随吴教授进了书房，师母泡了茶就出去了。宏图把最近并购的事情跟老师详细说了一番，然后讲起目前谈判遇到的最大阻力是并购方领导班子的不配合，自己无法解决多方复杂的利益纠葛。

宏图道："吴老师，我本以为是帮助他们摆脱经营困境，可谁知道人家根本不领情啊。这跟我们当初谈罐头厂情景完全不同，挺出乎我的意料。"

"宏图，你这是没站在人家立场想问题。当初罐头厂张厂长是快要退休的人，自然无欲无求所以好谈。现在这些企业的领导，大多还在干事情的年龄，原本企业是国家的，即使效益不好甚至出了问题，终归有个说法。如今你来并购，企业变成你一个民营老板的，你不给人家些承诺，人家怎么能放心，万一下岗呢？这些问题，当事人肯定要考虑的嘛。"吴教授道。

"老师，我不是没想过，那我也没法承诺啊。原本企业就没干好，我收过来还任命他们，我也担心效益持续滑坡啊。"

"宏图，那你有把握一次性找到替代他们的人吗？再说这些人，做成事情不一定行，但让你做不成事情，肯定还是有办法的。"

"我也没有那么多现成的管理人员，我想着进入企业一段时间后慢慢提拔优秀人员，原有很多领导接触过后，一看就不能用。"

吴世民听宏图说完顾虑，站起来屋里四下踱着步想了一会儿，道："这个问题确实挺复杂，咱们先解决战略思路，再考虑战术执行。在战略上你要把资本运作和经营管理分开看，在资本层面，需要这些企业现有管理者的大力配合，因此要给他们做出承诺，我想最好是给些股份，这些人拿死工资并没有多少钱买股权，你的股份可以通过管理层激励给出去，这些股权赠予不会吃亏，他们会在并购上更配合，而且有很多具体估值技巧可用，只要他们肯参与，并购价格会大幅下降，足以弥补你的损失。再说有钱能使鬼推磨，很多人不是能力问题，而是激励不够，管着几百人的大厂长就拿千把元工资，任谁也不会有干劲。另外，在经营层面，直到培养出合适的职业经理人之前，短期内你还要依靠他们来管理，毕竟他们最熟悉企业现状。

"其次是战术执行，要分几种情况：第一种情况，对于配合很好，估值也较低的企业，你直接跟管理层谈好股权激励即可，我觉得不要超过百分之二十股份。第二种情况，对那些估值很高，管理层配合度也不错的企业，可以商量大家一起组建新公司，然后与原有企业发生经营或资本重组关系，最终曲线获得股权。通过这种方法可以用最低价格买到规模较大的国企，但对管理层甚至基层核心人员都要多出让点股份，才能保证一路顺利操作下来，我觉得让出来三分之一的股份是可以考虑的。第三种情况，对那种经营状况不太好，管理层配合很好的企业，可以大家商量先将企业做破产处置，然后再出售给你，具体给管理层的股份可以视其出力多少灵活些。"

最后，吴教授踱着步总结道："要想用最低的价格、最小的代价并购这些企业，需要企业原有管理层的配合，代价是你要付出一部分股权，早期经营也无法摆脱这些人，但我想这应该是值得的，毕竟无利不起早嘛。"

宏图听吴教授讲课般战略、战术分析一大通，顿觉眼前一亮。当下提出要聘请吴教授做自己投资集团的董事，并承诺要跟潘市长汇报然后让教授以顾问身份进入市里的并购工作领导小组。

教授一番推辞下，最终接受了进市里并购小组当顾问的推荐，对到宏图集团任职则婉言谢绝道："只要你这个大老板发财了，别忘了老师就行，咱们师生一起共事多有不便，我当政府顾问于你更为有利。"

宏图忙道："哪敢忘了老师啊，没有您的指导哪有我今天的成就。年初的香港之行，得到国际投行陆总的全力支持，收获很大，这全是仰仗老师的力荐啊！并购业务的母体投资公司我早就给老师留了两个点的股份，让小何代持着呢，他最近会跟您沟通。"

吴教授客气道："我就做了点牵线搭桥的面子事，能办成都是你自己努力的结果。"宏图晓得老师能量很大，又肯全力帮忙，自然不会亏待他。

两人聊得开心，午饭便在老师家里简单吃了，宏图知道老师有午睡的习惯，饭后起身告辞。吴教授临送出门，不经意说道："如果资金紧张，你想没想过可以借用罐头厂的银行贷款来操作部分并购。"

宏图心里咯噔一下，不知老师是否看穿了自己的秘密，脸上一红道："财务操作上不容易，我回去再想想，多谢老师。"

吴教授低声道："看问题要看两面性，才能看清本质。譬如匕首，杀人越货时是凶器，杀敌卫国便是利器，资本也是把双刃剑，关键要看用的人和做的事。我的得意学生里，你是做大事的人。我在你身上看到了我年轻时的影子，做关键决策时不要犹豫！别像我，年轻时社会环境不允许，现在老了只能当教书匠纸上谈兵，百无一用是书生啊！"言语间颇多感慨。

14

遵照吴教授的指导实施，宏图的并购谈判开始有了实质性进展。接下来一年多，事业做得风生水起，接连完成了多家国企并购，就连主管财务的小芳都觉得不可思议。晚上在家中小芳曾问宏图，自己没有经手哪来的那么多钱并购了这许多企业。

宏图将拜访吴世民学到的方法讲给小芳，又道："吴老师讲的也只是大概的思路，但启发我转变了思维模式。并购里面的水很深，用对了方法其实花不了多少钱，甚至是越并购钱越多。具体窍门不少，但万变不离其宗，我仿照金庸武侠小说中杨过发明的武功招式，也创造出了个修炼的法门——展氏加减两字诀，包括八大招式。"

宏图面带得意地掏出来一个小本本，把自己近期总结的独门功法边读边讲解给小芳听。

加字诀就是通过增加负债降低企业估值，练此功法宏图又创造出"虚空收放"四大招式：第一招"子虚乌有"，就是在并购前虚设产品应付款以增加负债；"妙手空空"就是在并购前凭空增加出不存在的应付费用；"坐收渔利"就是在预提费用中，少计提银行贷款利息，直接使银行应收利息被逃废；"马放南山"指并购前对负债评估时，即使呆账烂账也争取保留原额不变，在四大绝招中这招最常用到。

减字诀是以尽量减少资产来降低企业估值，宏图也创造了四大招式——"转闪腾挪"。"斗转星移"这招是在并购前将企业资产以投资或抵债等名义转到新公司，也就是通过剥离资产来转移资产；"东躲西闪"就是并购前以经营亏损为名隐藏资产；"腾空而起"此招是以捐献、公益、帮扶为名减少应收款；"东挪西借"指资产评估时，用难以变现等理由低估资产。

宏图说得扬扬得意，小芳听完不禁眉头一皱："听着好玩，不过这些名字怎么听都像是邪教武功啊。"

"邪教武功是能速成，但可会反噬主人哦，你不怕人家说你挖社会主义墙脚啊！"同样是金庸迷的小芳幽默道。

"这也是没办法的办法啊，本来就都是亏损企业，又漫天要价那不就没法谈了吗？你别担心，这些事情主要由国企原来的管理层来操作，又有上面政策支持，我也很少参与实际操作，就是多付出点股权罢了。"宏图道。

"总觉得有点不对劲，这样亏损的企业、谎话连篇的管理者都挺吓人的。人们常说坏的很难变成好的，假的也成不了真的。"

宏图略带愠色："你这是传统思维，谁规定的真假好坏？你不能总在想'如果我按规则出牌坏事就不会降临'，这是小孩儿的思维模式。世界并非黑白分明，黑白分明的世界容不下'真实'二字！大多数真实都处在模糊地带、灰色边缘。成王败寇！自古以来胜利者才有资格定义是非，戈培尔说过谎言重复一千遍就能变成真理。"

小芳一听知道他已经下定决心走下去，便不再言语了。自此两人虽然感情依旧，但宏图事业发展上的事便很少跟小芳提及了。

15

又一年过后，新并购的几家企业经营并没有得到实质性的提升，这与当初宏图的战略构想有较大出入。事实上，并不是所有企业都像罐头厂那样具有业务转型和制度创新的基础，大部分企业无论是产品竞争力、市场前景还是管理制度、员工积极性，都在持续多年的亏损中消耗殆尽了。

无奈之下，宏图只能接着变魔术，他依靠罐头厂贷款补足第一批并购三家企业的亏损，又做出首年新增利润。以此为契机利用这三家所谓改制成功企业继续扩大贷款额度，去弥补下一批并购企业的亏损和盈利，同时借机返还罐头厂原来的借款，如此这般依靠着持续的并购，不断新增的贷款，一次次刷新了贷款总额度，产生滚雪球的效应，几年下来居然做成了下属十几家改制后国企，年营业额数亿元的大型产业集团。

外人看来，宏图无疑获得了巨大的成功，他一人单枪匹马解救多家国企，挽救数以千计的待岗职工于水火。于是无数荣誉纷至沓来，龙城十大杰出青年、人大代表、市优秀企业家、先进工作者……各大媒体争相报道，宏图毫无悬念成了龙城国企改革成功的象征。

在一派鲜花着锦的旺势之下，宏图内心的焦急却与日俱增。骑虎难下的局势令他开始常常失眠，不到四十的年纪双鬓已然斑白。他深知这种呈金字塔形状的庞氏骗局只能不停地走下去，雪球会越滚越大以至于最终无法承受自身重量而解体。在他商业帝国崩塌之际，人们将会发现其内部竟然一无所有，所有的钱都是银行的，他依然是那个空手套白狼的"倒爷"，只不过这次他"倒卖"的不是木材而是企业……

16

这年的夏天比以往更加酷热，直到进入八月下旬北方的人们才感到一丝凉意。初秋的一天宏图接到潘市长的电话，约他汇报最近的并购工作。令宏图略感奇怪的是，与以往不同，这次潘市长将两人见面的地点约在了正规的会议室，宏图一见潘市长便觉得今日气氛与往日不同，汇报完工作宏图没有多说话，安静地等待领导做指示。

潘市长拿出一张省日报，头版全版面只有一篇文章，题目用黑体大字赫然标出《著名经济学家炮轰国有资产流失》。潘市长说："前几天去省里开会，会后省领导把我们几个市长叫到一起吩咐最近要密切关注财经新闻走向，尤其是提出对国企改制中存在大量国有资产流失问题的质疑。"

"回来后，我查看了大量资料，才理出了点头绪。"潘市长抖了抖手中的报纸，道，"你看我从省里回来才几天，省报就刊登了这样的文章。宏图，我今天叫你过来，就是提醒你一下，企业做大了要对政治风向有敏感度。我看这波辩论来者不善，恐怕风向要变。你还记得前几年'破三铁'那阵子吧，刚开始多热闹，有的地方政府搞得急了，结果出了几次恶性社会事件，那么大动静的事说停就停了。"

潘市长见宏图听得鼻头沁出汗来，冷声道："你是我一手树立的改革标杆，在省里都是挂上号的，我们俩如今是一根绳上的蚂蚱，一荣俱荣、一损俱损啊！所以提前给你打个招呼，你回去多想想怎么应对这波可能出现的大浪。企业也要做一些准备，尤其是财务上不能出问题，要经得起人民群众的检验啊。"

局势的发展恰如老谋深算的潘市长所言，经过几个月热火朝天的讨论后，政府似乎有了不言而喻的决定。宏图的日常工作变得越发悠闲，这种感觉来自日益减少的参观接待、工作汇报，轻松的工作反而给宏图带来更加沉重的心理压力，潘市长也有一个多月没联系他了，这在近几年中是不多见的，就连一贯鞍前马后的蔡国旗、童秀丽两位老同学也多日不见踪影。

17

腊月十五小寒。

宏图接到银行工作人员的通知，第二年度贷款额度的申请没有通过。尽管宏图早有心理准备，不过颤抖着的手挂上电话的那一刻，他仍然感到像被闪电击中般脆弱无助。他深知压倒骆驼的最后一根稻草终于出现了，构架他商业帝国的信贷支柱已经倾斜，从此一切将无法挽回。

宏图迈着麻木的双腿回到了家中，之后他再也没去上班，该隐藏修改的善后工作早就做完了，一切听天由命吧！

新一年银行贷款没有批复直接打破了宏图精心设计的资本闭环，接下来三个月如同刚打开的潘多拉魔盒，各种灾祸不期而至：原有贷款本息均无法偿还，集团现金流断裂，下属各企业互保导致现金流接连断裂，三角债集中爆发，供应链逐一断裂，供应商封门围堵企业，集团业绩跌至谷底，下属企业停产，工人待岗，员工欠薪、上访……

媒体用当初帮宏图打造"改革模范"时同样无与伦比的速度，将他揪下神坛掀翻在地又踏上一脚。短短不过数日，他已然像过街老鼠般遭万人嫌弃，甚至亲朋好友、街坊邻居也在背后指指点点、议论纷纷。回想数月前的风光，恍若隔世。

在集团内大部分企业开始倒闭、员工纷纷下岗之际，事件的恶变达到了顶峰。潘市长招来公检法领导作出指示，查封宏图多处房产、冻结个人银行账户、监视居住地防止其潜逃，必要时以拖欠员工工资、偷漏税罪名实施拘捕，公安局赖彪副局长毛遂自荐亲自督办此事。

由于不可告人的私人原因，赖彪找借口提前对宏图实施了拘捕。在住进看守所的第一夜，宏图意外地摆脱了近期始终困扰他的严重失眠，睡得像个孩子般平静。

接下来是漫长的等待，其间哥哥宏钧几次来探望他，说在托关系想办法解决，他只是摇头道："经济问题的大小要看政治风向，方向定了才能给我的事儿做出定性，那时再运作不迟。"由于赖彪打了招呼，看守人员和一同关押的人员倒也不敢为难他。

这天，龙城市长办公会快结束时，政法委王书记提出展宏图拘押日期已经快要超期，请领导指示下一步工作。潘市长对所有参会人员道："上周去北京参加会议，提出要对国有资产流失问题进行反思，但同时明确指出绝大部分国企将逐步退出一般性竞争行业。未来保留的少数大型国企将集中在重点行业、整个经济产业链的中上游，如军工、能源、电力、电信等领域。这就指明了今后的国企改革的大方向，也承认了前一阶段中小型国企改制的基本路线没有错，只是方式方法简单粗暴了些。"

说完，转头问检察院李院长，案件调查有没有什么大问题。

李院长道："主要是国有资产流失问题，情况比较复杂，涉案人员较多，具体操办者大都是相关的国企负责人，展宏图本人倒是没有过多参与。再就是银行骗贷问题，这不太容易定性，可能涉嫌合同诈骗，至于偷漏税问题经调查是不存在的，他们公司是名副其实的纳税大户。就目前的调查来看，展宏图的个人问题不太大，但案子还有继续深挖的线索，需要时间。"潘市长对王书记说会后跟孙书记汇报，下次会议再给个结论。

会后，潘市长找市委孙书记汇报展宏图的问题，潘市长讲完北京开会的政策指示，又说了检察院的调查结果。孙书记听完道："中央承认大部分中小型国企改制的必要性，这是路线没问题。展宏图是咱们这届领导班子树立的典型，你看要是没有重大经济问题，就别闹得太难看了。"

"税上没问题，骗贷问题没定性、可大可小，而且他跟银行签了个人无限连带责任，他个人财产也大都抵押担保殆尽了。就是国有资产流失问题，这个现在是舆论的风口浪尖，但偏偏涉及面太大了。"

孙书记笑道："老弟，你咋还没想透彻啊，老话说财为水。这资产就像流水，水就怕流错方向淹了农田村庄，方向没错怕什么流失。水流则必有失、做事难免出错，改革就是试错、纠错嘛，哪有不损失的流水。这么多亏损国企百般问题，忽地化零为整又化整为零，他展宏图一肩担了，在舆论导向、人员上访等方面，倒也为我们省心不少，我看就不必深究了吧……"

历经三个月的牢狱之灾，宏图再次站在白狼河岸边，迎春花已然开放，远处凤凰山隐约透出点点绿意。宏图拉起小芳的手，哽咽道："这段艰难的日子里，不是随便一个妻子都能熬下去的，谢谢你的不离不弃。全天下都说我不好，但你认为我好，就足够了。即使千夫所指于我又有何妨？"

小芳道："宏图，还记得婚礼那晚我跟你说的话吗？跟着你注定要过刺激的生活，只要有口饭吃，我无怨无悔。虽然房子没了、车子没了、票子没了，但我们一家三口，人在哪里，哪里就是家。其实，成功了固然是一道美味，失败了也还是美好回忆，毕竟我们曾经经历过。"说完，小芳将目光投向远方灰蒙蒙的凤凰山，淡淡道："接下来我们该走向哪里呢？"

宏图苦笑道："在牢里时我想，人都说回头是岸，我一回头什么都没了，连岸也不见了。龙城虽大却已没有我们的容身之处了，接下来恐怕又要过一段颠沛流离的日子了。"

小芳嗔道："吃点苦、受些委屈怕什么，十年前一穷二白还不是一样？自怜自怨，这可不像我心目中的展宏图啊！"

宏图听完，愣了半晌，突然握住小芳双手，大声道："没错！'天生我材必有用，千金散尽还复来。'老天既然要磨炼我，我怎能辜负他的好意，今天失去一分，日后我誓必拿回十分。"

掷地刘郎玉斗，挂帆西子扁舟。

千古风流今在此，万里功名莫放休。君王三百州。

燕雀岂知鸿鹄，貂蝉元出兜鍪。

却笑泸溪如斗大，肯把牛刀试手不。寿君双玉瓯。

——辛弃疾《破阵子》

中　部

展宏钧·龙城

1

展宏钧发现大部分"倒霉事"都是孬种，它们从不单枪匹马地叫阵跟你单挑，总是一窝蜂地冲上来群殴你。辞职、离婚、弟弟进看守所，房子、车子都留给前妻，自己净身出户，命运以一套完整的组合拳，打得他左摇右摆、晕头转向。

有时他会想，做出如此巨大的牺牲是否值得，为了追求公正、尊严，却失去了工作、家庭。可不这样做呢，他已经委曲求全了十年，他人生中最有活力的十年啊，结果还是被迫必须做出选择。

日子一天天过去，慢慢地他走出了痛苦的泥沼，他明白了从前的舒适并不代表真正的舒适，无非是保持现状，麻痹地活下去而已，而现在虽然并不美好却很真实。既然想象的作用只是折磨，那还不如专注于当下的事情，使自己忙碌起来。

宏钧离婚后，柳芊芊希望他能搬来与自己同住，倔强的宏钧婉言推辞了她的好意。宏钧在主城区边上的古塔工业园附近租了间一室一厅的商住两用房。卧室改作会议室，客厅预留了四个办公卡位，小阳台当仓库，自己买了张简易折叠床放在阳台，饿了就煮一碗面条，困了就支开床在会议室睡一觉，虽然清苦些倒也方便。

下海后，宏钧知道他赖以谋生的只能是他十几年对安防行业的了解，他选择了进入门槛相对略低的安防项目集成与施工领域来创业。因为离婚他把财产都给了舒娜，身上仅留了五千多元的生活费，柳芊芊看他孤苦无依提出借他五万元改善生活，宏钧反复推让，不得已芊芊说当投资公司宏钧才答应。

这样芊芊居然成了新注册的远景威视公司第二大股东，多年后芊芊还跟宏钧开玩笑说这是她这辈子回报率最高的一笔投资。

由于注册资金不足，宏钧请中介机构代办注册公司，为了节省成本，他找了代记账公司托管财务、税务相关事宜。他听说古塔区人才交流中心每周举办免费的小型人才招聘会，就去报名参加，结果根本招不到人，热心的工作人员告诉他定向的人才招聘会更适合他这种专业的施工企业。他花了一千五百元参加建筑装修、弱电项目类人才招聘会，买了个三乘三的标准展位，招聘现场异常火爆，根本来不及面谈，他高兴地接收了近百份简历。可具体电话约谈面试，大部分人一听说公司偏远的位置，又是新办的小企业，都不感兴趣，最后他在十几个前来面试的人中选择了三个，作为项目经理的老张、具体施工操作的小李，还有大专刚毕业的小田。

宏钧自己执笔撰写公司宣传册和业务简介演示文件，他在宣传册中清晰地论述了自己设立公司的目标、愿景、业务开展种类，然后找广告公司制图、排版、打样，联系印刷厂印刷，五百本崭新的宣传册一周新鲜出炉。他拿出历次会议收集的名片，最近订阅的行业商情媒体与龙城的黄页名录，让三位员工按照用户名单做电话推介，联系上负责人后带宣传册上门拜访。

2

两个月一晃过去了，三位员工走了两个，仅存的小田跟宏钧反映，客户一听说新公司、没有成功案例，都大摇其头，这样机械地重复电话预约、上门拜访是不会有实际效果的，不如考虑业务转型。三万多元如流水般花出去，却一点声响都没有。宏钧本就已经心急如焚，小田的话就像在他的心火上又泼了一桶汽油，急得宏钧脑门上鼓起了豆粒大的火疖子，右边大牙一抽一抽地疼痛，撕扯着半边脸的神经，连带着整个右侧的脸都肿了起来。

傍晚，夕阳刚刚落下，柳芊芊下班后打算来请宏钧吃晚饭，见他一个人紧缩双眉、嘴里嚼着止疼的花椒粒在楼下溜达。此情此景，让芊芊心头一酸，眼圈不禁湿润起来，她连忙擦了下眼角，紧走几步道："钧哥，两天不见脸怎么了？"

宏钧苦笑道："牙疼得厉害，带着脸也肿了。"

"那还不赶快去医院，走，我陪你去看看。"

"唉！风火牙，一上火就疼，气儿顺了就好，看也没用，没啥大事。"

"钧哥，你就是放不开，是不是公司的事又着急了。"

"眼瞅着钱流水似的花没了，这钱还是向你借的，我能不急吗？"

芊芊粉脸微沉，嗔道："你这话说得多伤人，我的、你的分得那么清楚，倒好像我是黄世仁逼得你牙疼。"

宏钧连忙赔不是，芊芊见好就收，说："钧哥，我在企业这么多年发现个道理，做企业就像石匠雕刻佛像一样，这石料浪费得越多，雕像就越显高大，最好的石匠只不过是把那些不应该存在的东西统统去掉而已。做企业也一样，不要心疼钱，该花的钱一定要花，钱花到了自然水到渠成。把钥匙给我，你接着溜达，今天不出去吃了，我去门口小店买点菜，上楼做粥，一个小时后上来吃饭。"

一小时后，宏钧上楼，办公桌上摆了椒油菠菜、手撕茄子、皮蛋豆腐、凉拌苦瓜四盘精致小菜，芊芊从厨房端出两碗热气腾腾的薏米雪梨粥，道："钧哥，对付着吃点清淡的败败火，不吃饭没力气，病好得慢。"

宏钧心头一热，道："辛苦你了芊芊，你看陪着我都混成办公桌上吃饭了。"

芊芊正色道："钧哥，你不要这样说。自始至终，我看中的都是你这个人，不是什么房子、车子这些外在的东西。你不要瞧不起你自己，我相信努力和坚持是成功的最佳途径。人活于世只有贫穷和衰老毫不费劲就能做到，其余都需要努力和坚持！只要咱们用尽全力去做，也就无愧于心了，不要给自己太大压力。尽力而为，如果成功了你收获了事业，即使暂时失利，你还有我啊，我可是急着要嫁人哦。"说到最后，不禁脸色微红。

"芊芊，能与你相伴后半生真的是我前世的造化。但你看我现在这样子，怎么有脸谈婚论嫁，你不嫌弃我，但我绝不能忍受别人因为我而小瞧你……"

3

翌日，芊芊去萧阳办公室商量工作，正事说完两人闲聊几句。萧阳问起宏钧现状，芊芊说昨天刚见到，为公司的事着急上火脸都肿了。萧阳道："展哥是我们的大恩人，没他帮忙介绍你来，我们企业早关了。后来，因为帮我们这些企业出头鸣不平，还连累他得罪赖局丢了饭碗，他有难我一定得帮。咱们公司最近不是在根据专业细分做组织结构调整吗？售后服务部门正准备慢慢裁撤，把安装和维保服务外包。要我说不如把这块业务包给展哥做，让他有个进项，钱咱先打富裕点，帮他渡过难关，就展哥做事情那个认真劲，咱交给他也放心。这事儿你看可行不？要不你跟展哥说说。"

芊芊道："他这人好面子，倔强得很，直接说帮忙他肯定不接受，让我说更适得其反。这事我看可行，但需要您亲自出马，还得受点委屈，不能说帮他忙，得说求他帮忙解决咱们的组织架构调整难题，您看行吗？"

"没啥委屈，展哥当年帮咱可是费尽心力又不图钱，咱帮这点小忙也是应该的，有了开张的业务能帮他把团队拉起来，接下来就好做些。一会儿我打电话约展哥，周末咱们一起吃个饭聊这事，还有你的闺蜜展宏翼也是咱们公司的贵人，好久没见了，一起叫上吧。"

"她前年就去杭州创业了，孤身一人出去闯荡，说是做数字硬盘录像机产品，公司办得风生水起。他们展家一个比一个能折腾，呵呵。"

在萧阳、柳芊芊的帮助下，宏钧得到了一笔稳定的业务收入。他是明白人，知道这是萧阳顾及自己情面给的业务，暗下决心好好做，不能因为自己砸了盼归防盗门的品牌声誉和服务质量。

萧阳外包的这笔业务不仅带来了长期的收入，同时也解决了宏钧初始团队建设这个大难题。盼归防盗门售后服务部门虽然整体裁撤，但芊芊出面联系由其部门经理带头，部门整建制在宏钧的新公司重新竞聘上岗，留下的这些有经验的人员、成熟的管理制度和操作流程正是宏钧求之不得的财富。

有了收入和团队，虽然工作量还不够饱和，但宏钧的公司总算是磕磕绊绊上了轨道。此事之后，萧阳在同行聚会常常提起宏钧，众多龙城安防企业大半受过宏钧照顾，又信服其人品，同情他的遭遇，有机会便将产品售后、维保、工程施工等小活包给宏钧。宏钧感念大家不忘旧情，自然尽心竭力做好。如此一来，团队工作量日益饱和起来，虽然只是做一些安装、施工、维护等简单工作，属于产业链尾端，利润很薄，但日子久了宏钧倒是培养出一支百余人规模能打硬仗的大型施工队伍来。

公司稳步发展，但宏钧并不满足，他深知公司仍然没有摆脱生存危机。虽然看起来人多活多，显得很热闹，但做的事情技术含量太低，人员成本又太高。跟他竞争的工程商，一般只养活几个项目经理，有了工程临时去找施工队，那些工人大都没有福利保障，只是工头去保险公司买个建筑工程的团险来规避施工风险。宏钧的团队所有人员都是上三险一金的固定员工编制，所以只能凭质量取胜，在价格上则靠宏钧这个老板让出大部分利润，才保证竞标时勉强可以拼一下价格。公司现状是保本赚吆喝，实际上仍然处于收支平衡临界点的危险状态。

想要改变这种状态，唯一的办法就是向技术含量高的产业链中游，也就是方案设计、系统集成领域延伸，但该市场格局相对稳定，属于技术导向加关系导向型市场，大多数客户都有自己信任的长期合作伙伴，利益分配的均衡状态很难打破。

创办公司第二年，临近春节的一个周末，晚上十一点多宏钧仍在阅读各主管人员的年度工作总结，突然接到市疾控中心苗主任电话，即刻到市委开会，会议内容保密。宏钧以他多年从事公安的经验，一听就知道市里可能发生了什么紧急事件。

到了市委会议室，看见已经坐了十几位各部门的主管领导。大家到场各自静悄悄坐下，谁也不知道发生了什么。过了一会儿，潘市长扭头问市委秘书长人是否到齐了。得到答复后，潘市长干咳了两声，道："大家好，今天紧急通知大家来，是有一件突发的公共卫生事件需要大家配合处理。苗主任，你介绍一下事件的情况。"

苗主任低头道："事情的扩大，我有不可推卸的责任。"潘市长阴沉着脸道："先别说责任，抓紧时间讨论应急方案。"

苗主任接着道："一周前，龙城实验小学二年级五班同学里发现了四名学生同时出现呕吐、腹泻、发热症状，没有引起重视。两天后该校出现十多名同样症状的小患者，经市中心医院确诊为诺如病毒，医院上报了疾控中心。我们没有充分重视这个情况，也没有及时向上级汇报，只是建议该校部分班级停课。这样耽搁几天后，病毒在该校集中爆发，目前又有一所初中，一处建筑工地也出现病毒传染现象，共有九十余名患者，且传染病有迅速扩大的可能。"

"你再简单介绍下病毒。"

"诺如病毒常在冬季高发，具有较强的传染性，可通过水、食物、空气多种途径传播，难以判断传染源。小孩和老人是高危人群，感染后症状严重者有生命危险。该传染病目前没有疫苗和特效药物，只能通过隔离避免交叉感染，注意个人卫生和食品安全来预防。"

潘市长拿过话筒接着道："情况很紧急，传染病有大面积爆发的可能，所以半夜把大家找来。来的都是各部门的负责人，我们马上成立应急指挥小组，我当仁不让做组长，主管教育文卫的王副市长、卫生局刘局长、疾控中心的苗主任做副组长，在座的各位同志都是组员。接下来谈分工，我说几条原则，学校、商场、车站等人流密集地要马上落实疏散方案；各单位食堂、产业园区、公共饭店、酒店等涉及集体用餐场所要有专人负责；网吧、迪厅、麻将馆等娱乐场所可以暂停营业；电视台、电台、报纸等媒体要配合宣传应急和疏散预案，但不要引起恐慌……医院现在的情况如何？"

卫生局刘局长道："目前总就诊病人共九十七位，住院治疗六十九位，治愈出院十六例，尚无死亡案例，病人主要集中在市中心医院和古塔区人民医院治疗，两家医院传染病科已经饱和运转，后来的病人暂时隔离在住院部特定区域，但其他医院更不具备收治条件。这两家医院也急需安装监控系统和出入口控制系统，对各个出入口、门诊、通道、急诊室、手术室、住院部、电梯等进行有效监控和管理，防止病人交叉感染。同时也需要将现场图像传输到卫生局、疾控中心、市委指挥中心等处，以便各位领导随时可以远程应急决策。"

潘市长道："疫情紧急，马上找企业安装相关的安防系统！看不到图像，我们不成了瞎指挥吗？"

刘局长道："找了几家曾经合作的系统集成商，没人敢接这个活。主要是因为快春节了，农民工都已经回老家过年，企业只有项目经理在，却没有具体施工的人。他们都推荐远景威视这家公司，还说可以借调项目经理帮助实施，我就让老苗电话把这家企业的负责人叫来了。"

潘市长道:"快春节了缺工人是实情,风险高、时间紧、责任大恐怕也是实情。患难见真心啊,这样的企业以后少合作也罢!"

他指向宏钧道:"这位企业家,你介绍下自己,这活你敢不敢接?能不能按要求完成?"

宏钧站起来道:"潘市长好,我叫展宏钧,这活我能接,我们公司有一百多工人,大部分是在编的本地正式员工,所以还没放假,我能保证按时、按质、按量完成任务。"

潘市长疑惑地看着他:"展宏钧?展宏图是你什么人?"

"我弟弟。"

潘市长犹豫了一下,满脸严肃道:"好!临危受命,这个任务就交给你,不过丑话说在前面,先干活后给钱,活干不好不仅没钱,还要处分。你们展家兄弟有意思,你弟弟在龙城点了把火,你争取替龙城灭一次火吧。"

潘市长接着将各部门领导职责任务一一商量分配到位,最后要求大家齐心协力打一场攻坚战,争取春节前在龙城消灭诺如病毒。

5

从市委大楼出来,天已经蒙蒙亮了。宏钧激动得毫无困意,潘市长提问的那一刻,他就意识到了,这将是自己企业转型多年不遇的良机——有政府支持还不用招投标,又没有资质要求,这样的项目正是他晋级系统集成市场的最佳契机。

他打电话给一位关系很好的老板,高薪借来两位项目经理帮忙,又从公司物色两名年轻大学生主管当学徒打下手,共同设计方案……

根据宏钧的经验,按项目规模来估计,算上这两年公司利润,再除去部分设备可以有半年账期,设备采购款大概还有二十万元缺口。

紧张的一天快过去了,下午老妈来电话催着早点去家里吃饭,宏钧犹豫了一下,还是答应了一会儿过去。周末聚餐是展家的老规矩,最近两年妹妹宏翼去杭州发展,弟弟宏图一家去了深圳,展家顿时清静了许多。每到周末,展老太太提前一天就开始忙活买菜,盼着宏钧带孙子展鹏宇过来陪她聊天吃饭。

吃完饭照例老太太收拾碗筷，鹏宇上网打游戏，宏钧则随着老展进书房聊天。宏钧把昨晚开会接到任务的事情跟老展说了一遍，展不平问道："有没有把握，还有什么困难？"

宏钧说："主要是资金还有点缺口。"

老展叫他等下，转身走到卧室，不一会儿取了一个小布包回来。层层叠叠打开之后，里面一个老旧的红色存折，他递给宏钧道："你这次敢接这个项目我很开心，这是利国利民的好事，哪怕赔钱也要做。这是我和你妈这些年攒的二十五万元钱，给你先用着，一定要把事情做好。"

宏钧眼圈一红道："爸，这是你和妈的养老钱，我咋能要呢？"

老展脸一沉："什么养老钱？光靠钱能养什么老？我和你妈身体还行，每月又有固定工资，这钱你先拿着用，好钢要用在刀刃上。"

自打接了两家医院及应急指挥中心的视频监控和联网报警系统建设项目，宏钧连续一周每天只睡三四个小时，到后来也不怕危险，身先士卒带领员工吃住在医院，现场遇到问题实时排查、立即解决。系统安装后，诺如病毒又流行了几天，两家医院就诊人数最多时达到一百三十余人，自此之后就开始迅速下降，又过了三天疾控中心正式宣布本次疫情完全解除。

潘市长为此专门在市委召开了个小型庆功会，除疾控中心犯了错误的苗主任没有被邀请，各部门领导大部分都参加了，会上潘市长特意为远景威视公司颁发了奖状和两万元奖金。宏钧回到公司召集员工开会，对项目工作人员不怕危险、克服困难的精神提出表扬，并将政府奖金和自掏腰包的奖金，合计五万元拿出来奖励项目参与人员。

经过这一场硬仗，远景威视公司积累了经验，培养了队伍，从此开始向利润更加丰厚的方案设计和系统集成领域转型。

项目结束后，宏钧又去拜访了卫生局刘局长几次，两人年纪相仿，因为曾经患难与共，所以谈得很投缘，逐渐成了好朋友。后来由刘局长牵头，龙城其他区县的医院也联系宏钧做起了项目，至此宏钧逐步打开了医疗领域的应用市场，从前期做简单的视频监控，到停车场管理、电子病历、远程医疗……

这天刘局长跟宏钧喝茶，两人聊起来上次疫情突发源于小学，能看出学校对此类突发公共卫生事件并没有成熟的处置预案和预防系统，刘局建议宏钧有空可以跟教育局赵局长聊聊，看各学校有什么安防应用需求。

过了几日，宏钧做东刘局请了教育局赵局长一起吃饭。席间赵局向宏钧请教校园安防都有什么内容，宏钧说不只公共卫生事件要做应急处置预案，就是地震、火灾等突发事件都需要经常组织学生做疏散、逃生演练，这些安全教育培训国外做得很好，所以日本这样地震多发国家才不会有过多孩子伤亡案例。此外，利用视频监控系统进行电子监考、预防学生放学踩踏、出入口管理、避免孩子间霸凌事件发生等都是很好的应用，最近国内还发生多起校车安全事故、危险分子闯入校园事件，这些都可以通过安装运营安防系统加以避免或减少损失。赵局长听他说得专业，又听刘局介绍他是公安出身，便提议由自己组织各学校校长和教务处主任召开专题会议，邀请宏钧先给他们洗脑。有了安全意识，再谈系统应用，宏钧当场痛快答应。从此开始，宏钧又逐步打开了龙城教育领域的应用市场。

6

自从引入萧阳售后团队，宏钧的办公场地就搬到了白狼河沿岸的古塔工业园区内，原来的办公室成了宏钧自己的宿舍。

成功转型后的第一年，公司业务做得风生水起，宏钧也忙得不亦乐乎。芊芊每次来看他，要么是在外面跟客户应酬，要么在客厅看各部门经理工作周报或是财务报表。房间总是窗帘紧闭，客厅茶几上烟灰缸里满是烟蒂，沙发上码着一两摞标书文件，厨房柜子里摆满了方便面，卧室床头放着几本管理类书籍，一看就是单调的独身生活。

芊芊常取笑宏钧说每次迈进他家门，就像到了吸血鬼的老巢来救人质。她一进门的标准动作是先拉开窗帘透光，再打开南北两扇窗户通风，然后往冰箱里放上面包、牛奶、鸡蛋、水果、芝麻糊之类的食材，最后去厨房热火朝天地忙活个把小时整出一顿大餐，可每每收拾得有了人气，一周过后再来又恢复成老样子。

一提到这些，宏钧就瞪着很无辜的眼神说："可我保持得很好呀！"

于是芊芊很无奈："是呀，钧哥，你保持得可真好，牛奶都过期了也不喝，面包、水果长毛了也不吃，你不是真的靠喝血为生吧！"

"我还吃方便面呢，你可别胡说，吓着小朋友可不好。"于是龇牙咧嘴扑过来作势要吸血，两人嘻嘻哈哈扭作一团。

到了后来芊芊又提出搬到她那里住。"你可以看门护院，我负责饮食起居，两人在一起有个照应，也免得我像个田螺姑娘似的，偷偷摸摸来干活，还没工钱。"

宏钧知道芊芊心意，也一直深爱着这个聪慧漂亮的女人。最近公司业务一直稳步增长，也该考虑个人问题了，总拖着对芊芊确实很不公平。

于是憨笑道："好，这个月底房子到期，我就搬过去，做个给你看门护院的小狗。"停了一下，突然正色道："芊芊，我跟你商量个大事。一晃又一年过去了，以前我总怕条件不好配不上你，现在公司稳定了，业务推进越来越顺利，我也有点经济实力了，能买得起房子、车子，总算对你有个交代，也不枉你对我一片真心。如果你不嫌弃，还愿意嫁给我，我们过几天把证领了吧，然后我们再商量挑个好日子办婚礼。"

芊芊听了愣了一会儿，两眼一红掉下泪来，凝噎几下道："钧哥，这句话我等了三年多，今天你终于说出来了。我们认识六年，其实在大学时宏翼就常常提起有位仗义勇敢，对她呵护备至的大哥，那时就想见见是个什么样的人。后来你帮萧阳走出困境，帮我们不惜得罪赖彪，我对你从未有过嫌弃，早先有的是敬重，后来有的是爱慕，你怕连累我，怕别人瞧不起我而不愿过早提结婚的事，这让我更加敬你爱你。其实钱这东西要够花最好，太多太少都不是好事。我有过一段失败的婚姻，所以不喜欢浮躁、自私傲慢的人，我更喜欢低调、自强稳重的男人。今天听你这么说，我真的很开心。"言罢，破涕为笑。

两人是在十二月十二日领证的，这天农历恰巧是冬月十二日，芊芊笑着说这日子是连着"要爱要爱要爱"，以后可以常常提醒两人相亲相爱。宏钧也觉得好彩头，这日子听起来像喊号子"一二一二"步调一致齐步走。芊芊笑他老土，但事后想起觉得宏钧的话虽简单质朴，却越品越有味道，长久的婚姻生活偶尔需要爱的点缀，然而更多时候则是夫妻两人喊着号子，齐步走在风和日丽抑或雷电风霜的路途中。

领证之后，宏钧还想张罗着办仪式，芊芊微红着脸跟宏钧说仪式不要大办，一切从简吧。她刚发现自己怀孕了，四十一岁的高龄产妇可禁不住婚礼仪式的折腾，芊芊娇嗔着要求以后要补个蜜月旅行。宏钧听后大喜过望、满口答应，他知道芊芊一直想要个孩子，自己儿子展鹏宇今年考上大学后，他时常觉得心中少了点什么，从事业、生活各个方面看，现在要娃时机刚好。于是两人决定在春节期间，芊芊还未显怀，趁着展家人都回来过年，叫上芊芊父母，外人仅仅叫上诸葛达明、萧阳等几个最好的亲戚朋友，自家人聚个餐就权当办仪式了。两人翻了下万年历，定在正月初五，这天是适宜婚嫁的吉日。

7

初五一早，大家拎着彩礼分别来到宏钧和芊芊的新家，参观两人精心布置的新房、拍照留念，然后坐下吃点零食聊天，过了十点众人一同驱车来到麒麟大酒店。宏钧提前订了间带个小台子能容纳十几个人的大包房。

展宏钧和柳芊芊坐主位，双方父母朋友依次坐下。宏翼作为证婚人兼司仪领着一对新人上台宣读结婚证，随后安排两人交换信物并宣誓。

宏钧将一只钻戒戴在芊芊手上，道："我展宏钧，在家人的见证下，今天娶柳芊芊为妻。"停顿了一下饱含深情地说："芊芊，自从遇见了你，我的生活变得更加美好了。我愿一生守护着你，不离不弃、终生相伴。"

尽管早知道宏钧要说的话，不过经现场气氛的烘托，又一下子想起前尘往事，芊芊还是感动得落下泪来。

宏翼连忙救场："芊芊，不能激动，妆弄花了就不好了。"

宏钧笑道："你还叫芊芊，该叫嫂子了。"

宏翼道："哼，得了便宜还卖乖，要不是我这个媒婆当得好，这个神仙妹妹你能娶到手吗？她可是我二十年的闺蜜，你先别猴急，没宣誓前不叫嫂子。"

转头问芊芊准备好了吗？芊芊点头道："我柳芊芊，在家人的见证下，今天嫁展宏钧作为我的丈夫。无论彩虹阳光，还是坚冰寒霜，我们此后风雨同舟、白头偕老。"

接下来，两人分别将对方父母接到台上，跪拜、敬茶、改口，然后两人互拜，并向一众家人鞠躬答谢。仪式虽然简单，还是折腾了半个小时，这时酒菜也刚好上齐，宏翼端来两杯红酒，低声对芊芊说："桑葚汁，照相好看，没酒精，喝吧。"然后宣布喝合欢酒，喝完这杯交杯酒仪式就算结束了，大家走下台重新落座。

按规矩接下来大家该分别给新人祝贺敬酒、送祝福。宏翼站起来道："今天没外人，在座的除了父母兄弟就是孩子们，不用说太多客套话。新郎新娘有百年大计，不能喝太多酒，我提议玩个行酒令，把大家的祝福表达出来。每人以前面人的最后一个字为首说成语，可以用谐音。凡是回答出不算祝福的成语，或是一分钟接不出来的人就罚讲个小笑话。从老爸开始，两边穿插进行，下一个柳叔叔准备，开始计时！"

展不平听完呵呵一笑道："天作之合！"

另一边柳父接道："和和美美！"

柳母接道："美满良缘！"

接下来是宏图女儿小鹏程，顺口接道："原形毕露！"大家哄堂大笑。宏图让鹏程想笑话，鹏程憋得小脸通红也想不出来，眼看快哭了，大家忙说可以求助，小鹏程想了想指着宏翼说："我求助姑姑。"大家问她怎不让爸妈讲，她翻着眼睛说："爸妈的笑话听腻了，没听过姑姑讲笑话。"

宏翼想了一下，道："很久以前，在龙城的山区里有一对新婚夫妇，结婚后不久老婆提出要丈夫跟着同回娘家住一段时间，两人需要骑着驴子走三天才能走出凤凰山到城里的岳父家。第一天老婆骑的驴子不听话，把行李掀翻在地又用蹄子踩。老公很生气，要用鞭子抽打这头犟驴子。老婆冷静地阻止了他，只是轻声说道'第一次'。到了第二天，犟驴子又发脾气不想走，后来居然把老婆甩下来。老公大怒，又来打驴，老婆还是平静地阻止了他，然后面无表情地说'第二次'。老公看她如此，暗想道我老婆可真是个好脾气的人啊！第三天，走到半路驴子又偷懒不想走了，老公依然大发雷霆，老婆只是冷冷地说'第三次'，说完，拔出猎枪顶着驴子的脑袋开了一枪。驴子死了，老公很生气，抱怨着没了驴子接下来的路没法走。老婆看了老公一眼，平静地说'第一次'……从此小两口过上了幸福美满的生活，一直白头到老也没有再吵过架。"

大家听完纷纷笑得前仰后合，宏图说："你这不是帮着闺蜜，吓唬亲哥吗？"

宏翼呵呵一笑："我这是教夫妻幸福之道，接下来是小芳妹子重新接'美满良缘'。"

穆小芳道："缘分天定！"

宏图接道："定国齐家！"

宏翼道："好大口气，我接：家喻户晓！"

展母道："小心翼翼！"

另一侧宏翼儿子鹏飞接道："一念之差！"

爷爷展不平说："小鹏飞这个不妥当，要受罚。你可以选个人求助。"

鹏飞已经是大小伙子了，现在念高三，个子比妈妈宏翼还高，自从妈妈去杭州创业，他平日住校，周末住在姥爷家。鹏飞想了下道："我不求助，就给大家讲个一念之差的故事吧。"

"有一对年轻的夫妇，结婚后老公去外地打工，老婆在家带刚出生的小孩。快过年了，老公没有提前通知老婆想给她一个惊喜。这天晚上他带着大包小包的礼物坐了十几个小时的火车回到家，刚要敲房门没承想听见屋里传出了一个男人的鼾声。老公原想敲开门斥责老婆，但又一想这么做有什么用呢？于是一个人伤心地离开了，三年也没有回家。直到一天，老婆在城里逛市场，意外地遇见老公。老婆生气地问他，为什么三年不回家，也不打电话。老公这三年心里也没解脱，就说了那晚的遭遇。结果老婆愤怒地给了他一记耳光，说：'那是瑞星的小狮子。'老公恍然大悟，懊悔地连连自打耳光，可老婆已经追不回来了……"

众人听了捧腹大笑，都说讲得很好。展母弱弱地问："瑞星的小狮子是什么？"

鹏飞说："是电脑上最常用的杀毒软件，开机后就蹦出来个小狮子的标志，一会儿不用电脑中小狮子就会发出好大的呼噜声，像人一样。"展母等老一辈几个人听明白后也呵呵笑了起来。

宏翼本也随着众人大笑，但想到自己跟贾忠信的一段孽缘也是一念之差，还连累了鹏飞，就笑不出来了。她强打精神道："下一位芊芊重新接'小心翼翼'。"

芊芊微笑道："一唱一和！"

旁边宏钧道："合二为一！"大家一同为两人的巧妙对答喝彩。

萧阳接道："以一当十！"芊芊忙多谢领导夸奖。

接着诸葛达明道："十全十美！"大家齐声鼓掌喝彩。

最后宏钧儿子鹏宇接道："美景良辰！"

展不平总结道："大家都说得好，故事也好，鹏宇收尾收得更好，应时应景。"

8

春节过后的一个周末，龙城公安局通信保障科李应科长约宏钧喝茶，自从离开市局宏钧再没见过这些老同事、小兄弟。

两人见面，宏钧招呼道："李科长。"

李应忙说："展哥，别这么客气，还叫我李应或小李。"

两人点了茶坐下，李应道："展哥，你走三年多了，都没跟兄弟们联系，我们几个可想你呢。"

宏钧叹道："走时不顺利，怕对你们有影响才没联系，不是没义气。"

"明白，展哥。去年下半年局里出了事，持续了小半年，春节后结构调整，让我暂时代理副局长，就是原来赖彪负责的业务。听说您这三年创业做安防工程商，就跟您来打个招呼叙叙旧，以后项目、资质之类的事情，您不用再有什么顾忌，该投标投标。"

宏钧听完高兴道："恭喜恭喜，太好了，以后该叫李局了。你知道我跟赖彪、胡威他们有矛盾，我走也跟这事有关，所以下海经商后我都没想去办安防资质，咱公安的项目就更没碰，毕竟当时赖彪分管着这块业务。"

"展哥，你走后我接你的活，我知道你是怕为难我才没联系。今后不为难了，兄弟们全力支持你。"

"赖彪怎么了，出了什么事啊？"宏钧疑惑地问道。

李应绘声绘色地跟宏钧讲述去年下半年局里发生的这件，他半是亲历、半是听闻的奇葩往事。

赖彪平日虽然外表谦和、行事低调，但其妹夫胡威是个嚣张跋扈的角色，他借着姐夫的权势，通过展会、中介等业务，对众多安防企业横征暴敛，不仅要钱还常常不给面子，因此得罪了不少企业家。尤其后来在自愿性强制认证工作会议中，许多老板都看出来胡威极度贪婪的本质，这些老板能在竞争激烈的商海打拼，当然不是一味地任人宰割的羔羊，他们深知到了要被敲骨吸髓的地步，与其企业亏损倒闭，不如铤而走险除掉这个威胁。而要除掉胡威这个害群之马，得先扳倒他背后的保护伞赖彪。

很多人都知道赖彪根基深厚，传闻在省里有很强的关系，一直有匿名信举报他，但省里派人查过两次都因没有实据不了了之。

恶人还需恶人磨，既然正规途径不行，就有人想出了阴招伺候。去年年底的一个清晨，赖彪上班时发现有几个民警聚在大门口的围墙边，指指点点议论着什么，人们远远见到他开车过来，也不打招呼就匆匆散了。他很奇怪，停好车走出去，发现公安局院子的外围墙上贴着十几张两种颜色的 A3 纸。

其中一种是大红色的纸张贴着照片。背景是龙城最知名的高端娱乐场所莱茵河畔洗浴中心，在这个五层的豪华会所里常常是酒宴、洗浴、按摩、桑拿、棋牌一条龙服务。洗浴中心楼下并排停着一辆宝马和一辆丰田霸道，两个刚下车的人正走进洗浴中心。照片一看就是远距离偷拍的，但拍摄很专业，虽然光线暗淡略有模糊，但明眼人还是可以依稀认出赖彪和胡威的样子，熟悉赖彪的人也知道这辆丰田霸道正是他的生活用车。

旁边贴着另一种明黄色的大纸，纸上的照片是一座海边别墅，一旁停着宝马和丰田霸道，两个刚下车的人并排走向别墅，这张照片明显是白天拍摄的，赖彪、胡威，甚至是车牌都非常清晰。照片上有几行黑体大字，"肥了姐夫，富了妹夫，瘦了企业，黑了警察，亏了国家！！！"

赖彪看着杂乱贴着同样内容的十几张大纸，双腿发抖，像个木偶似的站在那里一动不动。他的心跳逐渐加速，每次的心跳似乎都在消耗着他的体力和毅力。他的脸色变得异常苍白，呼吸沉重无力，鼻孔张得很大，嘴唇抽搐，脸上肌肉莫名地颤抖，喉咙不停地吞咽；眼睛睁得很大，眼球突出，瞳孔放大，盯着这张在他眼中越来越模糊的黄色大纸。他想马上掉头就跑，在内心深处却知道已无处遁形。

周边一片静寂，他就这样在这些纸张前面站了十几分钟，然后终于摆脱了这些文字的控制，愤怒地撕下所有纸张。到了办公室坐下后，他给自己倒了一杯热水，关上房门。他想平静下来，但他的手不受控制地向前伸，拿起这些纸张一遍遍地读着，起初是默念，后来忍不住发出声音，最后他龇牙咧嘴地撕碎了大部分传单。他开始气喘吁吁地在办公室踱着步，声音颤抖地咕噜着什么。

他最终抓起电话打给胡威，咆哮着约好了见面的地点。他的电话被一阵紧急的敲门声打断，他不耐烦地打开房门，是办公室的小张，他询问什么事。小张紧张地说："市委秘书长打来电话，要您马上去一趟市委。他说市委大院的围墙上出现了许多彩色的传单。"

小张的话成了打垮赖彪的最后一记重拳。大家都听到了小张的一声惊呼，过来看时，赖彪已经缓缓倒在地上，口角歪斜向一侧，嘴边流着口水和白沫子，一边还不停地叨咕着些含混不清的话，似乎是想站起来却又动弹不得。

大家不敢擅自挪动他，急忙联系救护车把他接到医院。赖彪在ICU病房里，足足待了三天才有所好转，医生说他是脑中风，幸亏就医及时才保住性命，但面部神经和一侧身体恢复正常估计要很长时间。

听到这里，宏钧惊讶得合不拢嘴，问道："后来怎么样了？"

李应说道："赖彪住了两个多月的医院。在这期间，市委、省委都派人进行了调查，没有公布结果。出院后赖彪再没有上班，家人给他直接办理了提前病退。"

"写传单的人找到了吗？"

"拘留了一个流浪汉，他承认是他干的，并说主谋另有其人。这个盲流常年在火车站附近乞讨，这小子供认主使他贴传单的人有南方口音，在车站广场找到他，给了他五百元钱和纸张、胶水，让他在市局、电视台和市委外墙张贴传单。后来调查结束，赖彪退休也就没人深究了，流浪汉也放了。反倒是胡威听到风声后，还没等来人调查就跑路了，后来再没人见过他。这小子挺不地道，他姐夫对他不薄，他却自始至终也没去医院看看赖彪。"

宏钧道："有时候冥冥中自有定论，人在做天在看，天理循环、报应不爽。赖彪不是斩尽杀绝的恶人，但他实在是太贪心了，而他小舅子胡威会把他的贪婪放大十倍去向人索取，总这样出事在所难免。"

宏钧说完，两人沉默了好一会儿，都感受到天道无常的威严。过了一会儿，宏钧道："李局，听说这几年咱公安技防发展得很快，你来管这块业务正是大展宏图的好时机。"

"是啊，展哥。咱们那会儿技防还是一个封闭的业务体系，只有银行、文博等少数重点领域在用，主要还是作为打击、控制犯罪的手段之一。这几年变化很大，技防俨然已经成了一个开放的社会化体系，从重点行业到各行各业，再到商业化、城市化全面普及，作用上也变成预防犯罪为主，打击和控制有时反而成了配合手段。

"就说咱公安自己这块业务吧。从前年开始实施科技强警，刚开始在二十一个城市试点，仅仅两年就投入了一百五十亿元，第二批试点三十八个城市至少投入两百多亿元，预计第三批试点投入超过五百亿元，这里咱公安投入仅占三分之一，大部分是社会投资的介入。

"去年年底又开始搞3111试点工程，就是每个省确定一个市，有条件的市确定一个县，有条件的县确定一个社区或街区为报警与监控系统建设的试点。试点建设分三级，第一级在市公安局设立监控指挥中心，第二级在分局，第三级在派出所或街道，三级全部要求联网运行。目前已经开始有百亿元投入，很明显这将是一个千亿元的大型社会化工程。各地政府听说3111试点工程都很有兴趣，其中许多非试点城市也都一窝蜂地要搞，据说近千个城市都把建设写进了规划，有的甚至编入了财政预算。大家都称之为平安城市，这是一个更大的社会化工程，目前上面提出'政府领导、综治牵头、公安主导、社会参与、统筹兼顾'的建设思路。

"这些大的社会化工程预计全国几年下来应该有近万亿元的盘子，就是咱龙城我估计建设几期下来，至少也得有十几个亿的市场规模，真是安防企业发展千载难逢的大机遇啊！这些项目，咱们公安是主导者，有组织专家验收、评价等职责，协会也在开展推荐集成商、工程商和优秀产品的工作。展哥，这么大的市场现在又没了进入的人为障碍，我觉得你得抓紧参与进来，机不可失、时不再来啊！"

宏钧听李应一番话说完，直听得热血沸腾，此时连忙点头称是："李局，你真是及时雨。今天要不是你这一番点拨，我还在为医疗、教育这些细分市场上取得的一点成就而沾沾自喜呢。你不仅解开了我无法做公安业务的束缚，还指点了这么长远宏大的发展出路，让我有种醍醐灌顶的感觉。好，明天我就去市局申请资质，开始为实施平安城市项目做准备。至于推荐企业、推荐产品、技术标准、解决方案之类的业务，局里有什么新消息，还麻烦您派人通知我一下。"

"好的展哥，现在协会这块工作，小吴负责，他曾是你的老部下，日常的事我让他跟你沟通，遇到困难咱哥俩再约。"

在李应等人的帮助下，宏钧迅速打进了科技强警、3111工程、天网工程、平安城市建设等关键应用领域，短短两年内一口气拿下了几个数百万元大单，使公司进入千万级收入的行列。

9

人无千日好，花无百日红；早时不算计，过后一场空。过快膨胀的发展速度、持续增长的营业收入、紧张繁忙的工作节奏，让宏钧渐渐失去对未来的前瞻性判断，以及民营企业应该时刻拥有的生存危机感，对于正在一步步走近的危机毫无警觉。

很多人都说中国的民营企业特别能折腾。这话没错，一般来说中国的民营企业总应该每隔两三年就折腾一下，或是叫作战略调整、业务转型。这是因为当今中国企业内外部经营环境剧烈动荡，机遇与挑战并存。在这种背景下，企业不求变求新则必死无疑，所以企业应选择主动型战略变革（折腾），否则就会被不断变化的政策、市场、技术、用户无情地淘汰，这样的例子实在太多了。

正确的战略变革应该发生在企业上升发展阶段，在快速发展过程中就要具备危机意识，着眼未来，提前进行战略资源贮备。只有这样走一步、看几步，才能维持可持续发展。这种"以变革保持稳定、以未来决定现在"的发展思维是中国民营企业能生存下来必须具备的核心能力。

企业选择主动战略变革并不是简单的折腾，而是要有前瞻的发展观。企业在进行战略变革时，关键是要准确预测出变革拐点。趋势虽然重要，但趋势的转折点才是关键。在拐点前过早投入，市场还不成熟会被投入拖死，就像前几代的智能家居企业一样；而拐点已经出现一段时间再投入，则会丧失发展机遇的窗口期，就像诺基亚丧失智能手机市场一样。所以，一个优秀的企业要准确预测拐点，适时投资未来，尤其是在资金、人才、商业模式等方面的持续投入。

企业的这种战略投入，可从核心竞争能力方面入手，如资本、并购、商业模式、技术等。基础薄弱一些的民营企业，也可以从业务市场的预测中来寻求投入拐点。这方面，宏钧在转向医疗、教育市场时把握市场需求拐点非常准，一举成功地从劳动密集型的施工企业转变为知识密集型的集成企业。

在向科技强警、平安城市业务转型时也很及时，又成功地向资源密集型靠拢，所以再次取得了持续三年的高速发展。

最近两年，市场出现了新的变化，宏钧由于业务安逸，失去了警觉，因此没能及时发现业务需求正在向智慧城市、大安防、平台运营等方向转变。工程项目日益大型化而且垫资建设成为普遍现象，项目模式正在向资本密集型的巨系统集成转变，技术特征则正向云计算、大数据、智能化方向转变。

从那以后，宏钧接连丢了几个大单，竞争对手竟然全是外地的上市公司或大型国企，这在以前是不可想象的。一般来说，项目市场属于关系型市场，其间多方利益纠葛纵横交错十分复杂，因此地方保护严重。强龙不压地头蛇，再大的公司多数时候也要以本地企业名义中标。但这情况已经悄然发生了变化。

全球金融危机爆发后，中央政府迅速采取应对措施，国家财政投入四万亿元刺激经济，地方政府则配套了更多资金。这至少十几万亿的资金大部分落在基建项目上，在具体实施过程中，央企、国企、上市公司成为最大受益者。这一轮海量投资，带动了城市化急剧扩张和房地产泡沫的迅速膨胀，数字城市、智慧城市、物联网等新概念应运而生。各地方政府也乐于将原来的商业地产、工业地产项目，重新披上智慧新城、智慧园区等漂亮新衣。政府以城投为主体，通过加大财政预算开足马力支持大项目，银行更是一股脑地只要是政府财政担保就全盘接受、放大贷款，一时间过亿元的大型项目满天飞，一些新城建设甚至动辄就几十亿元的规模。

这类项目不仅把传统房地产的土建内容涵盖在内，各地新城新区建设如火如荼，而且将平安城市、智慧旅游、智慧教育等行业市场也划归己有，就连强电、弱电、安防、物业服务等细分专业领域也统统纳入囊中。与传统的项目不同，这些项目大都采用古怪、复杂的垫资模式，如此巨大的项目当然只有上市企业或大型国有企业才有资格运作，像宏钧这样的中小民企，如不能借船出海，快速找到靠山做些分包工作，就只能是望而生叹了。

10

智慧城市等一系列大项目市场需求爆发，不仅没有给宏钧的公司这类民营企业带来机会，反而挤压了他们本来并不大的生存空间。很快远景威视公司年收入缩水了一半，就是仅剩下的一半收入还存在四成的用户拖欠未回款，仔细算下来利润已然亏损，现金流岌岌可危。宏钧痛苦地意识到，错过了一次重要的战略转型，他再一次站在了悬崖的边缘。

与以往不同，这次宏钧是腹背受敌，既有正面强大的竞争对手，也有身后产品供应商涨价补刀，内部员工成本还节节攀升。无奈之下，宏钧只能节衣缩食颁布一系列措施准备过冬。他对内压缩成本费用，将去年新买的办公室在银行办理抵押，又忍痛卖掉前年买的两辆商务车；对外则收缩经营战线，走小而专的道路，时不时也接些上市公司或大型国企层层分包下来的工程，虽然利润微薄，但毕竟养活两百多号人，还不让大家闲着才是关键。

就这样过了半年，公司一口气总算缓了过来。在此过程中，宏钧逐渐发现这些上市公司和大型国企并不屑于赚具体做事的小钱。他们运用这些新的项目运作模式（假 BT 模式），仅依靠银行贷款的资金赚取项目未来政府分期还款的投资收益，就能获得超高利润。这种不用自己出钱（靠银行）、不用自己出人出力（靠分包），却能获得最大利益的模式，使他们并不在乎给分包商多出让一点利益，以往为其打零工只能获取低利润的原因在于层层分包，几道皮剥下来就只剩骨头渣子了，所以关键就在于要争取成为第一层的分包商。

摸到门道以后，宏钧通过中间人接触上了一家上市公司和一位大型国企的高管。在中间人的百般钻营下，宏钧逐渐拿到了总包商直接分包的项目，甚至在龙城智慧新城、开发区等几个在建项目中，宏钧与上市企业组成了联合体投标。到了年底，宏钧终于摆脱了前一阶段的经营困境，虽然业绩还达不到巅峰时期，但企业大病初愈总算过了头疼医头脚痛医脚的阶段，可以安下心来养精蓄锐了。

这场经营危机让宏钧得到了两点受益终生的收获，其一是让他此后时刻都具有了强烈的生存危机意识，他后来常说毁掉一家公司最好的办法就是让它持续地生存在安逸中；第二点是宏钧意识到现金流的重要性，企业可以不盈利，甚至亏损，但现金流一旦断裂就很难起死回生了。管理现金流重点在于控制企业扩张速度与投资规模，时刻关注应收应付款、留意关联方交易，更为重要的是加强资金周转速度、适度投资理财调配现金额度。这两点血的教训在后来曾不止一次拯救展氏家族事业于水深火热之中。

这天宏钧接到一通电话，一位自称来自某上市公司的丁小姐问他是否愿意通过并购加盟上市公司，可以保留现在公司经营权，并在上市公司更大战略平台上发展，具体支付几倍市盈率溢价，以现金还是股票支付，实现对赌条件等都可以商量，只要他有兴趣可以随时安排董事长面谈。

宏钧回到家中跟芊芊商量。芊芊问他是怎么想的，宏钧道："我是觉得自己辛辛苦苦经营这么多年的公司，就像自己的孩子一样，哪能说卖就卖了。"

"那你为什么不一口回绝她？"芊芊问道。

"经历这一两年的危机后，我想了很多。想得越多就越感觉到未来的安防市场恐怕只有两类企业能得以生存。一是综合业务的大型企业，上市公司或央企、大国企，这类企业能全方位解决用户的共性需求，必要时甚至能打通产业链来提供全方位服务；另一类是中小型专业服务商，解决某一特定应用领域用户的个性化安全需求，这种碎片化需求要通过个性订制方案来解决，虽然利润不错，但不具有规模效应，大企业操作困难。也正因为如此，这种企业很难做大，有时难免还要依靠些特殊的用户关系，所以还存在一定法律风险。"

宏钧长叹一声说道："自从明白这点后，我就总有种'拼尽全力也不过如此而已'的感觉。依照公司发展现状来看，想做'大'上市有难度，已经过了最佳发展窗口期，市场上太多安防上市企业了。想做'专'也有难度，毕竟人员规模太大了，而且大部分员工技能不够，还是体力劳动为主。另外，跑客户关系请客送礼、打牌吃饭我不擅长，风险也大，找中间商做，就像现在这样，利润被中间人吃掉一大半，剩下的只够温饱，谈何发展？总而言之，我对公司未来发展没有以前那么乐观了。"

芊芊见他说得如此沉重，安慰道："我最近也看出来了，你不像以前那么雷厉风行了。以前为公司也愁，但干劲十足，总是想怎么解决问题，现在似乎更多的是情绪低沉。我觉得你不如换个角度思考这个问题，最近财经界讨论挺多的一个话题，民营企业家怎么看待自己经营的企业——是像养孩子，还是像养猪，或者是养狗？猪和狗也不是一样养的哦。你也想想，我觉得挺适合你的现状。不光是为企业想，也为你未来发展想，等想明白了再给这位丁小姐回复也不迟。"

宏钧闷头足足想了三天，然后抓起电话打给丁小姐答应了安排约谈，对方却很神秘地说自己老板跟宏钧很熟，已经计划启程去跟他面谈了……

展宏翼·杭州

1

时间创造了一切，生与死、动与静、福与祸，它积淀故事、弥合伤口、重塑思维。中年是人生一个特殊的时间阶段。人到中年，有的，懂得舍得、从容坦荡；有的，淡泊名利、见好就收；有的，执着小利、烦恼抱怨；还有的，豪情不减、挑战极限。多数人到了中年，无论愿意与否，生活与事业通常都会经历一个较大的变化过程。

宏翼也不例外，今年恰逢她的不惑之年，也是她人生中变数最大的一年。她受领导委托追查假冒伪劣，没料到竟挖出了枕边人的阴暗面，贪婪、违法与不忠，这就是那个跟她十余年朝夕相处、同床共眠的爱人！发现真相的那段时间，她彻夜难眠，请了病假整整一周没出家门。一周后，她去公司跟上司汇报真相，随即引咎辞职，接着电话约见暂住宾馆的贾忠信当面提出离婚。

之后的几个月，她的情绪顺着"否定、愤怒、沮丧、接受、低落"的洋流浮浮沉沉。随着时间流逝，麻木的伤口慢慢开始愈合，她尝试着将这段痛苦的记忆封存起来。儿子鹏飞很懂事，见她郁郁寡欢便常常哄她开心。一个周末，鹏飞晚饭后考了宏翼一个小谜语："什么东西每天都会来，却又从未真正来过？"宏翼左思右想也猜不出来，晚上临睡前她央求鹏飞告诉她谜底。鹏飞笑嘻嘻地说道："明天。"

揭开这小小的谜底后，宏翼失眠了。鹏飞的无心之举，点醒了她。让她明白正在摧毁自己生活的东西，已经不再是贾忠信，而是自己低沉已久的情绪，为了明天、为了鹏飞、为了自己，她必须重新振作起来！而第一件要做的事，就是开辟新事业。

一般来说，人到中年职业转型有三类原因：生活或是能力所迫，比如不再胜任重体力劳动；不满现状摆脱枯燥，千篇一律的多年工作产生了职业疲劳；想要实现更大的自我价值，从靠知识与努力吃饭，转为靠经验与人脉吃饭，争取做更大的事业。从业近二十年，当外企高管十年的职业生涯，让宏翼已经基本实现了财务自由，因此她转型的目的很明确——继续挑战自我，创造更大的人生价值。

宏翼经过一番深思熟虑，认为摆在自己面前有四种选择：一是维持现状，找同类工作岗位，这个决策最稳妥，但对她而言没什么挑战；二是换个全新的行业或职位，这样做很难利用到过去二十年积累下来的经验技能与人脉，想要从头开始风险会很大；三是做个自由职业者或志愿者，宏翼觉得这应该是在她十几年后，退休时的最佳选择；四是独立创业或合作创业，这个决策无疑是难度最大的选择，但却能很好地发挥宏翼多年的管理经验与技术功底，也符合宏翼喜欢挑战、追求卓越的个性。

宏翼决定开始创业，她意识到这个决策对她的下半生事业生活都将产生很大影响，思前想后头绪太多，这种重大决策她想找个人帮忙理理思路可能会更好。周末去爸爸家聚餐时，宏翼跟老展说起了创业的想法。老展未置可否，毕竟退休十几年了，以前也是在机关工作，对商业社会缺乏了解，老展建议女儿去找诸葛达明商量。

2

诸葛教授比宏翼他们兄妹大十岁左右，是老展的忘年交，龙城大学的知名教授，见识高人一等，展家兄弟姐妹有什么大事，老展往往都让孩子们去跟他商量讨教。

诸葛家和展家是几十年的通家之好，诸葛教授的父亲曾经和老展关在同一个牛棚受苦，那时老展还年轻常受诸葛老人照顾，后来老人含冤去世。展不平刚回到公安局工作就着手为诸葛老人平冤昭雪。正是因为落实政策及时，并拿到抚恤金，诸葛达明才得以考取大学，后来成为龙大知名教授。

隔天，宏翼拎了两盒八马茶业的赛珍珠铁观音去拜访诸葛达明。寒暄几句后，宏翼将自己思考再三想要创业的事跟诸葛教授说了，她接着说还有些事情没想得很清楚，比如政策环境怎么样、去哪里创业更合适、是否需要跟人合作之类的问题，因此来请达明哥指点。

诸葛达明听完一笑，道："妹子是个有主见并且逻辑性很强的人，大主意我看你基本定了，执行力更是你的强项，我就从几个创业的先决条件谈点建议，看是不是能给你启发。"

随着年龄增大，最近几年诸葛达明的教学工作逐步减少，工作重心转向负责学校科研成果转化方面，因此对经营企业也颇有些心得。

龙大管理学院曾交给诸葛达明一个课题，让他找出创业企业成功的关键要素。他带领学生，针对百余家创业企业进行专题访谈，最后提出了六大创业关键因素：创意与战略、核心团队与执行力、商业模式、募资能力、创业时机、市场定位。起初，他的自身经验告诉他创意与战略最重要，其次是商业模式。但通过调研评测统计，得出了与他直觉判断完全不同的结论。排名前三位的关键要素居然是创业时机、市场定位与核心管理团队。

事后他仔细琢磨，发现这个结论确实很有道理，像联想、阿里巴巴等各大公司真正成功的关键的确是创业时机，所以老话常说时势造英雄。后来，他简化成创业三要素：天时、地利、人和。

天时，也就是创业时机。据他进行各行业调研发现，后来成功的创业企业总能找到相对暴利的某一市场大发展时机并提前进入。此时，往往是国家加速支持该行业发展，大量财税政策倾斜，资本大量聚集、应用技术取得重大突破，涌现一批大型社会化项目需求。面对这种情况，企业要做的关键行为就是："寻找——判断——选择"，一旦准确选择加入这个纯粹的蓝海市场就会有暴利可图。诸葛达明称之为"水涨船高型企业增长模式"，行业之水的快速高涨带来企业之船的自然升高，这里无须过多的经营管理技巧，重要的是准确寻找、快速判断，然后选择加入这个高速发展的暴利行业或细分市场领域。

地利，多指区域或层级市场定位，未来是多个城市参与的完整产业集群竞争格局。龙城在改革初期还算发达城市，但这些年没有跟上国家城市化建设步伐，现在已经明显落伍了。从目前发展来看，以广州、深圳为代表的珠江三角洲城市群最富裕，它的特点是规模化工业制造集群，尤其是OEM、ODM全球领先，创业建厂首选这里；还有北京为首的京津冀城市群，它的特点是重应用、多央企、顶层规划能力强，在文旅媒体方面也很领先，因为北京是政治中心，大项目、大新闻的发源地，创业做集成工程等靠关系吃饭的企业首选这里；最后是以上海、苏杭为代表的长三角城市群，上海是国际金融中心，跨国企业总部都喜欢设置在此处，因此贸易发达。杭州、苏州也很特别，本来是区域中心城市，但最近几年发展特别快，尤其是在互联网行业和高端制造业两方面，已然出现引领全国的迹象，发展前景不可限量。

最后看人和，也就是核心管理团队。我们国家目前市场经济还不完全成熟，企业制度化管理因此也不够完善。这种情况下，还是人治为主，管理团队的重要性尤为凸显。一般来说，如果一个综合管理能力很强的人，也就是我们常说的具有领袖型人格的人，适合独自创业。如果一个人某方面技能很强，但也有很明显的弱点，那就最好与人合作创业，此时重点在于选好互补型的创业伙伴。

听完诸葛教授的分析，宏翼道："达明哥，你一番话说得我心里透亮多了。从创业时机来看，我从事安防业快二十年了，这个行业现在仍然保持着两位数的增长速度，远超其他行业。我进入时市场规模不过数十亿元，现在已经超过千亿元的规模了。整个行业技术也在持续发展，数字化、网络化、云计算等新技术不断进入成熟应用期。最近行业产业结构正在经历 IT 化引发的大变革。政策方面，一系列大型社会化工程出现，产品应用在从特殊专业市场向广泛的行业市场、商业市场、民用市场扩大，应用市场规模层层升级。总之，种种迹象显示，视频监控细分产业已经发展到了井喷阶段，所以我判断创业时机很好。

"从地域看，最近几年我也感到龙城市场规模太小，关系复杂、地方保护严重，高技术人才缺乏，不利于制造企业发展。我是技术管理出身，将来要做的企业应该是以技术为核心的制造企业。根据您的观点，结合我的情况，杭州应该是最佳的选择，恰好我以前工作时外派在那里，住过半年多，有些本地化关系和几个私交很好的朋友。"

宏翼喝了口茶，皱了下眉道："从您的分析来看，我真正担心的是管理团队。您知道我从事了多年综合管理工作，技术敏感度也可以。但市场销售、产品营销一直是我的弱项，再就是多年没干一线研发了，高端的技术开发自己做不来。所以我觉得开公司得找个营销与销售方面的能人，再就是一个研发的技术骨干合作，这样成功概率更大。"

从诸葛达明家出来，宏翼进一步坚定了创业的决心。她想应该先去杭州实地考察一下，最好能找到未来的合作伙伴，等大部分事情都有个眉目后，再回来跟家人商量。

3

去杭州前，宏翼电话联系了自己的研究生导师赵教授。赵教授是上海人，因为对自动化领域技术实现跨越式发展做出过突出贡献当选中科院院士。随着年龄增大心肺功能不好，哈尔滨冬天气温太低，老人家很不舒服，后来就申请调回上海老家，现在中科院上海分院工作。宏翼是赵教授在哈工大时的得意门生，她出差到江浙一带通常都会绕道去看老师。

听说宏翼来看自己，赵教授很开心，问清了宏翼是下午到达，就让她直接来家里吃饭。

宏翼在老师家附近订了间快捷酒店，当天下午四点下了飞机，先去酒店放下行李，然后步行来到老师家。一进家门，先给老师、师母一个开心的拥抱。几句嘘寒问暖过后，宏翼递给师母两盒蜂王浆，让师母经常服用提高免疫力，又递给老师一个计步器，嘱咐老师每天坚持走一万步，加强心肺锻炼。

师母说道："让他锻炼比登天还难，整天像个坐禅和尚似的，坐下就一动不动几个小时，晚上就喊腰疼。七十几岁的人了，还那么拼，天天起早贪黑，连中午觉都不睡。"

赵教授哈哈一笑说："这坐禅功夫可是几十年修炼的。正因为岁数大才更要拼，时间有限啊！不过宏翼这计步器好，可以量化运动免得浪费时间，走步还不耽误想事，一举两得。"

宏翼也跟着点头称是。师母自己去厨房准备饭菜，让赵教授去小区口买热乎的生煎包当主食。宏翼洗完手要来帮厨，师母道："你别占手了，就几个家常菜，糟鱼和哈尔滨红肠是你老师下午带回来的。你坐了那么久飞机挺累的，去沙发卧着吧。"

不一会儿，老师回来，师母的几个菜也陆续上桌。水煮大虾、排骨年糕、油焖笋，宏翼看到忙跑到厨房跟师母说，菜太多了三个人吃不完，不要再忙了。

师母边解围裙边道："还有个土豆炖豆角马上出锅，咱们可以先开始吃了。

一会儿吃主食的时候，我再做个汤，来下包子。老赵，你开瓶红酒。"

不一会儿，菜齐了，师母也上了桌，大家开饭。

宏翼夸道："师母手艺真棒，咱们吃的可是南北全席啊。"

师母呵呵一笑道："是啊，在哈工大待了那么多年，适应了东北口味，也学会了东北菜。可一回来上海，老家的本帮菜还能吃得惯，所以经常做得不南不北，你老师管这叫南北混搭菜系。"

三人边吃边喝，两个老人家吃不动多少，只是给宏翼夹菜。宏翼跟老师说了创业的打算，并说这次来主要是去杭州考察当地市场，找几个以前的朋友商量合作创业，已经提前电话沟通过了。另外，还在物色做视频领域核心技术研发的专才。想听听老师对她创业的建议，再就是问下老师是否认识杭州工作的这方面技术人才。

赵教授听完宏翼的打算，点头道："我支持你的想法，你现在创业是最佳时间，太年轻创业没经验，岁数太大又畏首畏尾没魄力。国外的精英阶层很多选择创业，不像我们社会要么当官，要么纯粹做学术研究，逼着大学刚毕业的毛头小子创业。咱们学的自动化控制是应用科学，重心就在用。当初你们这届学生都服从分配去了学校、机关，你就偏偏自主择业去了外企，我很欣赏这种闯劲。"

宏翼道："我当初的选择也是受了老师的启发，您曾经说过'学而不用等于没学，知而不行等于无知'，我听了很受鼓舞才最终下定决心自主择业。"

"我特别羡慕你们这代人，你们可能没意识到，你们这代人最大的幸运就是拥有自主选择的权利。选择可能成功，也可能失败。但无论如何，有选择才是最大的幸福！正是你自己做出的选择，塑造了你，也成就了你！

"我们这代人大多是没有这种权利的，我很幸运年轻时被国家送到著名的基辅大学学习。我起初读的是出版与印刷专业，读了一年半后，我们大使馆秘书找到我说国家迫切需要熟悉电子工程的专业人员，于是我重新改读电子机械系。从文科调到理科，还从当年的下半学期开始学，乌克兰的新老师要求我必须在三个月内跟上进度，否则只能走人，你能想象其中的艰苦吧。我每天只睡两三个小时，拼命地学，后来终于跟上了进度，最后以优异的成绩毕业。

"我一个宿舍的同学，也是我原来出版专业的班长，他是个各方面能力都很突出的人。但他的家庭成分很复杂，叔叔是老红军，有个小舅是国民党军官，后来去了台湾。他回国分配工作时，国家要求认真填写出身成分，原则是不要回避任何问题。他就写了小舅的问题没提叔叔，结果在老家县城的印刷厂当了一辈子老师傅。几年前见过他一次，送了我本书，书名是《大写的时代、小写的人生》。"

赵教授说完唏嘘不已，旁边师母道："刚刚还挺高兴的，说着说着咋就叹上气了，几十年的旧事别提了。说重点，看能不能帮宏翼介绍搞技术的人？"

"我这是要告诉宏翼，珍惜选择的机会，一个人一生中总会遇到两三次足以影响终生的机遇，这时就该像在潜水时压住呼吸器一样，紧紧抓住它切莫错过。"赵教授道。

"做视频技术的人，杭州本地不是很多，浙江大学有几个老师水平不错，海康、大华等几家企业高端人才集中，不过待遇偏高。我倒是觉得你可以考虑上海，上海的科研机构、人才水平与数量在中国仅次于北京。最近两年上海市定位国际金融与贸易中心，技术人才外流严重，杭州、苏州、无锡、宁波这些周边城市都不惜代价来上海挖人，当地政府对上海高端人才引入都有特殊扶植政策。上海到杭州一个多小时路程，现在工作日住杭州周末回家的人越来越多，即使每天通勤很多人也能接受。"

宏翼道："老师您说得有道理，这样看从上海寻找技术人才更可行。"

"如果你认可这个思路，我认识个技术研发能力很扎实的小伙子，博士毕业后留在我们所做视频压缩算法课题研究。今年课题结项，不知道有什么打算，明天可以给你约着见面谈谈。"赵教授道。

4

隔天一早宏翼接到老师电话，说人已经约好了，下午两点在老师单位门口的星巴克见面。

宏翼提前半小时来到星巴克，点了一中杯卡布奇诺慢慢地边喝边等。宏翼喜欢卡布奇诺，浓浓的意式咖啡上漂浮着一层雪白的奶泡，浮华掩映下的厚重，就像是精细装裱的古朴字画，时髦包装下暗香涌动。

过了十几分钟，门口进来一位三十岁上下身材矮胖的男士，他穿了件卡其色的半旧夹克配着条灰色的牛仔裤，略有点秃顶，粗大的鼻子上挎了副黑色板材眼镜，厚厚的镜片显得眼睛更加小而突出。

见他拿起手机拨通电话，宏翼手机立刻响了起来，宏翼忙起身挥手，快走几步迎上，道："您好，我是赵教授的学生展宏翼，你是傅博士吗？"

"我是傅一籍。"

"好的，你先坐，喝什么，我去拿。"

"大杯美式咖啡，谢谢！"

不一会儿，宏翼端来咖啡，两人重新落座，宏翼说明了来意。傅一籍道："您想创业的事儿，赵院士跟我简单提了下。我是西安电子科大毕业的，学的通信工程，后来在中科院念的博士，主攻方向是视频图像压缩算法，毕业后留在院里接的纵向课题是视频图像压缩算法及分布式存储研究，前两个月刚评审验收，估计很快结项。"

"傅博士，我以前在家外企做安防部门的负责人，那时这个行业除了销售渠道商基本没什么本土企业。最近几年民营企业大量涌现，强力冲击国外品牌控制的中高端市场。我前段时间因为家庭原因离开过去的公司，想了很久觉得应该抓住这波市场转型的机遇，所以有了创业的想法。"宏翼道，"您是技术专家，依您看未来的技术方向、走势如何？"

"展总，你是赵院士的高足，我哪敢班门弄斧。"

宏翼道："傅博，我这人是直性子，真没客气。这几年一直在企业做管理工作，技术现在更新这么快，我都丢得差不多了，所以跟您请教。"

"请教谈不上。我觉得安防技术是以应用技术为主，早期是跟着电视技术走，后来又参考电信技术，现在则是 IT 技术牵头，主要技术路线是数字化、网络化、高清化、智能化，持续沿着 IT 化、云化路径前进。"

傅一籍喝了口咖啡："我理解对企业而言，主要通过资本扩张、品牌扩张、技术扩张三种途径发展，前两种途径目的都是扩大市场份额。长期来看，安防行业的应用特色决定了技术扩张才是企业最主要的发展路径。因为技术是提升竞争能力的终极武器，以此推动产品不断迭代向应用领域扩展。所以，我认为安防技术与其他技术的融合，安防产品与其他产品结合从而形成新系统，满足新的应用需求最关键。就像一个苹果种植专家，非常了解种好苹果树需要的温度、湿度、土壤等因素，但仅凭个人经验很难规模化种植苹果园。

如果再结合一个传感网技术专家，通过技术手段组网实时监测这些量化指标，两人所长进行结合将促成苹果产量最大化。大多数行业其实并不需要太多基础研发，解决多种技术的融合创新应用才是当务之急。"

"你做的图像压缩课题就是这种融合创新吧？"宏翼问道。

"没错，我做的也是几种技术的融合式创新。基础研发的技术突破往往在电信、IT等大的产业实现，我们要做的是终端类技术、中间件技术的突破，再结合安全这种特殊需求进行应用落地的技术突破，要把基础技术和我们的行业特点及特定应用场景结合起来研究，这才是我们的核心能力。这个问题上弱小的民营企业更不应该舍本逐末、好高骛远，光提些假大空的口号只会误人误己。"

"具体在视频监控领域，你认为未来几年可能出现的新技术热点集中在哪里？"

"图像处理是我的专业，我曾经花了许多时间思考过前二十年的技术发展，以及未来二十年的技术趋势，我认为总的来说离不开十五个字的技术路线。只要弄清这十五个字所涉及的五大技术瓶颈，就会全面搞懂视频监控的发展历史、现状与未来。"

"哪十五个字？愿闻其详。"宏翼问道。

"头三个字是'看得到'，这是视频图像的数字化与网络化发展过程，主要解决图像'看不见'的问题。视频监控系统的早期发展，是从让更多人'看得到'及接触到视频图像开始的，因此需要将模拟图像进行数字化，并通过网络化进行传输、编辑、管理、显示等工作。目的是将图像更便捷地传送到更多的终端用户手中。

"接下来三个字是'看得清'，解决图像模糊问题主要从前端摄像机下手，从标清摄像机升级到高清摄像机毫无疑问是未来几年的视频前端产品的发展趋势。这方面技术大多是基础的底层技术，日本企业领先，国内的企业中短期基本没有突破的可能。

"再接下来三个字是'存得下'，摄像机清晰度越来越高、数量越来越多，占用存储资源巨大、传输带宽不够就成了发展瓶颈。以往的本地化模拟录像机存储使基层单位压力太大，存不下、不好用、不好管等问题严重，数字化、分布式存储是通过具有革命性的开放式IT架构，来解决异地存储问题。"

听到这里，宏翼抬头问道："你刚才提到，你做的课题'视频图像压缩算法及分布式存储'，就是同时解决数字化和分布式存储问题吧？"

"没错，现在几乎所有安防技术都是国外企业垄断，但这种技术依靠的压缩算法国内有能力做出来，所以我判断此技术是未来我们最早可以实现弯道超车的技术，而且在视频系统中这类技术未来一定会处在核心位置，并可以向上下游延伸。"

"傅博士，你接着说最后六个字是什么？"宏翼挺直身子问道。

"刚才说的头三个字是历史，后六个字是现状，接下来的六个字是趋势。未来视频图像发展的方向是要通过让机器'看得懂'，来使人用得更方便、效率更高。实现这点需要用人工智能、图像智能分析等手段处理海量的数据图像，这些光靠人的眼睛已经无法解决了。目前的图像智能化主要集中在后端电脑处理，仅有些规模不大、误报率很高的不成熟应用，但很多业内专家都意识到这应该是未来十年的发展方向。"傅一籍道。

"最后三个字是'很放心'，可预见的未来里，数据量越来越大，视频数据往往涉及个人隐私较多，因此使用部门的合法性备受关注。视频信息安全是个大课题，这不仅涉及民生还与国防密切相关，一旦大量数据泄密或被黑客攻击，后果不堪设想，所以信息安全是一切视频图像技术的基础保障。"

宏翼问道："依您看，安防行业具体技术爆发点，或者说可能产品化的技术有哪些？"两人都是技术出身，说话直奔主题，这种交流倒也畅快。

"我觉得前几年的快速发展主要是各行各业的行业安全需求带动的，现在安防系统越做越大、越来越复杂，已经开始逐步进入各个行业、各种应用、各个单位的大联网阶段，这必将带动整个系统在城市内、城市间联动，所以未来几年应该是以联网为特征的城市整体安全需求大发展阶段。现在已经出现这种趋势，公安牵头的天网工程刚开始，这种复杂的巨系统要有大型的平台支持，所以说城市级视频联网系统平台将是未来三五年内最火爆的技术焦点。但这种大型、综合的技术研发，跟我以前做的课题不同，需要更多的研发人员配合、更大量的资金投入，以及更多设备企业的接口开放。此外，近期技术热点应该集中在分布式存储方面，这点恰恰与我这两年的研究课题有交叉，如有机会可以直接进行技术成果转化。"

"傅博士，你对科研人员创业怎么看？"

"我们在研究所的人，只关心发表论文、评职称，对技术转化基本不关心，这点挺让我反感的。我是那种工程师情结挺重的人，愿意看到一个技术从理论到实验室再到产品化，不然总觉得缺少成就感。展总，我刚才说的数字与分布式存储和平台联网技术的普适性及应用前景我都很看好，也有多年的技术积淀，如果你在这两类业务上创业，我们可以深入沟通。我虽然现在不能给你一个肯定的答复，但确实很有兴趣。"傅一籍答道。

跟傅一籍的谈话让宏翼受益匪浅，她能明显地感觉到傅一籍扎实的技术根底、务实的做事心态和前瞻性的技术判断，更难能可贵的是傅一籍有着强烈的创业渴望。多年的管理经验告诉她，这种永不满足的渴望，才是一个成功创业人士必须具备的素质。

5

当天傍晚，一辆黑色的奥迪A6停到宏翼住的酒店楼下。车上走下一位三十几岁的女子，尽管天气已微凉，她却仍穿着一袭淡紫色的碎花连衣裙，足蹬一双黑色的高跟鞋。只见她打开车门，探身取上小挎包，掏出烟盒和打火机，抽出一只细细的女士薄荷烟点着，另一只手拨通了电话。

不一会儿，宏翼拎着行李走出酒店大门。女子掐灭香烟紧走几步迎了上去，道："展姐，我来拿行李。"说话间便抢过行李，装在后备厢里，然后替宏翼打开后车门。

宏翼点头称谢，道："腾总你好，我坐前面就行，咱们聊天方便。"

"这么熟了，叫我小腾、海颜都行。展姐咋这么低调，住快捷酒店体验民情啊？"

"我来看老师，他家住在旁边小区，来回方便些。辛苦你啊，海颜，跑这么远来接我，本来计划坐动车过去找你呢。"

"那多不方便啊，拎着箱子跑来跑去的。展姐你别客气，远来是客，这点小事算啥。再说，我这次要带你去个特别的地方，你没法自己坐车去。"

"这些年杭州的名胜你都带我逛了个遍，又找到什么好去处了？"

"这真是个好玩的地方，叫西溪湿地，今年政府开始保护，据说在申请国家级湿地公园呢。现在基本还没开发，原生态、纯野趣。圈起来很大一片地方，最近处离西湖、武林门只有几公里，但现代人生活忙碌少有人关注，反倒是明清的文人墨客还残留有几处寺庙、小桥、庭院，颇有些文化气息，估计你会喜欢。"

"腾总，你好让人羡慕，工作生活两不误，又能挣钱还会玩，活得潇洒。"

"姐，个人难处都得自个儿咽。你看我游山玩水把钱赚了，其实我陪着客户打牌，陪着别人老婆购物，忙前忙后自己哪有心情玩啊？客户家人得病我找名医给看，自己孩子感冒发烧在家我都没法回去。"

"是啊，家家有本难念的经，做销售是勤行，能出头不易啊。"

"展姐，路上得两个小时左右，你要累了就眯一会儿，把座位往后挪一挪，宽敞些伸伸脚。"

一路高速没有拥堵，车子停在一个小巧精致的三层小楼前。腾海颜一边招呼服务员帮宏翼拿行李，一边说："到了，展姐，再往里就是景区了。这个小楼是我跟两个朋友合资盘下来的，又找人全部翻新装修，当作私人会所，专门接待客户用。今晚咱俩都住这儿，好好聊聊天，明天我们再开车进去玩。"

服务员领着两人来到三楼，这层有五个房间，腾海颜要了两间相邻的赏景客房，道："展姐，忙了一天，你歇歇，我去招呼下，半小时后我们一楼餐厅吃饭。"

宏翼刷房卡推门进来，房间有六七十平方米的样子，夕阳照在紫铜色的实木地板上，一侧是张两米的雕花大床和床头柜，旁边摆着贵妃榻，对面墙上装着个六十英寸的索尼液晶电视，电视旁边摆着了张写字台，墙角放了张条案，上面摆着古筝和一个天青色的小香炉。靠近阳台一侧放了张茶几，乌金石茶海上摆放着一套紫砂茶具和几个水晶玻璃杯，一罐宜兴红茶、一罐西湖龙井。

推开阳台门，宏翼不由看得痴了。但见远处一望无际的芦苇荡中几条弯弯曲曲的小河流淌其中。时值深秋，芦花泛白，秋风萧瑟，白花涌起，在夕照晚霞的映衬下，宛如镀着金边的片片飞雪。间或有候鸟群飞而起，仿若人在一幅天宫仙境的3D巨画之中。忽地惹起心头往事，阵阵黯然，多想化作那飞鸟，远离这尘世的喧嚣烦恼。想到伤心处，忙收紧心神，悄然回头轻轻关上房门，下楼吃饭。

6

走到楼下见腾海颜正坐在大厅沙发上翻杂志，宏翼道："海颜，你这里可真是个好去处，仙境般的风景，在这里待上几天都挪不动腿了。"

"展姐，这会所建得可不易呀，也就是咱们物色得早，就这还是我们三个股东动用了不少关系才拿下，又请专人打理。不过确实值得，吃住玩一条龙，非常方便。虽然会所赔钱，但带来的业务收入实在不少，来尝尝我们本地大厨的手艺。"

两人走进旁边的小包房，一个三十多岁的胖子问道："腾总，上菜吗？"

腾海颜道："上吧！先来两杯龙井。展姐，喝点黄酒行吗？咱们江南的地方酒，美容。"

宏翼点头答应。两人吃着瓜子、茶点闲聊，十几分钟后上来了四菜一汤。胖子厨师道："腾总，菜齐了。按您说的没大搞，清淡的本地特色菜，清蒸鲥鱼、杭菊鸡丝、龙井虾仁、南肉竹笋、西湖莼菜汤，用的都是本地农村的新鲜食材。"

"老王，辛苦了，你把我存的那坛三十年的古越龙山花雕拿来，先替我加几片生姜烫下。"

宏翼知道她素来能喝，道："海颜，太丰盛了，酒别多了喝不下。"

"没事，展姐，这是小坛子包装就一点五升，绍兴老酒度数低跟红酒差不多，咱姐俩边吃边喝边聊慢慢来。我们江浙人小时候做菜都放这酒，适应了。别的酒不行，就喝这酒没够。咱姐俩聊天为主，不强迫喝酒，您喝不完都归我。"

宏翼只好客随主便，随即道："前几天电话没细问，你怎么也不做岗上品牌代理了，这几年不是做得挺好的吗？"

"展姐，我这是空架子，面儿上好看。早些年刚当岗上代理时，确实挣了些钱，这两三年光忙活着走量了，其实没赚到什么钱。上半年正好您离开，新上来的人不行，听说是从岗上医疗事业部调来的人，不懂咱行业又想表现，一上来就渠道大换血，还要大量压货，搞得代理商民怨沸腾，我这两个月开始出现亏损苗头。我想长痛不如短痛，就不做了。"

宏翼听着难受，正好碰着知音好友，借着酒劲把松山先生让她调研走私水货，牵出贾忠信建厂造假等一系列事情跟腾海颜说了一番。最后道："其实岗上安防事业部出问题，我负有最大责任，我识人不明，牵连着你们都跟着遭殃。一想到这些就像块大石头压在我心头隐隐作痛。"

"展姐，不是我说你，你就是好强较真，这些跟你没太大关系。岗上产品是不错，但确实有很多问题，价格太高、款式老旧、不重视与客户的私人关系，这些在国内都是致命伤。你可以说价格高、东西质量好，十年不坏、不用修，你也可以说款式够用，能满足客户，这都是事实。但这也是外企思维、工程师思维，不是市场思维、本土化思维，你设备不坏、不更新换代，销售商、工程商吃啥喝啥？你不按项目设计特殊型号，价格全透明，怎么保证工程商、用户的私利？一句话，水至清则无鱼。就像桌上这鲥鱼，在海里出生长大，到时候了来咱们钱塘江产卵，咸水、淡水都能适应，企业也是一样，到啥时候说啥话，到啥地方说啥话，不能砸人家饭碗，哪怕这碗饭没那么规矩也不能砸，这才叫本土化。"

"妹子，你说得也对，打小我爸就说我一根筋不知道变通，我也晓得自己这个毛病，所以把岗上安防品牌的营销和销售都交给贾忠信，没想到出了更大问题。"

"展姐，你也别这么说，其实你制度化管理没错，执行力强，做事情又有韧性，懂技术重服务，这些大家有目共睹。说实在的，大环境如此，岗上缺了你早就坚持不到今天了。以前国内制造商做不出像样的产品，所以外企有压倒性优势，这几年本土企业跟岗上技术差距缩小了，替代它是必然的。所以展姐你大可不必自责，你是直性子太认真，眼里揉不下沙子。其实生活跟工作一样，该糊涂时迷糊点好。男人和业务一样，如果握得紧，松手就难，有时反而握碎了。其实我没资格说您，我也离了，早就看淡了，投入越多失望越大，现在一个人单着也挺好。"腾海颜苦笑道，"不说这些伤心事了。展姐，你前两天电话说要创业，想怎么样了？"

宏翼把近期想法跟腾海颜一一说了，又说了在上海刚见到傅一籍的事情，最后道："海颜，安防是个能至少再做几十年的潜力行业，需求正处在井喷前夜，从时机看现在正好。从地利看，杭州未来发展高端制造业布局很明显。从技术、产品和市场看，视频监控联网和分布式存储是两大契机。现在诸事具备，就缺核心团队了。傅博士如加盟，技术也有了，就差销售和营销的负责人了。"说完满怀期待地望着腾海颜问道："妹子，你未来有啥打算？"

"我也在找出路。干了十几年代理商，这条路是走到头了。"

"你不想换个牌子做吗？"

"展姐，现在各行各业都在喊着扁平化，在整个产业链条里，肯定先压扁我们这些低附加值、没啥技术含量的代理商啊，所以今年起我看挺多朋友都有转型的想法。其实这种困境前几年就开始了，前端制造商做大了就压价，还有的直接跟用户勾搭跳过渠道把东西就卖了。后面工程商不仅压价，还要账期。眼看利润越来越低，现在毛利百分之五都有人干，就想冲点量向厂家要返点，这么做不亏损都难。"腾海颜说着激动起来，"我是打死也不做渠道了，受夹板气还赔钱。所以电话上你说要创业，我就很激动。我没太多文化，大专毕业就跑销售，但我干过两次企业，我觉得干企业就看人。展姐，咱们相交多年，我信你。你下定决心时，告诉我一声，如果你不嫌弃，我愿意入一股，咱们一起干。"

宏翼见她如此仗义直爽，心下高兴，道："妹子，谢谢你看得起。有你这句话就成了，我回去就跟家人商量，然后准备搬家的事，过几天我再来咱们谈些具体方案，你有空也想想，股份比例、商业模式等，我会做个详细的商业计划大家讨论。"

7

来到杭州的第二天下午，宏翼辞别腾海颜搬到市区里，接下来的几天里，她又陆续拜访了几个企业家朋友、用户与协会的领导，直到一周后才结束调研回到龙城。

隔天就是周末，按惯例宏翼带着鹏飞到父母家吃饭。饭后母女俩来到老展的书房，宏翼跟父亲说了这两周的工作进展，诸葛达明、赵老师的启发和帮忙，傅一籍、腾海颜的合作意向，杭州之行的市场调研。老展听得很认真，尤其仔细询问了傅一籍、腾海颜的见解、谈吐等细节。

听宏翼讲完，老展停顿了一下道："咋样，拿定主意了？"

"还没有，要做的事我心里有点数了。但您和妈都七十出头的人了，鹏飞今年刚高一，我现在跑出去这么远确实不合适，我在飞机上琢磨还是再等两年再说。"

"宏翼，你这么想是不对的。畏首畏尾、当断不断是做事业的大忌。邓小平在改革初期，多少人让他等等，他怎么说？他说：'形势不可错过，胆子大一些，步子也可以大一点，不要老是议论，看准了就干。'这才是做大事的气魄！我跟你妈身体还行，七八年没问题，再说还有你哥呢，你放心。小鹏飞今年高一，住校半年，应该也适应了，周末就来我这住，我和你妈看着还不放心？实在遇到急事还有贾忠信，不管怎么说，他跟鹏飞还是父子。"

老展喝口茶继续道："宏翼，有几句话我要提醒你。你自小好强、拔尖儿，事事不落人后，但有时做事太较真。对人，尤其是亲密的人，有时得学会放手，你不用为所有人、所有事负责，你也有自己的路要走。一个人最幸运的就是在他有体力、有能力的时候发现目标并去认真追求。等你到了我这个岁数的时候，你就知道了，能有一段成功的事业来回忆，是对衰老最大的安慰。"

回到家中，宏翼对鹏飞说了自己想去杭州创业的事，征求鹏飞的看法。鹏飞答道："妈，你不用操心我，我能行。咱们可以每周通话呀，寒暑假期我还可以去杭州玩，特想去看看西湖、灵隐寺、雷峰塔，这么多好地方，一股脑转转。还有浙大校园，考浙大一直是我的理想，你先打个前站，我们两年后就又在一起了。"

看儿子如此懂事，宏翼不禁鼻子一酸，随即笑道："好小子，有志气，妈明天请你去必胜客吃比萨。"

8

没几天，宏翼再次回到杭州，这次她召集腾海颜和傅一籍见面，拿出自己刚做的一份商业计划书跟两人探讨。自从上次与傅一籍在上海畅谈安防技术发展后，宏翼对原本模糊的业务战略有了更清晰的认识。

她意识到安防产业存在一个巨大的蓝海市场机遇。当前国外企业占据几乎所有安防技术的发言权与绝大部分中高端设备市场，视频监控、门禁、报警等莫不如此。但随着这两年数字化市场的崛起，这些外企还没意识到国内视频系统的一个特殊需求：实时性。因此，现有的国外产品都没有在芯片或算法上做针对性开发。由于国外视频系统的监控图像无法作为取证依据，大部分时候也不会成为破案线索，因此外企和用户大都不关心图像的连续性与实时性，而国内几乎所有用户都要求连续、实时（即时）图像，重点部门国家还有规定，连续图像必须存够三个月。所以抓住这个核心需求，在国外芯片上加入自己的压缩算法，制成的板卡，将更能满足国内客户的特殊刚需。一定可以快速抢占巨大的国内视频存储市场，然后再以此为依据向产业链前后端延伸，则企业会逐渐蚕食国外品牌占据多年的安防产业中高端市场，打出一片无比广阔的天地。

发现这个巨大的蓝海市场，让宏翼激动得几天睡不好觉。她意识到，这种千载难逢的空白市场开放窗口期不会很长，两三年内必将会涌入大量企业，该机遇亦将不复存在。因此，要争分夺秒抢占先机，最终的关键在于哪个企业能尽快做出满足实时性的视频压缩板卡来，而这种产品的核心恰恰是傅一籍这两年专注并且十分擅长的技术课题。

宏翼把她的想法与傅一籍、腾海颜做了详细沟通，立刻得到他们的高度认可，三人共同创业的决心一拍即合。

接下来杭州开办公司的事情进展得非常顺利，傅一籍很快从中科院办理了辞职手续。腾海颜原本就有一个空壳公司，是以前为一单特殊生意专门成立的，后来没怎么用过，也没有注销。这个公司很干净，财务数据一目了然，没负债、抵押或是担保。三人商量一下，为了尽快开工，简化手续，就对这个空壳公司做了名称和股份变更。新公司叫宏义海科技有限公司，在三人名字中各取一字或谐音，三人共入资五百万元，宏翼和腾海颜各占股百分之四十，傅一籍占百分之二十，但其只出资五十万元，其余五十万元则以专利、技术成果落地等承诺作价技术股，由宏翼和腾海颜各出资二十五万元承担。两人共同推举宏翼做公司董事长兼总经理，腾海颜任董事兼销售副总，傅一籍任董事兼研发副总，三人一致决定未来各抽出同比例股份合成百分之二十用于激励中层管理者，公司成立初期三人协商每月只拿一万元的基本生活费，直到公司盈利。

傅一籍心知两位老总看重他的技术实力，也知道他没有太多积蓄，所以做出这样的股权安排。他是个高傲且自律的人，别人敬他三分，他就要做出十分努力。公司开张后，他在离公司不远的城中村租了个简易的小屋，从早晨八点半一直到晚上十二点他几乎都待在办公室，有时中午也只是吃盒泡面，只有在周六早晨才赶回上海家中，周一一早他又精神十足地出现在办公室。就这样他带领三个人的研发团队，经过不眠不休的三个月终于成功推出第一代视频压缩板卡，并进入测试阶段。

与此同时宏翼也没一刻停息，忙着公司各类人员招聘、规章管理制度、组织架构与部门建设。同时她还要忙着建厂生产的各项事宜，跑审批、找厂房、招聘厂长、指定产品工艺流程和生产布局……她要确保傅一籍研发出的产品一旦稳定，并通过检测认证，将以最快的速度投入生产，并以完美的质量推入市场。

腾海颜则很少出现在公司，她的工作重心在企业外部营商环境建设。组建销售渠道、拜访大客户、跑检测认证中心、行业协会、标准化委员会，联络各大新闻媒体和行业媒体、广告与公关公司。她知道接力棒将很快从傅一籍的研发，到宏翼的制造，再传到自己的手中。她必须保证届时铺天盖地的营销，全方位的销售将同时展开。

三位合伙人近半年的不懈努力，几乎全部资金破釜沉舟的投入下，宏海牌视频压缩板卡一经面市立即大卖。

超出预想的火爆销售，让宏翼、腾海颜、傅一籍三人悬着的心暂时放了下来。宏翼召开庆功会，经过半年的发展，此时公司已经拥有五十几位员工。宏翼要求大家不要松懈，趁热打铁不断进行产品软件升级迭代，硬件提升制造工艺。

腾海颜提出新建议，能否再上一个台阶做出嵌入式产品。傅一籍表示在技术上可以实现，腾海颜则为渠道销售前景打包票。宏翼当即拍板，保证现有板卡市场稳步发展的基础上，向产品形态更完善、利润更丰厚的嵌入式数字硬盘录像机（DVR）市场升级。

就这样，借助蓝海市场的强大需求动力，宏海品牌迅速抢占视频存储市场，仅仅两年就进入国内前五大视频存储厂家的行列。

接下来的两三年，宏海品牌稳步发展。产品形态从数字硬盘录像机也逐步发展到网络硬盘录像机（NVR），始终占据着存储市场前几名的地位。与此同时，傅一籍率领五十余人的研发团队，夜以继日地攻克城市级视频联网报警平台技术课题，这是宏翼、腾海颜、傅一籍他们三人判断下一步的市场增长点。

9

2006 年春节后，股市初开立即走出了一轮前所未有的特大牛市行情，连绵持续多月大盘放量暴涨，彻底终结了长达五年的低迷行情。散户投资者纷纷热情高涨，开户者竟需要排队等候办理。熟人见面时，一改传承数千年的问候语，街头巷尾间一片"你买的哪只股票？""涨了多少？"，一时间"冲高""飘红""买入""满仓"……之声不绝于耳。基金投资也第一次活跃在主流资本市场，老百姓纷纷四处打探，重金押注。

这一年宏翼所在的安防行业也是喜讯频传，公安部牵头的 3111 工程取得初步成功后，各大城市纷纷提出建设平安城市的呼声。这种特大的社会治安防控管理综合巨系统，几乎立刻以压倒性优势战胜发展了近三十年的传统行业安全市场，成功登顶市场需求的王座。

国外资本巨头首次将饥渴的目光聚焦在历经十几年两位数迅猛增长的安防行业。这年初秋，宏翼接到业内好友董先生电话，要给她介绍一位国外投资者朋友。董先生是安防业唯一一家咨询机构的创办者，主攻市场调研和战略咨询。宏翼在岗上公司时，曾常年与董先生合作，他每年替岗上做品牌市场占有率和满意度调研，后来还专门立项替岗上品牌调查过渠道窜货和假冒伪劣问题。两人约好第二天九点带朋友到宏翼公司见面。

翌日，宏翼在楼下会议室等候，八点五十分董先生带着一位四十余岁的男士准时到达，董先生介绍道："这位是展宏翼小姐，我的老朋友，岗上公司安防事业部前任总经理，现任宏义海公司董事长兼总经理。这位贝久志先生，是我最近的客户，英联时代投资高级合伙人。"

宏翼打量下贝先生，见他身穿深蓝色条纹西服马甲三件套，白衬衣、黑皮鞋，十分标准的职业套装，全身上下只有一条亮黄色的领带显出些许鲜活的个性。

双方落座，董先生开门见山向宏翼介绍道："贝总两个月前找到我，对中国大陆安防业各大细分市场规模、主流品牌企业、发展动力、发展瓶颈、未来前景等问题进行抽样调查。前几天调研报告出来了，结论与贝总判断基本吻合。根据调研报告结论，贝总继续委托我联系市场领先的几位安防制造商洽谈投资合作的事情，贝总，您介绍下具体情况。"

贝久志点头接着说道："展总您好，我是英联时代投资集团北京办事处的高级合伙人，我们是一家有近百年经验的英国政府投资机构，投资过蒙牛等公司，一般通过企业上市退出。经过董先生提供的咨询报告，我认为中国安防市场发展迅速，已经具备一定规模，平安城市等因素会在中长期持续推动行业高速发展。但业内企业发展滞后于市场增速，主要原因是多元化的融资渠道尚未打通，上市企业更是凤毛麟角，仅一家规模不大的天津公司在融资能力很差的新加坡交易市场上市。安防业主体是民营企业，一般难以拿到银行贷款，况且银行资金大都是锦上添花，很少雪中送炭，企业要发展壮大的资金还得依靠资本市场的助力。现在正是股权资本进入、扶植企业发展的最佳时机。我们跟海康威视、浙江大华等企业都谈过了，这两家真实意向不强，今天来是想了解下您的融资合作、未来上市的意向。"

宏翼听完说道："多谢董总介绍，也谢谢您看得起我们公司。"随后打开电脑连接投影仪对公司进行简要的介绍，之后带着两位参观了二楼的生产车间和三楼的办公室。

参观过后，三人回到会议室，宏翼道："不瞒您两位，我是技术出身，后来在日资企业工作了十几年，日企国内没有融资这块业务，因此我对融资的事情了解不多，还请贝总再细致地谈下。"

贝久志道："展总，您客气。企业做到现在的规模，可能您也意识到了营销、生产、服务、研发，需要钱的地方越来越多，单凭企业利润投入经营往往捉襟见肘，更别提高速发展了。像您这样收入过亿，利润两三千万的企业正处在发展的关键期，进退两难，有了资金支持，再往前走走，一两年后收入翻几番，这种规模就可以上市，现在就该着手准备。如果没有资金支持就很容易出问题。我们擅长帮助合作企业在港交所、纽交所、纳斯达克快速上市，现在欧美股市还没有一家中国安防概念上市企业，单凭这点再辅以略好的业绩支撑完全能获得绝大多数专业投资人的青睐。"

了解宏翼个性的董先生也接口道："展总，上市不光是解决资金问题，还有很多其他益处。比如建立一套更规范的管理体制、引入资源型股东、加大技术投入、扩大品牌知名度、高管团队股权激励等等。"

临别时宏翼道："贝总，我们公司股权结构比较简单，只有三位股东，都是公司高管。您还有什么具体要求，您电话告诉我或发邮件给我，我跟其余两位股东商量下。如果他们也同意合作，我会给您个答复，然后按您要求准备资料，确定方案下次详谈，如何？"

10

送走贝总和董总，宏翼上楼把腾海颜和傅一籍请到小会议室。三人落座后，宏翼将贝先生来意和英联时代投资情况介绍了一下，道："这个贝先生是我的一位朋友，咨询公司的董总介绍的，他昨天电话我时还说，最近找到他的投资机构有好几家，都是国内、国际的大投行、私募基金等。似乎他们都嗅到了安防业融入资本市场的先机，并说以我们公司现在的体量，如果有兴趣他可以帮我们多介绍几家机构都看看、都谈谈，倒是不急着选择。我找两位就是商量商量，今后这类融资、上市的事情咱们接不接触、需不需要、时机对不对，咱们三个统一下看法。这属于董事会范畴的事，所以要定个基调，方便以后处理。"

腾海颜是急性子，道："展姐，这两年咱们发展得不错，收入、利润都涨得很快，这些投机商人闻到钱味儿，就下山来摘桃子，我觉得不该便宜他们。以前我接触过这种搞钱的人，都是铜钱儿眼睛，一提钱字眼珠子都恨不得掉出来，合作前山盟海誓谈得特热乎，一签协议就像过了门的小媳妇，被管得死死的，咱们辛辛苦苦挣点钱还不都给他们打洗脚水了？"

宏翼笑道："海颜，你这是被高利贷害的后遗症，真正的金融投资家跟投机者有所不同，金融家是投资者，里面不乏有眼光的战略投资者，放贷的人大都是投机分子。傅博，说说你的看法。"

傅一籍道："展总，我站在技术这块看，咱们开始做城市级平台了，这是个巨系统，需要大量资源，对研发人才数量、层次，都有更大要求，这得要大量资金的长期持续性投入，仍靠咱们三个股东投入，压力挺大的。所以我的想法是能有外部资金介入是好事，就是不知道具体条件咋样，牺牲多大股权为代价，值不值？还有没有其他什么承诺。"

腾海颜在一旁听到研发还要大量投入不禁眉头微皱。两人随即把目光转向宏翼。

宏翼道："咱们公司长期战略是要做行业前三，虽然不一定上市，但不能小富即安。我认为可以试着接触下，也可以边谈边学，有希望就往成功了做，如果对方没诚意或是太贪就放一放，每一步有实质性进展前咱们三个都碰头，讨论下一步怎么走，这样好吗？"

三人达成一致，先接触，走一步看一步。

回到办公室，宏翼给董先生和贝总分别打了电话说可以接着往下谈。贝总回复说先发一份调查问题清单给宏翼过目，宏翼组织企业各部门负责人仔细填下回复给他，他们内部评审通过后，他组织投资、财务、法务、税务等专员来公司做大概为期两周的尽职调查。然后根据调研结果，双方再讨论下一步具体安排。

双方早期尽调进展顺利，半个多月后贝总、董先生再次来访，这次宏翼和腾海颜、傅一籍三人一起接待了两位客人。贝总开门见山地说尽调结果比较好，有几个小问题要碰下。一是在企业历史沿革方面的问题，公司前身做过一单海外业务，交易环节不清晰。腾海颜随即做了解释。贝总认为还是需要在财务上做些处理，但问题不大。二是在资产状况问题方面，公司有两项知识产权可能会与中科院出现纠纷。傅一籍说以前跟院里打过招呼，他可以再去院里协调处理干净。三是公司早期曾存在两笔内部交易，宏翼听完一愣，腾海颜脸色微红，赶忙解释说自己原来办的公司注销较慢，两个公司并行了一段时间，她没通过交易牟利。贝总一听，也点头同意，并强调交易金额不大，不算硬伤。

最后贝总提出，宏翼给的财务预测数据过于保守，这样不仅影响投资者信心，也会降低企业估值。宏翼则认为数字要符合行业发展规律，他们提供的数字已经超过行业平均增幅很多了，需要跳一跳才能完成。双方一时争执不下，腾海颜倒是同意贝总的说法，劝宏翼从估值角度看。最后，大家都认为这个问题可以先搁置，不要影响投资进展。

贝总提出可以进入到下一个阶段，他请四大之一的会计师事务所入驻企业，详细评估、审计财务与税务情况。宏翼三人会前已有沟通，当下点头同意。

没承想这个过程竟耗时三个月之久，会计师事务所事无巨细地提出了一大堆问题。财务数字混乱、票据不全、大型项目调整与验收瑕疵、中间人费用太大、巨额补税等等，其实这些问题大都是国内民营企业的通病。宏翼三人创业起步较高，财务已经算是清晰了，但没经过资本规范仍难免漏洞百出。会计师事务所提出的问题没错，但投资公司却不该揪住这些细枝末节不放。贝总心里明白真正的难题只有巨额的补税，但苦于英联时代投资的外企办事流程复杂，事无巨细都要向总部汇报，他个人授权有限，只能拖着慢慢解决。

　　宏翼一方自从听说了巨额的补税问题，三人决策也出现分裂，傅一籍仍是支持谈下去，理由是趁着资金不太紧张时，把税补上再争取大额融资，反正上市前补税是民营企业上市必不可少的一步。而宏翼和腾海颜却对谈判并不乐观，同时也担心，补上这么大的税务窟窿后，如果再无法上市，现金流损失太大，企业恐怕就没有储备资金用于发展了。

　　就这样，贝总虽然着急但只能慢慢地跟总部沟通走内部流程，宏翼他们也并不积极推动，最终耽误了最佳的投资机会。

　　这天，董先生匆匆来访，跟宏翼说贝总决定放弃投资了。宏翼忙问为什么，董先生说："倒不是你们企业的问题，听贝总说深圳已经有一家企业两个月前成功在美国上市了，之后该企业开始在国内大肆收购主流制造商呢。此外，还有风传海康、大华等国内企业在谋求自行上市，据说进展顺利。贝总觉得先机已失，就算上市回报也会大幅缩水，因此决定退出安防业投资，另寻新欢了。"

11

　　一夜之间，大部分国内外大型投资集团都从安防行业撤了出去。这种情况没有引起宏翼三人的足够重视。事实上，他们正在为迅速膨胀的业务态势忙得不可开交，招聘、扩大产能、项目支持、经销商大会等等，一件件迫在眉睫的事情逼得他们根本无暇顾及其他。

　　日子在忙碌中一天天过去。一年后，浙江大华率先在深圳中小板上市，两年后海康威视也随之上市，并成为中小板上市企业龙头。在两家龙头企业的带动下，安防民营企业如下饺子般纷纷跳水股市，几年间安防上市公司竟达数十家。

这两年宏义海公司的日子，经历了从烈火烹油的火爆到四平八稳的平淡，再到秋风瑟瑟的落寞，最后直至度日如年的凄凉。从数字硬盘录像机向网络硬盘录像机市场转型，让提前进行产品布局的宏翼着实赚了不少。但随之整个视频系统向全网络化（IPVS）转型的过程中，宏翼他们在技术投入缺乏的情况下没有跟上市场发展的步伐。似乎一觉醒来，整个市场上已经充满了网络视频系统，一些上市公司甚至在大谈特谈IP摄像机联网、云存储、大数据。这让还处在网络硬盘存储阶段的宏义海公司，像突然闯进大观园的刘姥姥一般茫然不知所措。

脆弱的宏义海公司在被技术左摆拳打击过后，猛烈的市场右直拳紧随其后，业已上市的竞争对手竞相压价，依靠资金与规模优势大打价格战，并承诺渠道商可以大量延期压货，以不惜形成巨额应收账款为代价，抢占已经并不宽裕的市场空间。在对手们重击下已经眩晕的宏义海公司还没清醒过来，恶毒的勾拳如期而至，强大的竞争对手这次瞄上了他们的人才，不惜以提升一倍的工资为诱饵，大量诱捕自己所需的研发与销售人才。在这一系列组合拳的打击下，宏义海公司倒地不起、奄奄一息。

十一长假期间，宏翼与腾海颜、傅一籍在千岛湖旁的喜来登酒店连开几天紧急战略会议商讨公司未来。宏翼先是承认自己在这几年中的战略判断失误，早期对业务走势判断过于乐观，而在很长一段时间都忽略了引入投资，竞争对手上市后迅速崛起，使公司近期日益陷入危机。腾海颜、傅一籍点头同意宏翼判断，并一致认为这是三人共同犯下的战略失误。

腾海颜沮丧地说："前几天，我回老家发现对手的广告已经攻占了我们市，看来他们至少已经把产品覆盖到三、四线城市了，相比之下，我们的机会越来越小了。"

傅一籍接口道："是啊，上周对手居然挖人都挖到我头上了，还说年薪让我开，真是卑鄙啊。"

宏翼道："前人说痛苦选择，才能简单生活；简单选择，必然痛苦生活。两年前我们错过了准备上市的最佳时机，这个战略失误最近半年完全显现出来，看来留给我们的生存窗口期不会很长了。利用十一长假我要跟两位商量做一个重要选择，公司还要不要做下去，怎么做？我们需要制定一个清晰的目标，以及怎么实现目标的具体路径出来。"

"先分析生存现状，进而找出问题，之后才好制定目标。"傅一籍道。

三人商量了一下，决定拿出第二天上午用来让每个人思考找出问题，宏翼教了两人几个常用的企业经营分析模型。下午头脑风暴讨论、晚上形成结论，第三天制定长期、中期、短期目标与落实具体解决方案。

简短直说，到了隔天晚上，经过三人反复讨论一致认为，公司面临四大主要难题：迫切需要技术升级与产品转型，以便跟上直至引导市场发展；直面价格战与渠道的残酷竞争；急需解决用户品牌忠诚度缺失导致的市场份额直线下降问题；在自身人才越发紧张时，仍面临被高薪挖走核心人员的窘境。

宏翼建议晚上大家再回去各自想想这四大瓶颈的本质是什么，需要制定什么样的长期、中期、近期目标才能攻克这些难题。

第三天上午，宏翼让两人各拿出一张纸用最简短的字写出解决之道。三人同时亮出答案，腾海颜写的是个"钱"字，傅一籍是"资本"，宏翼写的是"融资"，三人相视大笑，看来这一轮下来，大家看法高度一致。

观点既然统一了，接下来的目标讨论进行得十分顺利。大家都认为要想解决公司面临的四方面问题，就必然先解决资金的困境。现有资金维持不难，发展不够。解决资金问题渠道有限，资产抵押、担保已经做过了。银行贷款从去年开始有了一点，但数额十分有限，难以指望。民间借贷风险极大，只能偶尔做短期过桥资金使用，腾海颜曾经深受其害谈之色变。自行上市，光是请会计师、律师、券商保荐人、承销费用就捉襟见肘，何况还有巨额补税等各种花销。摆在面前可行的路径只有两条：找到风投争取未来上市、被上市公司收购。

三人经过半天的讨论，决定公司长期战略目标定位不变：做行业前三。中期目标调整为上市。因为只有成为上市公司，拥有稳定的融资渠道，才能在技术研发、产品价格战、人才薪资等方面具有竞争力。近期的目标则是保证利润不下滑、稳定人才、尽快找到风投。协商后三人各自领了军令状，腾海颜负责保收入与利润，宏翼负责融资，傅一籍抓紧研发，并尽量避免人才流失。

会议结束，晚上宏翼请两位去吃名闻天下的千岛湖野生大鱼头，三人觥筹交错间互相勉励，发誓要借此番会议共识打一场漂亮的翻身仗，用腾海颜的话说是"宁为鱼头不做龟尾"。

十月下旬的一天，董先生带着一位身材精壮、皮肤黧黑的秃顶男人拜访宏翼。董先生向宏翼介绍他是塔恩资本的钱总。钱总五十岁上下年纪，上身穿了件POLO衫，外面披着一件藏青色夹克，下身一条卡其色休闲裤，脚蹬一双灰白运动鞋。

双方落座寒暄几句过后，钱总道："展总，我最近在看安防企业，久闻大名。你应该知道私募基金公司有募（资）、管（理）、投（资）三大业务，我主要负责投资，也就是找到好企业，达成好价格。国内的私募基金按资金来源看有几种，家族财团、财务顾问机构（代理）、政府小金库、风险投资公司、炒基团等，我们的财源是几大家族的资金为主，背后还有强大的机构投资者支撑，可以轻易从银行获得巨额债务融资。"说到这，钱总潇洒地一摆手，道："所以资金不是问题。但我们对四平八稳的企业不感兴趣。因为稳定的企业通常不具备向投资人保证的回报潜力。"

宏翼疑惑道："我们以前谈过一家风投，也是在未来增长预期方面有争议。我判断行业普遍增长百分之十五左右，我能理解投资方肯定想要未来更高投资回报，可不该与现实情况有太大差距啊！百分之三十以上的超高预期几乎完全无法实现，这点我始终不太明白。"

钱总笑道："展总，你是搞实业的，可能不晓得，这里面有完成的技巧，将来深入合作时我详细解释给你听。至于你说投资者要求高回报，其实这不是因为我们像普通人认为的那样是吸血鬼，每个毛孔都透着贪婪，而是因为大部分投资者的资金也是要成本的，我们又不开银行、不印票子，不仅合伙人的钱要收益，投资金额如果很大，还需要向商业银行进行债务融资，逐渐扩大的资金其成本也在不断攀升，所以企业回报太低，投资者就很难盈利。"

接下来，双方简要介绍了各自的情况，宏翼带着钱总参观了办公区和生产车间。最后双方约好下次谈判的内容。

送走董先生和钱总，宏翼找到腾海颜和傅一籍商量。宏翼把见到钱总的事跟两位说了，随后跟了一句："与从前那位投资人贝总比，这位钱总看着倒是接地气，就是不知为什么总觉得跟他交谈时话里有话，应该是心机很重的人。不过看来投资者都对未来收益有很高要求，这样以后谈对赌条款风险还是挺大的！"

不过话说回来，三人都知道自己如今的地位就像砧板上的鱼，两年蹉跎过后，他们已经丧失了跟投资者对等谈判的筹码。

谈判进行得很顺利，短短一个月后双方开始坐下来签署对赌协议。钱总为宏义海公司估值四点五亿元，投资一点三五亿元占百分之三十股份，原股东相应稀释各自股份比例，没人提出套现或离职。钱总要求拥有董事会的两个席位，并派驻财务主管人员。宏翼三人做出三年承诺，第一年实现三亿元收入与六千万利润，如果没有完成业绩三人需要按原值回购投资方股权，如没钱可出则需以每位股东转让百分之二十股权做出补偿。

经过钱总提议，新董事会批准，宏义海公司近期目标是全力冲刺上市，并将本次融资的绝大部分用于满足上市条件。在钱总的指导下，腾海颜召开渠道商会议，为经销代理商提供更长压货账期，大量向渠道甩货；钱总让宏翼约出各大行业媒体、协会领导，以高价购买广告、软文、赞助活动为代价，换取其举办的各类品牌活动排名；钱总又找到董先生委托其出具专业调研报告，以详细当然也是极具倾向性的数据论证宏义海公司的实力。

在钱总的授意下，财务主管在境外开办一家纸上公司，来做塞货，这使得公司报表非常漂亮地体现出销售收入上升。为了报表更加完美，财务还通过调整记账规则，尽量使用延期折旧费用或分期摊销费用的处理方式。同时，对于采用部分大项目模式销售出去的产品，使用特殊扣除的办法，避免真实的财务数字反映在每股利润中，这样就可以做出漂亮的当期利润。

对于公司原来的两大吸金无底洞——研发部、人力资源部，早先钱总还采取不闻不问的态度，后来干脆直接指示财务部门，严格控制研发投入和人才招聘。在他看来这些成本中心花出的每一分钱，都不仅是利润，还是浪费。其实这并不是说，他不知道研发和人才的重要性，在董事会上他说得很明白，上市前成本中心要勒紧裤腰带，上市后他会全力支持技术投入和人才储备。

13

对于上市，钱总跟宏翼私下曾多次说过他是很有把握的。国内上市排期太久，并不现实。作为一个在海外资本市场混迹多年的老手，他对此早有计划，他明白海外借壳上市才是唯一的选择。在与宏翼他们谈判的同时，他已经成功与一家香港上市公司达成买壳共识。

扩渠道冲收入、做宣传推品牌、竞排名攒人气、减投入压成本、修账目做利润，系列举措推出，老钱知道万事俱备只欠东风。于是签署买壳协议，不久壳公司报香港证监会审核。

然而天不遂人愿，人能奈天何？往年香港对买壳后资产注入的监管宽松，偏偏今年颁布新规，上市规则大幅收紧。新规要求买方成为百分之三十股东的两年内，资产注入多于一定程度时，则要以IPO申请的标准来审批。此外，证监会还对财务数据近期异动、海外交易不明晰等几个问题提出质询。

证监会的回复对钱总无异于晴天霹雳，一时震得他万念俱灰，常年打雁，没想这次被雁啄了眼。这下不仅香港上市前途渺茫，花出去的两个多亿各类投入，也成了竹篮子打水一场空。这次投资不仅没有良好的回报，另外还亏空了基金公司的大笔资金。

钱总在家足足憋了一周没见人，上班后请宏翼三人召开临时董事会。会上钱总介绍了这次香港借壳上市已经失败，并提出现在企业获得可持续发展，从资本角度出发只剩下一条路——将公司打包出售给已经上市的竞争对手。宏翼三人跟几家已上市的竞争对手恶斗了多年，听到这个消息，拍案而起、愤然拒绝，几人不欢而散，这次董事会没有形成任何决议。

经过上轮融资，钱总和他委任的财务总监这两席董事共占百分之三十股份，宏翼和腾海颜股权稀释后各占百分之二十八，傅一籍占百分之十四股份，三人齐心仍然绝对控股，所以钱总虽是大股东却也无计可施。会议没形成决议，可花出去的钱却是追不回了。公司经过钱总的一番折腾，账面数字、品牌形象好看多了，可"料子裤子、草包肚子"，对公司生存性命攸关的研发、人才等实质性问题不仅没有解决，反而更恶化了。

就这样大家貌合神离地勉强又过了几个月，年底临近，全年财务数据基本出来了，钱总提议几个董事先碰一下，再开董事会，免得又没决议，影响日后资本运作。五个人面色阴沉地坐在一起，钱总先让财务总监介绍财务数据。财务总监讲完，钱总接口道："今年财务数据没有完成，原因很多，我也有很大责任，但我们还是要以事实说话、数据判断。根据对赌条款，没有完成对赌业绩，原股东需要回购投资方股权，或是转让股权做出补偿。"

腾海颜本来憋着一股恶气想来吵架的，听了这话，又见宏翼眉头深锁，也不言语了。钱总让三位抽出几天合计下，下周召开正式董事会。

晚上宏翼、腾海颜、傅一籍聚在一起喝闷酒，呆坐半晌谁也没言语。最后，宏翼长叹一声道："咱仨原有股份上次稀释后合计还占百分之七十，溢价这么高回购股权肯定不可行，咱们该压该卖的早都抵押光了，看来只能再每人转让百分之二十股权补偿。我刚才合计了一下，这次转让后咱仨合起来还有百分之五十六股份，如果想坚持还能再试试，你俩有啥打算？"

傅一籍道："展总，说实在话，一起合作这几年，有风有雨、有晴有阴，我非常尊重您。除非您非要我留下不可，否则我不想再坚持了。倒不是我没担当，您也看到了，这么压缩研发投入，又不肯花大价钱招聘高端技术人才，我没法干啊！"说到动情处声音呜咽。

腾海颜赌气道："我们明天跟老钱好好掰扯掰扯，不能就这么让他白欺负了，那么多钱基本都是被他造掉的，到头来反倒是我们来买单，真是比窦娥还冤！"

"人家不承认也没辙啊，话说过来，当初我们也同意他这么操作。"宏翼道。

"可上市没成的责任总是在他呀。"腾海颜不服气。

"话是没错，但这个老狐狸又没签要负什么责任的军令状。"傅一籍愤愤道。

三人又陷入了沉默。过了一会儿宏翼道："我看公司未来恐怕真的只有出售一条路了，但卖也得卖个好价钱。只有咱们共同进退，才能使每个人的利益最大化。傅博，你先别提出要走的想法，否则咱们三个股份一下子从百分之五十六就降成百分之四十四点八了，控股权一丢，更是任人宰割。"

两人一同点头，都说听宏翼统一安排。

14

接下来几天，宏翼找腾海颜、傅一籍分别做了细致沟通。了解清楚了两人未来的打算后，宏翼约了钱总。

宏翼跟钱总开诚布公地谈了情况，表示三人会共同进退，公司没完成原定业绩自己有责任，但上市没有成功，而花销巨大导致亏空，也是根本原因之一。

钱总点头同意宏翼说法，道："展总，你始终是我敬佩的实业家。其实上市失败我也非常懊恼，谁也没想到证监会政策会突然收紧。不过上市决策是董事会全票表决通过的。很多人都说我们搞资本的只认钱不认人，其实我们也有自己的难处。

"投资企业跟个人投资买房本质是一回事。买房人仅仅用了少量自有资金，并配合从银行获取大量借款。假设房产价值上升，回报率是本金乘以杠杆倍数。比方说，你买的房子值十万元，用两万元的首付和八万元的抵押贷款买进。如果你用自有资金一次性付清，房子需要卖二十万，才能使回报率翻番。但是，你用银行借来的钱当作杠杆，这意味着只需要十二万卖掉，你的回报率就可以翻番。如果最终仍卖了二十万，你将会获得五倍的回报，所以现在投资买房这么火，可这一切的前提都是房子要持续涨价。

"然而一旦房价跌了呢？你不仅要赔上自己的钱，还要赔贷款的钱啊！投资企业也一样，上市了收益翻几十倍皆大欢喜，可上市不成我除了要赔自己的本金，还要赔用杠杆借来的钱，展总。所以只有卖给上市公司，才能弥补这么大的资金窟窿，我也是别无选择啊！"

宏翼听他说得恳切，料想也是实情，表示能够理解。两人最后达成一致，宏翼三人减持股份对钱总做出补偿。

宏翼道："钱总，我知道您一直想要收购我们三人的股份，我可以说服他们两位股东同意全额出让股份，再给您一段时间过渡，让您找来更合适的经营管理人才，我们三个扶上马送一程，这样您以后出售公司就没有障碍啦。"

"展总，我年轻时做投资只在乎资金，做的年头多了，我明显地感觉到，人力资本才是投资交易中真正重要的元素。宏义海公司的价值，很大程度上在三位股东，尤其是您的身上。我是真心希望您能留下来，其实未来并购到上市公司，供您施展的平台更大了，好事呀。"

"钱总，那几家上市公司我们斗了这么多年，我实在咽不下这口气。再说，一山容不下二虎，人家肯定不会要我，这点自知之明我还是有的。"宏翼道，"另外，现在研发与招聘费用压得这么厉害，估计傅博士也待不长久啊，您再想想，如果条件合适，我们三人愿意卖出股份成全您。"

几天后，钱总找到宏翼三人商量，他已经向总公司申请把宏义海公司的风投业务转为并购基金业务了。在业务交接给其他同事前，他愿意接受宏翼提出的三人共同转让剩余股份的事，并主动提出了一个很大方的价格，前提是三人答应再干半年，全力辅助培养新的管理层。宏翼三人欣然答应了他的条件。

......

半年后，三人齐聚西湖边上的楼外楼吃饭，宏翼望着远处的断桥、孤山、碧水，转头问道："接下来，两位有何打算？"

腾海颜笑道："忙了这么多年，心太累了。世界这么大，这次我想一个人去转转，我要有多远走多远，有多久玩多久，玩够了再说干活的事，第一站去巴黎。"

傅一籍抬头远望，道："一不小心跳进商海游了几年，以前我看不起纸上谈兵的书生，现在我却反倒想做一无是处的书生了。中科院在上海筹建高等技术研究院，据说下一步还要再筹建一所大学，老同事叫我回去教书，我正在考虑呢。"

"傅博，你有学历背景、研发能力强，又从企业实操过，这样的人才凭谁打灯笼也难寻哩，你搞过技术应用，能理论联系实际，进学校教书育人如虎添翼啊！"宏翼道。

两人疑问的目光一起望向宏翼。

宏翼淡淡苦笑道："我还是不甘心……"

展宏图·深圳

1

宏图闭门在家有一段时间了，一直在思考着自己为什么输得这么惨，他苦思冥想而不得其解。尽管面对千夫所指，甚至是报纸上的口诛笔伐，但宏图并不觉得犯有他们所说的"道德"上的错误，什么"侵吞国有资产""缺乏诚信""骗贷""引发下岗潮"……成王败寇，事情总要有人去做，做砸了总要有人背锅。

在他看来，这是个巨变的时代，我们所熟知的一切都不一定是正确的，又怎么能奢求是道德的呢？大部分成败根本不关道德的事，仅仅是缺少魄力或是不愿付出，以至于没有在正确的时间做出正确的选择。这个世界就是这样，一些人总在昼夜不停地忙碌，而另一些人在一个长长的懒觉过后醒来，突然发现世界居然变得难以适应了。

不知为什么，"成功"在他精心布置的王座上仅仅待了短短几年时间，突然间不辞而别了。他的错误不关劳什子道德、诚信，应该在于技巧、时机、眼界……

想到这里，他一下子想到了导师吴世民教授，这位他成功路上的"贵人"没有像他的几位同学那样，在他失意时像躲瘟神一样躲着他（尽管他能理解他们，换了自己多半也会这样做），而是打来电话安慰了他一番。既然自己想不通，不如去求教这位博学多才的长者。

周六上午，宏图买了两瓶汾酒、两条苏烟，跟老师约好在一个远离学校的茶馆碰面。老师见到宏图，一如既往地热情握手，还怪宏图怎么最近没来看他，自己退休在家还有点寂寞呢。

宏图知道这是老师安慰他，苦笑道："我现在是过街老鼠，哪敢常来看您，生怕给您添乱呢。"

老师听了板起脸道："别人笑你、骂你是一回事，你自己可不能瞧不起自己啊！歧视显然不好，但它的对立面是什么？'无知''盲从'！也好不到哪里去。"

吴世民冷哼一声又道："从古至今，社会不是由笑骂者掌控，而恰恰是掌握在能够顶得住讽刺、嘲笑，还持续前行者的手中。凡尝试就可能失败，凡失败就有人笑骂，但不勇于创新哪能获得革命性的成功和伟大的成就呢？创新不一定能带来进步，但一切进步必然是从尝试改变开始的。"

"谢谢老师的鼓励，连失去了多年积蓄、房子、车子我都不在乎，这些嘲讽我还顶得住。我就是想不通错在哪里，为什么最后落得如此下场。如果都不知道怎么跌倒的，您说我下一步又怎么爬得起来呢？"

吴世民教授同情地看着宏图郁闷的样子，他从心里由衷地欣赏这个从不服输的学生。平心而论，他并不是个宅心仁厚的师者，但从一开始他就从宏图身上看到了自己年轻时的影子。他非常希望能帮助宏图站起来，仿佛宏图成功能弥补他某方面未能实现事业造成的缺憾。

两人在舒缓的背景琴曲中一边喝茶，一边慢慢地谈着，宏图把公司在近几年走过的历程、实施的战略、遭遇的困境，毫不隐瞒地说给老师，一直讲到他这几天所思所想的一切。吴教授细心地聆听着，只是偶尔在细节处追问一两句。宏图一口气讲了一个小时，然后两人陷入了沉思。

良久，吴教授抬头道："套用一句老话，成功的企业是相似的，失败的企业则各有各的缘由。就你说的来看，客观上失败原因很明显，国家政策调控影响，这一轮抓大放小的国企产权改革基本结束了。小的国企不多了，大型的国企改制未来将走国资监管下的上市路线，我想今后这一块已经没有民企的操作空间了。主观上原因不好找，但这恰恰是需要反思的关键，我认为你始终在'投机'和'投资'之间徘徊，早期把握得比较好所以成长迅速。后来犯了较大错误，'政策投机'战略比重过大，缺少适合的'投融资战略'稳定住早期国企并购成果，导致最终的失败。"

"您说的'投融资战略'具体指的是什么呢？"

"听起来比较绕，一会儿我们详细说。我的意思用一句话概括就是：在近两年你应该谋求上市，通过上市公司为母体，把早期取得的成果——众多的中小国企囊入其中。这么做可以借助上市公司的持续融资能力、杠杆效应和强大的抗风险能力，将企业遇到的资金危机、政策危机、经营危机最小化，凭当时的条件以国企改制为题材借壳上市其实是比较容易实现的。"

接下来，吴教授从解释"投机"入手，为宏图详细讲解了他对企业投融资战略的独特理解。

2

一般来说，传统意义上对"投机"的解释是利用市场价差进行买卖而从中获利的行为；"投资"指的是投入资金或实物来获得预期收益；而两者之间的区别体现为"投资"比"投机"周期更长、收益更稳定与持续。用这种传统经济学定义来解释"投资"与"投机"，很难令人信服，吴教授认为这是站在不同角度阐述同一种行为（属于盲人摸象），而不是在解释不同概念，通过传统定义其实无法看出两者有何本质不同。

而在日常生活中，大家又往往对投资看得高高在上，投机则是不入流，甚至有点可耻的钻营行为。对于这样具有天壤之别的两个概念，却没有明确的界线，令人感到十分困惑。

后来看到一本介绍伯纳德·巴鲁克的书，吴教授才略有释怀，原来不只自己迷糊，即使发达如美国，也有这样的问题。作为四届美国总统经济顾问的巴鲁克曾自嘲说："年轻时，人们称我为投机者，后来是投资家，再后又敬我为银行家，现在称我是慈善家，其实自始至终，我做的都是相同的事。"

巴鲁克的话启发了吴教授，让他明白了投资与投机并非尖锐对立，定义的差别更多源于意识形态之好恶。但本质上两者确有差异，既然传统的解释不让人满意，不如自己重做一番定义。

国人定义概念往往喜欢依文生意，吴教授认为"投机"指的是对机遇的投入而获利，其关注重点在环境变化带来的外部机遇；"投资"指的是通过对资产的投入以获利，其关注重点在投入主体（企业或房产等）自身的预期增长收益。投机与投资，一个重视外部条件带来的变化，一个关注内部自身发展的潜力，除此之外，两者在投入时间周期、风险大小、收益稳定性等方面并不存在可比性差异。

对企业投融资战略而言，投机者关注的重心是外部环境，如政策法规、重大事件等对企业造成的波动所带来的收益；战略投资者关注的重点则落在自身，是否能建立多元、长效的融资渠道，是否具有反复多次的融资能力，是否能以企业为主体固化政策机遇带来的资金及其增值——而这最好的方式就是上市。

可以看出，投资者与投机者面对不同的风险。没错，企业投融资战略中，风险才是关键。吴教授认为一个智慧的战略投资者＝投机者（外部环境利好时投入〔宏图国企并购〕）＋投资者（投入主体快速增长时投入〔企业上市〕）－不必要的风险。投资成功的关键在于管理风险，而非回避风险。

接下来，吴教授又为宏图详细讲述了"风险控制"。

首先，智慧的投融资者应该避免重大损失，尤其是本金的持续性亏损，不要使自己全部或大部分资金出现亏损。举例说明，假设你认为某个公司每年收入可增长百分之十，而整体行业市场每年只能上涨百分之五，但如果你为并购该企业支付的价格过高，该企业第一年就亏损了百分之五十，那么即使这个企业后来的收益是市场增速的两倍，你也要花十六年的时间才能收回并购该企业的资金，原因就在于一开始你支付的价格太高了，造成的亏损太大了。

其次，聪明的投资者应该合理地设置自己的投融资组合，尽量不要把所有的鸡蛋（风险）放在一个篮子里。宏图的问题是过于依赖银行贷款这个单一的融资渠道。

最后，明智的投融资者会设置好适合自己的止盈止损线，以此来规避风险，抑制自身的贪婪。设定限制，适度盈亏，是比较稳健的投融资理念。有限制的心理预期，在必要时可以很好地压制快速求胜求财的欲望，避免出现诸如无限责任担保、借高利贷续命等情况。宏图在后期经营过程中，对一些持续亏损无法收拾的烂摊子缺乏雷厉风行的果断止损措施。

此外，有经验的投融资者大都会对负面的恶性事件保持警惕。一般来说，广为人知、耸人听闻的风险并不可怕，而隐藏着的风险才更为险恶，譬如早期出现的国有资产流失方面的负面报道和学术争论，并没有引起宏图足够的重视。

吴教授最后总结道："具体的风险千千万万，但没有风险也就不会产生收益，风险与收益是一对共同成长的孪生兄弟。对于投融资策略而言，最大的风险是认清你自己。所以，真正的风险不在于我们投资了什么，而在于我们是怎样的投资者！"

宏图听完吴教授一番话，顿时有种醍醐灌顶的感觉，道："老师，您搬开了这么多天压在我胸口的石头。我做了十几年生意，我不怕失败，就怕不知道为啥失败，今晚终于可以睡个安稳觉了。"言下十分欣喜。

两人低头喝了会儿茶，吴教授问："今后有什么打算？"

"龙城现在的环境是很难发展了，再说折腾了几年，我越发感觉龙城市场太小，政府领导格局也不够开放，我想走出去看看，要做大型企业或许北上广深这样的一线城市更合适。至于做什么还定不下来，我哥我姐都是做安防行业的，总跟我说这个行业发展有多快，我想考察下适不适合我。"

"好样的！'即今江海一归客，他日云霄万里人'，你现在的年纪仍是创业的最佳时间，去大城市闯闯，眼界开了、格局大了，做事业更容易成功。我年轻时本来能留在北京做一番事业，儿女情长、当断不断，现在想起还颇有遗憾。"吴教授慨然道。

"前几年办合资公司时，您介绍我去深圳见国际投行的高管陆子骞谈合作。那时跑了几家企业，去了趟华强北电子一条街，对深圳印象很好。"

"北京、上海、深圳都不错，市场化程度高、资源雄厚。不过还是有所区别，北京重人脉关系，上海重海外背景，深圳比较灵活，重个人实力。外地人闯世界，没关系、没学历、没背景去深圳这个新兴的大都市公平竞争的机会更多。"吴教授道。

3

宏图回家跟小芳商量，自己最近无事可做，媒体也不放过他，接二连三的负面报道追踪，让他觉得心里惴惴不安。他想出去北上广深几个城市转转，一是避避风头，二是为下一步事业发展寻个安稳的落脚点。

小芳点头同意。她没有跟宏图说，其实自己最近也不敢出门，整条街的熟人要么面带假笑、一闪而过，要么冷脸相对、装作不识。她知道自己老公企业垮了，让很多人丢了工作，可他自己也是受害者啊。前几年为了大家共同的事业宏图没日没夜地工作，一出事却仿佛全是他一个人的过错，自己房子、存款也都没了，现在沦落到租房住，出门打车，谁又能替他们着想一下呢？她每天出门整个人感觉像走在悬崖边上，身后是追逐她的一群恶意，唯一给她留下的出路就是跳下去，这让外向活泼的小芳选择了居家自我隔绝。正因为自己的亲身感受，让小芳更加坚决地支持宏图出去闯荡。

周末，小芳拽着宏图去爬凤凰山散心。五月初的凤凰山，草长莺飞、山花烂漫。虽然天色雾蒙蒙的，两人还是决定不打退堂鼓，顺着蜿蜒的石阶登山路往上爬，就算下点小雨也没什么危险。雾气中的凤凰山仿若虚幻的仙境，爬着爬着下起了牛毛细雨，扑面的斜风裹挟着细雨打在脸上，像是大自然在给你做面膜。行走间，轻盈的脚步却在石阶上留下沉甸甸的脚印。爬了半个多小时，雨渐渐大了起来，小芳提议避一避雨。宏图记得半山腰有座荣枯寺，两人加紧速度，约莫十分钟后来到了山腰。

朦胧细雨中一座大庙矗立山腰，两人快步小跑穿过山门，来到天王殿，一个热心的小和尚跟他们说可以进去避雨。两人顺着围廊来到大雄宝殿，恭敬地给三世佛各自磕了三个头。出了大雄宝殿，小芳见旁边有个配殿供奉着伽蓝菩萨，便拽着宏图去拜。

拜完菩萨，只见供桌上放了一桶卦签，一个十五六岁的小和尚在低头看书，便问道："小师父，能抽签算卦吗？"

小和尚抬起头，原来正是刚才让他们进来避雨的小和尚，他微笑道："算命的大叔是寺外的俗家人，今天下雨没来。"

小芳遗憾地哦了一声，伸出手递给小和尚二十元钱，道："小师父，给你香火钱。"

"您放功德箱里好了，师父说我德行不够，不让我接受施舍。"小和尚嘴角微扬，往前凑了一步小声道，"居士，我师父解签功夫比算命的大叔强多了，不如你去求他。"

"好呀，我们这就去。"小芳开心道。

"您两位先抽签啊，这个我会。您想好要算的事情，不要太具体，然后摇动这个签桶，掉出来一支签就好了。"

两人按照小和尚说的摇了两支竹签出来，小芳问道："小师父，你师父解签要多少钱啊？"

小和尚微微皱眉道："我师父才不要钱呢，要钱的大叔净是说好话哄人，我师父解签靠缘分，如果没缘分还不一定能给您解呢。"说罢转头对后面的宏图道："居士，你们拿着签子跟我去大殿，最左边那个念经的老和尚就是我师父。"

两人跟着小和尚来到大殿，见靠墙边一个小桌子后面，端坐着一位七八十岁闭目念经的老和尚，要不是正在翕动的嘴唇还以为他睡着了呢。

小和尚走上前道："师父，两位有缘的居士想请您解签。"

老和尚依旧闭眼道："自然即是随缘，强求即是攀缘。有缘无缘是你个小沙弥说了算吗？"

小芳从旁边道："老师父，我们两个求了个签，解签的师父不在，想请您给解下。"

老和尚睁开眼，目光如电，好清澈的眼神，这是一双与年龄很不相称的眼睛。

宏图也在旁边道："老法师，我最近在事业上出了很大的变故，生活也变得很不稳定，现在事业前途未卜，生活居无定所，佛教广结善缘，所以求您指点。"

老和尚点头道："施主说得好！不疑不占，不诚不卜，今天就结了这个善缘，签子拿来我看。"

宏图伸手递过签子，只见上面写道："明珠出离尘埃来，口舌官事消散开。向南易居福禄地，无畏无贪事业达。"

老和尚道："施主，算命居士的签子文字上都浅显易懂。您求的是事业吧，这讲的是烦恼逐渐消散，要想事业更为顺达，最好向南移居。"

"老法师，我刚看桶里的签子有上上签、上签、上平签等许多类，我这签算是哪类？这些文字背后还有什么深意，劳烦您再详解指点。"宏图道。

"既然施主要求，我就以我的理解多说几句，如有不对的地方，你当作耳旁风就好。这签是个上签，里面有三个重点。所谓明珠，说的是施主要做的事业很显达，与一般凡俗琐碎之事不同，以前明珠蒙尘，现在终于到了转机之时。施主的签子不是上上签的原因在于，签诗所言的成功需要两个条件。"

"您说是什么条件啊？"小芳急忙问道。

"签上写得明白，一个是'无畏'。施主所做事业非凡，因此更需坚持其心、勇猛精进，才能得偿所愿。佛经里曾以无畏做比喻，说就像一个人跟百人作战，或怯懦而返，或格斗而死，或得胜而还，这需要施主有极大勇气来破除障碍、不畏前行。另一个条件是'无贪'，这个更难做到，贪婪是一切烦恼的根本，'财色名食睡'，众生样样都舍不得放手啊。佛经里形容，这就像刀刃上有蜜，但不足一餐之用，小孩子去舔舐蜂蜜，难免会有割到舌头的危险。施主并不是出家人，只要能行中庸之道，做到'心安理得'四个字就自然趋吉避凶了。"

老和尚讲完，又取过小芳的签子，只见上面写道："乱丝无头实难择，求得善地宜远迁。十年水起得意扬，一朝履霜坚冰至。"

老和尚沉吟半晌道："女施主你求的是事业还是婚姻？问自己还是男施主？"

"求我老公的事业和一家人未来的生活。"

"难怪两厢纠缠，"老和尚道，"这是个中平的签子。有点复杂，我试着解下吧。签诗的表面意思挺明显，说你当下迷茫无助，远迁异地可以得福。今后十年男施主事业顺利，这跟刚才男施主签诗吻合，不过更透露出了十年的事业兴旺之期。"

"老法师，这最后一句又是霜又是冰，是不是不好呀？"小芳问道。

"这是《周易》坤卦的一句爻辞。意思是一天早晨你起来踩到霜，就该知道离天寒地冻的日子不远了。这句话本身并没什么不好，是一句警示的话，关键在于前一句'得意扬'三个字，这是警示的对象。男施主在事业兴旺的后期，切忌出现得意扬扬的心态，太过得意必然忘形，佛教称这种'业障'为'贡高我慢'，贡献大了做事情往往会越来越怠慢、自负，从而生出攀比心。如不能避免'得意扬'，则难逃坚冰之日。但如能虚心笃行，利用资财培养品德，'德'厚了，就能载得住'财物与声名'，这样一来事业与生活都会更加顺遂，所以说这后两句也是有条件的警语。"

宏图、小芳听老和尚讲得头头是道，连忙合掌躬身感谢。宏图拿出两百元，说要捐香火钱，老和尚摇头拒绝，道："方丈师弟不让我为人解卦，出家人不信死板的命运，一切因果皆可随缘改变，我为施主结缘解惑已属不该，如果再收你的香油钱就罪孽更大了。"

两人见他坚持拒绝，也不好强迫，只能再次道谢。

老和尚见两人要走，道："我见卦诗，知道施主是个做大事业的人，最后想送施主一句话。"

宏图忙道："老法师请讲。"

"施主可知我们这荣枯寺的来历？"老和尚随即自问自答，"这寺是鲜卑慕容氏修建的古寺，在一千六百多年的风雨战乱中，几度焚毁又几次重建。这寺历经草木的茂盛与凋零、人事的兴盛与衰败，所以清朝乾隆帝重建后改名荣枯寺。最早建寺时前燕文明帝慕容皝曾在碑上题词：'功者，难成而易败；时者，难得而易失；时乎时，不再来！'施主，仕途的得失、商场的穷达、个人的荣辱来来去去、终属难定，人生无常，进德修业才能保你一生平安啊！"

4

宏图爬山回来后，更加坚定了出去闯荡一番的信心。经过反复思量，他决定去深圳考察一段时间。

小芳问宏图要去多久，宏图说前天电话联系了以前一起办合资公司时认识的深圳陆总，陆总主动提出招待，可住在他公司的会所里。估计这次去长则两个月，短则半月。

小芳虽有不舍，仍点头同意，两人商量妥当，小芳帮宏图订了周一去深圳的机票。

临行前夜，小芳拉着宏图的手，从包里取出一张储蓄卡，放在他手里，说自己账户也被银行冻结了，这是拿他哥大奎名义办的卡，里面有二百七十万元现金，让宏图宽心闯荡、大胆作为，尽快将事业安定下来，接她娘俩过去。

宏图吃了一惊问道："你哪儿来的这么多钱？"

小芳苦笑道："你常说我老土，不会理财。我把这几年你给我的家用钱攒下来买了金条，虽然没赚到利息，但因祸得福也没有被查到。前几天我去换成了现金有一百六十多万元，剩下的一百万是我哥借给咱们的。他说一直跟你做生意和投资，你待他挺大方赚了不少，现在你有难先借给你用，等挣了钱再还他，挣不着钱就算了，你知道他的个性，我也没推辞。"

宏图眼圈一红，道："你跟着我吃苦了。我这人心粗，心情不顺时总想着自己的不幸，很少体会你的难处。这钱你拿着，家里用钱的地方也不少，你带着孩子不能总吃苦。"

小芳听得心头热乎，道："有你这话再苦再难都值了！钱我留下了五万块，你出门在外不能太寒酸，抓准了的事别舍不得花。"

两人相对唏嘘不已，觉得千言万语都不必说出口，拥抱着上床缠绵一番不提。

5

这是一座喧闹、热情的城市，这也是一座冷漠、冲动的城市。这里挤满了操着各种方言、有着各类习俗、打扮各异的人，这些各式各样的人，有一个共同的特点，他们都曾怀揣梦想来到这里。城市以这些人为食，它既需要他们、关怀他们，并以他们为荣；又鄙夷他们，残酷地对他们挑挑拣拣，冷淡地将那些羸弱者拒之门外。

这里是深圳。

"或许这里以后就是我的家了。"宏图想道。

来到深圳的第二天，宏图开始了他的考察之旅。每天他都坐着地铁到深圳最繁华的华强北游逛，晚上跟陆总的各种朋友们在会所吃饭、喝茶、聊天。

陆总名叫陆子骞，是早年间经过吴教授介绍认识，宏图在事业最兴旺时交下的朋友。他们曾一同成立新集团在短短几年时间并购了龙城十几家国企，尽管那时陆总代表国外投资公司，并没有具体参与到企业运营中，但高起点的合作，宏图大气的做事风格，给这位见过世面的投资人留下了深刻印象，也让他愿意结交这位敢赌敢拼的本土企业家。后来，陆子骞离开那家知名的国际投行自立门户，但互相引为知己的两人始终保持着联系。

日子一天天过去，宏图每天都徘徊在华强北一带。这是由五十多个电子市场构成的庞大商圈，此时已经是名副其实的全球中小电子企业采购、批发中心，它每天接待数十万计的用户，业务辐射全球，占全国电子产品市场容量的一半，每年三百亿的交易量，使它成为与北京中关村齐名的中国最大的电子产品集散地。

刚开始宏图只是漫无目的地瞎逛，看着赛格、宝华、曼哈、远望、万商一个个大厦如庞然大物般将成百上千名旅客、老用户吐出来的同时，又有成百上千个新人被吞了下去。

一周过后，宏图就开始逐渐摸出了门道，这些电子市场经营上各有特色，有的偏重于手机、通信、导航，有的侧重电脑、打印机、办公用品，还有的主营相机、音响、家用电器。甚至每个市场的每层楼都有不同主题分工，有的经营主机，有的经营配件，有的只做批发，有的只做零售，有的单供外贸，有的兼营二手货，有的可为品牌代工，有的提供维修、维护服务。大部分电子市场产品鱼龙混杂，山寨、高仿、水货、创意改装品样样齐全，集中采购者大都具有较强的专业知识，至于购买零售民品的散单客户，也有价格昂贵的专卖店提供品质有保障的正品。

又过了一周，宏图把目光聚焦在一个小型专业市场——太平洋安防专业市场。这家市场在整个华强北商圈都显得有点异类，刚刚开业不久，经营场地不足万平，经营的是在民用电子产品领域不多见的安防产品，如视频监控系统、可视对讲、门禁巡更、防盗报警、停车场管理等，小小的市场里不仅有产品销售、系统集成、售后服务，甚至还专门发行了一本杂志用来导购。

就这样，宏图这一周时间都在太平洋安防市场考察各家客户，这家店看看产品，那家店聊聊服务，遇到店主在的时候，他就抓住人家不放，聊完进货聊销售、聊完品牌聊代工，没几天他就摸清了各家店的情况。

接下来的一周宏图租了辆奔驰车，根据从店铺了解到的厂家信息，联系到了几个中小型的厂商挨家挨户去拜访。这些厂家老板大都是为中档品牌做代工，企业生存艰难，听宏图说要合作派单，又见他一副大老板的气势，当即知无不言、言无不尽。

白天忙完回到会所，常常会遇到陆子骞招待朋友，陆子骞的朋友天南海北，既有政府官员也有商界大佬，既有海外律师还有投资界达人。陆总一般会拉着宏图一起吃饭、聊天，他很想帮助这位暂时落魄的朋友，在他看来宏图的东山再起只是时间问题。在这一天天的觥筹交错中，宏图拓宽了视野，拓展了人脉，对深圳这座城市也有了更为深刻的认识。

转眼间一个半月过去了，这天晚上，散席后宏图拽住陆子骞说要再喝会儿茶聊上几句。两人落座，宏图道："多谢老哥这些天的照顾，我要回去几天，大概十几天后再回来。"

陆总笑道："定了，老弟？"

"嗯，我准备在深圳再次创业，做可视对讲系统，属于民用安防、智能家居领域，具体模式我想差不多了，下次再跟老哥详谈。这几天看了几处写字楼，科学馆地铁口边上的一个办公楼有三间办公室不错，空间够用，以前公司装修得挺好，下个月租期到了，我缴了订金。这次回去接老婆、孩子过来。"

"是不是有点仓促？你可以从这边搞出点名堂，再接家人啊。"陆子骞不以为然道。

宏图苦笑道："老哥，你说得没错，照理是该这样。可你不知道，我在龙城并购那事结束得不太愉快，本来涉及下岗的人就不少，媒体舆论又推波助澜，不仅搞得我出门避风头，家里人过日子也是度日如年啊！"

"哦，咱俩合作后龙城我去过几次，城市的营商环境确实不行，看你好的时候前呼后拥，稍有落魄就落井下石。北方有些城市政府缺少服务意识，只要你出完钱就立马成了孙子任他宰割！员工也是小农意识，不想自己怎么去赚钱，看老板赚钱了满眼睛羡慕嫉妒恨。龙城池子太浅盛不下老弟这条真龙，来深圳发展是对的，这里腾挪空间大。"

"多谢老哥看得起，我回来后租房子住，不叨扰老哥了。"宏图道。

"老弟客气，你人生地不熟，有什么需要帮助的尽管找我，别客气。上次说的孩子入学的事，张校长说可以直接插班没问题。"

"多谢老哥，这是我最头疼的事儿。要不是你帮忙，我也不能这么快就下定决心。"

6

宏图回到家中，跟小芳说了深圳考察的结果，提出要去深圳发展的想法。小芳日子过得正郁闷，又听说孩子念书可以解决，两人当即决定举家移居深圳。

周末，宏图一家来到老爸展不平家中吃饭。席间宏图说了要移居深圳的决定，饭后，小芳依旧带着孩子跟婆婆唠家常，宏图则跟着老展进书房喝茶。

与另外两个孩子不同，老展与宏图平日交流不多。老展是个眼里不揉沙子的老党员，在他眼里宏图做的事情始终透着那么点歪门邪道。因此，头些年他对宏图的态度十分严苛，以至于这个小儿子始终有些怕他，见到他时能躲就躲、能闪就闪。

老展已是七十多岁的人了，随着年龄的增长，这几年脾气也和缓了许多。宏图出事后，家里人始终瞒着老展，其实看书、读报、打牌、下棋、钓鱼，老展的消息来源多着呢，他表面故作不知，私下里却始终替这个又爱又气的老儿子担着心呢。

宏图略显僵直地坐在沙发上，看着老爸沏茶。憋了一会儿道："爸，我这次决定举家去深圳发展，也是情非得已。龙城这营商环境越来越不好，深圳发展空间大，企业成长快。我走后，您和我妈加强锻炼，别舍不得花钱买水果吃，节假日过年，我们全家都会回来看您和我妈，在那边站稳脚跟后，我再把您和我妈接过去。"

"我和你妈的身体你不用担心，再说还有你哥呢。我们这代人年轻时穷日子过惯了，你就是给座金山我们也还是过老日子，粗茶淡饭也挺好，长寿。你到了新地方，又是国际大都市，踢好头三脚，不用过多考虑我和你妈，我们暂时身体还行。"

宏图听他说得平和，触景生情不禁眼圈一红，道："您看，我前几年光鲜的时候，只顾着忙，也没想着多陪陪你们老两口。说好的一家人去欧洲旅游一拖再拖，到最后也没去成。您二老跟着我不仅没享着啥福，现在还要操心……"

"三儿，你心里有爸妈就行了。爸爸以前对你苛责些，因为爸爸对你的期望也最大，生怕你走歪了。你做的事业大，涉及人多，可禁不住错啊。"老展罕见地吐露心声，"爸爸支持你走出去，咱们展家老祖宗如果不闯关东就不会有咱们这一支后人，我奋斗一辈子，把家从乡下搬到了龙城，你们哥仨才能全都念上大学。老话说'树挪死、人挪活'，确实有道理，要想有成就，需要多看好书、多交能人、多见世面。"

说完，站起身走向书架，抽出一个厚厚的大本子，道："这是我的剪报册，前几天《老年之友》里有篇文章挺好，我特意剪下来留给你看的。"说完打开到后面一页。

宏图接过来一看，标题是《如何正确认识成功》。文章讲一家调研机构曾经对六十岁以上的老人做了一次抽样调查，调查的题目是"你最后悔的是什么？（多选题）"。统计结果显示：百分之七十五的人后悔年轻时努力不够，以至于事业无成；百分之七十的人后悔年轻时错误地选择了职业；百分之六十二的人后悔对子女教育不够或方法不当；百分之五十七的人后悔没有好好珍惜自己的伴侣；百分之四十九的人后悔没有好好锻炼身体……最下面一行，只有百分之十一的人后悔没有赚到更多的钱。

宏图看见文字旁边有老展按顺序依次标明的批注：成就、方向、子女教育、婚姻、健康，文章后面还工整地写了一行小字："成功的思考——你追求什么？怎样区分理想与欲望？是否幸福？如何平衡事业、生活与健康？"

宏图看完还给老展，老展一摆手，道："这个是给你的，啥时候闲了可以看看。"宏图翻到前面，看见厚本子的封面写着"宏图"，前面多页都是自己的资料，念书的成绩单、毕业证、工作证复印件等。中间一部分是关于自己的媒体报道，好坏都有，许多报道上还留有老展的批注文字。后面是一些关于企业经营管理、个人饮食健康、运动保健等方面的文章。他这才知道多年来父亲一直以他的视角关心着自己的每一步成长，鼻子一酸双手郑重地接了过来。

7

第二天是周日，宏图来到哥哥宏钧临时租的住所。随着爸爸岁数越来越大了，老成持重的大哥成了这个家生活上的主心骨。这两年，先是姐姐宏翼去杭州创业，后来自己出事又连累哥哥辞去干了十几年的警察工作。不久前哥哥跟贪慕虚荣的嫂子办了离婚，净身出户没带走任何东西，现在自己又要离开龙城，照顾父母的重担只能全落在哥哥的身上了。

宏图敲响哥哥暂时租住的房门，开门的是位漂亮的中年女士。宏图一愣，认得她是姐姐宏翼最好的闺蜜柳芊芊，大家曾经一起吃过饭。

"柳姐，你怎么在这儿？"

柳芊芊俏脸一红没理这茬，将他迎进屋子，扭头道："钧哥，你弟来了。"说完踢踏着拖鞋走进里屋，宏钧从阳台转出来，道："宏图，从深圳回来了，咋没知会一声，我去机场接你。"宏图挤挤眼睛，悄声道："啥情况？我还以为眼花了呢。"宏钧也是脸色一红，小声道："嘘……芊芊脸儿小，别乱说话。"

不一会儿，柳芊芊泡了一壶花茶上来，接着又端出一盘瓜子、一盘苹果，三人坐在简易的办公椅上聊天。宏图把自己去深圳发展的事跟哥哥说了，然后道："哥，我刚连累你丢了工作，现在又要搬去深圳，父母只能拜托你了。"

　　"亲兄弟，说这干啥，你放心去，家里有我呢。"

　　"上次你说，你也要创业，考虑得咋样了？"宏图问道。

　　"公司都注册了，做点项目施工。干了十几年公安技防，别的我也不懂，只能从这种熟悉的行当入手。"

　　"我这次去深圳，也打算做民用安全、智能家居之类的事呢。"宏图道，"柳姐，你是这行前辈，也指点指点。"

　　三人中柳芊芊是做设备生产的，擅长品牌营销，宏钧从事行业市场管理多年，所做的事情都跟技防项目相关，大家一时聊得兴起。抬头一看，到了中午饭点，芊芊要去做饭，宏钧说还是出去吃吧，省时省事还能接着聊天，于是三人去吃铁锅羊蝎子。

　　聊了一会儿行业，芊芊说她有个小表妹名叫尹柔是著名的英国利兹大学商学院毕业，刚回国在深圳找工作，问宏图是否有兴趣招人，可以联系她聊聊。

　　宏图道："人家是海归，咱刚创业，哪能看得上咱们这小庙。"

　　"我表妹说现在深圳满地都是海归，关键是要找个有前途的行业和岗位。大企业虽稳当但机会少，深圳都是出来闯的年轻人，反而看不上太稳定的铁饭碗，这跟我们这里的择业观念完全不一样。"宏图听完留意起来，记下了联系方式。

　　不一会儿，一锅热气腾腾的羊蝎子端了上来，三人开始边吃骨头喝啤酒边聊天。

　　宏图问哥哥创业体会。宏钧道："以前看你挺轻松地就把钱赚了，自己下海才知道，真是不易。看来我们这些做市场管理工作的公务员都是纸上谈兵，真正操作起来满不是那回事，现在才明白为啥南方有些地方重点提拔有从商经历的领导干部。"

　　旁边芊芊道："上周三我来找他，看他一个人在楼下转呢，嘴肿得老高，一问说是急得牙疼上火了。"

　　宏钧不愿提起伤心事引得宏图内疚难过，忙接口道："前几天去看达明哥，他给我讲'创业'这两个字，'创'字左边一个'仓'字，右边一个立'刀'，炒股的人都明白，意思是斩仓，也叫割肉，'创'字往往都跟痛苦有关，像创口、创伤等，所以创业也得疼一疼才行。他这么一说，我觉得牙疼还挺有道理，现在感觉好多了。"

宏图也道："达明哥博览群书又广交朋友，所以见多识广。"

旁边芊芊问道："那'业'字怎么解释呀？"

"达明哥说——创业，创造的是企业，'企'字上面一个'人'下面一个'止'，企业最重要的资源是人才和人脉，离开'人'就只剩下'止业'、停业关门了，哈。"

"这是避实就虚嘛，教授就是能讲，讲不出道理就绕弯讲。"芊芊道。三人哈哈一笑。

"芊芊，你把早晨考我的脑筋急转弯问问宏图吧，看看我们展家兄弟是不是全军覆没。"

芊芊笑道："这道题，我在大学念书时考过宏翼，今天考了你哥，他说你们兄妹估计就你还有可能答出来。"宏图一听来了兴致。

这是个很古老的趣味智力题。讲的是有个武当山的老道士，他每月都有两天，在日出时分离开他位于山脚的道观，步行去山顶的太和宫朝拜。上山的路只有一条，非常弯曲狭窄陡峭，所以他走得很慢，但他可以在日落时分抵达太和宫。第二天早上，他沿着原路返回，还是在日出时分出发，在日落时分回到自己的道观。

问题是：在这条路上有没有一个地点，他会在两天中间的同一时间经过？

"你不需要找出这个地点，只需要回答有还是没有。"柳芊芊道，"给你五分钟思考。"

宏钧和芊芊继续吃着煮毛豆喝着啤酒，宏图则低头沉思。不到两分钟，抬起头道："我的答案是'有'。"

"为什么？"

"你先说对不对。"

"对！"

宏图道："我的想法其实挺简单。设想有两个双胞胎道士一个上山、一个下山，这两人都是同一天日出时出发速度一样，很明显他们会在这条唯一的羊肠小道上碰面，他们碰面的那个地点就是问题里道士两天中同一时间到达的地点。所以，我的答案是'有'。"

柳芊芊点头道："对了。这是唯一能快速解题的方法，但很少有人会用这种开放思维模式来想问题。宏钧和我的想法一样，不断在脑子里回放这个道士两天以来上山和下山的画面，可是越想越乱。我在大学时问宏翼，她的做法是，拿出一张纸通过计算一个点在线段间反复移动来求解，能解决但超时了，还是算输。宏钧说你跟别人思维模式不同，可能会答出来，看来真是如此，厉害！"

宏钧听完忽地正色对着宏图道："自从下海后我就常想，我们大部分人的思维模式和行事原则是僵化的。绝大多数人都是根据社会标准或其他多数人的看法来改变、调整自己的行为，但你不一样，你从小就很有主见，是个从来不随大流的独行者。头些年，因为这种个性虽然赚了钱但也你没少被人指指点点，可你不在乎别人的评价，这是你最独特的地方，所以你想事情、做事情都与众不同，我觉得这也是你能做成大事、难事的原因。但这种性格可能也会使你忽视他人的建议，甚至活在自己的世界里，听不到、看不到一些真正发生的事实，这是你的缺陷，今后一定要注意。"

宏图也收起得意道："哥，你说得没错。这次出事后，在看守所里那些天我反思了许多事。前十几年做生意教会我一点'别太把别人当回事'，因为你也知道，那时候社会舆论氛围不好，人人都瞧不起咱这样的个体户。这次出的事，教会了我另外一点'别太把自己当回事'。我要是能早点想通这点，摆脱虚荣心，少点自以为是的心态，估计还不会跌这么大的跟头。"

哥俩说完，碰了杯扎啤，一时间感慨万千。旁边柳芊芊，是个聪明伶俐的女子，听宏图说完，不由心中暗想："听起来有道理，但这既不把别人当回事，也不把自己当回事，那应该把什么当回事呢？"想到此处，心里不由一凉，低头不语。

饭基本吃完了，芊芊又点了一盘炸花生米，一盘炒田螺，一盘夫妻肺片，三人又叫了三杯扎啤闲磕牙。

柳芊芊问宏图这次搬家小芳和孩子咋办。宏图道："她和孩子跟我一起去。她这人没大主意，啥事都要跟我商量，我走哪儿她跟哪儿，分不开。"

宏钧在一旁道："宏图，你就知足吧，小芳这样的老婆打灯笼都找不到。人家跟你这么多年图个啥，多数时间里，除了被人说闲话，就是担惊受怕。"

说完忽地脸色戚然。

宏图、芊芊知道他想到了无情的前妻，一时间三人都沉默起来。过一会儿，柳芊芊打破冷场，道："给你们哥俩讲个小故事吧。"

话说苏东坡好友王定国，受到苏东坡"乌台诗案"的牵连，被贬到广西。这一路万里艰辛，生死未卜，一众妻妾中只有歌姬柔奴毅然随行。三年后王定国和柔奴北归，苏东坡去拜访他们，发现这对神仙眷属不仅没被边远流放折磨得痛苦不堪，反倒是越发郎才女貌了。苏东坡问柔奴为什么待在极苦边地却愈加年轻。柔奴一语道破其中秘密："此心安处便是吾乡。"

宏图听完调侃道："柳姐，我和小芳十几年夫妻，夫唱妇随也不稀奇。倒是有些美女在别人一穷二白的危难时候，始终相伴相随，这才是柔奴一样的奇女子呢。"

说完盯着柳芊芊却问宏钧道："是吧，哥？"

宏钧一愣，看柳芊芊脸色微红，当下明白，笑道："没错，还是好女人多，来干杯！"

8

宏图一回到深圳立刻行动起来，他是数次白手起家又在商海中浮沉十余年的老手，注册公司、招聘人员等这些事对他已是驾轻就熟。按照宏图的想法，做企业最重要的是解决三个问题：为什么做？做什么？怎么做？

为什么做是企业的目标，是愿景。他通过半年的苦思冥想，又跟吴教授一番深谈，让他意识到以前经营企业的一个错误思路——片面追求快速做大企业规模。这种以外延式扩张做大企业的想法容易速成，通过并购、产品或服务快速复制等手段，可以很快实现产品线延伸、市场渠道大规模扩张。但这种经营理念的弱点也很明显，一是大而不强，往往转变为业务大而全，但缺乏竞争能力，收入挺大，但利润不足，现金流更是极不稳定；二是大而不久，严重依赖政策、关系或广告宣传，企业迅速膨胀一夜之间风光无限，但可持续性很差，抗风险能力极低，其实本质上是外强中干，真遇到市场或政策波动，就可能轰然倒塌。要想解决企业大而不强、大而不久的问题，真正的出路有两条：一是扎实练内功，从具体产品或服务的竞争力上面一点一滴做起，但这样做耗时长、见效慢，还要下苦功夫，不适合自己；于是宏图采纳了吴教授提出的另一点做法，快速牟取上市，以资本为依托，以持续融资能力为企业生存保障。这么做虽然是剑走偏锋，但在市场机制不健全的大背景下不失为一个有效的速成功法。

想通了"为什么做"，接下来就是"做什么"，这对企业来讲就是定位，是战略。宏图在华强北电子市场两个月的考察，让他意识到简单的日用品、消费品产业已经十分成熟，机会不多，能源、资源型产业太过于依赖政府关系，也不是好选择，今后一定是高科技产业的时代，这恰恰是深圳这座创新城市的优势所在。在众多高科技产业中，他认真考察了安防行业，这是个新兴的高速发展产业，行业壁垒低、利润高，还没有上市企业，最重要的是未来市场想象空间巨大。安防产业几乎没有计划经济的烙印，公安部科技局虽然是行业的主管部门，但近几年对于市场发展不断放权，已经几乎达到完全自由竞争的程度。他们一家人受老爸展不平的影响，都做着跟安全有关的工作，哥哥做弱电与安防项目集成施工，姐姐从事安防设备制造。从他们的经历看，这是个可以持续发展几十年的好行业，况且人一旦衣食无忧，安全毫无疑问开始成为整个社会最重要的基本需求。

至于"怎么做"则是企业的商业模式，是战术，是真正需要每天具体落实的事情。对此，宏图已经构思出一套完整的商业模式闭环，现在需要的是把他创造的这套商业逻辑完美地表达出来。

宏图回到深圳后联系了柳芊芊推荐的小表妹尹柔来面谈，这是个二十出头的漂亮姑娘，在她身上不仅没有其他"海归"常见的优越感，反而多出了同龄人少有的务实大度。或许是柳芊芊对她介绍过宏图以往的经历，这个国际知名大学的留学生并不介意跟随宏图一起白手创业。对于宏图交给她的一些简单工作，跑注册、租房、置办办公家具等事情，她也能做得一丝不苟、全无怨言。

经过十几天的观察，宏图对尹柔的表现很认可，他开始交给尹柔一些更重要的工作。这次创业，宏图的想法是在前期搭出一个小而精的管理班子，自己主要负责业务，挣钱始终是第一位的要务。财务仍然由小芳管理，其实心底里宏图并不太认可小芳的能力，但他信任小芳，就像一位象棋大师信任一颗从不惹麻烦，只是忠心耿耿地乖乖待在原地看家的"老将"一样。至于尹柔，他在这个聪慧女孩身上看出了隐藏的巨大潜力，所以他想慢慢培养尹柔做内部运营管理。多年的商海浮沉使宏图很早就知道，精细化的运营管理是自己的弱项，他更擅长运筹帷幄的战略构思和长袖善舞的并购运作，大额业务销售他也能应付自如，但实在没耐烦做精细的管理和细致的方案。

新公司的名字很快注册下来了——九州同源公司，一个很大气排场的名字，浓浓的宏图风格。还没等公司手续完全办好，宏图就开始联系洽谈业务了。他给自己长租了一辆奔驰S300，每天出门依次去拜访前一阶段在华强北认识的几个老板。

经人介绍宏图认识了在光明新区办厂的山东老板朱世成。朱老板经营一家小型代工工厂，深圳此时有成千上万的此类OEM、ODM生产商，由于没有自己的品牌，又是生产能力过剩的买方市场，所以跟名牌企业谈判时基本没有话语权，往往只能靠压缩工人福利待遇才能挤出一点点维持生存的薄利。

朱世成是个实在人，有十年的办厂经验，他的日常业务是代工对讲产品，主要依靠两个在房地产公司工程部当经理的山东老乡给的单子。近年来随着房地产业的迅速膨胀，配套的设备需求也越来越多，为了提升自己的利润，有的小型房地产商不会采购名牌产品，反而会找到代工企业贴牌生产自己品牌的产品。随着技术的发展以及人们对安全的重视，对讲巡更类产品也从简单的门铃，逐步发展为可视对讲、电子门禁系统。房地产商毕竟不是专业安防设备企业，贴牌只是为了留存利润操作的非常规手段，一般大型房地产商也不屑为之，所以朱世成的生意只是不温不火地做着。他本就是个小富即安的踏实人，虽然也偶有做大企业的梦想，但并不擅长发展关系、争取单子，只能闷头提升产品质量，对研发也还舍得投入。

朱世成看到西装革履的宏图开着奔驰S300进入厂门的那一刻，就认定这是位与以往合作伙伴不同的大老板。他亲自为宏图讲解自己企业的技术特长与产品质量，然后带着宏图参观了面积不大的生产车间，略带生涩地夸大着自己对未来扩大产能的构想。宏图对技术并不了解，但他已经考察过两家同类企业，所以也能听懂个大概情况。他详细询问了产品生产的原料价格、成本构成和出厂价格，朱世成按照订购五百套设备报了成本价。此前，宏图已经让尹柔对同类产品进行过多方询价，朱世成的报价比别人低了许多，产品质量和生产工艺等方面，也明显优于其他小厂。宏图很看好这个实在的山东汉子，他当场表态全年订购不少于十万台，第一批采购五千台设备，贴"九州同"的品牌，一次性现金支付，价格不用计较，再额外支付二十万请朱世成找高人重新进行外观设计，生产工艺也要改进。朱世成见他如此豪爽大气，当即应允不惜代价先做出样品，双方同意再行量产，前期费用自己承担。两人谈得爽快，中午朱世成陪着宏图吃了远近闻名的"光明乳鸽"，席间又聊及私事，知道宏图祖籍也是山东，关系又进一层，一时间互相引为知己。

朱世成对此次合作机会倍加珍惜，回头调动人资研发设计不提。单说宏图解决了产品问题，在他设计的商业模式里就只剩下最重要的一个环节——讲故事了。

9

宏图早就发现，中国商业的游戏规则十分神奇，有时候你辛辛苦苦做好一个产品，却不如在某个灵机一动的瞬间获得一个新故事、新概念。

多年的从商经验告诉宏图，每隔一段时间，市场都会衍生出自己的新故事，就像每个时代都有自己的神话。如果你是 MBA 高才生，你可以正襟危坐地称之为商业模式，如果你是上市公司高管或是互联网新贵，那你可能会管它叫作"新概念""黑科技""新经济"，诸如万物互联、生态圈、流量、场景、资本化、智慧地球之类都属于既好听又玄妙的故事名字。不过私底下，所有人都通用的叫法依然是简简单单地称之为"故事"。

我们之所以喜欢故事，是因为好的故事便于我们更快地了解一件事。故事的价值在于它使复杂的事情简单化，并预留了一个极大的想象空间。就像我们喜欢美丽的月亮而非冰冷的月球，两者的区别仅仅在于月球拥有浪漫的故事并能带给我们丰富的想象。不过故事也有不为人知的一面——不知不觉间，我们实际上为简化版的故事付出了巨大的代价。因为故事讲述的并不是事情的全部真相，有时甚至不是大部分真相，而只是我们喜欢的那部分事实。

生活的真相极其复杂，你不可能拥有完美的视角。如同盲人摸象一样，你通常不得不在长焦或是广角方面做出选择，诸多选择过后，故事的真相往往成了你专有需求的订制品。

创造出一个"神话"级别的好故事大体需要四个步骤：一是"造神"。千奇百怪的社会、错综复杂的经济、高深莫测的技术，在这样飞速发展的新时代中，一日千载、变幻创新，大部分人都没有精力去做专门的研究，但他们却急需一种简单易懂的快餐式概念来辅助他们了解新出现的变化，而这就是"故事"的起源。

故事起源出现后，往往还比较粗糙，必须历经打磨，才能化腐朽为神奇，我们可以把这个过程称之为"包装"，这是创造故事的第二步工作——将故事概念化、神化，让其具有强大的传播性。

创造故事的第三步，也是最重要的一步——崇拜。要使被创造出来的新概念、新故事广泛地流行开来，必须依靠严密的组织和必要的仪式感（神秘感），只有通过这些"仪轨"才能让相信故事的人们产生必要的信任与敬畏，敬畏的不断深化就会产生崇拜。

崇拜带来遵从，恰当地利用遵从就可以获得行动。最后一步，利用故事来指挥崇拜者开始"行动"，这将为故事的创造者带来收益。

我们可以看出来，创造故事与产生信仰何其相似，因为神话故事正是孕育信仰的摇篮。"横看成岭侧成峰"，当我们反过身来看，会发现许许多多的所谓成功企业，乃至上市公司也正是如此编造他们的商业神话。

如果有编造故事的职称，那么宏图无疑可以拿到"教授级高工"的最高荣誉。在理论方面，他深知人性，在实践方面，他屡屡得手。宏图知道一个好的创业故事，是建立在听众缺少必要的知识，却又过分贪婪的基础上。故事的听众最好是一个群体，这样才能形成羊群效应，群体容易接受故事，更容易轻信故事，好故事的强大推动力，要依靠群体思维产生出来的"从众心理"才能得到最大限度地发挥。

一般来说，群体更容易接受一种新模式，群体不善于思考，却非常急于行动，从众心理会让大家相信这种模式正在创造巨大的财富。早先加入者最初的成功案例，会极大地激励着更多人加入新的商业模式，对这些"成功案例"现身说法的夸张宣传推广，推动这种致富诱惑不断循环，由小到大涟漪般一层层扩展开来。

传播故事的另一个关键点是"速度"。就像滑冰运动中速度保证安全，商业模式传播也一样依赖速度。一个新的行业、新的故事推广起来更为容易，这很大程度上归结于人们普遍看好未来，喜欢有科技感的东西，愿意为之进行投资，但这些人里面懂产品或市场的人却很少，信息不对称。他们熟悉新产品、新技术往往需要一段时间，所以即便是产品一般，只要模式新颖，速度够快，也能很容易推广出去。

在与朱世成达成贴牌合作后，宏图开始进行下一步工作——故事创作，即商业模式落地。对此他已经思考多日，就差落在纸上形成方案了。宏图叫来尹柔，向她和盘托出自己的想法，要求她一周内形成落地方案。

一周后，一份彩色打印的商业模式推广方案演示文件（PPT）摆在宏图的桌上。尹柔拿着笔记本电脑用一个多小时为宏图详细地演示了这份商业计划。

按照宏图的意思，尹柔为他们即将推出的可视对讲产品起了一个科技感十足的名字"智能视频联网家庭安全服务平台"，简称就是品牌名称"九州同"服务平台。该平台本质上是以家庭的可视对讲产品为依托，加入许多科技概念和增值服务，包装后定位成为家庭四大中心综合服务平台。

家庭安全中心，将家庭视频监控、防盗报警、门禁系统、火灾燃气报警、三表（水电气）抄送、出入口管理（红外幕帘）等功能整合为一体，以可视对讲的触摸屏为操作终端。

家庭服务中心，将停车场管理、电子商务、天气预报、视频点播、远程教育等需求整合为一体，集中管理、统一显示。

智能家居中心，将家电控制、智能窗帘等功能集成在产品中。

智能社区中心，将公共信息发布、物业通知与管理、应急信息广播、邻里社区群、广告发布、旧货市场等内容整合在一起。

家庭服务四大中心的产品定位，使简单的楼宇对讲产品脱胎换骨，一跃成为智能化的高科技系统。

接下来更重要的环节是盈利模式设计。该产品不同于以往的产品销售盈利模式，而是独辟蹊径将四大盈利模式集于一身。第一个特色盈利模式——可运营，这包括可通过一系列增值服务，如三表抄送、视频点播、报警服务等，向每家住户收取运营服务费用。同时也可以向物业公司收取增值费用，如停车场管理、代收物业费等。第二是可增值，可以通过广告发布、电子商务等业务直接带来增值收益。第三是可销售，这里不仅有产品带来的销售收益，还有通过产品预安装，为房地产商提升房价带来的增值收益。第四是拿到政府补贴，如社区安全教育、社区网格化管理等方面都有相应的各部委政府补贴，尤其是国家在社区公共信息广播方面的补贴，如应急信息、三防信息等。

最后一个环节是落地实施。按照宏图的想法，"天下武功唯快不破"，速度是决定成败的关键。因此要采取快速多渠道销售的做法，宏图把它称为战略合作推广模式。尹柔提出四种方案，一是紧密型战略合作，双方成立合资公司，宏图出产品，合作伙伴企业出人员销售渠道；另一种是开设实体加盟店合作，不仅销售还提供安装与售后；第三种是传统的经销代理商渠道合作模式；最后是对大的批发用户，如房地产商等采取大项目合作模式。无论哪种合作模式，合作伙伴都需要压一定数量的货才能获得更好的价格优惠，压的货越多价格越便宜，宏图公司则提供培训、安装、运营、售后维保服务支持。

尹柔讲完方案，宏图拍案大喜。可以看出这个方案完美地表达出了他的全部想法，并符合一个好故事的绝大部分要素。第一步故事背景属于高科技、易理解、好操作、时尚新颖、紧跟潮流；第二步故事包装很完美，定位清晰，拥有无限想象力；第三步极具诱惑力的盈利模式，使故事的传播性很强，易于推广；最后，全方位的战略合作销售模式，能快速有效地将各类渠道企业组织起来，并通过分层压货的价格体系，推动渠道快速行动起来。

宏图提示尹柔可以再加些条款，例如合作伙伴介绍其他企业加盟可获取更优惠产品价格等。总之要尽一切可能降低合作门槛、快速发展合作伙伴、大量积聚现金货款。

10

没过几天朱世成拜访宏图，他带来了产品的样机，该样机经过几轮测试，对宏图提出的诸多新增功能均可实现。产品由知名外企高级工程师当设计顾问，造型工艺都不错，宏图很满意。朱世成告诉宏图，现有产能开足马力十天左右就能交货。

送走朱世成，宏图叫来小芳和尹柔商议。宏图提出现在产品这边时间表有了，盈利模式、合作方案也已形成，接下来最重要的就是把方案推出去、合作伙伴引进来、销售渠道建起来。他想到两个策略，一个是"推"的营销策略，把产品和招商合作方案推出去。在几种主流行业杂志做封面拉页广告，同时辅以软文植入，在行业网站上做互联网广告，大量购买相关字段的百度搜索排名，参与协会与专业媒体的品牌评选，多种手段同时发力，争取短期在业内产生轰动效应。由于定位行业媒体，所以更容易花小钱办大事。这个策略定位清晰，执行难度不大，主要的几家行业协会和媒体都摆在那里，只要谈好价钱投入即可，由小芳主要负责，下面配一个营销专员执行。

另一个是"拉"的营销策略，把合作伙伴拉进来，从而建立起"战略伙伴＋加盟店＋经销代理商"的三维销售渠道体系。宏图想到见效最快的办法是借助每年一度的行业盛事——安防国际博览会期间召开战略合作伙伴新闻发布会。这个策略宏图自己主抓，尹柔带人配合落实。

接下来的一周，尹柔随着宏图出差，接连拜访了全国多家行业协会秘书长和行业期刊的主编。宏图成功地将自己塑造成想加入安防行业的"过江龙"，他名车华服的派头，一掷千金的豪爽让并没有见过太多世面的行业权贵们为之折服；另外他彬彬有礼的风度，谦逊恭谨的举止，又给足了这些行业大佬面子。在宏图的游说下，他们大都乐于提供人脉资源帮助宏图举办这场别开生面的合作伙伴盛会。

这场以"价值共享，互利共赢"为主题的战略合作发布会在十月底的深圳召开，此时恰逢每年一度全球最大的安博会召开前一天下午。在铺天盖地的广告鼓动下，又辅以协会领导、媒体机构的推波助澜和企业间的口碑相传，各路参展企业纷纷赶来捧场，大家都想看看这个略显神秘的行业新贵。尹柔在深圳华侨城洲际大酒店租下了近千平方米的大厅，六百多个座位座无虚席。会议期间宏图发表了《智能视频联网家庭安全服务平台战略合作》的主题演讲，尹柔安排了协会领导和知名专家为新产品启动揭幕仪式，朱世成亲自上场做现场产品演示，宏图请来陆子骞代表金融机构在现场进行战略合作签约仪式，会后尹柔安排了一顿丰盛的晚宴和表演、抽奖节目。会议取得了巨大的成功，在接下来几天的展会现场，要求合作、加盟的拜访者络绎不绝。尹柔趁热打铁，推出了第二波宣传攻势。

新品发布会像一颗核弹引爆了沉闷的市场格局。不到一个月五千台设备被抢购一空，宏图让朱世成连夜加班加点，又生产一万台设备仍然僧多粥少，接着是三万台、五万台……

各种迹象显示，曾经跌倒的宏图，擦了擦腿上的鲜血，又一次艰难地爬了起来。

一年过后，宏图完全建成每省一家战略伙伴，每个地级市一家经销代理商，全国八百家加盟店的三维销售渠道体系。

其间虽然也有少数行业老手很快就发现产品绝大部分功能华而不实，但作为一个新兴事物，极具吸引力的销售模式，值得他们冒险合作。正如一位战略合作伙伴所言："我们先听到了这个模式，抢先采取了战略合作，按照目前这种宣传态势，我想接下来会有更多人听到这个模式并加入进来。结果，产品销量会一直上涨，我们的先发价格优势越来越明显，到那时，即使这个模式是子虚乌有，只要有后来人高价接盘，加盟店不断扩张，我们就会赚得越来越多。钱赚到手才是硬道理，即使模式最终失败又有何妨？没准那时候我早就清空库存移民海外了呢。"

11

有时金钱就像是蜜蜂，而一个商业故事的逻辑内涵恰恰就像是蜂群的组织架构，正是合理的组织化成就了更为强大的蜂群。单独一只小小的蜜蜂显得那么智力低下、弱不禁风；但它们一旦聚在一起形成种群，就拥有了不一样的生命。一个通过不断自我繁衍、复杂分工而形成的强大又聪慧的生命，生物学家叫它群体意识的诞生。大量的金钱也拥有智慧的生命，它们的复杂个性，它们判断善恶是非的标准，往往来源于故事内核的商业逻辑。所以有些金钱出发于诚信，成就于提升社会价值；有些金钱根植于贪婪，终止于享乐；更多的金钱则痴迷于不断繁衍自身，却忘记了自己曾经的初心。

随着渠道体系的快速膨胀，宏图订购生产的手笔越来越大。但令朱世成奇怪的是，订单比早期多了几倍，但宏图付款反倒越来越慢了。直到三个月前，最近一笔十万台的订单，宏图竟然让他垫资生产，虽说最近一年确实赚了不少，可这么大金额仍然让朱世成无法承担，经过跟小芳反复协商最终他还是自己垫了一半资金把产品生产出来了，因为他专门了解过，宏图的生意不仅没有萎缩，反而仍然处于蒸蒸日上的阶段。

朱世成遇到的问题，同样搞得尹柔焦头烂额。自从半年前，宏图经她手中付款的速度就慢了下来，后来员工报销费用越拖越久，直到三个月前大部分费用基本都停付了。每天都有电话打来，催缴宣传费用的、催缴合资公司付款的、催缴差旅报销费用的，到了最近两个月开始甚至连礼品费、复印费、购买办公用品等小额费用也拖着不付了。幸好合作单位大都知道宏图公司业务基本面很好，否则早就开始上门挤兑付款了。

这天，尹柔找到小芳谈天。因为柳芊芊曾交代过小芳让她照顾自己这个小表妹，所以小芳一直没把这个小她十岁的姑娘当作普通员工，两人常常聚在一起操着乡音聊聊心事，有时小芳还约尹柔到家里吃饭。

尹柔把这段时间付款拖延的事情告诉了小芳，"芳姐，本来要是不严重也不该我多嘴，可是现在连差旅费、办公用品购置也开始拖欠了。大家都知道公司业务收入增长不错呀，现在外面风言风语的，对公司发展渠道体系也开始有影响了。所以我才问您，财务的付款能不能及时些，就算现金有问题，也得按照轻重缓急分批付一些出去，缓解一下舆论压力。"

"妹子，能付我还不早付了。你也不是外人，我跟你说实话——真没钱。这一年来，钱是进账不少，但从半年前开始，每月宏图都往外调钱，这三个月更是频繁，钱一到账我还没捂热乎呢就立马转走。我也不知道宏图用钱干什么了。这些年我都习惯了，他不想说的事情我也不逼问他，他心里有数，不会乱花钱。"

就这样，尹柔和小芳又度过了一个多月表面风光、内心焦灼的日子。直到春节前的周一，像往常一样尹柔第一个来到公司，发现气派的玻璃大门被人用一根粗大的铁链锁上了，门上不知是鲜血还是油漆泼洒得一片鲜红，旁边的白墙上写着"欠债还钱"四个看着血淋淋的大字。吓得不知所措的尹柔下意识报了警，之后才拨通宏图的电话。

十几分钟后，宏图和小芳赶到了公司，气头上的宏图埋怨尹柔处事不当，应该先电话通知他再报警。尹柔期期艾艾地解释她被吓坏了，小芳忙把她拉到一旁安慰。

不一会儿警察也到了，对这种场面老民警显然见怪不怪了，阴阳怪气地问宏图："欠高利贷，还是供应商钱了？"宏图当然无法交代什么有价值的线索。很快，陆续来上班的员工们都目睹了这个惊悚的场面。

宏图先是让小芳安排员工暂时放假半天，然后在警察同意下找到开锁师傅打开大门，再安排保洁人员清洗大门和墙面。警察则按部就班地调取大堂监控录像排查可疑人员，折腾了一上午，警察临走时叫来宏图，说得十分中肯："根据监控录像，我们回去继续调查。一般来说，这是债主找专门干这些脏活的人做的，抓他们不难，这些人都是滚刀肉，抓他们也解决不了你的问题。关键是欠钱要还啊，老板！你也说没借过高利贷，如果是欠普通供应商或是什么人的钱，不到万不得已人家也不会这么做，解决利益纠纷才是主要矛盾，否则把人家逼急了没饭吃难免出事，兔子急了还咬人呢，是吧？我们警察的职责是给社会大众提供公共安全服务，总不能二十四小时贴身保护着你一个人吧！"

好事不出门，坏事传千里。宏图公司被封门的消息很快传开，各路债主听到消息纷纷找上门来，一些着急拿钱过节的债主开始在楼下扯开了讨债的条幅，很快，就连写字楼物业也开始找起了宏图麻烦。屡经风浪的宏图显然没把这些事放在眼里，对各路讨债者要么避而不见，要么笑脸相迎，但实实在在的要钱没有。

一波未平一波又起，讨债的消息终于影响到宏图的业务开展，很多合作伙伴、经销代理商和加盟店主纷纷给尹柔打电话咨询公司到底出了什么事情，尹柔按宏图事先教她的说法一一回复："公司业务增长过快导致现金有点小问题，随着节前最后一批产品售出，现金短缺问题即将解决。"虽然这么说，但尹柔并不相信这种说法，按说公司利润很好，应该现金充足才是。这种说法明显禁不住推敲，只能应付外人。

更可怕的是内部员工也开始无心工作，整日交头接耳谈论公司是否还能坚持下去。果不其然，年终奖发放令大部分员工都很不满意，不仅没有期待已久的年底双薪，甚至连正常销售提成和奖金都只发了三分之一。紧巴巴的工资领到手里，让大多数人觉得回家过年很没面子。那些刚入职不久的人为了全额奖金立刻打电话给人力资源经理提出辞职，宏图知道这些员工已经无心恋战，便嘱咐人力资源经理也不加阻拦。对于还忠心耿耿留在公司的员工，宏图为他们放了两个月的超长带薪年假。

内外交困之时，所幸春节终于来到了，这让宏图、小芳、尹柔终于长长地缓了一口气。同属老乡的宏图一家和尹柔都回龙城老家过年。初七那天，尹柔打电话给宏图、小芳拜年，并约了同去咖啡馆聊天。

三人见面互相拜年后，尹柔去点了一杯黑咖啡，为宏图要了杯立顿红茶、为小芳点了蜂蜜柚子茶，还点了一碟开心果、一碟果脯、一碟绿茶白瓜子。宏图、小芳挑了临窗的卡座等着尹柔，不一会儿饮料、小食都上来了，三人寒暄几句后，尹柔吞吞吐吐进入正题。

尹柔知道宏图不喜欢别人说他没钱，所以略带委婉地说道："展总，现在行业有很多风言风语，许多人都来电话问公司资金状况，部分合作伙伴不理解为什么公司明明是赚了很多钱，但付款速度却没有跟上？"

宏图听完一笑道："你心里也打鼓呢吧，都有什么传言啊？"

尹柔脸色微红，道："我对公司可是绝对有信心的。传言很多，说啥的都有，感觉这样对咱们开展业务挺不利的。"

旁边小芳好奇道："妹子是自己人我们绝不怀疑。你说传言都说的啥？说来听听。"

尹柔道："我说了你可不准生气。"

"又不是你说的生啥气。"

"刚开始还好，说是展总把钱压在渠道、货款、买楼上面了。后来越传越离谱，有的说展总出事被拘留了，还有的说找了许多情人，送车送东西花销大。"说到这，尹柔瞄小芳一眼，偷笑道，"芳姐，可是你让我说的啊。最可恶的有两种说法——说展总去澳门赌钱输了；还有人说展总赚了大钱，要卷了钱移民跑路。这些人说得都有鼻子有眼的，其实想想这么给咱们造谣真挺可怕的。"

宏图听完道："别的都是瞎说，估计没几个人相信。就是造谣说我赌钱和跑路的人实在可恨，我又不是没见过钱的小老板，怎么能做这种下三烂的勾当。估计你俩也心存疑惑，今天我就透露下。其实你们想啊，赚到钱以后我能做的无非四个选择——存起来、花费掉、借出去、做投资。"说到这里，宏图停下来喝了口茶，观察了一下两人表情，神秘地笑道："你们了解我，没错，我确实在做投资，但具体做什么现在还不能说。资本市场的游戏规则是事情成功之前不能透露，甚至是最亲近的人，这就像战争时期的情报工作。再说这次的事情风险较大，说了你们不仅帮不上忙，还跟着瞎操心上火。"

回到家中，小芳逗宏图："还保密呢，三少爷，老实交代，在哪里金屋藏娇？"

宏图正色道："你要非要知道，我跟你说……"

小芳忙用手掩住他的嘴，笑眯眯地道："别说。我还不信你？你一向喜欢又旧又好用的东西，那些光鲜靓丽的小姑娘估计还不对你的口味呢。"

宏图感激地搂住她，肩并肩坐着："小芳，就你最理解我，其实我熬得好辛苦。"

"我知道，这几个月你晚上时常翻来覆去睡不着，我都知道。"

两人紧紧地抱在一起，过了一会儿，宏图道："我给你讲个故事吧。"

从前有个年轻的农夫，他有棵好桃树，有一年他收获了有史以来最大最多的桃子。"我不会把它们浪费在镇里的小集市上，仅仅是为了换点辣椒、木柴，"他对老婆说，"我要把它们带进城里，那里的人愿意为了这些上等的桃子出大价钱。"于是他把桃子放进桶里，把桶装进手推车，然后出发了。但他从来没进过城，所以迷了路，兜了好大个圈子，他只带了够三天的食物。五天后，食物吃完了，但他连一半的路程都没走完。他饿极了，周围的戈壁滩一个人影都没有。他打开桶盖，开始挑最小的桃子吃。

简短截说，一周后他进了城，但是桃子都在路上吃完了。

"我跟这个愚蠢的农夫一样，我是在为了赢得一场重大的胜利而耗尽所有的资源拼力一搏。就像农夫吃桃子一样，我的代价就是不断吃掉我们这一年来辛辛苦苦赚来的利润，而且很有可能我会输掉眼前这一切。有时候我常想，自己不是因为希望才坚持，而是因为只有坚持下去才有希望。"宏图戚然道，"小芳，你知道一个活着的英雄和一个死去的莽夫有什么区别吗？"小芳摇了摇头，"——仅仅是一个错误的决定！"

小芳愣了一会儿，抬起头轻吻了宏图一下道："我明白……我想让你知道，不管是做什么，我都支持你，放手做吧，大不了我们从头再来！"

12

纵观史书，在英雄们的成功故事中，运气始终是最神秘莫测的那部分。

无论是王侯将相还是富商巨贾，他们成功的要素里，时机、运气必定占有最重要的一席之地。尽管能力高低不同，但至少三分之一的企业创业者都死在运气这件事上，而你对此往往很难进行科学、客观的解释。

春节过后，宏图的日子更加难熬，资金的困境很快影响到公司正常的业务拓展。三月的一天下午，宏图接到一通神秘来电后，飞也似的跑到小芳办公室，一把抱起小芳道："成了！我们成功了！"小芳疑惑地看着素来沉稳的老公："你没事吧？一惊一乍的。""走，晚上吃大餐庆祝。"兴奋难耐的宏图拽着小芳就走。

翌日，宏图召开全体员工会议，正式宣布公司成功借壳上市美国 OTCBB市场（类似我国多年后启动的新三板市场）。

原来，自从龙城国企并购以失败告终后，宏图与老师吴世民一番深谈，领悟到失败的深层次原因在于企业持续融资能力不足，缺乏资本市场的支撑。所以，来深圳创办九州同源公司伊始，宏图就跟资本运作经验丰富的陆子骞谈及此番创业的上市理想。陆子骞原本在国际知名投行担任高管，深谙资本市场之道，近几年自己创业做投资公司，辅导客户企业上市也是其提供的核心服务之一。两人多年朋友，知根知底所以一拍即合，由陆子骞帮助宏图规划上市路线。

陆子骞告诉宏图，在国内上市条件太高，至少需要三年净利润三千万元，年度收入三亿元等一系列严苛条件，即便如此也要排队等候几年。这是宏图完全无法接受的，因为他知道自己现行的商业模式可以使公司迅速做大，但缺点是企业发展的可持续性差，没有核心竞争力，只是依靠概念和模式新颖来推动渠道快速膨胀，进而带动收入与利润增长，一旦渠道压货量饱和就会形成雪崩效应，后果不堪设想。

宏图的经营模式决定了企业只能走快速上市的资本路线，针对这个特点两人多次碰撞后，陆子骞推荐宏图采取一种罕见的非常规、高风险上市路线。陆子骞对宏图说："美国、中国香港、英国、新加坡等几个不同资本市场各有特色，英国、新加坡股市过于稳定，持续融资能力不足；香港股市相对固化，准入门槛较高；当前，美国股市灵活性好、持续融资能力较强。最重要的是美国股市多样化做得好，既有主板的纽交所，也有代表科技与网络股的纳斯达克，还有入门级的 OTCBB 市场。"

"OTCBB市场是什么？"宏图一听"入门"二字，来了兴致。

"现在很多中介机构把它和纳斯达克混为一谈，其实两者完全不是一码事。OTCBB是一种场外交易系统，相当于美国的准上市证券市场。OTCBB市场专门针对中小企业及创业企业进行电子柜台交易，它准入门槛低，没有过多的盈利和时限方面的要求，上市规范也不严格，审批的时间很短，只需通过美国证交会（SEC）的资料审核，再有三名做市商愿意为你的证券做市即可申请挂牌，很适合九州同源公司的发展现状。"

"陆哥，听人说要快速上市必须得找专业中介机构操作才行。"宏图平日对上市流程也略有了解，听了一时难以置信。

"这里头学问可大了，现在很多机构利用国内企业不懂OTCBB市场，把它跟纳斯达克说成一回事，说得上市如何困难，说穿了是想骗取高额的中介费用，找财务顾问、咨询费是最大的一笔费用，再加上他们提供的高价买壳费用，至少要一两百万美元，大部分企业都这样被骗了。其实巨额的中介费完全没必要，我们自己填表申报走手续，我再去找熟悉的律师、会计师、审计师、公关公司就行，这样花销省速度还更快些。"

"那您说的做市是怎么回事？股票不能随便交易吗？"宏图问道。

"OTCBB不是公开上市的市场，它的本质就是一个电子报价系统，也就是说股票流通性相对较差，出入其中的大机构投资者较少，以冒险型专业投机者居多，所以绝大部分股票并不活跃，这点其实并不像大部分中介机构吹得那样完美，你要有心理准备。正因如此，做市商就成为市场流通的关键，他们向股票持有者保证，无论持有者什么时候想出手变现，他们都会购买。反之，做市商也可以将持有的股票再次出售赚取差价。"

宏图听陆子骞这么一说，立马觉得这OTCBB就像是没资格上市企业的大排档，似乎出身就矮人一截，心下一凉，道："听您的意思，其实这个上市后的股票只是几个做市商之间的互相对打交易，并不是真正的上市企业啊！"

"宏图，你理解得对，这就是我让你有心理准备的原因。其实没有清晰的战略目标，没想明白就要上市的企业多的是，结果必然是竹篮子打水一场空。在OTCBB市场上几美分的垃圾股票和空壳公司比比皆是，大部分企业为上市花了百万美元的各种中介费用，却基本融不到资金，这些都是坏的一面，我必须先讲给你听。"

陆子骞话锋一转道："但也有好的一面，像你公司的情况在国内或其他资本市场上市几年内根本没有机会。但上 OTCBB 却很容易，估计一年内就可以搞定。一旦登陆 OTCBB 市场，它有个好处就是企业达到一定挂牌门槛，即可以向纽交所主板或纳斯达克市场转板做 IPO，这种转板通道目前还比较畅通，可理解为主板市场的预备市场。这种随着公司变大变强，可以转主板的特点是它的一大特色。所以我们在明确制定企业中长期战略规划的基础上，在资本推动策略方面可以分三步走：第一步登陆 OTCBB 市场；第二步活跃做市、加大交易量、提升股价，做大公司规模，满足收入与利润等转板条件；第三步抓住时机转主板 IPO。我认为这种曲线上市的操作方式可以大大地缩短最终上市时间、提高成功率、降低花销费用，并且最适合你企业的商业模式。"

自此之后，经过半个月的讨论，两人最终确定了九州同源公司在资本发展路径上，按照陆子骞规划的路线快速实施。宏图负责企业运营，尽一切可能快速、大量获取利润；陆子骞则负责上市申请，诸如聘请国际律师、国际会计师、专业金融公关公司、联系做市商、准备第一轮融资等各方面事宜。为了节省资金，并将双方命运捆绑在一起，陆子骞提出不收取佣金，上市成功占有百分之五股份，宏图知道上市后还有很多事情要仰仗他支持，当即一口答应他的条件。

就这样，经过一年多的努力，在宏图穷尽所有手段深陷困境之际，陆子骞这边忽地传来了上市成功的喜讯。

13

都没用刻意宣传，宏图的公司在美国上市的消息迅速传遍安防业大江南北，这是行业第一家上市公司，居然还是海外上市，好不新鲜！

此前，安防业虽然已经高速发展十余年，但这个改革开放后新兴的朝阳行业内基本没有计划经济色彩，除了少数几家大型外企制造商外，清一色的都是中小民营企业，几乎所有民营企业都是由夫妻店、同学店创业慢慢壮大起来的。最近几年，开始有些国内外创投公司、风投公司、基金关注这个高速发展的行业，也有些已经变得较大的民营安防企业遭遇发展中的资金瓶颈，想要寻求资本市场支持，甚至行业协会也在奔走呼吁打通行业资本通道。但像这样实实在在横空出世一家上市公司，确是头一遭，这让众多业内同行都躁动起来，大家纷纷打听这家公司的来历、背景，有心的企业主不仅生出"大丈夫当如是也""彼可取而代之"的念头来。

上市的第一个好处是宏图的债主们听闻他公司上市的消息，一时间都偃旗息鼓，宏图因此也大大地松了口气。当下挤兑的资金压力一旦解除，短期又没有新的投入，九州同源公司业务很快就满血复活了。

上市的另一个好处是快速地提升了九州同品牌的知名度和美誉度，这不仅极大地推动了渠道业务扩张，就连一些金融机构、投资公司也主动接触宏图，尝试着洽谈贷款、投资等事宜。

公司上市第二个月的一天，陆子骞急匆匆地约见宏图。两人见面陆子骞问道："你知道昨天发生什么大事了吗？"宏图一脸惊讶地摇了摇头。

陆子骞笑道："你现在是海外上市公司老板了，对国际上发生的事情还不够敏感啊，从昨晚到现在我的电话都快被打爆了。昨天下午四点左右，伦敦三辆地铁和一辆大巴上都有人引爆自杀炸弹，那时正好是伦敦的交通早高峰期，当场炸死五十多人，伤了七八百人，伦敦地铁全网瘫痪，这么大规模的恐怖事件在英国前所未有。此消息立刻震惊了西方世界，可以称得上是英国版的'9·11'恐怖袭击事件。"

"哦，你说的是这事儿啊，看新闻报道了，可这跟我们有什么关系呢？"宏图迷惑道。

"出了这么大的事件，资本市场必然要评估此事对股市的影响，届时想必会拿'9·11'事件对标。'9·11'恐怖袭击事件对美国民众心理影响极为深远，使大部分美国民众严重缺乏安全感，股市由此多日大跌，然而安防类股票却因涉及反恐、应急、监控等题材不仅不跌反倒持续多日大涨。所以，昨天的事件发生后，敏感的美国投资者开始寻找各类安防题材的上市公司，中国是全球经济的发动机，关注中国上市公司的投资机构发现全球范围内（包括中国）居然没有一只中国安防题材的股票，找来找去终于在OTCBB上发现了九州同源。几家做市商和私募基金都给我打电话，要详细了解公司经营情况。这对我们可是千载难逢的大好机会，OTCBB上的股票让投资机构追着跑还真是头一遭。"

宏图听他说完大喜道："太好了，陆哥，你说吧，接下来怎么做？"

"你把我以前让你准备的战略规划再完善一下，我估摸着最好能去趟美国做现场路演。我先打几个电话安排下，你等我消息，做好准备，争取一两天就动身。路演的新故事要宏大些，光凭目前做可视对讲系统销售，这种营销概念来融资是有难度的，资本市场看重当前利润但更渴望未来的发展前景，所以故事一定要有巨大的想象空间才行，想象空间就是将来发展的增值潜力。"

宏图回到公司，找来尹柔商量。宏图把陆子骞说的情况跟尹柔讲完，道："这次得辛苦你跟我跑一趟去做路演。你是海归高才生，了解西方文化，也熟悉公司情况，咱俩做个分工，你英语好由你讲方案，我来回答问题，你帮忙翻译。另外，你把咱们以前的商业模式方案再美化下，加上我们上周讨论未来发展大安防产业这部分内容，做成英文版本，今晚加班我们再过下这个文件。"

陆子骞隔天打来电话，两天后从香港机场出发，这次要去纽约、洛杉矶、芝加哥三个地方分别约见多家金融投资机构。在纽约还争取到了难得的机会，参加一个大型投资会议临时新增的安保企业投资专题分会，有二十几家感兴趣的投资机构参加，主办方答应给九州同源公司四十分钟来讲方案和回答问题。

尹柔紧赶慢赶在上飞机前总算改完了路演材料，飞机上她跟宏图两人都没怎么休息，又把讲稿预演了两遍。

十六个小时后，飞机准点降落到肯尼迪机场，进入大厅办理入境审查时能明显感觉到机场气氛比以往更为凝重，海关检查程序异常严格。三个人的所有行李都被翻开逐一检查，所有人的皮带、鞋子也都脱下查验。陆子骞碰了宏图一下道："看到伦敦事件的影响了吧，'见了草绳就是蛇'。"过关整整折腾了两个小时，让宏图不禁对美国人的慢节奏有了新的认识。

三人打车离开机场直奔会议酒店，聚在宏图房间点了三份快餐，便开始商量第二天会议如何配合。聊了一会儿眼看天色已黑，就各自进房间睡觉倒时差了。

14

早餐后，九点开始参加会议，安保专题会议在一间不大的会议室召开，上午有三家公司介绍，九州同源被安排在最后发言。

陆子骞先上台用五分钟简要介绍了九州同源公司的基本情况，公司规模、财务状况、上市历程、管理团队等，然后是尹柔上台分享公司战略发展规划。

尹柔这天穿了一身藏蓝色的西装套裙，修长的美腿上套着肉色长筒袜，脚蹬一双黑色高跟鞋，内衬一件紧身的Ｖ领白衬衫，一头乌黑的披肩长发简单地扎了个马尾，一脸淡妆显得秀丽而又不失干练。

尹柔先用十分钟介绍九州同源的主打业务——智能视频联网家庭安全服务平台，讲述了这个系统定位于家庭安全、家庭服务、智能家居、智能社区四大中心，提供十几个品类的细分服务，因此可通过运营、增值、销售、吸纳政府补贴四大盈利模式源源不断获取利润，目前经营状况很好。

接下来她又用几分钟时间，跟大家分享中国房地产市场、智能家居市场、安防市场快速增长将保障公司中短期业务的高速增长。

最后尹柔用十五分钟介绍了九州同源公司在上市后，对公司未来发展战略的深入思考。

当下的中国安防产业正在发生剧烈的变革，一方面是市场规模和业态的变化，从十年前的不足百亿市场迅速膨胀为目前的几千亿元的市场，且每年增速都在百分之二十以上。随着中国城镇化快速推进，城市安全对大型系统需求不断增长，行业融合日益加深，产业集中度不断加强，业务链条愈发紧密且扁平化，奥运、世博等一系列重大活动以及反恐、应急类突发事件也将极大地推动市场需求，尤其是平安城市建设的出现正在带动几千亿元巨大市场的形成。另一方面是企业竞争环境也在发生剧烈变化，产品与服务种类齐全，技术、质量、标准替代恶性价格战成为主流竞争手段。同时，技术变革也在不断深化，技术创新如火如荼，从单机产品到简单系统再到巨系统集成，从数字化到网络化再到云化、智能化，从互联网到物联网不断升级。

这一切都标志着安防业正在经历一场产业巨变。为此九州同源公司提出当前的中国安防业正在逐步演变成"大安防产业"的战略理念。未来的大安防市场在需求层面将不仅包括现在的行业安全领域，还将扩展到个人、家庭、社区等民用安全，平安城市、天网工程等城市安全，甚至是环境安全、应急安全、消防安全、信息安全等诸多领域。

需求层面的急剧扩张必将进一步带动供给层面的产业链变革，传统安防产业链条上的企业将越来越难以满足新出现的综合安全服务需求，大安防市场需求正在呼唤大型安防集团企业出现。这种大型安防集团企业应该具有成功的大项目运营模式、全系列的产品线、统一的系统集成平台、配套的综合服务，而满足这些条件的企业，必然是具备可信赖的品牌、很强融资能力的上市公司。九州同源目前是中国唯一同时具有这些条件的企业，它也正在孜孜不倦地致力于实现解决大安防需求这个理想。

尹柔的演讲十分精彩，此时海外上市的中国企业只有寥寥几家，它们大多是规模巨大、业务繁杂的国企，对于这些企业多数美国投资者并不看好。突然出现的这家公司既是出身草根在市场竞争中脱颖而出的民企，又出现在安全、反恐、应急市场这一特殊领域，上市时机又恰逢伦敦爆炸案之际，纵览国内、海外安全产业的中国概念股偏偏只此一家，多种因素结合使得他们不得不对这家规模并不大的企业高看一眼。

尽管拥有如此多的有利条件，但这家公司毕竟只是在垃圾股堆积成山的OTCBB上市，他们原本并没抱有太大期望。没想到尹柔这个年纪轻轻的中国女孩操着一口流利的伦敦腔，口若悬河地演讲，立足脚下业绩，放眼未来规划，对中国安防市场分析得如此丝丝入扣，对企业未来发展规划描绘得如此美好而又现实。

尹柔的发言立刻吸引了众多嗅觉灵敏的投资者关注，尹柔刚讲完，众多投资人纷纷举手提问。第一个提问的是个大腹便便的中年男人："请问您所说的中国安防产业跟国外安保有什么不同？以前的中国安防业跟你说的'大安防'又有什么不同？"

尹柔微笑着说："前面的问题我回答您，后面的问题我请我的老板展先生回答您，他也是我们公司战略规划的原创设计者。"她边说边用手掌指向宏图介绍："我知道国外没有安防产业，只有安保行业。中国的安防产业不仅包括安保业运营服务，还包括视频监控、出入口控制、防盗报警、楼宇智能化等设备制造商、产业中游的软件与集成商、下游的项目工程商。对于中国而言安防产业是个产业链完整，需求非常旺盛、增长极快的朝阳产业。请展先生回答后面的问题，我做他的翻译。"

看着尹柔台上神采飞扬的样子，宏图不由心神一荡，这个天天形影不离的女孩，刹那间竟迸发出如此魅力四射的光芒。正发呆间，见尹柔做出介绍的手势，宏图忙起身鞠躬道："传统的中国安防业是诞生于公安部科技局管理的小产业，当初这个产业是为了解决警察打击、控制犯罪需求而产生的封闭型应急产业体系。但伴随中国改革开放的不断深化，公安部主管权力开始快速下放，对产品检测、工程验收不再负有直接管理职能，整个行业基本实现市场化运作，这是我们所说的'大安防体系'形成的基础。近几年整个市场已经开始转向以技术创新为主导，以预防类系统为主要需求的开放的市场化产业。这种变化正在进行，虽然很多人还没有看清，但市场正在变透明、需求正在规模化，机会正在增多。"

尹柔翻译的话音刚落，一位女士紧接着问道："展先生，你说市场在变大，机会在增加，可这跟贵公司有什么关系？你会从这种变化中获利吗？"

"当然，只有我们预见到这种变化并提前去改变才会获利。以前的传统市场更多依赖与客户的关系或是低价格获利。但在'大安防'的市场中，能够解决客户共性需求、规模化需求的大型综合托管服务商才更容易在竞争中胜出，我们公司的目标就是用两三年时间演变成这种企业。"

"您所说的共性需求、规模化需求的大客户指的是什么，政府客户吗？需求有多大？钱从哪里来？是否涉及公众的隐私保护问题而会被抵制？"刚才那位女士接着问道。

"当下中国安防市场仍然以政府需求为主体，最近开展的平安城市建设预计将带动几千亿元的安防新增市场，同样反恐、应急领域的投入也不会小于这个数字，再加上传统各行各业的安防需求，民用化的安防需求，重大活动与突发事件带来的安防需求等，未来五到八年中国大安防市场年规模必将突破万亿元。与其他领域的政府投入不同，安防系统的需求受到中国政府的高度重视，绝大部分投入被列入各地政府的财政预算中，所以这部分钱非常有保障，企业收款不存在问题。

"至于您说的隐私问题，我理解美国投资者对安全系统应用边界的理解与我们有差异。我想这并非制度、人权类的问题，而更多的属于文化差异。我理解西方人不愿意过多牺牲个体自由与隐私来获取安全感，大部分人更侧重以自我保护手段来解决安全问题，而非信任依赖政府，所以中国的安防市场与美国存在较大差异。事实上，没有绝对的安全，安全是一种取舍，如果风险大了人们会逐步趋向于舍弃更多的自由来获得安全，这点从我们昨天进入机场的体验就可以证明。"

宏图说完，主持人一看，提问很踊跃，时间已经超了，连忙道："最后一个问题，好，交给这位先生。"

"请问展先生，如果您获得足够的资金，那么打算如何利用这笔资金打造您所说的'大安防'事业？具体途径是什么？"

宏图略为思索了一下，道："记得一个获得诺贝尔经济学奖的学者说过，'没有一个西方大企业不是通过并购而成长起来的'。我想获得资金后，我会用来并购相关企业。"

"可并购什么样的企业呢？如何并购才能打造您的'大安防'梦想呢？"该男子追问道。这时主持人温和地打断了尹柔的翻译，宣布结束提问并散会。他抱歉地通知，因时间延长太久，已经对下午的会议环节造成了影响，有兴趣者双方可以在会后私下沟通。

午餐后，宏图没有再见到最后提问的男子，但他的问题却深深刻在宏图的脑海中，他意识到这个问题恰恰是自己战略规划闭环中没有完成的一块短板。根据以往的经验，宏图擅长操作近期并购实务，也善于描绘远期战略前景，但对于两者之间的灰色地带，他往往考虑不周、执行力也不够，而这个中间地带通常容易导致战略规划的断裂，使得近期并购缺乏目的性，远期战略操作性不足。

15

宏图三人的美国路演之行非常圆满，吸引了众多股票经纪人、分析师、机构与个人投资者的眼球，在几大做市商的合力推动下，三人还没回国九州同源股价就开始节节攀升，成了OTCBB上为数不多交易活跃的明星股。

回国后不久恰逢陆子骞五十岁生日，这天下午宏图约好陆子骞提前到他会所坐坐，晚上与陆子骞的几个朋友一同给他庆祝生日。

下午三点多，宏图到了会所，陆子骞也刚到，一见宏图道："老弟有口福，刚弄来的金毫英红，这可是咱广东红茶里的状元茶。"

"陆哥，听过英红九号很好，这金毫敢情更好？"

"按香气品质，咱们广东英德红茶不输祁红、滇红、正山小种这些名茶，在英德红茶里英红九号是翘楚，但根据季节、熟嫩不同又分为四个品级，这金毫只以单个嫩芽采摘组成，不掺杂一片叶子，最为稀少，喝起来全是嫩毫的兰花香气，老弟你尝尝。"

宏图品了一口，道："嗯，口齿留香、回甘醇厚，好茶。陆哥，才短短十几天咱股票从一块多钱涨到了七美元，感谢你啊！"

"谢啥，我就是个牵线人，是你老弟规划得好，尹柔姑娘口才好。"

"陆哥，我今天提前来是有事跟你请教。咱们去纽约开会那天，有个老外问我融钱来做什么？我能想到的就是并购，你也知道我以前在龙城做过几年国企并购，主要是通过银行贷款滚动资金做的，但上市后怎么做并购我还真不知道这里的窍门。钱从哪里来，怎么还，尤其是并购企业产生的价值怎么能带动持续融资，等等，这些我都是一知半解，你得再给我详细科普下。"宏图道。

"这层窗户纸捅破了不难理解，跟你以前的并购操作差不多。上市公司的融资与股票价格密切相关，简单说融资就是卖股票，主要可以通过新股增发、二级发售、资本私募几种方式融资，每次融资大都涉及律师费、审计费、申报费等费用，大概加起来得十几万美元的中介费。此外还有种方式就是银行贷款，企业上市后更容易从银行获得各类贷款，就单纯并购而言，银行还有并购贷款，这些你都有实操经验。"陆子骞话锋一转，"跟你以前操作有所不同的是，上市公司并购企业如果运作良好，不仅不用自己出钱，还能为上市公司制造盈利增长，现在大多数国内外上市公司都这么操作。"

宏图一听，来了兴趣："陆哥，您说说这是怎么回事，难道被并购企业不用增长就能持续融资？我以前并购企业，如果利润不行，就很难拿到再多的银行贷款，下一步并购链条就断了，而且整个集团资金都会受到影响。听您一说，好像上市后可以规避这个问题。"

"嗯，这就是上市公司并购的特殊性，也是当下上市公司最流行的'盈利手段'之一。"陆子骞见宏图听得认真，便打起十二分精神娓娓道来。

为了讲得简单易懂，陆子骞虚拟了两家安防公司的例子来说明问题。A是家防盗门厂商（实体防护企业），B则号称是以生物识别为手段的出入口控制设备制造上市公司。其实，业内明眼人一下就看穿了，就是噱头不同嘛，可能生产的产品是一回事。

假设两家公司在外流通的股票都是 20 万股，每年盈利 100 万元，也就是每股盈利 5 元。不过，事实上两家公司的股价却绝不相同，生物识别企业故事讲得漂亮，属于老百姓眼中概念领先的上市企业，市盈率一般 20 倍，因此股价是 100 元，而传统的防盗门未上市企业估计市盈率仅 10 倍，结果计算出来的公司股价 50 元。现在上市的生物识别企业想要扩张，打出集团化、一体化的战略，提出以 2 比 3 换股合并防盗门企业。显而易见，防盗门企业乐于接受，不仅是以 3 股 150 元换 2 股 200 元很划算，更重要的是原企业老板可以立即变现成为富豪，过上后顾无忧的舒适生活。新成立的集团公司更名为××生物智能识别高科技集团。

两者并购后的情况是：发行在外股票 33.3 万股，总盈利 200 万元，即每股盈利 6 元（200÷33.3≈6）。这样，合并完成时，我们发现每股盈利已经从 5 元涨到了 6 元，增长 20%，这一增长表明，原来的生物识别公司的 20 倍市盈率似乎非常合理，于是乎新的集团股价便从 100 元涨到了 120 元，并购涉及的每一方都很高兴，因此在下一年，新一次的并购开始了，这次是一家安防工程公司……

	公司	盈利水平	已发行股票	每股盈利	市盈率	股价
第一年	生物识别公司	100 万元	20 万股	5 元	20 倍	100 元
	防盗门企业	100 万元	20 万股	5 元	10 倍	50 元
第二年	首次合并的集团公司	200 万元	33.3 万股	6 元	20 倍	120 元
	又并购的工程公司	100 万元	10 万股	10 元	10 倍	100 元
第三年	二次合并的集团公司	300 万元	43.3 万股	6.93 元	20 倍	138.4 元

怕宏图理解困难，陆子骞叫服务员找来一张白纸和签字笔，一边讲解一边画起表格来，比比画画总算讲完了，最终总结为下面表里的结论。

集团化上市公司	第一年（并购前）	第二年（首次并购）	第三年（二次并购）
企业每股盈利	5 元	6 元	6.93 元
股价	100 元	120 元	138.4 元

宏图倒掉两人杯中已经凉了的茶汤，再提壶冲水满上一杯，道："陆哥，

我理解这是以善于包装概念的上市公司收购普遍被市场低估的未上市企业，以高估值购买更多低估值资产，合并后利润已经产生大量增值，再经过重新概念包装，在利润增加的基础上，以上市公司的标准进行第二次股价拉升，从而带动增值，结果并购确实制造了财务报表上的盈利增长（操做得好可以实现两轮增长），很多股民及投资者会因此认为该上市公司是一家很好的增长型企业，它突出的业绩表现令人激动，也将为它赢得了更高的市盈率，尽管其公司本身业绩并无实质性变化。这么说对吗？"

"聪明！宏图，你真有资本天赋。这种 1+1 > 2 的把戏之所以奏效，其诀窍在于上市企业的精心策划，只有精彩的故事才会带来股价的攀升，才能使上市企业去换取低估价值公司的股票。而说到讲故事，你是我见到过的最懂得讲故事的企业家了。"陆子骞笑道。

"照您这么说，只要上市公司的收购行为持续下去，收购公司不断增多，母公司一定会快速成长并且大赚特赚？"宏图问道。

"那是当然，所以才有那么多上市公司不停地进行并购。"陆子骞指着白纸上的表格说道，"但是你看，表上三家公司的盈利其实都没有真正的增长，仅仅是因为合并交易就获得了盈利增长，也就是说这种并购本质上并未产生价值增值。根据我的经验看，并购作为上市公司利用资本优势快速扩张的手段，能够在短期帮助上市公司获得快速成长，但频繁的并购一定会伤及上市公司的核心能力，上市企业度过粗放发展的青年期后，其实应更多回归理性、多练内功，侧重内涵式提升，走专业化、精细化、国际化战略才是正道。"

"不过，我想只要不是频繁并购，不切实际地要求被并购企业虚增业绩，也不至于出现太大恶果。综合来看，并购仍然是资本市场最容易接受的企业成长手段之一。关键的问题是并购要有目的性，要为战略服务，我想这点是首先要考虑的。具体并购操作你是行家，我班门弄斧了。"陆子骞道。

"陆哥您客气，记得去美国第一场路演那天，最后提问的老外，后半个问题我现场没机会回答，他问我要并购什么样的企业才能实现大安防战略的落地，我在当时就意识到了，这个问题是我们战略规划中还没有解决的薄弱环节。您也知道，我以前并购那么多企业，但是太多太杂、缺少商业逻辑把并购企业串起来，后来的失败我想跟这点也有一定关系。"

宏图说完，两人沉默了好一会儿，似乎在回忆着共同经历过的那段日子。

过了一会儿，宏图道："这几天我也在反复思考这个问题，已经有了几点零星想法，等串起来形成战略后再跟您请教。"

陆子骞一听便知道他心中已经有了主意，他素知这个老弟想明白的事情嘴就紧得很，他公司商业模式又诡秘，当下也不说破。两人聊着闲篇，不觉间天色渐黑，陆子骞的几位朋友陆续到了。

16

不一会儿，尹柔也到了，她捧着一束鲜花进门，交给陆子骞道："祝陆大哥生日快乐，万事如意，钱更多，人更帅！"说完又递给他一个礼盒，笑嘻嘻道："您是齐天大圣美猴王，我是花果山小猴，今后还得您多提携呢。"

陆子骞一愣，随即笑道："哦，尹柔你也属猴，小我两轮，哈，怪不得那么聪明伶俐！年纪轻轻就有如此本事，将来成就必然在我之上，还指不定谁提携谁呢，呵呵。来就来呗，还买啥东西，见外了。"

说着忍不住好奇，道："能打开瞧瞧吗？"尹柔点头应允。

陆子骞打开礼盒一看是两盒巧克力，一盒费列罗一盒瑞士莲，转头向宏图说道："小尹真有心，咱们同出差一次，就知道我最喜欢这个宝贝。"当下谢了，叫来服务员挤着眼睛，道："快收起来，明天送到单位，别让夫人看见，管得严、不让吃。"大家哄笑。

尹柔一边入座，一边从包里取出一个小小的礼盒偷偷塞给宏图。宏图接过来，转手递给陆子骞，道："陆哥，小小礼物，生日快乐！"

陆子骞随手打开包装盒，只见一枚通体明透，色泽类似蜂蜜的方形印章摆在桌上。陆子骞信手把玩，这是枚寿山田黄石雕刻的闲章，印钮是一个憨厚质朴的老龟，慢条斯理的样子雕刻得活灵活现。翻过来一看，阴文篆刻了八个小字：富甲天下、龟年遐寿。陆子骞是篆刻的高级发烧友，打眼一看立刻再也挪不动目光，只见八个篆文刻得刀法遒劲、峻峭隽秀。字体超凡脱俗，颇有古风遗韵，不由惊叹道："不同凡响！这应该是浙派风骨，不知是哪位西泠大家所制？"

宏图道："这是请西泠印社的社员致一先生刻的，他是我姐的朋友，陆哥过生日，送个'封侯（猴）挂印'听着吉利，乌龟也是聚财、长寿的象征，您可喜欢？"

"太好了，这么贵重的礼物，受之有愧啊！能收藏这种大家之作是我的荣幸，兄弟有心了。"说罢欢喜之情溢于言表。

说话间，陆子骞老婆也到了，于是通知服务员开席。席间，陆子骞不时把玩印章，一副爱不释手的样子。

陆子骞夫人笑道："老陆这两年明显不务正业了，常常泡在会所喝茶看书、写字篆刻、朋友闲聊的时间比在单位都多。在家也是，一有空就鼓捣他那些瓶瓶罐罐的茶具、摆件、文房四宝之类的小玩意儿。宏图这印章送得正是投其所好，估计这几天得把家里的书画排着队挨个盖上一遍。"

陆子骞莞尔道："岁数渐渐大了，有些事情就开始想通了。各位兄弟大都是企业家，我最近常常想，你说这做企业什么才叫成功？"

众人七嘴八舌，有的说百亿资产，有的说百年老店，还有的说企业上市。

陆子骞听完嘿嘿一笑，道："每个人见解都不同，我认为企业做得再好也只是在成功的路上，没有终点，永远都在生存线附近挣扎，能活下来就算不错。其实做人也是一样，你说啥叫幸福？年轻时有理想，常常想实现了理想就算成功、算幸福，可理想一个接一个，目标总在变，永不满足。这两年想通了，想要获得成功和幸福，不仅要有目标，实现目标，更重要的是要会定目标，节制欲望，否则永远无法幸福。二十几岁时为理想而奋斗，三十几岁时为金钱而奋斗，活到现在是为无愧于心而工作和生活。孔圣人说五十知天命，活到现在总算摸着点门道了。"

宏图听他说完，心中并不赞同。旁边尹柔好奇地问道："陆大哥，采访一下，您认为现在您的天命是什么？"众人心中也都有此一问，一同看向陆子骞。

"我理解的天命，每个阶段各有不同，到了我这年纪，既不能听天由命无所作为，也不再想一味地勇往直前，应该同时兼顾工作和生活，事业和社会责任。有点但行好事，莫问前程的意思。具体来讲我现在三分之一精力用来做投融资业务，我有点经验可以掌舵，具体做事情多让年轻人出头出力、建功立业；还有三分之一时间用来参加社会活动和做些慈善事业，去学校、研讨会、论坛讲讲经验教训，用以前赚来的部分钱回馈社会，做点小捐赠，我没啥恶习，钱自己花不了多少，留给孩子多了会害他们不上进；最后三分之一时间，见见朋友聊聊天，有空就摆弄你嫂子说的瓶瓶罐罐，这是我的小小嗜好，玩着就开心，哈哈。"

说话间，灯忽地熄了，服务员用小车推了一个大蛋糕进来。陆夫人招呼道："老陆，来许个愿吧！"

于是大家起立合唱生日快乐歌……

17

宏图在美国路演回来后不久，在陆子骞的辅助下，宏图又从一家美国私募基金融到了一笔不少的资金。万事俱备，只欠东风，宏图开始了他的并购之旅。

九州同源当下的商业模式，属于生命周期很短的倒金字塔模式，其优点是可以短期内通过渠道销售呈几何级数扩张而获得大量现金收入。但究其本质，公司并没有形成具有核心竞争力的业务，只是依靠一环套一环的销售环节压货，短期形成一个巨无霸的形象。这种形象就像是一连串梦幻般的泡影，一旦其中某个气泡环节破灭，转瞬间大厦将倾，一切都将不复存在。即便每个环节都不出问题，整体渠道压货量饱和之日，气泡也会被自己撑破。从长远看，两者的结局都不容乐观。

但宏图通过这种模式快速获取大量现金，一掷千金豪赌后成功上市，情势发生了逆转。为了解决企业前期商业模式遗留下来的巨大隐患，宏图首先从下游渠道商中挑选三家效益好的企业进行并购，接下来再跟产品上游的朱世成达成协议，将他的制造企业并购下来。这样经过大半年洽谈运作，最终宏图成功地打通了整个智能对讲系统产品线业务的各个环节，暂时挽救了商业模式早衰的厄运。

接下来，宏图开始寻求买家，在智能家居业务仍在高增长的阶段，以较高的价格成功地将几家关联企业整体打包卖给了一家国内上市公司。这笔交易不仅把企业过去的遗留问题抹得一干二净，避免了未来业务危机的爆发，还为宏图带来了一笔可观的收入，股价也因此一跃跳上了两位数的台阶。

与此同时，宏图开始把目光直射入更长远的未来。经过反复琢磨，宏图对通过并购实现大安防战略落地已经有了清晰的想法和落地方案。

按照宏图构建大安防产业的理想，接下来几年的主要任务是在资本推动下，依照产品线不同类别的原则（如视频监控、出入口控制、防盗报警等），以产业价值链并购打造完整的大安防业务生态链条，逐步将各类别系统的制造商、销售商、软件商、集成商、施工商、运营服务商串起来形成庞大的全生态链条。

这是一个气势恢宏的产业级战略构想，以并购为手段将产业链和产品线企业串起来，形成矩阵结构的大型产业集团，这种发展思路在安防行业算得上前无古人、后无来者了，宏图将之称为大安防战略实施2.0版。在宏图看来，要实现这个商业帝国梦，需要的最大推动力就是源源不断的资本能量供应。而要实现这一切，最现实的做法就是股票转主板，启动IPO。

故事题材已经备好，在接连收购了多家公司后，集团业绩蒸蒸日上，股票价格直线飙升，这说明战略实施的初步案例也很成功。一年过去了，各种条件都已经具备，宏图电话约见陆子骞，把自己的宏伟蓝图和最近并购的收获和盘托出。陆子骞一边专心听着一边用手指敲着茶桌思考，宏图讲完后紧张地等待他的反应，片刻过后，陆子骞一拍大腿道："好！老弟果然不是池中之物，大格局，够气魄！你把方案发我，我立刻动身跑一趟美国，你做好随后路演定价、招股的准备，咱们同时向美国证交会提交申请，双管齐下冲击纽交所主板。不瞒老弟，我本来打算明年就退了，如今就跟老弟一起再搏一把，当作我的封刀之作，争取为我三十多年的职业生涯画上个圆满的句号。"

"多谢老哥。"宏图知道他是言出必行的人，听他一番肺腑之言，明白他必将全力以赴，不由感动至深。"正好下个月在拉斯韦加斯召开国际安防展，我们公司也参展，我和尹柔签证都办好了。这个展览原本是全球最大的安防展，这一两年才被深圳国际安博会超越，规模虽然变为第二，但国际影响力仍是首位，全球著名安防企业都会参加，估计相关投资机构必然会关注，我们可以在那里举办两场路演推介。"

18

初到美国的人常被告知，如果你想看看两百年前的美国那么你要去纽约，如果你想看看当下的美国那么来拉斯韦加斯吧。这个一百年前才建于沙漠内的西部小城，常被世人称作娱乐之都、罪恶之城。几乎所有人都知道拉斯韦加斯闻名于世的博彩业和旅游业，事实上近些年拉斯韦加斯会展业的发展更为迅猛。这里每年要举办两万多场专业会议和展览，全球安防业最负盛名的安防展每年都在这里召开，想要进入欧美市场的产品、全球范围宣传推广的品牌、定位安防业运作的国际媒体与投资机构大都会来参与这场盛会。

　　宏图三人是前一天半夜来到拉斯韦加斯的，白天接连两场路演是宏图他们自打两周前来到美国所做的第十四场路演。马不停蹄地十几天跑下来，连年轻的尹柔都显得清瘦了些。晚饭时陆子骞告诉两人，按照计划最后的路演活动都在这里，今天讲完可以暂时歇口气了，三人多日奔波，今晚终于可以睡上一个好觉。明天没太多公务安排，陆子骞自己约了几个熟悉的朋友见面，宏图和尹柔的时间可以自由安排，后天还有最后两场路演。

　　三人住在卢克索酒店，这是个以埃及文化为主题装修的金字塔酒店，店内随处可见神秘的古埃及塑像。饭后三人到酒店的赌场内小玩了一会儿，每人约定好输完一定数额就收手，陆子骞与宏图玩的是轮盘赌，还没到一个小时就各自输光了三千美金收手。尹柔手气却好，她定的目标是上限一千美金，与荷官对赌二十一点，反倒赢了两千多美金。尹柔看两人已经结束，也不恋战见好就收，嚷着去看秀。

　　陆子骞说这里最著名的是太阳马戏团的"卡"秀，于是按规矩赢钱的尹柔请客去看秀。宏图本来不想去看，他以为不过是些大型的杂耍滑稽表演，不情愿地被两人拽着坐下，没想到演出伊始居然完全超乎他的想象。这场大型表演不仅有着清晰完整的故事主线，还融合了芭蕾舞、歌剧、空中飞人、魔术、杂技等艺术形式于一身，数以百计的演员身着艳丽夺目的服装，大型舞台设计得美轮美奂，甚至可以通过机械装置控制舞台做三百六十度旋转，电脑实时调节变换声光影像，对三人产生巨大的视觉冲击。观看这场匪夷所思的表演，让宏图更深刻地意识到美国不经意间显露的科技实力与资本底蕴。

　　看完表演已是深夜，尹柔问宏图明天有何安排。宏图说上午要睡个懒觉，把多日来失眠丢的觉补一补，让她下午可以适当安排个项目在周边玩玩看看。尹柔巴不得两位老板没事，她可以借机自由购物。

　　第二天下午三点半，尹柔购物结束满载而归，电话约了宏图半小时后楼下见面。四点整一辆加长林肯开到酒店后门，接到两人赶往附近的直升机机场。一到机场早有一架直升机等候，两人登上飞机直奔西面三十英里外的红岩峡谷飞去。

红岩峡谷原是印第安部落的保留区，世所罕见的红砂岩与灰白的岩石层层叠起，一座座孤立的巨大山岩罗列于峡谷之间，形成独一无二的奇特景象。峡谷是州立公园，间或能见到各种沙漠植物孤零零地矗立着，野驴和大角山羊在这人迹罕至的高地沙漠中奔跑。

飞机在峡谷上空盘旋了两圈，停在一处巨大的岩山上。宏图与尹柔走下直升机，看到不远处有一个平整的观景台，台上零星摆了几张桌子。走到近处看，每张桌子配四把椅子，桌上摆着一瓶香槟酒，几样没拆包装的冷餐小食。此时已过六点，两人拉开椅子坐下。只见夕阳晚霞之下远处星罗棋布的红岩像被火焰点燃般烧得通红，与周围山体的阴影相互交映，煞是壮观。从平台上眺望远方很是平坦，直到近前巨大而深邃的峡谷猛地跃入眼帘，从边缘直视下去，那深不可测的黑暗处仿佛对你的心理有着不可抗拒的万有引力。慢慢地远处的万物逐渐失去了固有的形状，最初与灰色的岩层融为一体，随后便仿佛彻底跌入了黑暗的峡谷之中。

两人打开香槟，就着小吃，面对着静谧的落日举杯对酌。然而，就在这夕阳落幕，余晖掩映的荒漠间，沉静中忽地跃出一缕霓虹，紧接着东边华灯初起，一片流光溢彩，原来是远处的拉斯韦加斯大道的灯火秀开始了。

两人重新登上回程的飞机，飞机上俯瞰夜晚的拉斯韦加斯璀璨绚丽，其中最闪耀的是他们所住的卢克索酒店发出耀眼的太空光束，再飞近些看到了矗立于灯火中那三百八十三米高的云霄塔，然后是高逾百米的摩天轮，再飞近些看到了如湖面般大小的水池中百乐宫喷泉正随着音乐与灯光的节奏跳动着，威尼斯人酒店的人工运河上依稀可见的行船，不远处是巴黎酒店前高耸的埃菲尔铁塔……

直升机在拉斯韦加斯上空盘旋两圈后回到机场，两人仍陶醉于如梦似幻的光影中。下了飞机，第一时间打开手机，两人的手机不约而同地响起了一连串的蜂鸣，低头一看都是来自陆子骞的未接电话提示信息，提示信息足有十几条，紧接着是一条短信："大事，速回，我在酒店门口等你们。"

宏图知道定是急事，否则向来稳重的陆子骞也不会急得拨这么多电话来。

急忙回电，那边陆子骞却笑道："宏图，不是急事是大事，一会儿见面谈。"

半小时后三人在酒店门口见面，陆子骞一把抱住宏图道："SEC（美国证券交易委员会）过了，我们转板成功了！"这个巨大的喜讯就像闪电突如其来地击中了宏图，一瞬间令他有些眩晕般怔住了，紧接其后一股狂喜忽地迸发开来，三个人激动地抱在了一起。几年来的不懈努力，无数金钱与汗水的投入，甚至企业几经生与死的考验，其间酸甜苦辣，如人饮水、冷暖自知。宏图提议去喝酒庆祝。

酒店下面大都是自助餐，虽然丰盛但没法聊天。三人在附近的米高梅酒店找到了一家高端粤菜馆，说是粤菜其实已经改良成中西结合的精致料理了。尹柔点了鱼子酱片皮鸭、左宗棠鸡、神户牛排、红辣椒熘鲑鱼、柠檬龙虾刺身、竹笋奶油春卷，还叫了水晶虾饺、鲍汁凤爪、金钱肚、马拉糕、陈村粉、糯米鸡、豉汁排骨等几笼广式茶点，最后点了一锅生滚鱼片粥、一大盘干炒牛河做主食。不一会儿，菜开始上来，宏图说今天开心，让服务员先开三瓶美乐葡萄酒。

三人借着酒兴谈天说地，互诉甘苦，不知不觉间已经喝下了八瓶红酒。看得酒店老板不停摇头，这黑钻酒庄生产的名酒被客人喝啤酒一般地牛饮糟蹋实在是可惜。陆子骞量大还很清醒，低头看了下表，已经喝了三个多小时了，眼见宏图已经开始打晃，尹柔虽然不如两人喝得那么多，却也早已面带桃花。于是陆子骞提议就此结束，免得耽误了明天行程。

尹柔结账，三人晃荡着回到酒店，陆子骞住楼下先回房间，并叮嘱尹柔看着宏图到了房间后自己再回房。谁知尹柔送宏图刚进房门，宏图便直奔洗手间而去，抱着马桶大吐特吐起来，尹柔慌忙又是拍背，又是倒水。折腾了一气，走进房间，还没坐定，又自口中直接喷了出来，这次虽然不多，却直接吐在外套、裤子上，连地毯上也沾上了少许污物。害得尹柔又是忙活一顿，在尹柔忙碌的过程中宏图始终絮絮叨叨地说着什么。

尹柔总算收拾停当，安静下来，听宏图口中正念念有词："太苦了……都瞧不起我，万元户怎么了，我又没偷没抢……我个小老百姓贪污什么国有资产……我真没有钱……我也很害怕……没人知道我有多难……"

听他支离破碎地说着这些没来由的话语，尹柔不知怎的忽地心头一酸，这个从来喜怒不形于色的老哥，这个敢闯敢拼、运筹帷幄的老总，这个自私冷酷、杀伐决断的老板，这个她在心中一直暗自崇拜的男人，无意间竟流露出这许多色彩斑斓的喜怒哀乐，这般细腻而强烈的情感是他清醒时从来不曾表达过的。

正待起身离去，宏图竟抓住她的手，迷迷糊糊地说道："谢谢你，妹子，谢谢你的理解和支持。我最怕背叛，我经历了太多的背叛，我……"他说着说着，整个脸凑了过来，尹柔顿时心头狂跳，酒意忽地醒了，两条腿却软得没了力气。她一咬牙，紧紧闭上双眼，等待即将发生的一切。恍惚间却听宏图仍在絮念："谢谢你信任我，我经历了太多的背叛，只有小芳和你不离不弃……"尹柔猛地睁开了眼，脸上的红色转瞬间变得苍白，看见近在咫尺的宏图仍旧迷迷糊糊地嘀咕着什么。她默默地将宏图搀扶到床上躺下，脱去外套和鞋子，宏图的头刚一贴在枕头上就响起了鼾声。

尹柔默默地熄了灯，关上房门，走回自己房间。

19

隔天的路演依旧，午餐时陆子骞问宏图，希望什么时间挂牌 IPO，这次路演比较成功，吸引了许多投资商关注。近期股市整体行情很好，经历了多年的持续上涨，目前仍比较稳定地维持在高位。

宏图想了一会儿，道："择日不如撞日。我早上打电话给个会看日子的先生，他说下周二是十二建星值日中的'开日'，诸事伊始的日子，有开通顺利、百事可成的意思，对开业来说是最佳的黄道吉日，您看来得及吗？"

"好，我跟纽交所沟通下时间安排，最好能举办个敲钟仪式，留个珍贵的念想，对企业宣传也有好处。"

"是啊，陆哥，人都说能敲一次钟相当于是颁给企业家的终身成就奖。但听说纽交所经常一天几家公司上市，有时还不好安排呢，您问问，要安排不开就按他们给的日子也行。"宏图急切道，"还有让嫂子这两天也过来吧，一起凑凑热闹，我早晨给小芳打了电话，让她也过来，她们姐俩可以坐同一班飞机过来嘛。"

陆子骞与纽交所沟通得很好，尽管当天还有一家美国公司做 IPO，但开市的敲钟仪式只能有一家公司举行。交易所经过评估最终把这个殊荣给了九州同源公司。

宏图三人做完路演后又在拉斯韦加斯逗留了两天，好久没有如此空闲了，三人租了辆车子去附近的科罗拉多大峡谷和胡佛大坝转了转，直到周一早晨才再次飞回纽约。前一天晚上，小芳和陆夫人还有公司的其他几位高管也已经到了纽约的酒店。

周一晚上宏图一行人在酒店吃完晚饭，陆夫人提议出去转转，宏图这两天都在忙着准备明天仪式上的发言，陆子骞说溜达溜达清清脑子有助于思考，宏图一想也是，众人便一同出去散步。

出了酒店大门，不一会儿众人便拐到了华尔街上，这条举世闻名的街道外表看来不过是长几百米、宽十米左右的窄小巷子，陆子骞边走边向宏图介绍附近道路两边的建筑和风土人情。

四月初的纽约还不见一丝春天的气息，白天下了一点小雨，空气中仍弥漫着一股湿冷的味道。众人只走了不一会儿，就到了纽交所楼下。这是一幢具有罗马文艺复兴时期风格的建筑，在某种意义上这栋并不高大的楼宇，正是华尔街的灵魂，世界经济的中心。尽管近些年，伴随着纳斯达克、中国深交所等一批新兴的交易所快速崛起，纽交所独霸全球的态势已经不再，但它仍然是全球上市公司总市值、募资总额、交易总额的龙头大哥。只见三角形门楣雕塑之下，六根巨大的大理石立柱贯穿大楼外立面，浅褐色的花岗岩基座稳稳地支撑着六根柱子，整栋建筑使用材料、设计形状都给人一种沧桑厚重和稳定安全的感觉。柱子上平日里悬挂的美国国旗已经撤下，取而代之的是红底白字的巨幅喷绘，四个几米大小的汉字写着"九州同源"，旁边是公司的两耳四足鼎形 LOGO，在下面一排强光射灯的照耀下气势非凡。华贵的欧式建筑配以古朴的东方风格海报，再加上现代化的灯光效果，这一切共同构成了一幅颇具奇幻色彩的画面，强烈地冲击着众人的心，一时间谁也没有说话，天地间一片静谧。过了一会儿，小芳率先打破了凝重，说要去摸铜牛积好运，于是陆子骞领着大家向几条街之外的鲍林格林公园走去。

翌日清晨，宏图一行七人，八点一刻来到纽交所，排队安检、拿胸牌、合影，然后坐电梯来到六楼参加早餐会。说是早餐会，其实早餐很简单，只有面包、橙汁、咖啡、果盘等几样最基本的食物，重要的是仪式。九点左右纽交所高层上台致辞，欢迎九州同源加入纽交所，并对公司今后的发展致以祝福。

接下来是宏图发言。他先对能够转板成功，站在纽交所的平台上IPO表示荣幸。接着，宏图满怀热情地说道："首先，我要感谢股东。'好风凭借力，送我上青云。'没有股东们的支持，公司不会获得今天的成就；其次，我要感恩客户，客户是我们企业的贵人，我们的成功离不开客户的信任，同样我们也会倾尽全力，用最好的产品质量和服务回馈客户；最后，我要感激团队，小成就靠个人，大成就靠团队，我们就像一个大家庭，荣辱与共、风雨同舟。"接下来，宏图又用几句话简单介绍了公司的业务与愿景。最后他说道："以前我们像一匹千里马，依靠技术、产品、人才、战略支撑，四蹄翻飞、纵横驰骋。今后，我们将借助纽交所提供的融资能力，插上资本的翅膀，成为一匹天马，追风逐日、天马行空！"

宏图讲完话与纽交所高管互赠了礼物，然后大家一起坐电梯下楼，进入纽交所交易大厅。跟电视上常常看到的画面一样，这是个异常嘈杂的大开间，各种LOGO、显示屏杂乱地堆放着，数不清的交易员游刃有余地穿插其间忙碌着，叫喊着。

在工作人员的指引下，他们来到了敲钟区域，这是个狭窄的室内小阳台，最多能容纳十几个人拥挤地站在里面。宏图他们上台的只有七人，站上去还比较宽松，宏图站在中间，他面前有个明显的绿色按钮。工作人员告诉他，以前交易所放的是中国的铜锣，是名副其实的鸣锣开市，为了保险起见，装修后改成了电动打钟，宏图只需按下绿色按钮即可。工作人员的话音刚落，进入倒计时提醒，十……八……一，宏图按下按钮，整个大厅响起了巨大的钟鸣声，声音整整持续十秒钟。宏图等人在合影留念后，走下阳台。阳台下方就是各大媒体的直播现场，纽交所网站、CNBC电视台会对敲钟企业进行现场直播，福克斯电视台、布隆伯格电视台也会转播当天新开市的企业股价表现。

纽交所新股上市与国内不同。国内新股上市会即刻出现一个发行价格，大多数情况下随即当天大涨44%。纽交所新股上市需要做市商参与交易才能获得史上第一个价格。九州同源发行价是28美元。众人等了足足十几分钟，大屏幕上终于跳出开盘价格——集合竞价结果34.75美元，比众人期待的价格还高一点。宏图等人又待了几分钟，看股价已经企稳了，十点一刻众人离开了纽交所。

白酒新熟山中归，黄鸡啄黍秋正肥。

呼童烹鸡酌白酒，儿女嬉笑牵人衣。

高歌取醉欲自慰，起舞落日争光辉。

游说万乘苦不早，著鞭跨马涉远道。

会稽愚妇轻买臣，余亦辞家西入秦。

仰天大笑出门去，我辈岂是蓬蒿人。

——李白《南陵别儿童进京》

下　部

展宏图·展宏翼·展宏钧·深圳·杭州·上海·龙城

1

回国后，宏图每天都在思考企业今后的业务发展，虽然已经收购了多家企业，但目前大多处于散乱的状态，还没形成统一的战略布局，集团尤其缺乏各类人才。IPO带来的充裕资金让他摆脱了苦于生存的现状，可以站在更高的战略高度考虑发展。宏图向来不是一个小富即安的人，他始终有着不满足于现状的野心和试图弯道超车的投机心理，用小芳的话说就是同时具备老虎的胃口和狐狸的思维。

这天宏图仍在思考战略，尹柔敲门进来，说是要跟宏图辞职，弄得宏图一头雾水。他怎么也想不明白，好不容易熬到公司上市了，高管们的待遇也刚涨了几番，这才没几天，怎么这个最大的功臣反倒要走呢？追问了半天，也没问出个所以然来，尹柔只是推说职业疲劳，问急了就带着哭腔说要换个人际关系简单的环境，自己的性格更适合在国外工作。宏图只能暂时安抚住她，给她一个月时间考虑清楚再说，好说歹说总算暂时安抚住了这个倔强的姑娘。

转眼间五一假期快到了，自打回国后，小芳就一直闹着要去还愿。还说宏图事业顺利，能这么快上市，都是佛祖和祖师保佑的，她在六祖慧能面前许过这个愿望，既然实现了就一定得还愿，不能失信于祖师，否则今后许愿就不灵了。

宏图听她这番话虽然搞笑但也暗自感动，逗她道："你说上市全是祖师的功劳，那我是不是也有点小小的作用呢？"

小芳假装认真地想了想，扑哧一笑道："祖师不居功，还给你自信，让你觉得事情是你自己做成的。"宏图大笑，居然一时无从辩驳，两人说好利用五一假期去南华寺还愿。

南华寺是一座位于广东韶关市郊曹溪之畔的古寺，始建于梁武帝时期，几经战火、几度重修，一千五百多年的风风雨雨反而使其香火愈加旺盛。这里是禅宗大师六祖慧能创建独具中国特色之"禅宗佛法"的发源地。

刚进山门小芳便一路拜了下去，宏图不如小芳虔诚，事先就跟小芳说好一个小时后在六祖殿一起磕头还愿。两人分开行动，宏图就在门口租了个导游机，顺着机器指引信步闲转。寺内古树参天，几十棵巨大的菩提、榕树、香樟、银杏环绕着一座座古老的大殿遮天蔽日，尤其是后院九龙泉旁的几株千年水松，笔直粗壮，高达数十米直插青天，极为庄严肃穆。

逛了一会儿，宏图一看时间快到了，紧走几步来到六祖殿，小芳已在门口等候了。六祖慧能是中国禅宗的缔造者，宏图去英国时曾在伦敦大不列颠国家图书馆广场上见到竖立着三尊雕像，分别是孔子、老子和慧能祖师，被称为东方三圣，可见其历史地位。六祖殿内供奉的是法师真身，历经一千三百多年，虽有三次劫难但肉身依旧不腐，令世人惊奇不已。面对这位圣人的真身舍利，宏图和小芳毕恭毕敬地磕了三个头。

小芳找到殿内的师父，说是来还愿的，要捐香油钱。和尚说投到功德箱里就可以，小芳道："我要多捐一些。"看着和尚疑惑的目光，张开十指比画一下，低声道："十万。"和尚吓了一跳，呆了一下，道："两位施主随我来。"

知客僧将宏图和小芳带到后面的方丈室，方丈是一位年约七旬慈眉善目的老和尚，听说两人要捐十万元香油钱，双手合十做礼连称吉祥。方丈问两人这善款想指定什么用途，是维修寺院、重塑佛像，还是灯油法会、助印佛经。小芳说："只是结缘，听大师安排。"方丈很高兴，让知客僧沏茶招呼两人坐下聊天。

宏图低头看这茶的叶子非同寻常，茶汤色泽橙红清澈，再一嗅气味芳香，端起杯子小口一咂，甘醇入口，不由叫好。方丈笑道："这六祖甜茶是禅茶鼻祖，六祖当年用多穗石柯的嫩叶制成，以后院的九龙泉水冲泡味道最佳，有很好的保健功能，水有点烫，施主慢慢品尝。"

小芳在一旁说起半年前许愿的事，绘声绘色地讲着宏图公司的几番坎坷，一直说到最近公司上市，苦尽甘来，多亏祖师一路保佑愿望得以实现，因此今天前来还愿。

方丈大师微笑着很有耐心地听她讲完，道："境由心造、事在人为，男施主事业成功是自己努力得来的，佛祖和祖师应该不会居功。这并不是说女施主不该拜佛许愿。佛祖释迦牟尼曾说'因我礼汝'。佛像代表着你心中善良纯洁的一面，用恭敬的态度拜佛，看似礼佛实则是拜更纯善智慧的自己，自身因而得益。佛祖和祖师是无法改变一个人的，虔诚的作用就像催化剂，真正的改变只能来自内心。"说罢转头望向宏图道："施主下一步有何打算？"

　　宏图苦笑道："企业上市成功，就像登山运动员登顶珠峰过后，反而一下子失去了目标，变得越发茫然了。最近正在想下一步业务发展布局，想来想去几个环节还没想得明白，请大师指点迷津。"

　　"施主俗家的业务，和尚哪里懂得许多，我给施主讲讲这禅宗传法的故事吧，也许能对施主有所启发。"

　　中国禅宗源自印度，初祖达摩祖师是南印度人，自称是释迦牟尼佛大乘佛法禅学方面的第二十八代传人。当时印度跟他并列的还有一位佛法大师叫佛大胜多，这位法师传法时把徒众分为六宗。六宗自行发展一段时间，支系茂密，弟子众多。但慢慢显出一大弊端，就是对佛法的认知越来越不统一，最后各派系间的矛盾日益加剧，甚至开始出现暴力械斗。达摩祖师知道后，不辞辛劳多年间游走六派，依靠他广博的智慧和举世无双的辩才，最终征服六宗领袖和徒众，他们都发誓皈依达摩祖师。

　　统一了南印度的佛法，达摩祖师依照他师父般若多罗圆寂前的嘱托来到中国传法。他远渡重洋三年后才到达中国南海。在广州上岸后，辗转到了河南嵩山少林寺。当时国内传法环境不好，民众对佛法认知浅薄，找不到好的传人。达摩祖师打坐面壁九年没有说话，直到二祖慧可雪地中断臂求法，他看出二祖是大智大勇的人才，才站起来付衣传法。所谓付衣传法，就是将袈裟作为信物交给他然后传法，袈裟是继承者身份的标志。

　　就这样又过了百余年，六祖慧能大师传法也是个传奇。六祖出家前本是砍柴樵夫，他终生都不识字，但悟性很好，听人读诵《金刚经》当下就能有所领悟。后来为求佛法不远千里去黄梅投拜五祖弘忍大师。弘忍大师为了磨炼他的心性就派他去碓房舂米劳作，接连八个月并没有教他佛法，甚至没有让他出家。

　　此时弘忍大师年岁已高，为了继续将佛法发扬光大，他进行了一次选拔继承人的偈语比赛。慧能法师以那句名动天下的"菩提本无树，明镜亦非台"，意外地脱颖而出。弘忍大师见到慧能偈语非常认可，当夜叫来慧能密授传法，自此慧能成为禅宗六祖。弘忍大师对慧能提到自古以来付法传衣，风险极大，尤其慧能此时是个尚未出家的苦力，众人不服，必然有人加害，所以嘱咐他离开。临行前，弘忍大师对慧能说达摩袈裟的实物传承是开启禅门争端的引子，嘱咐慧能日后不要再传承下去了。慧能因此当夜即离开，过长江回岭南（广东），隐遁十余年，直到时机成熟才东山再起。在岭南宣扬佛法，声名大噪、德音远播。

慧能圆寂前，上座徒弟法海拜问他，入灭之后衣法将付何人？慧能说自他开始只传法不付衣，因为他的几大弟子都是能力非凡、堪当开宗立派的奇才，佛法广度众生的机缘已经成熟，不再需要袈裟来证明什么了。并说达摩初祖圆寂前曾预言道："吾本来兹土，传法救迷情。一花开五叶，结果自然成。"六祖圆寂几年后，人们才慢慢明白，这里"一花"指的是达摩祖师自己东渡传法，五叶指的是自慧能大师后禅宗兴盛，他的五大弟子分别创建曹洞、云门、法眼、临济、沩仰五大宗派，将禅宗佛法推广流传千年，至今不衰。

方丈大师讲完故事静默片刻，道："禅宗传法历经坎坷，达摩祖师半生致力于统一各派思想，破除邪见，以正佛法，并传递袈裟证明法统。后来百余年间，禅学一脉相传，直到六祖大师，将对佛法的认知提升到一个新的高度，此时历经百年佛法已经与中国传统的儒道文化水乳交融，时机成熟之后禅宗方始废弃传衣旧习，大开宗派广传佛法。"

宏图听方丈大师一段精彩故事讲解开始只觉得有趣，后来渐渐听出其中深意，道："方丈大师，您是想告诉我'袈裟'或者说'企业上市'，只是一种标志，并不能代表事业本身，更不该成为事业前进的阻碍，是吗？达摩祖师一生致力于将六宗合而为一，六祖大师的终身成就却是一门化生五派，这又是什么意思，难道不矛盾吗？"

大师微笑点头道："施主悟性超人，前一半你说对了。至于是分是合，得看事情的发展到了什么地步。古人说分久必合，合久必分，天道轮转不休。这天道为一，化而为阴阳，再化成天地人三才，由一化三，三生万物。这本是道教的说法，在这点认识上，可以说佛道儒是相通的。譬如我们生活在其中的自然界，从'分'的角度看，由众多物种构成，植物动物微生物数不胜数，环境千变万化，具有丰富的多样性；但从'合'的角度看，这些物种与环境又合二为一，形成统一的生物链和生态环境，万物各尽其职，和谐共存。"

宏图听完呆坐许久，道："大师的话含义深远，受用不尽，我回去后仔细琢磨，多谢大师。"夫妇二人于是合十作礼离开。

2

整个五一假期，宏图始终在想老和尚说的话。禅宗长老一向善于打"机锋"，话语中的意思常常只在言外，不落痕迹却又含义深刻。老和尚似乎在启发他，佛法传承和公司发展"事"虽不同但"理"则相通。

企业做到上市是将所有资源——人力、物力、财力拧成一股绳，共同发力到极致的结果。然而，合则不继（不长久），产品和服务过于单一或同质化，资源调配越来越复杂，官僚习气日盛，这些大企业病也开始在九州同源显露苗头，长此以往盛极而衰难以避免。怎样避免走下坡路呢？如果权力完全下放，分则无力，集团内各个公司各自为政，这与独立的中小企业有何不同？结果将是完全无法利用集团各项资源，更谈不上发挥规模优势，这样做必然削弱各个企业的竞争实力。

宏图想到老和尚打的比方，自然界有分有合最后和谐共荣，脑中灵光如火花般一闪乍现。他赶忙飞快地用笔在纸上记录道：一、分的战略，即产业链布局战略。以并购、整合为手段，形成大安防制造业务板块、项目集成与施工业务板块、运营服务业务板块，在诸多并购企业老板中找到合适的牵头人，全权负责该板块业务管理，在其内部协调资源与总部沟通。二、合的战略，即产业链升级战略，以集团整体力量提升各业务板块在产业链中的价值，辅助各板块业务升级。集团下一步成立技术研究院，负责对各业务板块技术进行支撑。成立培训教育学院，负责对各业务板块员工培训教育，并每年集中批量招收应届毕业生，经培训后输送到各业务板块。集团的财务、审计、内控部门，负责对各业务板块提供资金支撑和财务监管，并向各业务板块外派高级财务管控人员。集团营销、战略、运营管理部门，统一负责集团品牌投放，战略规划与宣贯以及集团年度经营计划、预算与考核等工作。

放下笔，思考了一会儿，宏图又在合的战略下面写道：产业链升级战略可以做强，关键词——统一战略、统一监管、统一控股、资本推动、技术支持、人才支撑、资源调配。在分的战略下方写道：产业链布局战略可以做大，关键词——各自经营、各自发展、各取资源、灵活竞争、相对独立。最后一行以大号字总结道：在资本推动下，通过并购打造完整的大安防业务生态链条，然后以集团技术、人才、资金、品牌等资源优势辅助业务生态链条成长，实现价值增长和竞争力提升。写完这些，宏图长舒了一口气，将多日来积郁在胸中的压力一气呵出。

思路理清了，怎么干就有了主意，宏图知道接下来最重要的事就是找到几个合适的人来承担他所规划的庞大战略布局。

宏图先拨通了尹柔的电话，尹柔岁数虽不大但却是公司的创业元老，节前不知为何闹着要离开，还说想要去国外换个简单的工作环境，宏图让她冷静几天再谈。

不一会儿尹柔推门进来。"五一去哪里玩了？工作的事情想得咋样，还是要换个环境？"

"嗯！"尹柔点头道，并没有过多的解释。

"我这几天想到了些新的发展思路。"宏图让她坐下，将这几日的想法，大概跟她介绍了下。"按着这个新的战略布局，我要找到几个信得过又有能力的人去独当一面，每人负责一大类核心业务。我虽然搞不清你在发什么小姐脾气，但你在公司时间最长，经历了公司早期的困难和成功上市的全过程，忠诚度和能力都没有问题。我在国内并购多家企业时你都跟着参与过，又有在国外知名大学读书的履历，我想把建立美国分公司，继而成立国际业务集团，开展海外业务以及海外并购这块业务交给你做。这也算是遂了你海外工作的心愿吧，你认为怎么样？"

尹柔低头想了好一阵子，开口道："是步好棋！也有挑战。这几年国内全线制造能力过剩，外贸成为推动经济发展的三驾马车中最关键的一环，宏观层面政府在不断为企业和产品走出去配套相关的税收、物流、金融政策，国内带资建设海外基建的大项目也越来越多，走出去是大势所趋。国内安防企业起步虽晚，但起点高，技术并不落后，很适合走出去，纽交所上市更是我们得天独厚的优势，不走出去永远成不了跨国大企业。"讲到这里，随即点点头道："这事，我愿意全力去做。"

"你回去先跟家人商量下，再做决定。"

"不用商量了，我只身在外，一人吃饱全家不饿。父母远在龙城，深圳和美国都是飞来飞去，也就是差了十个小时而已，这么多年始终在外漂泊父母也习惯了，他们一向支持我的选择。"

"好。去了之后，先成立分公司，最好去开曼群岛、维京群岛之类的避税天堂注册海外壳公司为集团主体做收购业务，这样以后账务、税务处理都比较灵活。如果并购周期过长等不及，也可以通过并购基金收购海外资产，再由总公司发行股份购买该资产或定增融资并购。并购所需的资金尽量少占用总部的自有资金，多利用银行并购贷款、超募资金等渠道。在美国也可以尝试找找其他融资渠道，遇到大的并购标的或投融资机会，我会过去跟你一起处理。遇到难题可以多请教陆子骞，他是投融资方面的行家，在美国待过多年，人脉也广。"

宏图停顿了一下，又补充道："对了，我女儿展鹏程今年刚去芝加哥大学读金融数学，如果有机会拜托你去见见她，有什么困难帮帮她。小妮子现在挺独立自负，有些话也不跟我说，有代沟。"

跟尹柔谈完，宏图电话约了朱世成下午见面。朱世成是宏图来深圳的第一个合作伙伴，也是其收购的首家有分量的业内厂商，可以说是宏图构建其商业帝国最早的一块基石。在转主板上市前，宏图将朱世成的工厂结合另外几家下游企业构成产品线链条打包出售给了一家上市企业。那次交易让朱世成摇身一变成了身价过亿的富豪，尽管来深圳打拼了十几年，但这个实诚的山东汉子并没有过多积蓄，每年赚到的钱大都用于再生产、库存、支付材料款。他支持宏图卖掉公司的举动，这让他多年的辛苦，终于可以成功变现。拿到了对价款后，他买了一辆奥迪A8，开着奥迪带着老婆去看香蜜湖边的别墅，当了这么多年的老板，他第一次有了做老板的感觉，为此他很感激宏图。他没有跟着被并购的企业走，而是选择留在九州同源当个业务副总。不久前他接到电话去美国，跟宏图一同见证了敲钟上市的荣耀时刻。

两人依约见面，宏图一边招呼朱世成坐下喝茶，一边把自己的企业发展思路跟朱世成说了。宏图道："朱兄，你是最早支持我的人，也是在公司危难时刻没有抛弃我的人，我们之间的信任度是没话说的。你是做贴牌出身，所以服务意识很强，做了十几年老板，经营管理能力自然不在话下，我想交给你一个重任。"他故意停顿了一下，接着道："在我未来的战略规划中产品制造、系统集成、运营服务三大板块三足鼎立，是公司最重要的业务基石，最近我们在北京收购了一家报警运营服务企业，还有几家全国各地的服务企业并购都在谈着。高端服务业是国家政策支持力度比较大的领域，我想把这个业务板块的总部放在北京，由你来当这个总裁，你考虑一下如何？不用急着给我答复，回家跟夫人商量一下。我明天出差，估计一周后回来，到时咱俩再约。"送走朱世成，宏图叫来秘书小丁，让她订好第二天去杭州的机票。

晚上回家，宏图跟小芳说了今天想通的业务布局，并说安排尹柔去美国做海外并购，朱世成去北京组建运营服务业务板块，下一步计划去杭州见姐姐宏翼，她卖掉公司后一直在找新业务机会。宏图计划让宏翼来牵头做集团下属的产品制造业务板块，宏翼从事安防业时间长、做过外企高管，又创过业，在业内名气大、人脉广，让她做这块核心业务最合适。

宏图告诉小芳，按照自己的计划，小芳下一步要把集团的财务、审计、内控几个部门的工作整个管起来。现在下属几家子公司、正在谈并购的几家公司以及未来大量收购进来的公司，都需要外派财务总监、审计总监、内控总监。因为是全资收购，所以不仅要把并购公司的财务管起来，还要做好监管工作，以保证并购公司完成对赌条件的真实可靠。

另外，集团财务上始终要保持着统一管理和监督，总部要经常来回调度各企业资金，所以财审控是集团最大的统管资源，交给别人不放心，这块一定要小芳亲自抓。现有人员远远不足，还要大量地招聘、培训、宣贯、洗脑，让这些外派人员始终跟总部一条心，并通过定期轮岗、薪酬福利总部直接发放等一系列制度，来保证这些外派核心人员的可靠性。

未来宏图自己则会主抓战略、融资、并购三块业务，而把具体并购公司的经营决策权，经过分类打包，装在不同业务板块，由业务板块负责人全权负责。这样总部做总部的事，也就是资源调度和监管类的事情，业务板块做经营决策的事，具体三级公司做执行落地的事，大家各司其职，各做各的事，每年年底做总结与计划，签署当年经营责任书。春节后高管培训一周，统一思想、战略宣贯、资源对接。

只有坚持这一大套做法，才能使九州同源真正迈入集团化的门槛，而非市面上那些徒有虚名的集团。

3

飞机降落在杭州萧山机场，到了出站口宏图远远就看到留着齐肩短发，身着墨绿色长裙的姐姐站在那里等候。快两年没见，姐姐宏翼还是一副高雅庄重、从容干练的知识分子形象，看起来没有一丝商人常见的江湖市侩气。宏翼也看到了宏图，摇了摇手迎上前去。

"姐，还是西湖水养人，两年不见看着还越发年轻了。"

宏翼挎着弟弟胳膊："嘴还是那么甜，宏图。你现在是名人，你见不到我，我可是常在杂志网站上看到你呢。前几天还上了港版的《财富》，进了福布斯榜，连一向看不起资本家的老爸，都在电话里夸你，还说自己看走了眼，这老儿子'鸟枪换炮'了，哈哈。"

"哼，那都是瞎编的，深藏不露的有钱人多着呢，我这钱又套不了现，不能流通的都叫纸，能花的才叫钱。"

"走，先回家歇着，坐着聊会儿，晚上出去吃，鹏飞在知味观订了包厢。他现在成你粉丝了，嘴边常挂着要学小舅创业上市。我总说他要脚踏实地做事，他就回我说还要胸怀远大梦想。"

"鹏飞都大学毕业了？真快！现在干什么工作呢？"两人说话间到了停车场。

"今年才毕业，去年实习期，自己找的一家人工智能公司，老板是他浙大校友，才比他大五六岁，公司都做到两百多人规模了，现在的孩子真厉害！"宏翼感叹道。

宏翼前两年在珠江新城买了房子，这里属于杭州新兴的中央商务区，融金融、贸易、商业、旅游、居住于一身，新建的这批高端住宅小区，交通、医疗、教育、购物配套齐全，非常适合日常工作和生活一体化的中高产阶层人群。

房子不大，一百二十平方米左右，三室一厅，两间卧室一间书房。客厅装饰得简单实用，一排长沙发、一个茶几，墙上挂着个三四十英寸的电视。书房明显是最常使用的房间，布置得也用心，一派淡雅古朴的风格，看着就很适合静心读书写字。右边靠墙摆着一张条案，上面放着个古香古色的三足熏香瓷炉、一套香具、几盒香料。条案前是两把花梨木圈椅和一个小方桌，桌上摆着一套简易的茶具，小小的茶盘上放着一个大盖碗、一个公道杯、两个小茶碗。旁边另一侧依墙靠立着三个红木书柜，书柜前是一张写字台，上面放着文房四宝、一个紫铜镇纸、一枚闲章和一沓写满字的宣纸。

宏图打趣道："姐，你卖公司也赚了不少钱吧，咋不换个大点的房子？"

"就我一个人，鹏飞现在出去租房住，周末偶尔回来，要那么大房子干吗？就这我还觉得空荡荡的呢。"说完招呼宏图坐下，自己烧水泡茶。

宏图信手拿过来一张用过的宣纸，见上面写着两个汉隶大字"心斋"，字体风格质朴温润，笔画一波三折，不像普通女子的风格。见宏翼拎着水壶过来，道："姐，你的书法功力见长啊，我个外行人都能看出好来。人都说书香门第，往这里一坐，心都清净，还隐隐地真有着那股子淡淡的书香气。"

"你鼻子挺灵啊，哪有什么书香。朋友送的一点沉香，闻起来就是这种古朴的味道，时间久了透着点凉凉的薄荷气。"

"我没见哪里有烟，只有淡淡的香气，一点也不呛。"

宏翼拿起条案上香炉的盖子，只见炉内白白的松针香灰呈火山形堆起，上面搁置一个半透明的云母片，云母片上放着一小片沉香。"这是隔火熏香，香灰下面有一小块燃烧的炭，通过香灰山顶的小孔释放热量来熏蒸沉香片引出香气，所以没有明火，味道虽淡雅，却连绵不绝且变化无常。"

"真会玩！不过，姐，说实在话，你别不爱听。"宏图抬头看了一眼姐姐的脸色，发现宏翼还是笑吟吟地看着他，于是道："看你写的字，闻着香气，怎么有种不食人间烟火的感觉。我记得你刚卖完公司那会儿，跟我打电话说还要东山再起的，怎么现在感觉雄心不再了呀。"宏图本来还想问她感情生活如何，知道她骨子里严肃，话到嘴边还是没说出口。

"宏图，我是不甘心啊！可你知道吗，现在市场上的打法已经变了。大家要么比资金实力，拿钱打价格战、拼渠道压货、互相挖核心人才；要么比新技术，这些新技术都是八五后、九〇后孩子们挂在嘴边的，晚上吃饭时你听鹏飞跟你唠叨的都是这些，什么人工智能、机器学习、大数据分析之类的，我们那时候学的是工业自动化，技术想跟上也有困难。这几年我静下心来，多看看技术方面的书，争取能跟上时代不掉队，创业的事反倒没那么急切了。"

"姐，我觉得你前面话说得对，但现在的做法却错了。你不能舍本逐末啊，你在这行多年，口碑好、人脉广、善于制度化管理，这些都是你的优点。这几年技术更新快，我们的年龄逐渐大了，学习能力自然下降。又多年不做一线技术研发，所以技术成了你的短板，这很正常。你现在不想着发挥你的长处，却只是想着补齐短板，这思路明显有问题嘛。"

"那你说怎么办？"

宏图想了下，诡秘地一笑，道："我给你讲个故事吧。"

从前的一天，有个小道童在师父房间里玩耍，看见一块碧绿的大石头，他奇怪地问老道士："师父，这块石头的价值是多少？"老道士说："明天你把它搬到菜市场上去卖，假如有人问价，你不要讲话，只伸出两个指头；假如他跟你还价，你还是不要卖，再抱回来。"

隔天一早，小道童抱着石头来到菜市场。不一会儿，一个家庭主妇走了过来，问："石头多少钱卖呀？"小道童伸出了两个指头，主妇说："两个铜板？"道童摇摇头，家庭主妇说："那么是二十个？好吧！我刚好拿回去压酸菜。"但是小道童没有卖，乐呵呵地去见师父："师父，今天有一个妇人愿意出二十个铜板买石头。"老道士说："嗯，不急，你明天再把这块石头拿到博物馆去，还是像今天一样只讲价不卖，再搬回来。"

接下来的那天，在博物馆里，一群好奇的人围观，窃窃私语："既然这块石头摆在博物馆里，看那颜色、那亮度，一定是个好物件。"这时，有个人从人群中蹿出来，冲着小道童大声说："你这块石头多少钱卖啊？"小道童没出声，伸出两个指头，那个人说："二两银子？"小和尚摇了摇头，那个人说："二十两？好吧，好吧，刚好我要用它雕刻一尊神像。"小道童听到这里，倒退了一步，非常惊讶！

第四天一早，小道童按师父吩咐又抱着那块大石头来到了古董店，这次的客人给出的价格是二十两黄金。小道童抱着石头回来后，师父问他："你知道石头的价值了吗？"小道童说："在菜市场它值最多二十个铜板，在博物馆值二十两银子，在古董店值二十两金子。"

故事讲完了，宏图总结道："石头还是那块石头，但它的价值随着不同应用场景发生了巨大变化。姐，你问未来该怎么办，其实你自己刚才都说到了，既然拼不了技术，大家又都在拼资金，你也可以往这个方向发展啊！其实拼资金的背后是拼企业依托的资源平台。人的价值在不同背景下当然不同，优秀的人才不变，但定位在变，只有在适合的发展平台上才能实现价值最大化。"

宏翼听完弟弟的话，沉思了一会儿，点头赞同，忽地恍然大悟，脸上浮现一丝笑意，道："宏图，你这次来不只是看看老姐吧，这话里怎么有点醉翁之意不在酒的意思呢？"

宏图哈哈一笑，当即把自己上市后的状况，对业务布局的想法跟宏翼和盘托出，并希望姐姐能来帮他扛起制造业务板块的大旗，这块业务放在杭州最合适，人选当然非宏翼莫属了。

宏翼笑道："我说今天是怎么了，为啥一个劲儿地夸我能干呢？原来是这个意思。来而不往非礼也，跟小时候一样，你给我讲故事，我也给你讲个小故事吧。"

从前，一个人去买鹦鹉，他看到一只有着彩色羽毛的漂亮鹦鹉面前标牌写道：此鹦鹉会两门语言，售价二百元。另一只体格健壮的金刚鹦鹉前则标着：此鹦鹉会两种杂技表演，售价五百元。该买哪只呢？两只各有所长，都灵活可爱。这个买家转啊转，拿不定主意。结果突然发现一只灰突突羽毛稀疏的鹦鹉，老得喙都要裂开了，居然标价一千元。这人赶紧将老板叫来问道："这只鹦鹉是不是会说十门语言或是八种杂技表演？"店主摇头。这人奇怪地问道："又老又丑还没有能力，凭什么值这么多钱呢？"店主回答道："因为另外两只鹦鹉叫这只鹦鹉——老板。"

宏图听完大笑，道："你是漂亮能干的鹦鹉，我是那个只会动嘴的老板鹦鹉？"

宏翼也笑道："你是黑心的买家老板，我才是老鹦鹉，就是不知道还中不中用，廉颇老矣，尚能饭否？"

"姜还是老的辣嘛。"说完正色道，"我想让你帮我赢得胜利。这不仅是我个人的战场，也是咱们展家的大平台，我不只在乎赚多少钱，更在乎的是未来，我们兄弟姐妹以及下一代的未来。这个未来由我们共同创造。"

宏翼听到后来也是满怀激动："好，打仗亲兄弟、上阵父子兵，既然如此，我就再出山搏一搏！"

4

两人接着闲聊了一会儿，外面响起了开门声，鹏飞回来了。舅甥相见分外亲热，也许是因为自己父亲从来不在身边，鹏飞跟舅舅们的关系特别亲热，尤其是小舅，不像大舅宏钧那样严肃刻板，所以鹏飞有什么事情更愿意跟他商量。自从听说小舅的公司在纽交所上市，他就像自己成功了一样高兴，与人谈起时满满的自豪感，俨然将宏图当成了偶像。

三人来到知味观吃饭，这是延安路上的一家百年老店，素有"知味停车，闻香下马"的美誉，菜品以传统杭帮菜见长。鹏飞已经提前预订了菜品，三人一到就起桌上菜。

宏翼问鹏飞，今天是不是在单位出了什么事情，说好的晚上一起吃饭居然迟到了。鹏飞忙跟宏图解释，公司的一个技术骨干今天要请假调休，说是太累了，但他的活还有点尾巴没干完，所以领导没批。他就抱怨几句，说工资低、事情多、太辛苦之类的，后来两人吵起来，结果小伙子直接提出辞职走人，也不交接工作，也不要这个月薪水了，弄得领导很被动。鹏飞是另一组研发人员的主管，被领导临时抓着负责两摊子工作，不过总算有惊无险地接了过来，没耽误研发进度也没出大的纰漏。

宏翼在一旁听了，便道："现在的年轻人不比从前，待遇涨了、办公环境好了，脾气反而大了。特任性，整天闹着要自由、要生活、要梦想。不像我们当年那样，恨不得每天工作十二个小时，还是主动加班。要什么？哪好意思，老板给多少就拿多少。"

宏图却不以为然，道："想想也能理解。毕竟现在的经济状况与从前不同，我们年轻那会儿家里穷，孩子多，无法支撑我们追求个性。现在的年轻人有了父母的经济支持，不会面临起码的生存压力，自然关注点就放在自由、理想、个性上了。"

鹏飞点点头表示赞同。宏翼道："有了条件追求理想当然没错。抱怨却不该的，愤怒发脾气甚至不交接工作就更不对了，也缺乏职业道德。大小伙子要多做少说，有两种职场心态特别要不得：一种是动不动就斤斤计较的小媳妇心态，常挂在嘴边的就是'为什么啥事都得我做？别人怎样怎样……'，这种人太缺乏个人担当；二是整天抱怨公司各方面不好、不如意的负面情绪。这两种人境界太低，很难有什么发展，领导也不会给他机会。"

"您说得对。我也有体会，您说的这两种人在公司都挺多，想想挺可悲的，贪小便宜吃大亏。"鹏飞深有体会地说，"活没干完就休息，光想着自己累，却不想想别人也要交差啊，大家都卡在他这个业务节点，没大局观念这点也有问题。自从当了主管后，我发现很多人干活都挺消极被动的，其实大部分事情无论怎样都要做，还不如积极点去做，自己也能多学点东西、领导还开心。"

宏翼道："没错，积极主动地做事情，你会发现以前认为做不成的事情也有可能做成。所以积极的人会说'我打算做什么……'；而消极被动的人只会说'我无能为力''我就是这样的人'之类的废话，或是干点活就讲条件，'如果怎样……就怎样……'，特让人无语。"

宏图也有感触道："我没打过工，以前做生意后来做企业。这么多年我观察到好员工有种共性，就是把自己摆到领导的位置想问题想办法，这样的员工大多后来能成为领导。你看有时开会，有的人你说完话他就会站在你的角度去思考，你问他总能得到建议。但大部分员工都不这样，只是觉得领导又给自己布置任务了，心烦。"他喝了口茶又道："好员工往往还善于管理上司，他跟你汇报工作时，不是向你提问、强调困难，或是把问题甩给你，而是让你选择，其实事情他已经做得差不多了。总之一句话，机会总是会给有准备的人。"

三人边吃边聊，从企业管理谈到组织架构又聊到技术发展。宏翼感叹知识更新太快，很多新名词、新概念自己都跟不上，才学会一个又来一个，层出不穷。宏图的观点是只要守好自己的专长领域，不用深究某些新概念，有个大致了解，能让这些新知识为自己擅长的技能服务就行。像自己擅长并购、融资之类的事情，对物联网、大数据、智能化这些新概念有个粗浅的了解，能利用它们为资本服务就行。

鹏飞说他前几天刚读过一本写人类认知的书，书里有个观点很新颖，说现代人的知识认知整体进入了一个新的阶段。古代人类社会认识世界的思维模式是金字塔架构，只有塔尖的权贵掌握前沿科技，进入工业化时代和文艺复兴后，认知模式就进化为树型架构，包括宏翼他们这代人了解知识、掌握信息、学校教的东西，都是基于这种分科推进的知识体系，就像生物进化树一样的架构；但自从互联网快速普及后，网络化认知架构开始出现，这是种全新的认知体系。现在社会上出现的产业链扁平化、企业组织去中心化、电商平台、社交网络、云计算、人工智能等绝大部分新事物，全都是基于这种新认知架构的应用。

听到这里，宏图感兴趣地问道："听你妈说你现在的工作就与人工智能有关，这个概念现在很火啊。"

"是啊，小舅。虽然很火，其实国内外都还处在较低级的研发和应用阶段。我们公司正在研究的是人工智能的两类核心问题。打个不恰当的比方，一类技术就像模拟人类的眼睛，把我们传统的安防监控系统智能化，包括生物识别、行为识别、特征识别这类技术统称机器视觉，其实还有听觉、触觉等多种传感器，模拟各种知觉；另一类技术更像模拟人类的大脑，包括云计算、云存储、大数据比对、大数据分析与决策等内容。两者结合在一起进行，通过感官接触到的应用场景不断对脑袋进行训练，我们叫深度学习，最终的结果是机器越来越聪明，也就是大家说的人工智能。"说完转头对宏翼道，"妈，人工智能很好理解，它其实是你的专业——自动化控制的高级阶段。自动化系统目前有三代技术，您当年学的初级阶段叫遥控技术，我念书学的叫编程控制，现在工作中研发的是第三代技术叫自主动作，即人工智能。"

宏图问道："也就是说机器可以通过自己学习变得越来越聪明？"

鹏飞说："当然，前提是学什么、怎么学。目前阶段还要人来给它制定一些基本的规则，这些都是算法决定的。人工智能三要素：数据、算力、算法，算法是让机器变聪明的最主要动力。最新的研究显示人脑和计算机并没有太大差异，灵魂并不存在，大脑的记忆、思考、认知、情感、预测等这些能力的本质都是生物算法，理论上是完全可以数字化的。其实当下一些大公司已经利用算法影响我们每个人日常生活中的方方面面了。"

宏图笑道："这是阴谋论吧，越说越邪乎了？我怎么没见到有什么影响？"

鹏飞正色道："小舅，你在不知不觉中被影响了都不知道呢。其实我们正在失去选择的权利和能力，淘宝根据购物习惯替我们选出推荐产品，百度根据查询习惯替我们推送广告，当当根据阅读习惯替我们选择书籍，导航知道我们去了哪里，智能手环知道我们的心跳，微信通过朋友圈判断我们的个性喜好，等等，一切都是算法。目前，你去哪里、见谁、买了什么、喜欢什么，甚至你的每一次呼吸和心跳，都能被感知记录。可预见的几年内，甚至你要做什么，都可能受到潜移默化的控制。简言之，你从内到外的一切都会被算法掌控，算法比你更了解你，不仅是掌握而且是控制，有可能接下来就是支配。"

宏图听得出了神，愣了一会儿，道："总听人说智能化如何如何，没想到离我们这么近。"

宏翼对宏图说："人工智能等这些技术虽然刚起步，但毫无疑问是未来的发展方向。我以前公司的技术总监常跟我说，哪个公司要跟不上这波技术浪潮，估计十有八九会被淘汰。安防业技术更新换代太快了，从数字化到网络化再到高清化、智能化，哪一步跟不上都不行。你们上市公司在设计整体战略时，这点一定要考虑到，对此我有血的教训啊！"

宏图道："是啊，姐，我刚才在家里跟你说过我公司的战略布局。接下来我要成立一个大型的技术研究院，下属各个业务板块的研究分院，对各大实体业务板块进行研发支持。业务板块及下属公司的研发部门只负责具体的技术转化、产品化应用方面工作。研究院则重点做共性的、底层的技术研发，还有前瞻性的技术投入。这个定位我想好了，但人员还没到位，你知道技术我是门外汉，所以这次来另一个目的就是，拜托你帮我物色几个高端的人才，要是能找到一位海内外知名的学者掌舵就更好了。"

宏翼低头想了一会儿，说："杭州虽然高科技制造业发达，但要论技术研究的综合实力、科研院所的分布、国际化与高端研究人才数量都不如上海。我建议你可以把技术研究院总部设在上海。至于掌舵者，过完周末我陪你去趟上海，如果我老师赵教授肯出山，当名誉院长就好了。他是院士，也是我国自动化技术的鼻祖，他振臂一挥人才定将四方云集。至于院长和CTO，我觉得可以先是一人兼两职，避免多头管理，这个岗位人选很重要，我们慢慢挑选急不得。可以设置一个执行院长，先把工作做起来，这个职位我有个合适的人选推荐，明天给你约了见见面。"

宏图听了喜出望外，他擅长战略重组和资本运作，行业、技术、人脉的事，三兄弟姐妹里宏翼明显更胜一筹，自己很犯愁的事，没想到姐姐却能轻松搞定。

谈话间三人吃完了饭，宏翼提议出门顺着杨公堤溜达一会儿欣赏西湖景色。宏图问鹏飞愿不愿意到深圳工作来帮他，做什么可以由他选择。鹏飞说自己想再闯荡几年，历练好了再去舅舅公司，免得像电影里的纨绔子弟富二代一样，给舅舅丢脸。宏图夸他有志气，应允将来无论是来自己公司还是自主创业都可以支持他。

5

宏翼和宏图的上海之行很圆满，宏翼的老师赵院士禁不住宏翼这个最喜欢的弟子恳求，答应了做研究院的名誉院长，但他有个条件，最多只做三年，其间找到合适的人才随时让贤。宏翼知道老师向来爱惜羽毛，这次破格出山只是想帮扶她走一程，内心很是感动。

办完了正事，第二天恰逢周末，宏图央求姐姐跟自己一起回趟老家，说服哥哥、嫂子出山，最好能把爸妈一起接到深圳。宏图深知三人在他心中的形象，哥哥宏钧为人敦厚木讷、说话不多；自己给别人的印象是聪明机巧、不择手段；宏翼则是好强独立、理性果敢。所以她的话在家人朋友的眼里往往更有分量，这也是他先来找宏翼的缘由之一。

宏翼姐弟二人下了飞机来到出站口，离老远就看见柳芊芊来接他们。宏图叫了声嫂子，芊芊道："你哥在爸妈家忙活着给你收拾屋子铺床，让我来接你们。咱们直接去爸妈家吃饭。"扭头笑吟吟地看着宏翼："咋不叫嫂子？晚上吃完饭你跟我走，爸妈家住着有点挤，去我家咱姐俩抵足而眠聊到天亮。"

三人一路聊着，车子开到熟悉的居民楼下，远远地看见老展在楼下花坛旁等着，宏图道："爸在前面哩，你说爸也是八十出头的人了，还那么硬朗，站得笔直。"

芊芊道："当过兵的人都这样，其实身子骨大不如前了。春天时爬山摔了一跤，住了一个多月医院，现在走路还有点歪。"

宏翼埋怨道："怎么不告诉我一声！哪儿摔坏了？"

"医生说是骨裂，基本好了，老人家完全康复要慢一些。宏钧不让我告诉你们，说怕耽误你们工作，这些小事我俩还能解决。"

"你就那么听话，当初你可是答应我做内应的，现在有事都不吱声，重色轻友。"

"是，翼姐！以后有没有事都定期向你汇报。"柳芊芊夸张地笑着说道。

说话间车子到了楼下，宏图拿了行李，柳芊芊去停车。宏翼下车，紧走几步搀扶住老爸，颤声问道："爸，又快一年没见了，身体还好吗？"

"好，好着呢，天天早晨锻炼，晚上遛弯，能吃能睡。"他见宏翼有点激动，逗笑道，"哟，我大闺女都有抬头纹喽。"回头看着宏图，"我帮你拎个包，大老板？"

三人对视一笑，宏图道："爸，我发现你越老越幽默了。这样多好，以前总是板着脸，吓得我们都不敢大声说话。"

宏翼也道："人都说小小孩、老小孩，越老越像小孩子了。"

"这是活明白了，你们还年轻，说了也不懂。"

宏图附和道："这可不是一般境界，返老还童了。"

"啥返老还童，还境界，忽悠人还差不多。人老了头脑简单、思维退化，又没啥压力，就成老小孩儿了。"

四人进了屋，看老妈和宏钧正在厨房忙活，宏翼想要进厨房帮忙，老妈道："你刚下飞机先歇会儿，跟你老爸聊天吧，一会儿让芊芊来帮我就行，她熟悉这些盆子碗儿放在哪儿，干起来顺手。"说着，把宏钧也赶出去跟大家聊天。

宏钧对芊芊道："我就是买个饮料、洗洗菜，体力活结束了，技术活你上吧。"

不一会儿，收拾好了一桌子饭菜，各人落座。展母道："都是家常菜，对付着吃吧，岁数大了，爱偷懒，这几个熟食是你哥在楼下买的，快吃吧，吃完盛面。"

宏图道："妈，以后别搞得这么麻烦，出去吃不就得了。"

老展道："那不一样，'出门饺子进门面'，再怎么着这两顿饭不能省，等你妈炒不动菜了，只是下锅面条总还没问题。这老祖宗定的规矩都是有深意的，你看饺子四平八稳立着，所以出门饺子保平安；儿女在外打拼不易，一根根面条代表着父母的牵挂，进了家门第一顿饭把它们统统吃进肚子里，这心也就定下来了。"

天色已晚，大家在路上折腾一天也累了就没有喝酒，一家人简单吃罢晚饭，宏图住在家中，宏翼去哥哥家借住。

第二天是周六，吃过早饭，老展去楼下找朋友下棋，老伴出门遛弯买菜，宏图徒步走去街对面小区的哥哥家。

进了家门，见三人正在沙发上闲聊，便加入进来当个听客。只听柳芊芊正说到自己老板萧阳的门禁企业已经日渐没落，在智能门锁这波市场大潮中，因为固守技术和品质，结果产品面市晚了半年，被市场上先推出来的杂牌子门禁系统打得落花流水。好不容易产品面市后抢占了别墅、共享酒店等几个中高端区域市场，可又凭空杀出家上市企业也开始推智能门禁系统，不仅能扎货，还促销大打价格战。在高低两端竞争对手同时挤压下，萧阳的企业很快进入绝境、举步维艰，现在仅仅依靠老客户更新换代维持着基本运营，眼见工资都快发不出了。萧阳急得直跳脚，跟宏钧、芊芊商量几次，可最终也想不出个办法。萧阳于宏钧公司有再造的恩情，芊芊又是公司副总，宏钧眼看他痛不欲生，只好安慰他实在不行为他担保贷款，自己公司还能支撑一段时间，以后死就死一块吧，言罢颇为无奈。

柳芊芊转头问道："宏图，你见过的世面多，有没有什么好办法？"宏图详细问了几句萧阳公司的财务情况和产品竞争力，沉吟了一下道："照你的说法，公司只是暂时困难，还没有烂到根儿里去。只要注入一部分资金，先解决当务之急，再依靠资金降低产品成本，本身产品是有竞争力的，毕竟二十年的老牌子，客户忠诚度和商誉还在。"

"最近这一两年，像萧阳企业的情况，现在比比皆是。现金有压力、政策没支持、贷款没着落、上市公司或大型国企抢饭碗、员工人力成本上升，这些因素共同压在这些本来不错的中小型企业头上，尤其制造业损失惨重。说白了他们的问题基本都是钱的问题，这些企业中大部分还是好企业，但没有大的事业平台做资本支撑很难活下去。"宏图悲观道。

"现在不是总说下发扶植中小企业资金吗？"宏钧道，"说归说雷声大雨点小，你看支持的还是基建类、国资类、上市类的企业。银行也是企业又不是慈善机构，中小企业经营有风险，呆账坏账多，缺少抵押物，又不像国企那样有政府背书，你说银行支持了以后业绩受影响，行长不怕吗？"宏图道。

"照你这么说那中小企业不是没救了？"宏钧问道。

"倒也不是，银行是债权投资，就不适合做救火的事，这事得靠股权投资来做。当然，像风投、私募之类的股权投资，对萧阳这种规模不大不小，又是亏损的企业也不会感兴趣。最好的办法是卖给同行的大型企业，如上市公司。这种产业资本能带来更多行业资源和资金支持，原有企业主解套了，又不用整日整夜担心还款压力。"说话间宏图看着宏翼道，"像萧阳这类公司略有亏损，但品牌和市场还在，资产也不错，现在市场环境一般来说收购价格偏低，很多上市公司都有兴趣，我们也在找这种遇到暂时现金困难难以支撑的优质公司。"宏翼点头同意，说要跟芊芊详细沟通。

一旁宏钧道："其实萧阳的问题，我这一两年也遇到了，只不过比他的情况好一点，能维持个温饱。但我看透了，长远发展可能性不大，我们做项目集成的公司跟他们制造商不一样，关系占很大分量，本来核心能力就较弱。不仅你说的这些问题，干我这行还有两个瓶颈，一是隐性的区域政策限制使企业很难做大，一是关系型市场天花板太低，集成企业做到几千万也就到头了。要想摆脱这两个瓶颈，再往大里做，就得做城市级项目，那是国企、上市公司的地盘，我们这种公司的实力很难介入。前几天，有个姓丁的小姑娘电话问我，考不考虑卖公司，我想了几天最终把这些事情都想清楚了，决定要跟她的老板面谈，据说也是个上市公司老总。"

宏图把这次去杭州跟宏翼谈的事情跟宏钧、芊芊说了，接着又说了自己上市后的战略构想，然后不好意思道："其实小丁是我的秘书，我让她了解下你的想法再谈，免得唐突。"

宏钧有点哭笑不得，埋怨道："自家亲兄弟，有啥不能说，还找个外人传话。"

"我觉得你跟我姐情况不一样嘛，她就自己一个人成不成都好说，你毕竟是这么大个公司，而且还拖家带口的，顾虑肯定多，所以先打下个伏笔，让你多想想嘛。"

宏翼和芊芊也来打圆场，宏钧也就释然了。

宏图又道："哥，你自己刚才也说了，现在这市场环境得'背靠大树好乘凉'。在一个更大的事业平台上施展才可能生存下来，夹缝里活着很难生存。你看你前几年做三警合一项目时，找个公安局科技处长就搞定了。后来做平安城市项目，就得局长或政法委书记支持才行。现在流行的智慧城市项目，绝对是市长一把手工程，而且光靠关系还没戏，还要资金充足、方案高端、企业够大，是吧？所以说还是咱兄弟一起干，才有获胜的机会，我姐都说了，'打仗亲兄弟，上阵父子兵'。"

宏钧道："你说的我也想过，只要能把公司跟我这么多年的伙计照顾好，别让他们轻易下岗，卖公司我同意。"

"哥，你把事情想简单了。这不光是收购一家公司那么简单，我刚才也说了今后我公司的战略布局，我的想法里，你和我嫂子都是有大用途的人。你来帮我把系统集成业务板块撑起来。这是个大型业务平台，不是一两家公司的事。我还要成立一个培训教育学院，负责全集团员工内部培训和教育，以后每年要招几百个大学生来上岗，这都需要内训，这块工作特别重要，我想让嫂子来帮我搭建这个学院，做个执行院长。"

几个人一下子沉默起来，尽管昨晚宏翼已经吹过风，宏钧夫妇已隐隐猜到宏图的打算，但完全没想到还有个这么大一摊子事情在等着他们。

过了一会儿，宏钧道："宏图，你说的事情这么大，龙城这小地方可办不成，那我们岂不是要去深圳？爸妈怎么办，还有芊芊她妈，还有鹏宇，我有这么几家子人要照顾啊。"

"哥，这些我都想到了。你过来帮我做系统集成业务板块的总裁，你现在的公司就在这个业务板块的旗下，同时深圳、广州还各有两家以前并购的公司，也放在这个业务板块，你可以带上几个核心人员跟你一起来深圳，其他人就在龙城维持原公司业务发展，具体管理、资源调度你说了算。嫂子最好跟你一起来深圳，深圳气候温暖宜居适合养老，嫂子也可以把家里老太太接到深圳，老年人心肺功能不好，搬来南方就不会受凉犯病了，房子不是问题，首付归我，你们先入住，贷款慢慢还。爸妈可以跟我们住，也可以住在我们附近，具体还要再听听老爸的想法，鹏霄还小，念书问题也不用担心，我女儿以前办过很顺利。"

宏钧道："我主要是担心爸妈，他们在龙城待了一辈子，街坊邻居都有感情，故土难离啊！"

"妈好办，爸我打过招呼但只说了个大概，我想先跟你通个气。爸是支持儿女做事业的人，我想问题不大，晚上我再问问。"言下之意很有把握，宏钧知道老爹展不平一向固执，提醒宏图没那么容易。

三人聊了一会儿，宏钧起身去里屋接了个电话，片刻后回来对宏图说：

"鹏宇的电话，让我跟你和宏翼解释下，自己昨天赶个急活加班就没去接你们，希望你和宏翼下午去他公司看看，给他点建议。"

"鹏宇现在做什么工作？"

"他前两年在家电子商务公司做产品总监，今年初和两个原来公司同事出来创业说是做互联网商务，具体做什么我也不懂。你们下午要有空就去看看呗，指导指导，我陪你俩过去。"

"好，指导谈不上，现在这些年轻人厉害着呢！"宏翼道。

6

午饭后，鹏宇开车来接老爸和姑姑、叔叔，车行二十分钟停在了龙城商业区的一座商住两用大厦停车场。鹏宇带三人乘电梯到了二十层，这里每层有四间跃层式公寓，大都租给中小企业或是大公司本地办事处。

打开房门，发现里面有六七位员工还在办公。房子有一百五十平方米左右，分上下两层，下面是所有员工的办公区域和洗手间，还有一个小小的厨房兼饮料吧，上面一层有两个差不多大小的房间，一间是会议室，另外一间作为公司员工的临时加班休息室。

四人来到会议室，鹏宇为每人拿了瓶矿泉水坐下聊天。宏图问道："周末了，还不休息？"

鹏宇道："创业公司有活忙大家开心都来不及，等忙过这段时间再调休。我们公司核心员工都是股东，公司是大家的，不光是我一个人的，所以都有干劲。"

"你股权这么分散，以后资本运作的空间太小了，很容易丢掉控股权啊。"

"叔，公司是我跟另一个朋友创建的，他负责平台业务运营，我占百分之七十股权，他占百分之三十，然后我俩按比例拿出共百分之二十五的股权激励核心员工，这部分股权是我找人统一代持的，应该不会影响日后决策或融资。"

宏翼道："鹏宇，你介绍下你们的创业想法和业务吧，我们下午没事，你可以细细讲不用急。"

"好，那我就从头讲起，咱们先谈宏观环境，再谈行业机会，最后谈我们公司的业务模式和进展。"鹏宇听姑姑这么一说，便决定放慢节奏从头讲起。

鹏宇大学读的计算机编程，毕业后他的首份工作是在一家做妇婴用品的电子商务公司搞后台维护。干了半年，他发现自己不是个能坐得住安下心来搞技术的人。于是在跟领导汇报后，他主动提出降薪转去做业务运营，先从最基础的销售人员做起，在营销、物流、商品部门都干过，用了三年时间一直做到运营总监。

从去年上半年开始，这家公司遭遇经营困境。本来妇婴用品电商市场三分天下，但其中一个竞争对手突然得到巨额投资后异军突起，在全国范围内招兵买马，以大手笔投入促销活动，大打价格战。另外两家顿感压力倍增，其中一家支撑了三个月后果断地把自己卖给了超大型综合电商平台，成为人家的一个商业频道，但也因此活了下来。鹏宇原公司老板是个有情怀的人，不舍得把辛苦多年的事业轻易拱手让人，结果又支撑了半年，终于被另两家公司将市场份额蚕食殆尽，宣布倒闭。

公司关张前夕，原老板找来还没有离开的骨干经理吃饭，感谢最后几个兄弟的不离不弃。鹏宇深刻地记得在散伙饭席间，曾经的老板痛哭流涕地说出了互联网经济的三大残酷特征：一、赢者通吃，强者恒强，弱者没有生存空间；二、环境通吃，日用消费品互联网领域已经出现了平台主导、流量为王的情形，大型平台可以不断扩张外延，利益通吃，小的企业则举步维艰；三、关注赛道投资，在大型资本机构集中关注某个领域时，要引起注意，一旦这些资本大鳄认为该领域市场已经启动或出现新商业模式，未来发展趋势良好时，就会快速切入、大额度密集投注市场领跑者，通常是该领域的前几名企业，迅速做大其规模，这时一定要把握好机会，否则先机一失，满盘皆输，单一企业很难与数十亿计的资本相抗衡。

老板最后语重心长地告诫他们，在第一轮数字经济——信息互联网中自己捞了人生的第一桶金。在第二轮数字经济——消费互联网中他又把这桶金泼出去了，结果颗粒无收，眼看这轮机会已经很少了，自己岁数也大了，未来即将进入第三轮数字经济——产业互联网时代，这是借助云平台与大数据促进专业领域产业链各环节进行互联网化的整合运营时代。与传统经济不同，新兴的互联网经济是草根经济，他希望这些年轻的兄弟能成功登顶，说完给他们几个派出了超出他们预期的大额遣散费。

自离开那家公司后，他与原同事——那家公司的技术总监开始计划创业。

鹏宇父辈三人受爷爷影响，后来不约而同都转入安防行业，他从小对这个行业就耳濡目染十分熟悉，知道安防行业是处在高速发展期的朝阳行业，但整个行业的互联网化进程还没开始，他决心做第一个吃螃蟹的人。

经过两个月的案头调研，宏钧又介绍了几个各种身份的业内朋友跟鹏宇详谈。鹏宇逐渐对安防行业有了更为清晰的认识，他发现整个产业链中后端还存在很大机会，几万家集成工程商大多数是中小型企业，分布在全国各地。这些企业有本地化关系和落地施工服务能力，但缺乏解决方案、技术支持、资金支持，甚至项目需求。这几年项目趋于大型化、专业化，项目模式变得愈加复杂，尤其是产业链前端由几家上市的产品制造商垄断，使得这些下游中小工程企业更失去了采购的话语权，大都只能现金高价采购，这又进一步压缩了他们的生存空间。正是这几万家占市场最大份额的中小企业之经营困境，让鹏宇发现了产业互联的商机。

鹏宇意识到这些中小企业迫切需要互联网平台公司帮助它们找项目、找资金、找服务、找人才、找人脉、找资讯、找机会、找资源，其中项目、资金、人才是最关键的三大痛点。

发现这一市场机会后，鹏宇迅速采取行动，与合作伙伴成立了互联网商务运营公司，利用半年时间先后推出了项目抢单服务、共享运维服务体系、行业自媒体公众号等一系列运营服务产品，另外还有项目白条、共享人资调度系统等服务也在准备。

尽管如此，目前会员数仍然较少，且大部分服务产品还没有收费，已经投入了两百万元左右，但收入却仅有区区三十几万。

鹏宇一口气介绍完自己的情况后，望向宏图三人。宏翼问道："鹏宇，我是做传统制造业的，你刚才提到的数字经济是不是个概念，它跟我们传统的经济比起来，有什么不同或者说到底有什么优势？"

"姑姑，我理解数字经济与传统经济比较有几个特点：一是'快'，因为网络缩小了空间距离、缩短了时间差异，因此使生产与交易流程加快、节奏加速，一个完整的交易周期变短，所以能帮助企业更快成长。二是'省'，数字经济能节省大量资金，如：通过企业本地化生产服务、分布式库存来节省成本；通过压缩产业链中间环节来节省营销、推广和渠道销售费用；通过网上交易来节省交易成本；通过企业组织结构扁平化来节省管理费用等。三是'大'，大型网络交易平台、网络服务平台（如金融服务等）的出现，能够充分利用人口红利产生的用户规模效应，使大规模产品交易与服务成为可能，如电商的双十一促销活动等。第四是'广'，数字经济不仅能带动单个产业链各环节之间的融合，如制造与服务的高度融合，产生现代服务业。还能促进多个原来不完全相关产业的跨界融合，如智慧城市项目中各子系统相关产业的融合与互联互通。第五是'强'，数字经济容易出现'马太效应'使强者更强，弱者更弱，这是一把双刃剑。此外，与传统经济相比，数字经济一般不易贬值，不会产生折旧，污染较少，因此经济效益更高。"

宏图接着问道："鹏宇，你认为你的公司能为客户提供的价值是什么？我说的不是具体的产品或服务，而是价值，这些价值有什么别人很难做到的特殊之处吗？"

鹏宇低头想了一会儿，道："叔，我觉得有至少三点价值：首先，我们公司成立之初的定位就是帮助安防的中小企业转型升级，因为他们这几年遇到了太多困难，所以我们提供多种服务都是为了帮助他们提升。这些企业比较弱小，只有帮他们真正赚到钱了以后，我们才可能分享增值部分的利润。其次，由于互联网平台本身的性质，在我们的参与下确实缩短了产业链，提升了企业原有的效率。譬如说减少分包环节、整合集成施工服务、提供技术支持等。实际上，我的理想是最终形成具有总体解决需求能力的平台运营商，由我们代替会员对用户需求统一负责，做一揽子托管运营服务。最后，我想未来我们提供的平台服务还可以发挥更大价值——大数据深度挖掘的价值。到那时，我们有用户的交易数据、信用数据、等级评估数据等，完全可以用于产业投融资、人资调度、供应链金融、云服务等诸多更大的应用，并延伸到安防之外的更多应用领域。"

接着宏翼、宏图又分别问了几个问题，聊着聊着天快黑了，宏钧说晚上一大家子人聚餐，别让爸妈等，争取早点结束。问鹏宇还有什么要向姑姑、叔叔了解的。鹏宇说让两位最后做个总结，提出想法和建议。

宏翼道："我先说吧，今天我是学到了不少，现在年轻人的想法跟我们本质上就不一样，准备得细致也想得长远。互联网商务运营我不太懂，听你介绍完有种直觉，国内互联网模式是在靠应用驱动而非技术驱动。总的感觉就是鹏宇对财务方面考虑得还不够细，经营企业日子得算计着过，一步步算成本、利润、投入，这点日本企业做得特别好。一定要防止出现大把烧钱的情形，再就是要时刻关注现金情况，创业公司最好账上要总有能支撑半年以上的现金，企业出再大的问题，只要现金流不断就还有希望。年轻人首次创业切忌把全部现金投在一个把握不大的创意里，有时企业能活下来得需要有几次反复试错的机会，才更容易成功。其实说这些不是因为我们更懂，而是因为我们犯过更多的错误，而且旁观者有时看得更清楚些。人们总是像智者一样建议别人，像傻子一样对待自己，所以我姑且一说，你就这么一听吧。"

一旁宏钧道："宏翼，跟自家孩子还客气啥，你说的话，他有则改之无则加勉，宏图你也说说吧。"

"好！我听完的第一感觉跟姐差不多，挺震撼！现在孩子基础知识、经济环境等各方面都比我们那时好，所以创业起点高，起步快，想得周全。话又说回来，跟我们那时候比有一个弱势就是遇到的挫折不够，所以心理成长还要慢慢积淀。鹏宇你看过那么多书发现没有，那些成就丰功伟业的人，早期往往曾被无数人拒绝。这时你就得忍着，你不能坚持，你就不配成功！咱不能说熬过这个阶段就一定会成功，但是熬过去了，距离答案揭晓就又近一步。我之所以说这几句话，是因为你的公司是一个既没有经过市场打磨，又没有雄厚资本支撑，完全依靠创新、创意来起步的公司。所以有一点你要时刻提醒自己，创新是结果、是必然、是遭遇战，而不是目的，也不是花样，你可以为了资本而创新模式，但永远不要为了创新而创新。初次创业者最容易犯的错误就是过高估计了自己的创意，所以我判断你可能遇到的最大的机遇或风险就是时机是否成熟，对这点得靠你自己找出答案。聪明不是在书本上学来的，聪明是在正确的时间做正确的事，所以时机才是关键。"

可能觉得自己的话有点重，停顿了一下，宏图又道："鹏宇，我说这些话是因为我从你身上看到了一个成功商人的潜质，虽然还需要磨炼，但这种潜质并不是人人都有的。巴菲特说人生就像滚雪球，重要的是发现够湿的雪和够长的山坡。如果你找到了这两点，雪球自然会滚起来，而且越来越大。所以对一个商人来说，第一次创业、第一桶金是至关重要的。我暂时不会给你提供资金，因为目前阶段这样做对你有害无益，但我可以通过集团下属企业及关系客户为你提供每个创意的初次落地应用案例，给你开个张，这样如何？"

"太好了，叔，你相当于给了我一次试错、纠错、分析业务模式价值、判断服务可否规模复制的机会，有了这个比直接给钱对我更有意义。"鹏宇喜出望外道。

7

晚上宏钧请客一家人在老展小区门口饭店聚餐，饭后回到家中，照例三兄弟姐妹到老展书房喝茶聊天。许久未见，宏翼和宏图各自把最近一年来事业和生活的情况讲给老展听，宏图又重点讲了自己公司今后的发展构想，并说姐姐已经答应帮他，这次回来有两个想法，一是想接父母去深圳住一段日子，另外想说服哥哥嫂子来深圳帮自己。

老展转头问宏钧怎么想的。宏钧公司最近两年状况常跟老爸提起，所以也不用多说，直接道："我愿意接受并购，现在这种市场环境下只有在更大的平台上经营才有机会。但宏图说并购后希望我去深圳帮他，这让我有点为难。"

老展问道："为什么？"

宏钧道："我想先听听您和我妈的意见，您和我妈岁数大了，咱家亲朋好友都在龙城附近，我怕您去了深圳不适应，也不愿意去。"

"你先别考虑我俩，就说你愿意去吗？芊芊有什么想法。"

"我也认为龙城地方小、关系复杂，市场化程度不高，不足以支撑大公司业务发展。如果有更好的事业机会，我愿意尝试。芊芊公司状况不好，宏翼和宏图对收购他们企业后进军门禁市场有兴趣，所以如果可能的话芊芊也愿意换换环境。但最终意见还是听您的，我也是五十多岁的人了，现在一切以家人为重。"宏钧道。

"宏钧，我和你妈这代人，从旧社会一路过来，什么苦没吃过，什么罪没遭过，什么委屈没受过，有什么不能适应的！人都说入乡随俗，我们一辈子没少漂泊，人到了什么境遇就说什么话，到了什么岁数就说什么话。老了就要随遇而安，争取不给儿女添太多麻烦。总之，我和你妈愿意跟着你们走，起码过去待一阵子试试，不行再回来呗。现在交通这么方便，我和你妈还没到需要专人伺候的时候，你们不用担心。"

"今天你们三个都在，我想说点心里话。人老了就时常会回忆往事，我父

237

亲死得早，妈妈一个人把我拉扯大，后来我当兵、复员转业、当公安办案子，直到那时才把妈妈接到城里生活，没几年妈妈就去世了。我没有伺候她老人家几年，你说我后悔吗？我不后悔，我记得妈妈临终跟我说，她看到我长大成人，看到我工作取得的成就，看到我帮助过很多'被迫害的人平反'，她替我高兴，她这辈子很知足，很满意。"

估计想起了妈妈，老展说得略有些激动。宏翼递给他茶水，他喝了口茶，平复了一下情绪，接着道："我有时候想究竟什么是孝道，父母应该怎么做、儿女应该怎么做……"一向少言寡语的老展借着酒劲打开话匣子。

"所谓孝道，我想它应该包括由浅入深的几层意思。首先儿女们要有健康的身体、规律的生活、足够的收入，不给父母增添负担，用现代的话讲不做'啃老族'，这是起码的孝顺；其次如果有富裕的收入来赡养父母，偶尔有闲暇的时间关心下父母、陪陪父母，那就更好了，现在年轻人工作与生活压力大，当父母的也要体谅儿女的实际困难；最后是尊重，人们常说孝敬、孝顺，'敬'和'顺'也很重要，有的人老了会变睿智，但多数人会更固执，交流时只要不是原则问题可以顺着他。但光有上面这三点还不够，孔老夫子在两千多年前就批判：孝不光是养，犬马之流皆有所养，真正的人伦大道是立身行道、事业有成，来彰显父母。"

老展总结道："孝顺父母，要从爱惜自身开始，以成就来荣耀父母为终。所以我支持你们兄妹做更大的事业，为社会做更大的贡献，因为这恰恰是更大的孝顺。宏图事业做大了，公司上市了，我很开心，但我也有不放心的地方。你们兄弟姐妹三人脾气各有不同，我希望你和宏翼去辅助你们的弟弟，让他在关键的决策上不要判断失误。他地位越高，能说真话的人就越少，你们的作用就越大。兄弟同心，其利断金，你们三个绑在一起，是我最高兴看到的，我当然一万个支持。"

说罢转头对宏图道："三儿，事业越大人越容易膨胀，然后就会犯大错，所以越是重要的事越是有风险的事，越要跟你哥你姐商量，无论什么时候血浓于水，别人会说假话影响你，哥哥姐姐永远不会害你。"

老展的话像给宏图吃了一颗定心丸，他知道在他的商业版图上最重要的两块业务也已经勾画出轮廓来了。

8

第二天是周日，早饭后宏图和宏翼、宏钧、柳芊芊一同来拜访诸葛达明。四人驱车来到龙城大学家属院，刚下车宏钧小心翼翼地在后备厢取出一个长条的皮质大盒子，芊芊问道："这是啥呀？"

"前几天宏图邮寄回来的包裹，说是给达明哥准备的礼物，我也没打开过。"

芊芊向宏图道："神神秘秘的，这么大个盒子，高尔夫球包？教授还打高尔夫？"

宏图笑道："一会儿揭晓答案。"

四人上楼，诸葛达明请进客厅沏茶招待。宏图把大盒子摆在客厅茶几上一边小心翼翼地打开层层包装，一边道："达明哥，好久没见，我带了一件宝贝给你品品。"打开包装，露出一张古香古色的乐器来。

一旁宏钧道："这是古筝吗，怎么这么小？"

宏图道："这是古琴，我上次来达明哥家，见他书房摆了一张类似的乐器，他跟我说过这叫古琴。他自己喜欢听，偶尔也会弹奏。前几个月我去山东出差到一个老板家里做客，那人说自己曾经赞助过电视剧《孔子》，拍摄结束后剧组道具里的一把古琴，被他买来收藏，挂在家中客厅展示，据说大师成公亮曾经用它弹奏过剧中配乐。我一看上面落了一层灰，他直言就是个摆设，没摸过，也不懂。我突然想起达明哥跟我说过，他喜欢闲暇时弹奏，印象中正是这种乐器。当下表示喜欢，问那个老板是否愿意忍痛割爱。当时我们正在谈合作，他说这张琴也没花多少钱买，便当人情送我了，放他这里也是浪费。我就没客气，回深圳后让秘书寄了两瓶82年的拉菲给他，他还挺开心地发短信谢我。达明哥，乐器我不懂，你给鉴别鉴别？"

诸葛达明自见了这张琴，便挪不开眼神了，脸色也渐渐地由气定神闲变得眉飞色舞起来。这时听宏图让他品鉴，便伸手来摸，嘴上道："所谓琴棋书画，几千年来，琴都是文人雅士众多爱好之首。传说远古时伏羲发明了五弦琴，到了周文王时他因为演练《周易》有所得，因此又加了一条文弦，武王伐纣再加一条武弦，自此固定为七弦琴。琴长三尺六寸五象征着一年的天数，面圆而底平是天圆地方的意思；你看这上面十三个亮点叫徽，象征一年十二个月，这个大的点是较少用到的闰月。"

他随手拨弄琴弦，发出几种不同的声音，道："琴音有三种，泛音法天，散音法地，按音法人，所以能发出三籁叠加的自然之声。"说着翻过琴身，指着两个大型空洞，道："这叫龙池凤沼，是扩音的音箱，象征着天地万象。琴有不同的种类，这种样式叫仲尼式古琴。"他随手把琴竖立了起来，道："你们看，这像不像一个儒雅的文士，这里是书生的帽子叫琴冠，然后是头、颈、肩、腰，后面两只脚叫雁足。"说着忽地凑近琴底仔细查看："这里有几个篆字，嗯……有点模糊，是琴名——抱朴。"他沉吟了下道："这张琴应该出自民国斫琴大师冯迪先生之手，传说这位大师后来出家修道，他制作的琴大都以道命名，《道德经》里说'见素抱朴，少私寡欲'，就是保守内心的纯真，不为外界环境所诱惑，不投机取巧，朴素做人扎实做事的意思。你们看这里刻有冯迪两个字，略有点模糊。"

说完这番话，可能也觉得自己表现得有些觊觎之意，道："不好意思，卖弄了。宏图，这琴价值应在十万以上，现在喜爱的人不多，知音难觅，东西虽好具体价格还得因人而定。"

宏图道："达明哥，这是送你的，我还怕不是什么好物件，所以先让你给鉴定下。你刚也说了知音少，这琴我又不会弹，留着没用。"

诸葛达明连声推辞，禁不住展家兄弟坚持，心下也确实喜欢，最终还是收下了。

诸葛达明问起展家兄弟现况，宏钧、宏翼分别说了自己情况，随后宏图也讲了自己去深圳后的发展，直到不久前纽交所上市，自己对未来战略发展的规划。

其实老展跟诸葛达明这对忘年交时有来往，展家儿女的情况他也大体知道，见宏图已然功成名就，当下也不多说，只是含笑赞赏。

宏图一直说到哥哥、姐姐都答应来帮自己，自己还要成立一个培训教育学院，作为集团的内训和教育机构，专门负责孵化与输送人才。嫂子柳芊芊在外企工作多年，又有国内企业的高管从业经历，已经答应帮他搭建这个学院，做个执行院长。在宏图的规划里集团内部的两院——研究院和学院是非常重要的机构，虽然是成本中心，但却是整个集团的两大发动机，负责提供技术与人才。因此两个名誉院长的人选就变得尤为重要，虽然具体事务由执行院长负责，但名誉院长的人选才是决定两院定位高度的关键因素。研究院的名誉院长由展宏翼的老师，中科院的赵院士担任。学院的名誉院长，宏图想邀请诸葛达明来做。

"我可没有院士的光环，恐怕难以胜任啊。我倒是认识几位大学校长，可以帮你推荐，估计问题不大。"诸葛达明热心道。

一旁宏翼道："达明哥你过谦了，你出身书香世家，一等一的学问，龙城大学的奠基人之一，你名望可远不止于龙城啊。现在退休赋闲在家，帮宏图正好没有阻碍。这个位置着实重要，让别人来做他也不会放心，你做是众望所归，最为合适。"

诸葛达明见姐弟俩说得恳切，毕竟两家人的关系非同一般，又有宏图献礼在前，当下慨然答应。

看诸葛达明应承下来，旁边柳芊芊也很高兴，问道："达明哥，你从事教育工作一辈子了，你说这学院该怎么建设，有什么需要注意的事？"

诸葛达明道："我参与过开办学院，也做过校办企业，其实两者共同之处很多，都是先从找个地方开始，然后聚集人财物等资源，成立筹划组。学校是物色好老师、形成教案、招生源、组织教学，企业是物色核心员工、形成产品、找客户、做交易，这些是一样的。"

"我想两者最大的差异在于一个'学'字，成立企业的首要目的是赚钱，所以要提供产品或服务；成立学院首要目的是输送人才，而人才是学出来的、培训教育出来的，所以'学'是根本。"他看着茶几上的古琴接着说道，"此琴样式为仲尼式，仲尼就是孔子，咱们就拿孔子学琴来说一说怎样'治学'。"

据《史记》等书记载，孔子曾向师襄子学琴，师襄子教了他一首琴曲，但始终没提曲名。孔子每日弹奏，手法日渐成熟。过了十天，师襄子对孔子说："这首曲子你已经弹得不错了，可以再学一首新曲子了！"孔子说："我学会了曲谱，可还没学会弹奏技巧啊！"又过了多日，师襄子认为孔子很熟练了，就说："你已经掌握了弹奏技巧了。可以学新曲子了"。孔子却说："技巧行了，但我还没领会琴曲的深意啊！"又过了几日，师襄子来听孔子弹琴，琴声和谐悦耳，于是又劝他学习新曲。孔子说："技巧可以了，深意也掌握了，可我没能体会出作曲者是什么人啊！"又过了许多天，孔子请师襄子听琴，曲音素朴优雅，声如天籁，一曲弹罢，孔子说："我终于知道作曲者是谁了。他伟岸的身材，庄严的面孔，他仰望苍穹，心怀四方，莫非是周文王吗？"师襄子十分激动，说："我的老师曾告诉我，这首琴曲就叫作《文王操》啊！"

诸葛达明讲完故事，道："《文王操》这首琴曲流传至今。孔子学琴让我们能体会出由浅入深治学的三种境界，我将之总结为：知其形、会其意、得其神。咱们结合建设学院的事说一下，'知其形'指的是先仿照别人把学院的主体架子搭出来，此时不用力求完美，组织架构、人员能正常运作就好；然后是'会其意'，这时重点在于功能性建设，要把主要的功能比如培训课程、住校管理机制等都完善了，在重点的领域要形成核心能力，比如技术培训、战略宣贯、应届毕业生封闭管理等；最后是'得其神'，在此阶段要形成学院自己独特的文化，也就是可以由学生们代代传承的校训，这是学校能在学员身上打下精神烙印的最高境界，由学习知识到宣传企业再到统一认识最后升华为改变思想。这三个阶段要依次走过急不得，最终教学效果将从量变到质变显现出来，整个过程是潜移默化发生的。"

宏图听他讲得神乎其技其实心下却不以为然，他知道经营企业人才的重要性，但多年的实践让他更多见识了人才也是多变而不稳定的，这也是他在核心岗位任人唯亲的原因。在他内心深处，学院培养人才固然重要，但更重要的几点他却未曾对人提及，一是这种面子工程对金融资本、产业基金的巨大震慑利于他进一步的资本运作；再者说一次性解决上千人的就业问题，向政府领导要求提供政策、税收等支持则必然水到渠成；最重要的是当下正在悄然无声地流行一种特殊的商业模式让宏图垂涎已久——许多大型企业，尤其是上市公司正在利用建设学院、研究院从政府低价拿到教育用地指标，再配以一定比例的住宅、宾馆建设，如果操作成功往往会为企业带来巨额利润。

四人在诸葛达明家聊了一个多小时，告别出来。宏图让他们三人先回去，他自己则去同属龙大家属院的老师吴世民家拜访。他提前跟老师约了中午一起吃饭，想让老师做公司的独立董事，这是个荣誉性质的虚职，老师年轻时曾梦想着成为一个伟大的企业家，这也算是对老师多年来始终关心支持他的感谢吧。

宏图午饭后回到家中，接连着跑了几天感觉十分疲乏，老妈让他眯一会儿。不知不觉间一觉醒来居然五点多了，于是埋怨老妈怎么不早点叫他，晚上约大奎吃饭地点还没定呢，太仓促了。

老妈笑道："看你睡得像个小孩儿一样，就没忍心叫。天天出去吃，不卫生又油腻。跟大奎别客气了，让他来家吃吧，晚上做炸酱面。他小时候最爱吃，那时来咱家碰上吃炸酱面他妈都拽不走他。"

宏图一想也是，就俩人出去吃确实不好点菜，不如在家吃着舒畅。大奎既是他发小同学，又是大舅哥，熟得跟一家人似的自然不会挑理。于是拿起电话约大奎六点来家吃面。

不一会儿大奎就过来了，还随手拎着个塑料袋。一年没见，大奎明显发福了，双层下巴之下又隐约出现了一层，笑起来本来不大的一双眼睛几乎消失在白胖胖的赘肉里。人一进门，先给宏图一个熊抱，走进厨房将塑料袋递给展母，道："姨，凉菜和熟食，一会儿就着面条吃。"

"好，放这吧，你们进屋聊天去，十分钟后吃面。"

宏图和大奎这边聊天，一会儿酱炸好了，和黄瓜丝、豆芽、葱末、青豆等几样配菜一起端上了桌，大奎带来的几样凉菜、熟食也装碟盛了上来。宏图说去楼下喊老展吃饭，老妈道："不用叫，你看着表还有两分钟六点十五，时间到了一准上来。"话音未落，老展推门进来："嗯，好香，炸酱面的味儿。哟，大奎来了，快坐，一起吃。"

老展洗了手上桌，展母给每人盛面。大奎道："我打小就最爱吃阿姨手擀的炸酱面，让我妈在家做可就是出不来这个味。阿姨，这里面有啥诀窍没？"

"秘密在酱上，需要用两份黄酱和一份甜面酱混着，再跟五花肉一起炒，没有五花肉不香，没有甜面酱不滑，其他没啥特别的。现在不能叫你妈做了，得叫你媳妇学了，哈哈。"

老展问大奎最近在做什么。大奎说从去年开了家小超市，主要是他老婆在打理，自己负责进货，平日里清闲得很。

宏图道："现在年轻人啥东西都网购，能卖的东西越来越少了。"

大奎点头认可："就是生鲜肉蛋蔬菜还好卖点，再就是学生的零食、冷饮，别的卖不动，我也是拿它打发时间，没指望着赚多少钱。"

"大奎，离退休还早呢，不能总想着打发时间啊！"老展道。

老展太太忙和稀泥："有个营生就行，也是一把岁数了，干啥不是干呢。"

宏图正色道："大奎，我这次回来，有个正事跟你商量。小芳可能跟你提了，我公司上市后扩张很快，急需要一些人手帮我，这几天刚说服我哥我姐他们帮忙。"

"宏图，你最了解我，没念过多少书，以前咱俩倒腾木材这种粗活做做还行，后来你在龙城做企业时我就参与不进去了，经营管理公司咱是真不懂，心有余而力不足啊！"

"大奎，话不能这么说，每个人的优势各有不同。你的优点对于我来说非常重要，我做企业规模小的时候还发挥不出来，我把企业做得越大就越需要你。"

"真的?！你别逗我。"

一旁老展道："大奎，你可别妄自菲薄，我就挺喜欢你这孩子——实诚。我做了几十年公安，三教九流啥人没见过，有能力的人多的是，人心也是本事。这就像一斤玉米，厨师眼里它是几碗干饭，崩爆米花的眼里它是一袋子爆米花，酒商眼里它是瓶酒。其实米还是米，你还是你，有多大出息，取决于怎么看，是把你当茅台酒还是爆米花。"

宏图接着道："我爸说得对，我公司几千人，不缺博士，也不缺高级工程师，我最缺的是完全信得过的人，尤其在一些重要的事情上。我最近在谈购买工业园、建办公楼、培训基地，这些都是上亿元的大投入，我一个人忙不过来，得有人替我盯着。至于具体谈判、财务、税务等等这类事情咱可以配专业人士干，但涉及这么多钱的事情总的负责人难找啊，你回去仔细考虑下好吗，也跟嫂子商量下。有什么疑问找我和小芳都行，我是特希望你能来深圳帮我，现在孩子也大了，没人拖你后腿，小芳也希望你能来。要是定了把老妈也一块接到深圳，南方气候对老年人更好，让小芳也多尽尽孝心。"

送走大奎，宏图跟爸妈在客厅聊天，说订了明天机票回深圳。老妈埋怨他好不容易回趟家，净是四处跑着工作，屁股都没坐热乎又要走。宏图解释说公司最近事情实在太多，老展点头说年轻人该以事业为重。

宏图在回家的头天晚上已经跟老展大致说过自己这次回来的意图，现在就势把最近两天跟各人的谈话结果又跟爸妈仔细说了一遍。宏钧、柳芊芊、宏翼、诸葛达明都答应会帮他，自己判断大奎也会来帮忙，毕竟小芳也在深圳。

宏图再次催促爸妈尽快来深，反正他们哥俩以后都在深圳方便照顾，龙城房子托人卖了也罢。老展表示可以跟着宏钧过去住一段时间看看，习惯了再说，老房子不能卖，以后还要每年回来看看，再说祖坟在龙城乡下老家，未来他老两口去世后还是要埋回来的，宏图一听只好从长计议。

展宏图·深圳

1

富贵自是福来投，利名还有利名忧。这段时间宏图公司发展得很快，但庞大的战略布局、规模化的业务拓展则必然需要源源不断的海量资本支撑。尽管公司股票价格并没有受到全球金融危机的冲击，始终在平稳地逆市上扬，但这些带来的收益对于集团各业务板块迅猛的扩张速度所需的投入而言，无疑仍然不够。

狄更斯说过："年收入二十英镑，年支出十九英镑六便士，结果是'幸福'；年收入二十英镑，年支出二十英镑六便士，结果是'痛苦'。"相比以往而言，上市后公司收入巨幅增加，但宏图明白，如果不能在短期内迅速拉升股价，进行一轮较大规模的融资，仍无法支撑其宏伟的商业帝国梦想延展下去。

这天宏图去陆子骞的会所吃饭，把自己最近遇到的困境跟陆子骞说了。此时陆子骞已然退休，无事一身轻，每天泡在会所白天写字、篆刻，晚上不时以酒会友、谈天说地。听了宏图的情况，他自忖熟知企业上市过程，但对上市后资本运作却非行家，便跟宏图说明天可以带他去见一个隐居闹市的高人点拨一二。

宏图听他说得神奇，立刻来了兴致。当下询问，原来此人名叫鲁全，是陆子骞在清华大学时的同学，他们同是极具传奇色彩的七七级大学生，也就是恢复高考的第一批清华大学生。毕业后鲁全随即进入知名国企工作，年纪轻轻四十岁时便成为最早的那批上市公司的总经理，尤其擅长资本运作。论才学、能力、人品都是一流。本来前程一片大好，谁知此人有一嗜好，喜欢收藏茶壶。尤其是宜兴紫砂茶壶，由于成陶火温较高，烧结密致、胎质细腻、导热良好，最适合盛茶，因此成为鲁全至爱，一有名壶问世他不辞辛苦也要去看看。

艺术品收藏是个耗钱的嗜好，那时鲁全虽贵为上市企业老总，但身在国企收入有限，只能眼巴巴看着那些没啥文化的暴发户小老板将他喜爱的珍品壶逐一收入囊中并束之高阁。一次，他偶遇名壶出世。此壶由清代西泠八家的陈曼生设计，制壶大师杨彭年手工捏制，雅致玲珑、浑然质朴，属于曼生壶中的精品，他把玩之下爱不释手，再问价格果然不菲，回家怏然多日。此事被他公司的某下游供应商知晓，那人主动花巨资将此壶买下送他，由此引他进入钱权交易之局，为其大开方便之门。后来终因此事被查，他主动退赃辞职，才得以保全自身，但终究葬送了大好前程。

此后，鲁全避居深圳，不再踏足商界，在深圳罗湖蔡屋围附近开了一家茶馆，即便如此，也常有上市公司老板拜访他小小的茶馆求教这位曾经誉满商圈的业界前辈。

次日上午，陆子骞带着宏图来见鲁全。车子停在蔡屋围，这里又被称为南方的华尔街。全深圳一大半的金融机构位于此地，地王大厦、京基一百等大片超高层楼群中，一个古香古色的二层小楼突兀地立于其中，楼上挂了块牌匾上书四个篆字"坐忘茶居"。推门进去，里面一间大厅，四周多间包房，与大多数茶馆花哨的做古风格不同，这个位于寸土寸金之地的茶社，水磨石地面、白灰墙，环境竟然出人意料地简朴。一个六十岁上下身材修长的白净老者，看见两人起身迎接。

"陆兄，好久没见，身体可好，今年几月再组织出去玩玩，老朋友们都等你的召集令呢。这位是……"

陆子骞道："几个月没见，鲁兄气色更好了，还坚持每天长跑呢？这位是展宏图，我以前跟你提过，这几年我最重要的事业伙伴，我就是搭着这位老弟的顺风车，才得以圆满'收官'退休。"

三人客套几句，鲁全带两人上二楼平台喝茶。陆子骞跟鲁全简要介绍了宏图公司上市的情况，重点说了宏图当下急需拉动股价融资，以解战略扩张带来的燃眉之急。鲁全听罢二人来意，又详细追问了几句宏图公司的具体经营情况以及各项财务指标，然后道："陆兄，咱们老同学，你的朋友我就不说客套话了。"

陆子骞微微一笑，道："当然，宏图也是我多年的好友，他是特意来请教的，你尽管直说不要藏私。"

"展总这么年轻已然是上市公司老板了，请教绝不敢当。"鲁全喝了一口茶后没接正题，却缓缓道，"陆兄你是知道的，我年轻时既喜欢喝茶也同样喜欢喝酒。这些年我逐渐以茶代酒，现在是九分茶一分酒了，你猜为什么？"

"是啊，我以为是身体原因吧。"

鲁全笑道："也不全是。我发现酒与茶完全不同，酒火热、冲动，但失之暴躁、极端，茶理智、持久，但味道寡淡些，随和些；酒像年轻人有拼搏精神，茶像中年人大度包容；酒会爱憎分明地表达立场，容易激化矛盾，茶则以一种貌似超脱，实则润物细无声的介入方式达到自己的目的。酒和茶两者需要互补，人生在不同阶段，两种做事风格要以不同比例调和，该拼的时候要拼，该冷静要冷静。"

说到此处话锋一转，道："话说回来，上市公司在不同阶段的表现亦如此。有时，尤其是上市早期可能偶尔需要做点冲动出格的事，后来长大了、成熟了就必须要规规矩矩地做事。前期偶然的非正规操作，按理说摆不到台面上，但在上市公司早期有时不这么做，扩张规模、成长速度还真是会受限制，所以我姑且一说，展总姑且一听吧。"

接下来鲁全从宏观环境到企业微观发展次第讲起。鲁全认为这几年国内经济正在进行剧烈的结构性调整，原有人口、出口、房产等红利日渐减少，反之企业经营所涉及的融资、税务、土地、人力成本居高不下。在这种宏观背景下，上市企业老板较之前多年生存环境更为艰难。一旦上市，企业本来还有所盈余的滋润小日子一去不返，在逐利的资本市场重压之下，必须年复一年重复着奇迹般的高增长，这样的日子确实难熬。尤其刚上市的企业受到的压力往往更大，为了更美好的战略前景，更立竿见影的漂亮表现，有时需要管理者通过一些特殊技巧在财务报表中呈现出更好看的数字。

鲁全传授给宏图的第一个技巧是以并购提升业绩。这方面宏图本是高手，就不再赘述了。第二招是以应收账款做高营业收入。一般来说，上市企业只有先做高收入，才能依据收入上调利润。此时上市企业往往需要在自身渠道中大量放水，通过先货后款、延长账期等手段增加收入。更有的出格的上市企业，可以在境外开设多家纸上公司，来做虚拟交易，行话叫塞货，这时损益表体现出销售收入上升，净利润也随之上升，但利润难以通过现金形式入账，因为这是没有现金的虚拟交易，所以只能以应收账款计入，具体表现为应收账款的占比及天数。所以说这个技巧的风险就在于应收账款的长期居高不下或成为呆账坏账，这需要日后增加营收加强管理逐步消化。

第三招是增加当期利润的技巧。收入增长的目的在于提升利润，收入虚增，利润不匹配也容易出现纰漏，因此这招跟上面技巧是环环相套的。增加当期利润主要可以通过多种办法，如调整记账规则，使用延期折旧费用或分期摊销费用的处理方式；使用特殊扣除的办法，这不会在每股利润中得到反映，以这几年流行的BT、PPP等模式做大型项目时，多可以采取这种办法。

第四招是改善资产负债表。资产负债表有与生俱来的弱点，它是存量的概念，反映的是当月的财务情况，这点常被上市企业非正规操作时加以利用。如一家公司老总将闲置资产卖给朋友，由于总资产周转率等于销售收入除以总资产，如果销售收入不变，总资产减少，则周转率瞬间提升，公司业绩目标就这样完成了。到了第二年，朋友公司将该闲置资产转回上市企业，体现在下一年度的资产负债表中。上市企业高管常用此方法完成当年业绩进行套现，通过一段时间的操作后，将亏损多年累积后一次性披露，以一年损失换取前后多年盈利。

通过前面几种技巧操作，改善了上市企业财务报表，最终目的是依据虚增业绩发行股票。使用这种空手套白狼的手段，由于信息不对称，金融机构和股民大多没有反抗的机会。有时，上市企业甚至会与地方政府配合签订大型项目战略合作框架协议，以此为基础对未来业务收入做出预测，并根据预测进行资产重估，以新增的估值为依据用更高的价格发行更多的股份。

鲁全最后提到，应用这些技巧其实在实施过程中都是有迹可循的。如果十分认真地分析财报，就会发现上市企业报表中会出现不同寻常、耐人寻味的数字，如过于频繁的并购、大幅度变动的指标、超高的增长率、提前的收入确认等。所以这些方法与技巧是应急性质的，如果经常使用这些技巧，则上市企业最终会既伤害了投资者，也伤害了自己。

鲁全一口气说完了自己作为过来人的经验教训，最后道："不知道展总，爱不爱看武侠小说？"宏图点头回应。"这就像是所谓邪派武功的修习法门，易于速成但缺乏多年修炼的内功支撑，会引发走火入魔反噬自身。但究其本质武功本无正邪，人才有正邪之分，道家正统的《九阴真经》也可能被炼成'九阴白骨爪'。私营企业如果一味追求正规操作，又无国资背景护身，难免九死一生，必要时可以用这些办法临时摆脱困境，但要谨记这终究不是正途，一味持续操作下去，犹如饮鸩止渴、危险万分。"

鲁全一席话直说入宏图心窝。他本是投机心极重的人，这些技巧之于他无异于凭空获得了几件大规模杀伤性武器，喜悦之情溢于言表。他自许商战老手，对鲁全最后讲的几句话，却浑然不以为意。

三人随后又闲聊了几句，眼看到了中午，鲁全留二人在茶社吃了顿便饭。临走前宏图拿出头天让秘书特意去买的两斤特级明前洞庭碧螺春茶，鲁全一见好生喜欢欣然收下。

时隔几日，鲁全托人给宏图送来一幅字。宏图打开一看，两行古朴的魏碑字体写道："轻用其芒，动即有伤，是为凶器；深藏若拙，临机取决，是为利器。——引自《古剑铭》，赠新友，祝大展宏图。"

2

有句西方谚语，"当你手中拿着锤子，一切看起来都像钉子。"同样道理，当你手中握有上市公司巨大的权力和财富时，仿佛一切事情都在等着你介入，也许这就是大多数企业一旦上市，公司老板就会迅速膨胀的原因。宏图也不例外，上市几年来，公司市值已过千亿，随着一家家企业的并购，一个个精英的臣服，上万名员工的推崇，宏图内心中的贪念、控制欲、虚荣心被全面调动起来。即使偶尔午夜梦回时，想到可怕的财务数字正在爆发式地增长，不禁吓出一身冷汗，但就算他想抑制住这不断膨胀的冲动，周围的人也绝不会忘记时时提醒他手中正握着那把巨大的"金钱与权力之锤"，对于这种可怕的武器，古往今来，又有几人能真正挥洒自如？

宏图秘书小丁提前两天就通知了公司各地的十几位高管周六是宏图的生日，宏图邀请大家去打高尔夫，然后参观他新买的房子，晚上一起吃饭庆祝。

周六一早九点半，众高管由各自司机分别送到观澜高尔夫球会聚会。横跨深圳、东莞的观澜湖高尔夫球会是世界第一大高尔夫球会，连续十几年高尔夫世界杯均在此地举行。这里综合配套齐全，也是亚洲规模最大、设施最全的私人高尔夫度假胜地。宏图本就是这里的钻石会员，为了招待客户打球方便，去年又以公司名义在此买了一套高尔夫大宅改为会所，因此成为球会的终身会员，常带客人来此打球吃饭，服务人员大多认识这位貌不惊人却出手阔绰的豪客。

大家约好中午聚餐时间后，众人鱼贯进入球场，各找伙伴或比赛或练习，还有对打高尔夫没兴趣者跑去旁边场地打羽毛球。运动了一上午大家都有点疲劳，匆匆午饭过后，宏图带大家来到观澜湖水疗酒店的"尊尚楼层"，这里的 SPA 远近闻名，非常适合运动后缓解疲劳。众人走入各自的房间，在微弱的光线下，舒缓的音乐中，淡淡的香薰气息里，浑身涂抹上散发着自然香气的精油，心情放松、排除杂念，陶醉在技师的纤纤玉指下。

做完两个小时的按摩，大家走出酒店，一天中最毒辣的日光已然过去。大家各自上车，一排浩浩荡荡的豪车队伍跟随着宏图来参观他不久前刚买的新居。车子一路开往深圳东部的黄金海岸，下了公路不久车子便穿行在一片幽静的椰子林中，没一会儿出现了个并不起眼的小亭子，亭子旁边设置了道闸，有个保安走出亭子开闸敬礼。车队缓缓开过岗亭，在幽暗的树林中间一条崎岖的水泥路上行驶了七八分钟，眼前忽地跃入一栋栋精美的欧式别墅，放眼望去这些淡黄色的别墅散落在苍翠掩映中。

每一栋别墅间隔很大，看来都铺有直达自家的分岔小路，宏图的车子直奔最显眼的一栋四层洋楼驶去。高高的围墙阻隔下看不见里面的模样，车子开进大门才发现里面赫然是个碧草如丝、乱花迷人的大花园，不知从哪里移植来几棵虬曲苍劲的古树分布在院子四周，院子的一边是条弯弯曲曲的回廊，回廊的起点是个六角凉亭，远远望去终点消失在一片巨大的假山中。院子的另一边有一条碎石铺就的小路，众人开车经过这条几百米的羊肠小路，停在小楼与假山之间的空地上。

众人下车，这才看懂原来这是别墅的后花园，宏图引领大家从小楼后门进，坐着电梯又下了两层，才到达雍容华贵的高大客厅，穿过客厅推开别墅正门的一瞬间，大家不由得瞠目结舌。几十米外面对大家的竟然是浩瀚无边的大海，碧绿色的海面如丝绸般柔和。宏图见大家吃惊，不由面露一丝得意，接着带大家一路参观客厅、卧室、健身房、桑拿房、电影房、用人房。最把边的是间书房，四个硕大的书架上摆满了装帧精致的成套大部头图书，有个好事的高管想看看宏图平日读些什么书。抽出一看，不由哑然失笑，原来是一套套装饰用的假书壳，心里暗想这里跟刚参观的地下酒窖真是对比强烈，同样的高档大气、尊贵无比，只不过一个货真价实、一个徒有虚名。最后参观的是宽敞的车库，里面并排停放着劳斯莱斯库里南、兰博基尼 Urus、奔驰 S600，还有一辆深港两地牌照的丰田埃尔法保姆车，从轮胎看除了奔驰和保姆车，其余两款汽车基本没怎么开过。

参观过后，宏图安排大家在客厅喝茶。忽闻门外乒乒乓乓如枪声般响声不断，惊诧间有用人跑过来说，原来是邵先生带着舞狮队过来准备做祈福表演。按照广东习俗，正在大门口放鞭炮迎接狮子入门。这位邵先生是宏图买房时经人介绍认识的香港著名风水大师，自称是北宋易学泰斗邵雍的直系后人。邵先生常为深圳顶级富豪置业查看风水，宏图最近买的工业园区、办公大楼、培训基地都是找他帮忙判定位置、改善布局、营造环境。

风水一说流行于魏晋，主要是运用"气"服务于人的一门学问，具体来说就是"聚气""行气"两种手段。因为影响"气"的最大因素是风和水，所谓"乘风则散，界水则止"，故称之为风水。邵先生受宏图邀请第一次看到这处房子时便赞不绝口，说这是块藏风聚气、山环水抱的宝地，唯一的遗憾是背后靠山太远，所以特意指点宏图在后花园建了一座假山拢气。

邵先生为宏图查询万年历，确定今天是乔迁的吉日，又从宏图口中得知恰逢他的生日，连连称好，说是喜上加喜、双喜临门。于是订好了今天来帮宏图新居理气导引，就是用法器对风水格局做点微调，以达到避煞趋吉的效果。广东的风俗是新房乔迁之日，需要请舞狮进新房子走一圈，所以他又帮宏图介绍了舞狮队来做驱邪祈福的表演。

众人一听有表演，簇拥着宏图来到花园看热闹。但见今天来的两红两黄四头狮子已经打扮完毕，每头狮子两人合舞，一人执头，一人执尾，狮子周身由彩色布条装扮，另有四人在旁敲锣打鼓。四头狮子听说主人率众出门，便开始在疾风骤雨般的锣鼓声中腾挪跳跃、摇头摆尾，十分威武，间或有眨眼睛、扇耳朵、爬杆踩桩等诙谐逗趣形象，将狮子的喜、怒、动、静模仿得惟妙惟肖。四只狮子舞到高潮处，邵先生吩咐家人从二楼悬空挂住红包。四头狮子你争我抢前后踩上已经布置好的桌凳，纵身而起呈叠罗汉式，以执狮头者张狮嘴咬住红包，两人配合直接一跃跳下。众人鼓掌喝彩，四头狮子额首垂腰四方作揖。

　　送走舞狮队伍，众人回去喝茶，宏图带着秘书小丁陪邵先生顺着小楼上上下下、边边角角细致地走了一圈。邵先生边走边说，此处需摆放半扇屏风聚气，那个横梁裹条红绳锁阴，这个尖角放盆仙人球制煞，如此等等，小丁一一记下。转眼间三人走完一圈，布置妥当，天色渐暗，宏图挽留邵先生吃饭，邵先生推说家中已煲好了汤等他回家，宏图嘱咐司机送邵先生回港。

3

　　送走邵先生，宏图转过头来回到大厅，领众人去吃饭庆祝生日。大家正自纳闷，此处风景虽好，但由于是新开不久的楼盘，餐饮等配套还未跟上，估计要开车出去吃饭。谁料宏图引众人并未去后门取车，而是径自出了正门，面对大海信步而行。走了五六分钟后拐了一个小弯，赫然一条二十米上下、五米左右宽度的豪华游艇出现在眼前。宏图略带得意地讲道，这是他新买的意大利阿兹慕游艇，这套海景别墅最大的特点就是每家自带游艇码头，还免费赠送了附近游艇俱乐部的终身会员资格。

　　众人跟随宏图走上游艇，艇分三层，下层是居住的房间，中间是客厅与厨房，上层是露天望台，因为天色渐暗遮阳软篷已经收起，大家在上层露台坐下喝茶。宏图吩咐开船，豪华游艇向着夕阳处驶去。远处金灿灿的夕阳半落海面，湛蓝色的天空中浮现几朵红彤彤的火烧云，一丝丝柔和的海风拂过周身，让人不由想融入这博大而神秘的自然怀抱中。须臾间，太阳已跃入海中，天空中最后的一缕缕粉红霞光也渐渐消逝，抬眼望向上方，已有几点繁星闪烁，海风略增一分力度，空气瞬时便凉了两三分。

　　宏图招呼众人来到游艇中层的客厅，一张巨大餐桌已然支上。众人纷纷落座，片刻后服务员端上精美的菜品。今天吃的是广府菜，按照广东的习俗先上的是每人一盅花胶螺片汤，趁大家喝汤时摆上了海鲜刺身拼盘、白切鸡、冰草、潮汕卤水拼盘四道凉菜。撤掉汤盅后开始上热菜，明炉烤乳猪、上汤焗龙虾、清蒸东星斑、白灼象拔蚌、光明烤乳鸽、脆皮烧鹅、桂花炒海虎翅、木瓜炖雪蛤、白灼菜心，一道道美味佳肴仅是看着就让人食指大动。宏图跟众人说爱喝白酒的备有飞天茅台，他自己一贯喜欢喝拉菲古堡红葡萄酒，今天除了照例准备了一箱 1996 年的拉菲，为庆祝自己生日宏图特意从酒窖拿来了两瓶珍藏的 1982 年的拉菲跟大家分享。

酒菜齐全，宏图先端三杯：一为欢迎新加入集团的几位并购企业老板进入这个大家庭；二对几位元老级的核心骨干多年来的不离不弃表示感谢；三祝公司股价高升，大家共同发财。三杯过后，众人各自起身与宏图祝酒。酒又过一巡，大家才又坐定，借着酒兴，开始闲聊。

一位刚并购加盟集团不久的赵总道："今天真是大开眼界，以前从没想到当老板还可以过得这么安逸享受。我们做了十几年企业老板，与其说是老板，其实是孙子，每天来得最早，走得最晚，累得像条狗，就这还天天担惊受怕，怕银行不放贷、怕骨干员工辞职、怕客户流失，房子车子都抵押了，几年下来头发全白了。当初卖公司时，就想这下不用再当老板了，当个职业经理人也不错，省心省力也能多活几年，没想到这段时间看到展总工作，打打球、出去见投资方路演，轻轻松松就把钱赚了。同样是老板，就好像跟咱不是生活在一个世界里，真是境界不同啊！"

旁边一位宏图的老部下李总打趣道："赵总，话不能这么说，咱这些职业经理人也不全是省心省力混日子的角色。"

赵总和李总二人平日很熟，赵总企业的并购还是李总介绍给宏图的，他自知话里有误，连声道歉。

李总接着道："其实我们这些职业经理人也挺惨，活得不上不下，每天焦虑感十足。人们常说下面员工挣钱少多痛苦，其实他们是苦在身体上，干多少活赚多少钱，不干活时不操心还挺自由。哪像我们这些职业经理人，除了蒙头大睡的时候，从来就不知道自由是啥滋味，对员工我们得操老板的心，对老板我们得卖员工的力。"

宏图听两人聊的话题很有启发，插话道："赵总、李总，二位说得都有道理，但有一点，你们没有看到，所以才有了各自的痛苦，这点就是——事业的平台和资本的力量。赵总，您加入到我们上市公司的这个事业平台上，就有了不同的业务起点和战略高度，也可以利用更大的资本支撑，做出更大的事业，这样做事效率和生活品质与之前自然不同。李总，你是一路跟着我走过来的老员工了，现在是公司高管，你的境界有待提高啊！咱们上市以后，给你们这些高管都发了一些股票，你不仅仅是职业经理人了，更重要的一重身份是公司股东。就算从财务方面衡量，你也比外面那些小老板更富裕哦。所以心态上也要转变起来，既然是股东，为公司操心那是义不容辞的，因为你也是上市公司的老板之一呢！"

两人听宏图说得有理，连忙大拍马屁，称赞领导英明，宏图也乐得接受。

宏图对面的新并购年轻老板郑总道："展总，我前几年创业时心中很有梦想，那时总想只为理想而奋斗，绝不为金钱而奋斗。可干了几年发现人不能总活在梦想里，否则饿都饿死了，还谈什么理想，所以到后来就为金钱活着，可活是活下来了，不仅辛苦还很郁闷。展总，你说咱做企业应该为什么奋斗，什么才是第一位的？"

宏图道："郑总，你说得好，这个问题也曾经困扰了我很久。有的书上写做企业客户是第一位的，还有的人说股东是第一位的，要我说两者都不对。因为客户可以随时更换产品，股东可以随时更换股票。具体而言，每个岗位的首要工作都有所不同。我作为 CEO 的首要职责就是让股价上涨，否则全是空谈。公司经营有好坏之分，而股票不分好坏，股票看价值高低。价格是不断波动的，我的任务就是拉升股价在高位小幅震荡。

"我记得一个笑话，如果你在 2000 年买了一千美元的北电网络股票，那么一年后它的价值是四十九美金。如果当时你买了一千美元的罐装啤酒，把啤酒都喝了，再去把啤酒罐收集起来卖掉，几毛钱几毛钱地攒在一起，一年后大概能有七十九美元。可见，即使全球知名的电信上市公司，也得在理想与现实之间做出选择。所以我提议，咱们替北电把酒喝光瓶子卖掉，哈哈！"

众人各怀心思纷纷举杯。郑总听宏图如此答复，心中暗道："这不是摆明了要操纵股价吗？展总一心圈钱恐怕早晚要出事。"

职业经理人李总却想："看来老板真的变了，他以前并不是这样张口谈股价，闭口谈钱啊，当初我们也是一路跟着老板的理想吃苦熬过来的。"

一旁赵总却想："难怪人家能成为这么大老板呢，真是敢拼敢干。"不由心中钦佩，面带羡慕道："展总，像我卖公司得了大笔现金，想的就是吃吃喝喝，买衣服、买车，说白了还是有点显摆的意思在里头。今天看您这日子过得，打球、按摩、开船兜风，拿钱来享受生活，这才是富贵人生，明显跟我不在一个档次上，今后得跟您学习，这杯酒敬您。"

宏图听他说的话糙理不糙，借着酒劲笑道："赵总您客气，我们都人到中年了，有啥可攀比的，享受生活才是第一位的。拿你有的，换你要的，这个世界一贯如此，拿钱买快乐很公平。况且老百姓能买得起的都不叫奢侈品，一根皮带、一个包，明明是消费品，打上牌子价格就翻几十倍，年轻人还拿来炫富，这不是坑人吗？"众人哈哈大笑。

此时，服务员和厨师共同推着一辆小车进来。车上放着早已在蛋糕房预订好的五层雕花大蛋糕。宏图属龙，一眼就看出了这是专为他特制的蛋糕，蛋糕第一层雕刻着一条腾龙和一匹骏马，配有四个大字——龙马精神；第二层一龙一虎，是为龙腾虎跃；第三层八色祥龙，上书"八部天龙"；第四层是龙凤呈祥；最上层雕着活灵活现的一个硕大龙头，下书"神龙见首"。

龙首自是无人敢碰，在众人齐唱生日快乐的歌声中，宏图主刀沿着蛋糕字体部分一切到底，服务员接过刀具，去厨房为众人切分蛋糕。

宏图看酒喝得差不多了，叫服务员一并端上主食。不一会儿服务员端上了满满一锅碎米熬制的鲍鱼海鲜粥，每人另配有一盅椰汁冰糖燕窝甜点和一份蛋糕。

众人吃罢，游玩尽兴，开船回去不提。

4

最近两个月宏图的失眠加重了，只有凌晨、午休和坐在车上的时候才能睡上相对完整的一觉。尽管有最豪华的大床，他甚至害怕躺下。他不停地更换枕头和被子，羽绒枕、乳胶枕、记忆枕、各式保健枕，轮流枕过一圈后还是换回了普普通通的荞麦枕，睡不着至少躺在上面还舒服些。无奈之下，他只能延长午休的时间，可这也只是饮鸩止渴，让他本来就很差的晚间睡眠变得更是睡意全无。

不得已，小芳陪他去看了失眠门诊，医生告诉他们短期可以服用一点安眠药，但效果有限，而且长期服用会产生药物依赖，要想治愈还是得找到失眠的原因，从源头上解决问题。出了医院大门小芳抱怨道："你现在有了百亿家产，可给你带来的只有失眠。早知如此，还不如当初不在美国上市呢。"一边说着话，小芳一下子意识到自己找到了宏图失眠的症结。宏图的睡眠周期似乎与美国股市的交易时间一致，他往往在凌晨四五点钟后才能安稳地睡上两三个小时。宏图听她如此说来，仔细想想似乎的确是这么回事，自从几个月前公司股价快速下滑开始，他的睡眠就变得每况愈下。

公司的股价下滑与最近几个月遭遇的融资困境有关。自从2008年金融危机爆发以来，九州同源股价逆市上行表现始终不错，但为此付出的代价也十分沉重。

在华尔街宏图公司的坚定盟友是雷曼兄弟，宏图公司上市初期股价表现良好，离不开雷曼兄弟证券分析师的生花妙笔。2008年9月雷曼兄弟破产，随后一系列违规操作被曝光，其中就有其分析师收受上市公司贿赂发布不实信息操纵股价等内幕，此事虽然后来被压了下来，但在投资圈内还是留下了不光彩的烙印。金融危机对美国经济造成的破坏异常巨大，从2007年年底美股一路下跌，一年多时间大盘跌幅达到了一半，2008年年底美国经济进入大衰退。2009年后受金融危机影响，全球经济每况愈下，美国更是进入了全面去杠杆阶段。

覆巢之下岂有完卵。宏观环境如此，宏图公司的融资也开始逐渐捉襟见肘。上市后业务扩张、持续并购、买房买地、大量营销推广活动等举措，让宏图时刻承担着巨大的成本压力。可以说没有大额融资支撑，公司马上就会陷入泥潭，有了融资尽管以后可能步入深渊，但毕竟争取到了宝贵的时间，有时间就有希望。

宏图是个机会主义者，他深知对上市公司而言，没有融不到资金的时候，只是代价的问题，为了获取资金必要时他甚至愿意与魔鬼签约。在资金日益紧张之际，宏图经人介绍认识了一家专做美股债券的金融机构。该机构亚太总部设在上海，负责人田总是位美籍华人。田总建议宏图以发行可转债的方式融资。可转债具有债券、期权双重属性，拥有者既可以像拿债券那样始终持有，等着上市公司还本付息；也可以在规定期限内把可转债换成股票。从田总角度来看，这当然是一种进可攻退可守的投资工具，虽然单纯作为理财工具收益不大，但如果考虑到投资转换为股票的可能性，则绝对物超所值。

宏图知道一旦选择这种方式融资，要冒很大的风险，如果融资金额巨大甚至有在未来失去控股权的可能，但这种方式融资的好处也显而易见——融资成本远低于其他方式。人到了等米下锅的时候，哪还顾得些许风险，于是双方一拍即合。

巨额融资到账后，宏图心下顿感轻松，当夜倦意袭来竟一觉睡至第二天中午。自从经历了这次短暂的资金危机，拿到可转债投资后，宏图意识到在巨大的成本压力下，公司现金流变得更加脆弱，为了拿到更多资金，他不得不出让更大的主权，这样下去早晚有一天公司会江山易主，而他将再一次落得两手空空。

　　为了避免走到山穷水尽的那一天，他必须提前采取行动缓解资金问题。为此，他苦思冥想了几天，终于制定出了公司下一步发展的两大决策：一是从内部挖掘出快速盈利的核心业务，以减少融资压力；二是在外部开拓出更多的融资渠道。

　　宏图决定先从自己擅长的开拓外部融资渠道入手。国内各大商业银行的传统信贷业务已经做过一轮了，他的办公楼、工业园也反复质押过，当下暂时还没有新业务能突破信贷瓶颈。因此，宏图将眼光放到了海外。

　　去海外融资，债权融资需要海外金融机构反复调查上市公司业务，而且调研周期很长，初次放款却很少，且大都是短期贷款，明显并不是好的选择。最好的选择，仍然是股权融资，九州同源已经在纽交所上市，纽交所是全球最大的股票交易市场，其财务、审计报告等资料相对规范，在全球各地交易市场大都认可。

　　一只股票在两地上市，有两种操作办法。一种叫作双重上市，即在不同交易所发行不同类型股票，如一家公司在上海交易所发行 A 股，在港交所发H 股，这种操作方法为大多数寻求海外发展的上市公司所接受。另一种方法被称为第二上市，就是在两地都上市相同类型的股票，并通过国际托管银行和证券经纪商，实现股份的跨市场流通。这种操作方法并不常见，鲜有大型上市公司采用。两地上市的好处显而易见，它能帮助上市公司收获更大、更多的投资群体，提高股份的流动性，最重要的是增强了融资能力；对致力于海外市场拓展的上市公司而言，能帮公司快速打开本地市场，开拓更多业务领域，也能更快被本地金融机构接受。当然缺点也显而易见——融资成本倍增。

　　宏图决定在新加坡交易所进行第二上市。与港交所比较而言，新加坡交易所对纽交所上市公司的审查更加宽松，而且也更容易吸引东南亚资金。新加坡与国内没有时差，与美国纽约恰好时间差十二小时，可以加强股票流通性，使股票基本能够做到全天候交易。定下决策后，宏图开始成立专项小组，准备材料、见券商、找中介机构，紧锣密鼓地忙活起来。

　　与此同时，他始终没有忘记缓解资金压力的另一条更为关键的决策——从内部挖掘出快速盈利的核心业务。山雨欲来风满楼。在国际经济风雨飘摇之际，他隐隐嗅到了一丝血腥商机的味道。他像一只耐心等待猎物出现的狮子，密切注视着宏观政策、行业市场传来的细微变化。不久之后，一次千载难逢的政策漏洞将主动出现在世人面前，而宏图心中蓄势待发的狮子早已备好了它雪亮的尖牙和利爪。

展宏钧·展宏图·深圳

1

纵观历史发展可以发现，经济周期与人性本身密切相关。太平盛世总会迅速转变为凶年饥岁，所谓大盛则大衰、大喜则大悲，周而复始。这是因为，日子好过的时候，人们往往会过于乐观，买房炒股、疯狂购物。盲目的扩张必然带来非理性的发展，过剩催生泡沫，于是坏年景如影随形。此时，人们往往又会变得过于悲观，终日节衣缩食、担惊受怕，紧缩的流动性导致经济短期难以复苏。就这样，经济周期在贪婪的指挥棒下，不断从人性的冲动和保守、经济的泡沫与紧缩两个极端之间循环往复。千百年来，无论是资本游戏的规则还是参与游戏的投资者，甚至资本自身，其实并没有本质的变化，变化的只是漂亮的外包装，而不变的则是永恒的人性内核。

2008 年爆发的金融危机横扫全球，由于美元的金融霸权地位，中国也未能幸免。所幸我们的金融体系其时并未完全开放，资产证券化也还处在初级阶段，又有大量外汇储备抵御外部动荡，因此危机对国内经济的影响相对略小。即便如此，危机早期对我国的出口业务和对外投资的金融业务收益还是造成了巨大的伤害。随着雷曼兄弟、美林证券出事，全球股市、楼市应声大跌，中国也未能幸免，更为严重的是持续多年的出口高增长出现高台跳水成为负数，电视台、报纸、网媒更是不断炮制出"金融风暴""金融海啸""金融地震"等震撼性词语直击老百姓本就摇摆不定的脆弱神经，一时间风声鹤唳，谣言四起。

中央政府眼见外部金融风暴"黑云压城城欲摧"，紧急之下启动"一急一徐"两大连环策略应对危机。所谓"一徐"乃是应对中国经济三驾马车的出口急速下滑而定，即以出口转内销，用消费内需代替出口，进行产业转型。此一政策的后果是直接启动了商业互联网时代，为后来多年物流、电商、送餐、打车等领域的蓬勃兴起打下了坚实的基础。"一急"策略，即投入四万亿平稳经济、扩大内需。此四万亿投入初衷本是好的，可实施过程中受制于人性的贪婪与制度的漏洞，也一定程度上扭曲了市场经济格局。

四万亿政策宣布的三天后，宏图紧急召开集团高管临时会议。会议上宏图先让秘书小丁跟大家分享相关报道资料。小丁讲完后，宏图总结道："各位，自从三天前我听到这个消息后，直觉告诉我，这里蕴藏着未来几年最大的商机。给诸位打个比方，我刚才算了一下，四百亿张百元大钞每张钞票一毫米，这些钱摆在一起可以搭成两座大桥，一座可以从地球直达月球，另一座从中国到达美国。所以诸位发挥想象力，这么多钱聚在一处能做什么？毫无疑问，它甚至可以填平一个行业、启动一个新市场。所以我们接下来的主要任务就是追随着相关政策的导向，找到这些钱的轨迹，研究出如何利用这些钱的商业模式，进而借助我们上市公司的良好资源，融入投资指向的商业目标，只有尽早、尽快地做到这些，我们才可能抢得一杯羹。"

高管会的第二日柳芊芊找到宏图。芊芊和宏钧夫妇已经搬来深圳一年多了，由芊芊负责成立的培训教育学院，已初步搭建完成。校园由宏图前年并购的一家濒临破产的工厂产业园区改造而成，宏图并购时真正看重的其实是这块园区土地，他托人打听到未来市政规划可能将这片工业园区改造为城市综合体，也就是说这块工业用地在几年后有变为商业用地的可能性。如果真的如此，届时仅仅是土地价格就会有十几倍的上涨，从机会成本的角度看这笔收购还是蛮值的。芊芊接手园区改造后，短短半年时间就将园区改造为包括一栋教学培训楼、一个小型操场、两栋学员宿舍、一个实训设备基地四部分的综合培训机构。在园区改造的同时，芊芊飞遍全国各地科研院所和协会学会等机构，在诸葛达明名誉院长的帮助下，共同为学院聘请到近百位知名专家学者、高级别退休官员作为学院的客座教授，芊芊又向宏图争取到了集团高管轮值当实训导师的支持措施。最终两个月前，学院正式启动，第一批两百名应届毕业生为期三个月的基础培训，还有一百多名各地新入职员工两周的上岗培训已经开始。

昨天的高管会对芊芊触动较大，她很欣赏宏图敏感的商业嗅觉。回到家中她与宏钧商量，是否可以借助学院的师资力量以四万亿投资为题开一个新颖的高峰论坛。这样做不仅能帮助宏图找到商机，还能帮助学院提升知名度，为今后高端商业培训打好基础。宏钧十分赞同芊芊的想法，根据他多年的从业经验判断，无论多大的政策商机最终其绝大部分必将落地为具体、易于执行的项目，而自己正是项目实施的行家里手。从这个角度看，他意识到自己也应该为这个即将到来的商机做好准备了。

芊芊把自己的想法汇报给宏图，见他明显很有兴趣，于是一并拿出了几个拟订的备选议题，还有一份初拟的演讲嘉宾名单。宏图拿过来名单一看，当即一拍大腿，"太好了！"随之报以怀疑的眼神问道："这些人都很有来头，能请到几位？"柳芊芊微微一笑道："这些都是诸葛院长和我前几个月挖过来的学院客座教授，要不是有这些师资力量在手，我还想不出来这个方案哩。"

经过二十天准备后，一场名为"守常求变，审视破局——揭秘四万亿计划"的高峰论坛，在香港科技园著名的金蛋建筑——刚命名不久的高琨会议中心举办。芊芊发动集团高层广撒英雄帖，将国内著名的专家学者、经济学教授、银行行长、企业家、政府高层领导、技术大咖、投资公司高管、行业协会秘书长等等诸如此类，各领域的代表性人物一并请来，会议中心二百八十八个座位，座无虚席。会议为期三天，每天上午、下午各有五位嘉宾分享，第三天下午还加了一场二十位专家与台下嘉宾的互动环节。

会议中诸位专家演讲的话题，主要围绕着国家提出的扩大内需十项措施展开分析。三天会议听下来，宏图心中有数了。虽然演讲嘉宾所处立场各有不同，但万变不离其宗，高手看问题，往往都能抓住核心要害。无论演讲嘉宾是从技术层面、政府层面，还是经济层面，实际上都聚焦在三个主题，即基建、民生、金融。再往深处入手剖析，这三者又都在同一个领域融会贯通——城镇化。想通了这点，宏图当下大悟，心中的一团乱麻瞬间理出了个线头，顺藤摸瓜霎时间一切就条理分明了。

这场论坛让宏图意识到，在当今宏观经济形势下，中央政府投资做指引，地方政府必将投入更大资金做配套，如此多的投资中绝大部分将砸向城镇化，届时这个领域必将掀起滔天巨浪。在形势还未完全明朗之前，谁提前挤进去这个增量市场，谁的概念更新颖，谁的商业模式更落地，谁就将把握先机，执此领域未来发展之牛角。至于技术、方案、产品，对于一种投资为主体的项目模式而言，这些似乎都是下一步的问题。

机智狡黠的宏图，确实又一次把握住了大时代发展的脉搏。改革开放三十年，中国进入快速城市化进程，由早期的就地城镇化到沿海带动内地全面城市化，再到中小城镇化与区域城市群并重发展，走平安城市、节能城市、数字化城市道路。可以说，正是每年百分之一的城镇化速度，带动了中国农业、制造业、服务业三大产业间转型升级与均衡发展，所以某种意义上城镇化才是中国经济腾飞的最主要推手。但超快速的城镇化发展，也同时带来了巨大的压力，造成城镇化与社会结构、生态环境、资源承载力等诸多要素不匹配的现实问题。中国城镇化发展遇到的土地和空间发展受限、资源不足、能源短缺、污染严重、劳动力结构失衡、资金与就业不易持续、贫富差距加大、公共服务与社会保障缺乏等许多结构性问题亟待破局。

既然旧有城镇化模式存在各种各样的严重问题，四万亿投资进入城镇化必然不会走传统城镇化的老路。师出有名才能无往而不利，新的城镇化投资建设模式需要新的概念来支撑才能走得更远更久。

时下最贴近新时代城镇化的概念有五类：一是公安部牵头推广的平安城市，以城市安全为核心要素，切入点很到位但概念偏窄，无法调动各行业各业都参与到城市建设中；第二个概念是数字城市，最早由建设部、科技部提出，以遥感、地理信息系统、虚拟仿真技术为核心，主要任务是对城市进行三维数字化描述，创造出虚拟层面的城市与真实城市互动运营；三是中科院牵头提出的感知中国，它以物联网为核心技术将城市各部分连接，理念很先进，但概念内核偏技术，又缺少各大部委的应用支持，也难以成事；第四个概念本来源于国外，2008 年 IBM 公司最先提出了"智慧地球"概念，此概念将互联化、物联化、智能化三大要素融会贯通，行业领域应用方面极具潜力；最后一个概念是韩国提出的"U 城市计划"，以具体城市建设尤其是基建为出发点，轻理论，重应用，尤其适合项目化操作。此外，还有"宽带中国""低碳中国"等一些概念，都因失之狭隘或缺少应用与政策支持，仅仅昙花一现就消失不见了。

宏图对五个概念反复比较思考了几天，认为 IBM 提出的"智慧地球"及韩国的"U 城市计划"这两个概念在格局、可操作性方面更胜一筹。打定主意后，他再次召开高管会议，宣布由宏钧牵头成立专项小组探索新的城镇化建设模式，争取在最短时间内拿出可行的商业模式。他自己则让秘书小丁安排拜访各大政府机构、商业银行实时了解城镇化建设的新动向。不久，宏图获知"智慧地球"概念，经国内专家研判修订为"智慧城市建设"，该理念得到工信部、住建部等几大部委的支持，发改委也在立项调研。又过了三个月，北京市率先提出"智慧北京行动纲要"，宏图意识到留下讨论的时间不多了，即将到来的"智慧城市"时代定会成为各地政府基础设施投入建设的一面高高飘扬的旗帜。

时不我待，宏图和宏钧兄弟必须赶在智慧城市从概念到项目落地的窗口期关闭前，完成独具竞争力的商业模式，否则大好时机将擦身而过。

2

企业实际经营过程中，战略规划永远赶不上市场变化。

宏钧临危受命研究智慧城市商业模式，组织方案设计、技术支撑、市场销售等多方人才开会讨论了多日，但大家对智慧城市这一新生事物仍然犹如盲人摸象般一知半解。

这日宏图急匆匆找来宏钧，原来是姐姐宏翼在杭州刚打过电话。自从宏翼执掌集团公司制造业务大印后，忙于新并购的多家制造商业务关联整合。恰巧一位新加盟集团的孟总，偶然听宏翼谈起公司总部正在重点布局智慧城市新业务，立刻想起自己亲哥哥前几日也跟他提到此类事情，心中不由一动。这才引出孟总牵线搭桥，九州同源集团开启最诡谲的一段创富历史。

原来，孟总的亲哥哥是梅云市开发区管委会主任兼党工委书记，位子虽不高，但权力很大。梅云市地处江南腹地十分富庶，人均可支配收入居全省前列。开发区规划面积很大、交通便利，发展潜力无限。江浙领导的市场观念领先全国，他们大都是敢打敢拼的实干家，甚至有很多领导出身企业，所以江南一带是全国将政策红利运用得最好的地区之一。在这一过程中，领导们也在改革试点中尝到了以发展商业项目收割政绩的甜头，对政策的敏感度非常高。自从听说住建部、工信部等中央部委纷纷准备试点建设智慧城市，梅云市任市长几次召开专题会，又从发改委国家信息中心、中科院等机构邀请知名专家学者为各级官员洗脑，铆足了劲要拔智慧城市建设试点城市的头筹，孟主任作为开发区一把手领导自然不甘人后。

宏翼在电话中跟宏图介绍了梅云市开发区有建设智慧城市的迫切需求，孟总也愿意作为中间人极力促成此事，问宏图是否有意向以此为开端介入智慧城市建设领域。宏图让姐姐转达孟总联系开发区管委会出具邀请函，自己和宏钧组织人员尽快过去调研。

宏图将此情况跟宏钧说了，并问宏钧商业模式准备得咋样了。宏钧道："可以确定是采用项目投资加总包的方式操作，现在市面上流行的BT、BOT等大项目运作模式均可以参考。实施方案也有了些初步的想法，但大都是智慧行业的解决方案，比较细碎，还缺乏大的框架理念把这些方案整合在一起，尤其是项目投资的资金来源方面还不太明晰。我们这几天草拟了一个《九州同源智慧城市建设与运营白皮书1.0版》，还不成熟。"

"很好呀！去掉1.0字样，不能在外人面前露了怯。啥事都不可能等完全准备好了，其实永远也准备不好，差不多就可以干了。逢山开路遇水搭桥，边干边总结才更可行，坐着开会开出的模式都是纸上谈兵，不顶用！"宏图道。

"你说得对，整天开会我头都大了，不如去走一趟来得实际，回来再讨论更有感觉。做项目最关键的还是人，把人摆平了，关系理顺了，项目自然也就成了。"宏钧是个下地干活的实干派，这么多天也早就聊得腻味了。

"好，你让小组成员做好准备，再跟孟总沟通下，把咱们的解决方案根据梅云开发区的实际情况再做一下对接调整，头一次做这种战略性新业务，咱们哥俩亲自带队跑一趟摸摸底。"

几天后梅云市政府任市长的邀请函发来了，宏图让秘书小丁订当天下午飞往梅云市的机票。刚进入七月正是江南的雨季，由于梅云市发生雷暴天气，众人在机场滞留了三个多小时，下了飞机已是晚上八点多了。中间人孟总和开发区办公室迟主任在机场接站，迟主任是个五十多岁的矮粗汉子，让大家叫他老迟，他代表开发区领导欢迎大家到来，说管委会孟主任还在政府餐厅等着大家吃饭呢。众人谈笑间登上政府接待用的依维柯奔往市区，谁知车子刚上高速不久，前方出现大片浓雾。原来，下午的雷雨过后随即晴天，太阳暴晒之下气温不降反升，高温地面将空气中的湿气和地面的雨水不断向上蒸腾，形成如此厚重的团团浓雾。开了大灯，前方能见度也就两三米远，车子开得愈发艰难。无奈之下，他们以自行车般的速度行驶了一个多小时，才走完这段二十几公里的高速。宏图跟老迟说太晚了，让他电话孟主任别再等了，可电话那头孟主任坚持等着为大家接风。下了高速，宏图决定不去酒店一路直奔政府餐厅。车子驶到餐厅门口，有几个模糊的人影在路灯下站立等待。终于，晚上十一点多双方才碰到了一起。

经中间人介绍后，孟主任握着宏图的手道："展董，一路辛苦了，我俩见面像井冈山会师一样历尽艰难，但好事多磨，希望我们今天会师能种下未来合作的星星火种。本来任市长要来一起吃饭，后来省里有个领导找他有事先走了，他让我代表他欢迎您，明天开会任市长也参加。"

"孟主任，您让我看到了咱开发区领导深深的诚意，有这样亲民的领导，何愁咱们合作不成。"

双方落座后，中间人孟总介绍一起吃饭的各位领导，开发区管委会孟主任、梅云工商银行的冯行长、城投公司的于总、国土资源局的姜局长、梅云建筑工程公司的沈总，还有一路陪大家过来的办公室迟主任。另一边则是九州同源董事长展宏图、系统集成业务集团总裁展宏钧、研究院智慧城市分院长计博士、法务总监贺律师、投资总监谭总、宏图秘书小丁。大家都是老江湖，一听对方称呼、职位，当下已经明了各自位置和业务对接人，开席后各自敬酒不在话下。这顿饭直吃到后半夜一点多才结束，孟主任让老迟带着宏图一行人到政府为贵宾入住特意订的君越酒店。

次日早晨七点半酒店安排叫醒服务，八点大家到了楼下集合，见孟主任已在大堂等候，他执意要带着大家去吃本地的特色早餐。大家步行转过两条马路，进入一家名叫欣悦斋的二层小楼。老迟安排大家二楼坐定他去叫餐，不一会儿一盘盘早餐端上，孟主任逐个介绍，这叫粢饭团，是用糯米饭蘸豆粉包住油条，再撒上榨菜、火腿丁卷起来做成的；那个叫煮干丝，是以方干、火腿、木耳、冬笋切丝熬制而成；那个叫如意回卤干，这个叫绉纱馄饨，那个是鸭血粉丝汤……

早餐过后，孟主任带领大家参观梅云城市规划展览馆。老的城市规划展览馆因为设施落后，跟不上以现代化手段展示智慧城市的新要求，已经改为梅云市书画艺术馆。新的展览馆刚建成不久，是栋精致的三层小楼，馆长带着漂亮的讲解员小姐早已站在门口等候。众人步入首层大厅，大厅层高有六米左右，往前走几步，一座大型的现代化沙盘映入眼帘，这是座足有两三百平方米的城市微缩沙盘，不计其数的建筑模型林立，中间穿插着道路、河流、山体的模拟景观，整个沙盘体现了声光电的完美结合。甚至当你触摸某一建筑模型时，在整个大厅一侧的白色墙壁上会显示出该建筑的三维形象、名称及各种参数介绍。

展览馆的二层主体部分由一个巨幕影院构成，宏图一行人坐在沙发上，观看了三十分钟的介绍短片，第一个片子以实景拍摄为主，对梅云城市的历史、人文、地理环境、百姓生活做了介绍；第二个片子是利用无人机三维拍摄的城市全景虚拟现实与动画合成，立体地展示了梅云市的现代科技、民生、旅游，以及未来的发展规划和前景。看完片子宏图等人对梅云市的经济与社会生活有了更深刻的认识。展览馆的三层主要以展板和显示屏作为展示工具。这层由两部分构成，左边介绍梅云市各大行业，如交通、医疗、教育、建筑、水利、环保等近年来的发展成果与未来规划，右边则是分区域介绍。孟主任抢过话筒亲自给各位介绍，在梅云市的三区四县和一个开发区中，开发区无疑是后来者居上，可以看出来无论在区域面积、人均收入，还是 GDP 增速等方面都位居各区县榜首。

出了展览馆，孟主任道："展董，看完城市规划馆，估计您对梅云市，对开发区方方面面都已经有了个基本的认识，接下来我们去实地考察下项目的地块，然后在我们管委会吃个简单的工作餐，下午在管委会开会讨论项目，任市长也参加，您看这么安排行吗？"宏图点头应允。

离开市中心的展览馆，众人驱车二十分钟来到开发区，随着车子向开发区纵深驶入，两边街道建筑逐渐稀疏，并越发显得破败，十几分钟后车子停在了一大片空旷的光地上。路边竖立着几根一人高的杆子，上面挂着印有规划图的路牌，孟主任叫老迟拿出一张大地图铺在车子前盖上，众人围成一圈听他讲解。

"今天我们要看的是开发区最后一片待开发土地，其中百分之八十已经完成'招拍挂'，还有少部分预计年底完成拆迁，这些待拆迁土地都在边缘地带，不会影响前两期项目。整体土地有三十平方公里，也就是四万五千亩，按照地块开发进度，我们项目将分三期进行。首期一万亩土地，就是我们现在看到的这片区域，已经实现了七通一平，可以直接进场二级开发。一号地块周边一公里就有高速公路出口，周边还有两条省道通过，正在建设的梅云高铁站距此不足三公里，预计两年后开通。"

孟主任带着大家一路看了相互连接的几处地块，边走边介绍周边的地理环境、交通物流、现有设施等基本情况。看完最后一块土地，旁边老迟提醒孟主任已经十二点半了，下午两点还要开会。孟主任问了下宏图等人还有什么疑问，大家说没有问题。于是，众人开车回管委会食堂午餐。

3

午饭过后大家来到管委会办公大楼顶层的会议室，会议桌签已经摆好，大家有序落座。没几分钟，任市长到了，双方各自介绍一番后，会议开始。

作为东道主任市长率先发言，欢迎宏图一行来考察，他随即对梅云市基本情况做了一个简要的概述。梅云市历史悠久、交通便利、物流发达……

任市长随后谈到城市建设："梅云市现有城镇化率百分之六十五，城镇化速度百分之二，远高于全国平均水平。省国民经济和社会发展十二五规划对梅云市有八字方针的要求，即'转型发展、绿色崛起'。梅云是江南为数不多的能源型城市，地下煤矿丰富，但恰恰是这些资源限制了我们的发展潜力，这些年坐吃山空，矿产资源后续不足，环境污染却是日益严重，所以老百姓俗称'煤云市'。因此省里要求我们要快速转型升级，未来要走循环经济发展之路，转变为节能环保的低碳城市，重视能源的二次开发利用和发展绿色新能源。"说到这里，他抬起双眼盯着宏图，认真道："展董，上午孟主任带你去看了项目地块，这是咱们梅云为数不多的待开发土地中最好的区域，你们以智慧城市建设理念设计、开发这些土地时，还要以省里的规划要求为核心开展啊！"

宏图见任市长说完，接过话头道："任市长您放心，我们给合作伙伴提供的都是能满足其特定需求的方案，我们从来反对建设智慧城市搞成千城一面，我们坚信必须尊重城市原有特色，在已有基础上提供一城一策的解决方案进行升级改造才是出路。这次带来的智慧新区解决方案就是立足梅云实际产业发展，以低碳技术改造升级原有煤炭经济，形成产业集群带动区域整体经济发展，同时兼顾向清洁能源产业拓展。我先介绍下公司的整体情况，一会儿由集团负责这块业务的这位展总跟大家一起讨论具体方案。"

接下来宏图将九州同源集团现有规模、发展历程、业务架构、科研力量、上市情况等进行了简要的介绍。宏图特意强调九州同源的两个特点：一是纽交所上市，可持续融资能力很强，这点是可以带资做大型项目的保障；二是集团各大业务板块资源丰富，形成了技术研发、产品制造、系统集成、工程施工、运营服务、教育培训产业链一条龙业务，可以满足大项目对各方面的一揽子综合需求，使客户不用因为同一项目找多家企业合作，产生扯皮纠纷。另外，集团是靠做平安城市业务起家，对城市级项目运作本身就有着丰富经验，这几点都是大部分同类竞争对手所不具备的。

宏图讲完后，任市长点头认可，并表示对双方合作前景十分看好，未来将全力支持项目的推进。然后，向大家致歉，说市里今天还有个重要的会议，他先走一步，项目进度他会定期关注。宏图知道他只是打个过场表态支持，具体项目还是要跟孟主任谈，于是众人起身送行。

任市长定下了合作基调，他走后会议开始进入了实操阶段。孟主任道："展董，在政府的初步规划中，项目总占地四万五千亩，预计投资百亿元，拉动十几万人就业，几十万人在其中生活。首期项目一万亩，预计投资在十五亿左右。大概就这样，具体情况上午您也看到了，项目细节早先发给过您公司做方案设计，要不您看，哪位介绍下设计方案。"

"好的，孟主任，这位展宏钧展总是我们这次合作项目的总负责人，由他为大家介绍下总体方案吧，技术细节的问题一会儿我们研究院的计博士补充。"宏图点头示意宏钧开始。

"好，我先从整体项目方案介绍，然后再介绍首期项目内容，最后我们讨论项目投资以及建设运营模式。"宏钧道。

根据梅云市实际产业发展情况结合省里要求，宏钧将项目名称最终定为"智慧新能源产城融合示范区"，简称新能源示范区。当初选择这个名称宏钧可谓煞费苦心，名称有多层含义，其中"智慧能源"有对传统能源升级的意思；"新能源"代表对新型清洁能源的探索实践；"产城融合"是指产业建设是重点，但同时也要照顾"人"的城镇化需求，提高园区中就业人群的生活质量，充分考虑其居住、休闲、酒店、购物、教育、医疗等民生保障，只有这样才能留住人才。宏钧这里混淆了"城"和"人"的概念，他没有提及的潜台词，即"城"的真正含义指的是地产开放，住宅地产、商业地产对于企业而言才是更有价值的"香饽饽",这也是九州同源公司的核心利益,他们当然不会放弃,对此双方都心知肚明;最后"示范区"代表着以这种智慧城市理念操作产业园区的模式还没有先例,一旦成功将具有强大的展示示范作用,这对孟主任、任市长这种地方政府高层领导是极具诱惑性的,因为他们知道一个成功的智慧产业新城示范案例,毫无疑问将为自己镀上金身,如果再能将此案例依市里、省里逐级复制,何愁仕途不飞黄腾达。对于绝大部分政府高层领导而言,他们其实并不想在如此巨大而显眼的项目中获得特殊的经济利益,政绩才是他们推动项目的最主要动力源,这点是巨型项目和中小项目的截然不同之处。至于下属操作层面领导的利益保障,一般自会通过项目分包实现,这也是此类项目大多采用本地建筑公司的原因。

依照梅云开发区要求,项目分三期进行,第一期宏钧称之为"筑巢",此阶段主要任务是为新能源示范区打造一颗强壮的心脏,为此要建设一个新能源企业的总部基地,将本地大型能源企业迁入,同时招揽国内大中型新能源企业入驻;另外再建设一个小微型新能源企业的孵化器,聚集有创意、创新思维的小型新能源企业于此创业。第二期名为"引凤",此阶段的主要任务是依托第一阶段的新能源核心企业进行外延式扩张,不断完善核心企业的上下游供应商与服务商,最终形成智慧新能源产业集群,如果说首阶段重在硬件建设,那么这个阶段则是从软件角度出发,建立新能源的研发实验基地、专业人才的培训基地、产业基金平台、企业投融资平台、技术转化平台等。第三期代号"齐鸣"。此阶段的任务是园区的综合配套建设与服务,如住宅配套、商务酒店、生态景观、医院、学校等,通过社区建设与服务、人文环境改善、周边生态环境改善来提升人们的工作与生活质量。

宏钧最后谈及项目的建设与运营模式只是寥寥几句带过。项目建设他们采用项目带资建设,建成移交甲方的模式(BT),项目运营则采用规划设计总包、集成施工总包、后期大园区运营服务总包的模式。

对于项目建设内容宏钧反复琢磨过几个日日夜夜,因此是有一定把握的。而项目模式,他却心里完全没底,这么大规模的项目他从来没有操作过,他们想要采用的垫资建设模式,他也并不熟悉。根据宏钧以往的经验,当谈判中必须面对并不熟知的领域时,最好的办法就是实话实说,知道什么说什么,绝大多数商务谈判前期,真诚才是最有效的说话技巧。

想到这里他最后总结道："孟主任、各位领导，我把上面汇报的内容做个小结。项目名称'智慧新能源产城融合示范区'，项目将分三期进行，首期重点是核心企业聚集、产业设施建设，二期重点放在产业集群形成、招商与服务，三期则以生活环境改善、综合配套的建设与运营为主。智慧城市项目是新生事物，与我们以往做过的平安城市等项目模式不同，因此对于项目模式，我们只有理论却并没有太多实践经验。尤其是项目的资金问题，您知道我们作为上市公司有一定资金实力，但如此大型项目动辄投入几十亿，如果没有金融机构支持，老实讲我们也难以承受。吃早餐的时候听孟主任说以前在省里工作时参与过这种规模的项目，要不您给我们上上课做个科普。"

孟主任早知道他是宏图的亲哥哥，也是这个项目的实际负责人。一天接触下来，他十分欣赏宏钧这种踏实务实的工作态度，当下道："展总客气了，上课不敢当。智慧城市是新生事物，但我以前参与过政府与企业合作建设大型污水处理厂项目，采用的是 BOT 模式，我就以此为例讲讲政府在大型城市级项目中的作用以及可能的投融资模式吧。"

孟主任将此类大型项目的模式总结为"政府主导、土地财政、大范围规划、产业投资驱动、外延式扩张"，其核心理念是政府经营城市。二十四字原则中，重点是政府主导，所以在项目实施过程中，政府相关部门对设计规划、建设选址、土地使用审批、土地变性、规划许可、工程许可、基础设施建设、改造拆迁等流程都有严格的审批和直接决定的权力。

政府以经营决策者的角色进入项目，首先，释放土地，利用土地差价获取土地出让金，作为政府财政的补充；其次，通过地方政府融资平台，一般是当地的城投公司与项目投资商合作，此类合作伙伴大都是像九州同源这种上市公司或大型国企，因此除了投资也能做项目总包商；再次，项目投资总包商与当地金融机构合作，投资商以自有资金支付小部分项目款，金融机构为项目提供大部分贷款，政府则以财政预算担保作为未来支付的兜底，保证今后项目款分期付给投资总包商；最后，政府与项目投资总包商合作规划，投资总包商以 BT 或其变种模式实施项目，双方共同引导资金流向相关产业，通过大项目落地，吸引相关企业入驻。项目建成后，投资总包商将项目移交给政府，政府按照约定以财政收入（出让土地得到的收入）分期支付项目款。通过这个完整的流程闭环，政府实现了以土地增值收入建设基础设施、扶植相关产业的战略构想。在此过程中，企业亦获取了项目投资收益、建设收益、运营服务收益，从而实现了双方共赢的结果。

孟主任言简意赅的几句话就把一个复杂的项目流程交代得清清楚楚，同时也让宏图等与会众人明白，谁才是项目真正的"老大"。接下来，众人开始你一言我一语讨论起来。

最后孟主任总结道："我刚才十分认真地听展总讲完方案，这三阶段的实施方案我很赞同，具体细节接下来大家再认真碰碰。"说完看着宏图道："展董，我有个提议，我们定一下项目的对接人，政府这边项目总负责找我，项目投资的事情具体操作由工行的冯行长、城投的于总负责，方案找国土局的姜局商量，迟主任做总的协调服务，需要调动更多资源时我们再请示任市长。"

宏图赞道："孟主任真是雷厉风行，这边我和展总跟孟主任沟通，谭总和贺律师负责投资，计博士跟姜局对接方案，我的秘书小丁给大家做服务。"

项目基本敲定合作意向，双方商定未来要办个隆重的签约仪式。当晚宏图提前回深圳，宏钧率项目小组人员次日接着开会跟孟主任等人沟通项目细节不提。

4

梅云项目的顺利推进极大地增进了宏图的信心。随着项目实施的深入，他逐渐看清了此类巨型项目的核心本质——无非是包裹着智慧城市业务外衣，凭借银行资金大赚投资收益，借助总包身份大赚房地产开发收益，而且利润丰厚得超乎想象，简直像抢钱一样。他预感这是金融危机后出现的最大的政策性疏漏，宽松的金融政策下，政府却无法直接利用银行贷款经营开发城市，所以必须通过他这样的第三方公司来运作，为此也付出了巨额的资金代价。

明白了这一切，宏图再也抑制不住内心涌动的投机冲动。当年他就令宏钧同时启动了三个类似的巨型项目，第二年更是增加到七个项目同时开工。野心不断膨胀的宏图已经不止于照搬照抄现有模式。宏图开始尝试创新模式，他以扩建自身研发基地、落地高新技术、扶植当地产业转型升级为名，成立了新能源研究分院、机器人研究分院、无人机分院等多个分院，迅速招聘了几千名研发人员，通过各地政府低价拿地，建立配套酒店等商业设施再出售圈钱。建设研发基地的模式获得成功后,他又将此模式以教育培训基地再复制一遍。就连远在美国的海外分部,他也令尹柔回国学习项目模式,试图在海外进行项目复制。后来事实证明,海外投资项目虽然洽谈困难、利润不如国内,但项目因而做得更加扎实,回款良好、收入稳定,尤其是澳洲和南欧国家的项目。后来,在宏图穷困潦倒之际,正是这几个稳定的海外项目回款给了他一次从头再来的机会。此是后话,略过不提。

人的力量有限而欲望无边。一年过后宏图甚至将项目中所有建设、运营服务之类的事情全部分包出去,只是专注于投资收益,以钱生钱,仅仅是项目分期的投资收益每年也能给他带来十几亿元的纯利润。

宏图向来自以为是个专做大事的枭雄。在他看来金钱就是他实现雄心梦想的加速器。现在大笔现金流水一般滚滚而来,他哪容得这些钱安静地趴在账上。反复思量后,宏图在年终会上提出三大战略构想:借势布局,重组业务架构;造局成势,领先商业模式;蓄势而为,储备战略资源。

首个战略——借势布局、重组业务架构。宏图创新性地提出了重新构建九州同源公司业务布局,打造三维智慧产业的发展新格局。他提出企业的业务战略应以资本并购为手段在纵向朝着应用领域拓展,向智慧节能、智能交通、智慧环保、智能建筑、智慧医疗、智慧社区等领域全面扩展;在横向完善产业链布局,从前端制造、销售到集成、施工,再到运营服务,深入完善智慧城市各领域产业链条;同时在第三维度,以商业模式、资本、战略、营销等核心要素为牵引动力,带动应用领域和产业链布局的业务价值获得快速提升。

在新的战略布局中,宏图创建了十大业务集团板块,其中以宏钧负责的智慧城市综合业务集团居首,宏翼率领的大安防业务集团次之,尹柔领导的海外业务集团位居第三,其下依次为节能减排、机器人、新能源、消防、水工业、电教等业务集团。值得一提的是通过并购新成立的金融业务集团,不仅承接些传统的小贷、担保业务,还在尝试新近流行的 P2P 业务,这是个宏图十分看好的业务模式。在下属十个集团中,宏图只参与智慧城市集团和金融业务集团的月度例会。此外还有技术研究院、教育培训学院两大支撑机构,开辟众多分院为各业务集团提供技术研发与人才支撑。

第二大战略宏图称之为:造局成势、领先商业模式。在宏图看来企业的商业模式初期是由政策或体制定义,最终成功的企业将以引导体制的方式来定义模式。这就需要创新者不能陷入现有模式的层面，要学会跳出来，站在更高处看问题、总结模式、做出解决方案。而一旦企业创新出具有优势的商业模式，下一步更重要的是通过资源投入，稳稳地守住自己的先发优势。

宏图开始大量地投入广告，一时间全国各地数以百计的高速公路出入口如雨后春笋般矗立起"九州同源——智慧城市综合运营服务商"的巨幅路牌广告，得到初步的反馈后宏图更进一步将广告铺向各地的机场出入口。在几十个洽谈合作项目的城市中，无论是电视台还是报纸，天天都会出现九州同源的名字。不但是直白的广告宣传，宏图更令公司的营销部门采用多种灵活的推广方式，协办市长论坛、赞助院士会议、举办慈善晚宴……尽管每年花掉高达几亿元的营销费用，但在项目高峰期时，这些营销推广手段确实对拉动智慧城市业务起到了巨大的作用，甚至吸引了各地政府高层领导纷纷组团来公司考察。

宏图把第三步战略称作蓄势而为、储备战略资源。为了进一步确保九州同源在智慧城市业务中的领先地位，宏图提出要积极地进行战略资源储备。他利用自己独创的"研发基地模式"和"培训基地模式"，迅速扩大研究院与培训学院的规模，在各地设置大量分院，短时间内就招揽了数以万计的中高端人才。当有人质疑他花费数亿元进行人力资本投入，却未见到明显产出价值，这样做是否值得时，他提出"以项目养人才，再以人才支撑项目"的口号。其实，绝大多数人都不明白这种模式运行幕后的真正规律，其本质是依靠项目中的房地产以及商业地产的开发与增值牟利，研发与培训不过是其极具魅力的外包装。但平心而论，宏图若真能踏踏实实沉下心来，利用项目利润来进行研发管理和教育培训，而不是把科研和人才作为购买土地、吸引投资的噱头，或许九州同源真的会有一番更广大作为呢？但喜欢"一掷千金浑是胆，家无四壁不知贫"的宏图，又怎么可能忍受"十年磨一剑，霜刃未曾试"的痛苦呢？

5

光阴似水、时间飞逝，转眼又到了年底，宏图正在为年会做准备。最近喜讯连连，执行中的大型项目均推进顺利，公司业务依然保持着两位数的增长速度，前几日最新的"福布斯财富榜"中宏图赫然出现在百名大陆富豪前列。

今年春节较早，刚过元旦不久就显出了年的味道，宏图选定在小年前一天举办公司年会。年会在深圳体育馆召开，这是位于深圳中心区笔架山下一座银白色正方体建筑，大楼造型宏伟、坚实。深圳特区周年庆祝活动大都在这里召开，体育馆正门竖立着以女排为主题名为"拼搏"的巨大不锈钢雕塑，因女排的拼搏精神最能体现深圳这座活力大都市的灵魂。年会的活动在主场馆召开，这里有一千多平方米的实木地板场地、多功能组合式舞台、中央音响、环绕立体声和现代化舞台灯光系统。围绕着场地的四周有六千个固定座椅，为了满足公司年会要求，体育馆特意在周边临时新增了一千多个活动座椅。

晚上六点宏图才姗姗来到，远远地听到体育馆中正回荡着激昂的音乐，"曾经多少次跌倒在路上，曾经多少次折断过翅膀。如今我已不再感到彷徨，我想超越这平凡的生活，我想要怒放的生命"。宏图听着几千个年轻的员工在配合着音响发出更为洪亮的歌声，恍惚间自己年轻时的身影如图片般一帧帧涌上心头。白雪皑皑的林区中他眼望朝阳初生、龙大校园的图书馆灯光下他埋头苦读、他走在国企改制时荒废的工厂草地上、龙城拘留所中他焦急地等着吉凶未卜的消息、纽交所敲钟的小平台上他微笑着举起剪刀手……

"就像矗立在彩虹之巅，就像穿行在璀璨的星河。拥有超越平凡的力量，……我想要怒放的生命……"随着进入会场，歌声越来越大，刹那间酸甜苦辣百般滋味掠过心头，宏图不由得眼圈一红，连忙收住心神，低头走上主席台片区。

抬眼望向对面巨大的电子显示屏，上面红彤彤六个大字"大时代、共作为"，很显然是本次年会的主题。再看三面观众席时，只见灯柱闪烁、彩带飘舞，近八千位置座无虚席，员工们手持荧光棒、充气棒群情振奋，正跟随现场音乐热火朝天地唱着歌。

离年会开始还有二十分钟，各位嘉宾也纷纷赶到。这次年会除了集团深圳员工全员参加，外地各分公司、事业部也都派代表队参加，并献上自己精心准备的节目。此外，集团还邀请了近两年合作建设智慧城市项目的各地市长、区长等领导，以及深圳本地的主管领导。

开场前，公司新闻发言人牛总陪着一位六十岁左右的儒雅男子来到会场。宏图远远见到忙起身相迎。"关会长您好，多谢捧场，有日子没见了。老牛跟我说您飞机晚点了两个小时，下午才到，也没休息直接来的会场，辛苦辛苦！"一边说一边让来人到自己身边就座。"展总的活动怎能不来，牛总还说让我颁发几个奖项呢，不来不行，哈哈。"

原来此人名叫关辅圣，是中华城镇化战略研究会会长。这个很神秘的智库组织属于非营利机构，在北京什刹海旁边的一个大院里办公，外人大都不知晓。在当下社会中，各种智慧城市协会、学会、论坛、专家委等正规不正规的机构多如牛毛，常有此类机构找到宏图谈战略合作，但往往说得手眼通天、天花乱坠，做起来却是推三阻四、举步维艰，更有张口做中间人闭口要回扣，先拿钱后闪人的骗子。

关辅圣却是与众不同，他是梅云市任市长私下介绍给宏图认识的。看到任市长对关辅圣毕恭毕敬的样子，宏图就知道此人定然来头不小，但私下问及任市长时他却笑而不答。关辅圣与宏图见了几次面，关喜欢谈智慧城市建设发展的宏观见解，对各种相关政策、项目模式了然于胸，谈吐间能感受到他有非常雄厚的官方背景，但他自己却不炫耀过往之事，也从不跟宏图提及私人利益。宏图知道这位高人应该属于慢热型，也不急于言利，反正光是听到他的专业见解已然受益匪浅。

两人保持这种淡如水的君子之交半年后，偶尔一次交谈中宏图提到正在执行的一个项目遇到困难，该项目所在城市的政府领导换届，新领导对上届班子的项目不认账，以项目分阶段验收不合格、财政还款压力过大为名要取消合同。关辅圣听了此事，当时没有表态，没过几天宏图接到该领导电话，邀请他去考察项目进度商谈下一步还款事宜，到了当地该领导热情接待了宏图，只言片语也没再提阻碍项目的事，直到临别时亲自去机场送宏图的路上，特意请宏图给关辅圣"带好"，此时宏图才弄明白该领导前倨后恭的缘由。事后，宏图给关辅圣备上一份厚礼，感谢他的帮忙，关却婉言拒绝了。

此事过后，两人交往日深，关辅圣曾问宏图有什么需要帮忙之处。宏图也没再客气，提出想要见几个项目的高层领导，事后看来但凡宏图要见的人，他大都能想办法约到，事情也多半会顺利完成。关辅圣依然对宏图无欲无求，只是此后两人再相聚时，他偶尔会多带上一位企业老板参加。宏图自然明白他的用意，也不与他介绍的老板们深交，却在日后大型项目落地时，往往会把利润较好的部分，指定分包给关辅圣介绍认识的老板。此后，宏图也不再刻意打听关辅圣的背景，两年多来，两人始终维持着这种平淡醇厚的朋友关系，再加上一丝隐秘却又合法合规的商业往来。

宏图与关辅圣闲聊了几句，此时年会嘉宾、演员、观众已经全部就位，主持人宣布进入半分钟倒计时阶段。会场上八千人同时跟着主持人数道："五、四、三、二、一。"刹那间舞台中央灯光顿起、绚丽夺目，随之激越热烈的背景音乐大作，光影下推出二十面大鼓，震天的锣鼓声中，几十位婀娜多姿的红衣少女翩翩起舞，跳上一曲《好运来》。须臾，又有一拨橙衣少女顶替上来，长袖绰绰跳一曲《红红火火》，如此精彩绝伦的舞蹈此起彼伏，背后大屏幕中彩灯、霓裳、飞天、罗绮，红彤彤一片盛世美景。原来这是晚会的开场舞蹈串烧，由八大业务集团和研究院、培训学院等十个机构各自选出一个短小的舞蹈串制而成。舞蹈结束主持人上场，为了这场晚会秘书小丁特意请了两位当红主持人前来帮忙，几句串场词后主持人宣布晚会开始，先请董事局主席展宏图先生致辞。

开场舞快结束时，秘书小丁已经提醒宏图开始准备。此时，一道巨大光柱随着主持人的手势直射向主席台，宏图手握话筒站起身来，开始了万众期待的年度总结表彰报告。

回首过去的一年，九州同源集团有三大业绩：首先，智慧城市业务通过经典案例进行模式复制，实现了规模化的突破，宏钧所辖的子集团业务收入突破百亿元，利润破十亿，成为整个集团的龙头；其次，集团以并购为手段，两年内已经基本实现了战略大布局的搭建工作，形成了十大业务集团纵横交错的三维智慧产业布局；最后，集团开辟了新的融资渠道，除纽交所主板上市外，又在新加坡完成了第二上市，成为两地上市企业。接下来，宏图又用寥寥数语对新的一年提出市场预测与业务期待。

最后，宏图道："纵观宏观大势，国家处于经济转型、产业升级之际，正需智慧城市产业发展来拉动内需，推动供给侧改革。九州同源以成熟商业模式、雄厚资金、领先技术执智慧城市业务建设之牛耳。老子说：'执大象，天下往。'我们手里有这么好的资源和先发优势，何愁大事不成？今天值此新春之际，让我们携起手来，共创九州同源美好的未来！"

宏图话音刚落，激昂的音乐之声四起，一辆超市常用的小型叉车开入场地中央，几道巨大的光柱聚焦车上，大家定睛一看，叉车上赫然抬着一个四尺见方、透明塑料包装的百元大包。宏图当即宣布晚会现场五轮抽奖合计派发两千万元，集团各项表彰八千万元，其中包括大项目奖金四千万元，其余是优秀员工等各类年终评选奖金，共计一亿元。宏图说完，现场气氛达到了沸点，掌声雷动，经久不息。

　　看着光柱聚焦之下的宏图谈笑风生、纵横卓绝的风采，第二排秘书小丁跟坐在旁边的尹柔低声道："你看聚光灯下老板神采飞扬的样子，像钻石般闪耀着光芒。"特意从美国回来参加晚会的尹柔，看小丁带着崇拜的目光望向宏图，不禁勾起了自己对前尘往事的羞涩回忆。如今的她，经过几年在海外独自闯荡历练，早已成了泼辣果断的女强人，不过感情生活却一直并不顺遂。她嘴角一撇道："我看老板倒是变了不少，如果说他像钻石，我看这几年更像是钻石一样被打磨得越发棱角突出，甚至凌厉逼人了。"

　　宏图讲完落座，关辅圣赞道："老弟，大格局、大手笔，佩服佩服！"宏图忙道客气。

　　关辅圣接着附在宏图耳边道："老弟，国内的事儿计划快、变化也快，山雨欲来风满楼。公司大了，凡事战略上得多留条后路啊，别把鸡蛋都放在一个篮子里。"

　　宏图听他如此一说，心里咯噔一下大震，顿时有点失神。"老哥，政策上要有什么大动作吗，哪个领域的变化？"

　　"老弟，最近国外连篇累牍地报道我们这几年形成的巨额城投债，还说这些造成了房地产泡沫、影子银行等等大问题，最终将引发大量城市破产。这是西方攻击我们的老套路，中国崩溃论唱了这么多年，这次总算有了实实在在的二十几万亿城市债务数字的实锤，跟以往论调不同。中央政府因此也很忧心，可能近期会出台对金融机构、政府融资平台的系列管控措施，到那时智慧城市业务必然会受影响。政策还没下来，谁也吃不准，我就这么一说，你就这么一听，未雨绸缪吧，老弟。先看节目，不急在一时，等回头抽空咱哥俩专门聊聊这事儿。"

　　两人说话间，小叉车已将大包现金卸于场地一角后退下。晚会节目正式开始，这场历时四个小时的晚会可谓星光灿烂，不仅有各大业务集团的员工集体演出，还请来了众多时下流行的天王巨星、青春偶像，这些老戏骨、小鲜肉，各出绝活组成了这场融合歌舞戏曲、魔术杂技、相声小品于一身的精彩演出。

6

这个春节宏图过得并不畅快，他不时想起公司年会上关辅圣提醒他的几句话，这使他常常有种如芒刺背的不适感。

春节过后第一周，宏图简单处理了手头上的日常工作，就让秘书小丁帮他预订去北京的机票，他决定专程去拜访关辅圣了解下智慧城市领域的最新动向。

关辅圣在什刹海旁边办公，宏图每次来见他就住在平安大街上的金台饭店。这虽然是个四星酒店，但地处紫禁城脚下，毗邻北海、什刹海，站在房间可以眺望到不远处的景山，是两会代表的常驻酒店。宏图到了酒店刚放下行李，关辅圣电话就来了，两人约好在后海见面。

什刹海是北京仅存的一处开放式水域，包括前海、后海、积水潭三部分，是最能体现老北京风土人情的一片历史街区。宏图信步走在后海岸边的老荷花市场，历史的沧桑与现代化生活完美地融合在一起，一座座飞檐微翘、雕梁画栋的古老建筑里时而飘来阵阵低沉忧伤的布鲁斯音乐，时而又传来几声震撼宣泄的摇滚呐喊，这里就是闻名国内的北京酒吧街了。关辅圣的单位就在这条街尽头的铁门大院里，宏图远远望见关辅圣正在院门口等他。两人见面寒暄几句，关辅圣见时间还早，便说先去喝茶，一会儿再去旁边东来顺吃铜锅炭火的清汤涮肉。

两人沿着湖边溜达，找了家安静的小茶馆，要了几碟稻香村的小茶点，点了壶张一元的茉莉龙毫，坐在湖边喝茶聊天。宏图开门见山，说明来意。关辅圣道："老弟，难得你专程来一趟，我定当知无不言、言无不尽，今天趁着时间还早，咱多聊会儿，把这个话题聊透了。"

关辅圣为人幽默豁达，并不是死板的学究。他根据自己亲身参与从数字城市到智慧城市运营十年的研究经验，以时间为横轴，以政府角色为纵轴，将智慧城市领域建设分为三大发展阶段，对应以三大业务模式。

初始阶段他戏称之为"红烧肉模式"。此时地方政府为片面追求 GDP 增速，以房地产开发带动城市建设，结果造成产业化与城镇化脱节，房地产一业独大，无形中挤压了各行各业的盈利能力。在此模式弊端日益凸显后，进入第二阶段，可称之为"淘金者模式"。此时，地方政府把重心放在发展所谓战略性新兴产业，以 BT 模式通过资本运作，强行主导个别产业发展，结果造成大量重复建设，投资过热，在此阶段其实背后主要推动力仍是地产业，只不过名头由住宅地产换成了商业地产或产业地产。

此两个阶段宏图这几年亲身经历过来，听着也感同身受。他承接的大部分智慧城市都包装成某智慧新城或某智慧产业园区，而这些产业园区大都是政府一层层事先规划好的，此类规划多属于跟风行为，并没有经过科学的论证和市场调研。这些园区多数隶属政策导向型、补贴型产业，一般缺乏产业链分工，极易造成产业同构、区域重复建设。再加之资本的追捧，当地政府的支持，一时间百花齐放。但几年下来，就出现了严重的投资过热和产能大量过剩。最后结果是，政府不得不由上至下进行宏观调控，银行形成坏账，金融风险日益累积，城市债务居高不下。到了去年年底，这种建设模式逐渐受到了越来越多的诟病，并经国外媒体报道，引发国内外舆论和专家学者的口诛笔伐，所以现在形势极不乐观。

至于未来的智慧城市建设，关辅圣认为必然走入第三阶段，他称之为"老母鸡模式"，即地方政府转变角色定位，改"主导"为"服务"，改城市建设为城市运营，真正把关注点放在智慧产业的长期盈利能力上。

关辅圣接着道，在智慧城市建设中不仅政府角色在调整转变，甚至规划建设的基本理念、投资模式、政策支持、运营服务等各个方面都面临巨大转变。以前搞智慧城市为了追求速度、规模出现了很多极端的做法。对此，中央政府的态度是承认以往试点取得的成绩，但清醒地认识到以往模式已不能适应现阶段发展的要求，未来将会出台系列严格管控的法规，今后一段时间会是严厉的"纠偏期"，地方政府及金融机构甚至宁可矫枉过正，也不能触碰红线。

宏图最关心投资模式和政府后续还款能力两个问题。关辅圣认为项目 BT 模式肯定是难以为继了，但已有项目地方政府倒也不会赖账不还，最多延期处理，所以当务之急是宏图回深圳后要尽快结束原有项目，可以通过政府提前买断或在银行办理应收账款保理来回笼资金。

关辅圣见宏图一脸愕然，知道他还犹豫不决，便向茶馆伙计借来纸笔，为宏图形象地算了一笔账。如果把城市建设运营的资金问题比作一个巨大的天平，那么天平两端则分别应该是资金来源和资金投入。"十三五"期间天平左端投入需求为八十万亿元，天平右端政府资金来源仅为二十万亿元，天平明显失衡。以往出现这种情况时，政府会通过土地出让金弥补地方财政，再以融资平台撬动银行杠杆，放大后可以勉强拉升右侧天平保持当下平衡。但新规出台后，将严控政府财政预算担保，政府融资平台也将被迫收紧或裁撤，银行亦将严格限贷给政府融资平台，因此天平右端资金来源面临断流，其结果必然是单靠政府投资做城市建设与运营的日子一去不返了。

未来要想让资金天平重归平衡，只能从天平右端资金来源处入手，以多元化融资方式增加资金来源，以项目经营的持续性盈利来解决大部分资金问题，所以培养项目的造血机能成为关键点。同时，政府也将站在财政高度上，更合理地配置项目资源，做好肥瘦搭配，即对盈利能力不同的财政支出项目、政府补贴项目、政府付费项目、经营性项目，进行合理配置，使参与的民间资本有利可图。另外，对于建设运营企业来说，最重要的是收益，仔细算账才是核心，包括项目收入、成本与税收减负、投入减少三方面盈利手段的精算。同时，商业模式是重点，这需要企业在当地城市进行市场摸底，了解当地特色产业与基础产业，通过产业集群合作，帮助当地产业转型升级，如以技术提升当地特色产业竞争力，帮助当地企业引入创投或产业基金以协助其打通资本通路；通过互联网平台营销扩大当地有效市场需求，并在更大区域范围的城市群配置产业资源等。

关辅圣一边拿着笔在纸上画着，一边讲解，直讲得口干舌燥，端起茶杯润了润嗓子，总结道："老弟，今天咱们讲了这么多，对于从业企业而言，核心内容其实只有四个字：转变、自强。过往的一切已成云烟，政府角色在变，老的投资模式即将不复存在，项目由'外部输血'必将变成'自身造血'，我们原来依赖政策漏洞躺着就能拿到高额投资回报，这扇窗户现在即将关上了。"

宏图一脸失望地问道："没有新的投资模式替代吗？那未来智慧城市建设的钱谁出？"

"现在还没有准确的消息，有传言说 PPP 模式将成为智慧城市建设新模式，但无论如何，可以肯定的是银行贷款将受到严格限制。从长远来看，要解决投融资瓶颈，肯定将采取多元化投融资手段，会鼓励民间资本介入，鼓励企业资产证券化、产业投资基金介入、信托产品与融资租赁等诸多模式。但问题是政府的项目收入来源发生了变化，失去了土地出让金的还款支持，政府财政收入或购买服务的还款能力毕竟十分有限，因此必然对项目的自我盈利能力和运营企业的经营能力提出最高要求。'打铁还需自身硬'，今后拼的不再是资金和上市公司的抬头了，而是扎扎实实的企业经营、管理、技术、产品这些核心竞争能力。

"宏图，你看咱湖边这条窄窄的胡同小道，有宋庆龄、郭沫若、梅兰芳几位先生的故居。旧社会几位先生叱咤风云，新社会来了该是巾帼英雄的还是巾帼英雄，该是大文豪还是大文豪，该是名角儿的也还是名角儿，你说这是为什么？要我说几位先生是真正的雄才大略，给什么台子就能唱什么戏，给什么时代背景就会写出什么文章。你再看边上那条胡同的尽头就是闻名天下的恭王府，曾是和珅的宅邸，和珅位极人臣、富可敌国，但一朝形势变换、皇权易位，不免落得抄家自尽的下场。后来这座大宅又被赐给恭亲王奕䜣，奕䜣办洋务、用人才，可惜变革不够彻底，纵有绝世大才，也难敌慈禧而落得郁郁而终。"

关辅圣话题至此一时颇多感慨顺口说道："有的人就像漂在水里的葫芦，压得越深，等拉开的那个时候弹得就越高；而有的人则像那薄板做的大船，起初风光无限，而后举步维艰。"话一出口，关辅圣立马觉得不妥，掩口忙道："宏图，咱哥俩投缘，我信口开河，没有所指，你别见怪啊，呵呵。"

宏图脸色一红，忙道客气，但心中却是大大地不爽。

7

宏图自北京回来后就有些郁郁寡欢，他明白这次智慧城市领域政策的变动将对他几年来精心布局的战略规划造成巨大打击。三个月后，宏图接到关辅圣的电话，电话中关辅圣告诉他，发改委在牵头组织智慧城市项目模式试点小组，会选择几个城市进行项目考察，他们城镇化战略研究会是这个活动的协办者，除了发改委、智库、试点地区政府外，还拟邀请投资商、总包商等企业参与。这次试点活动结束后，各小组会讨论研究今后智慧城市项目模式，对原有项目模式怎样改良，最近呼声很高的 PPP 模式能否满足今后项目要求等热点问题。关辅圣问宏图是否有兴趣参加，宏图明白这是判断未来市场走向、宏观政策趋势的关键，果断答应参与。

此次试点活动在全国六地同时开展，关辅圣建议他参加东北区试点图泰市的智慧城市建设考察，因为长三角、珠三角等发达地区出台系列政策严控城建大项目融资已成定局，东北与西北区域智慧城市建设起步晚、起点高、政府胆子大，业内人士普遍认为是下一阶段最具潜力的发展领域。

撂下电话，宏图叫来哥哥宏钧商量，两人都认为这是关系到公司未来发展的大事，于是哥俩决定亲自跑一趟。

图泰市是位于长白山腹地与朝鲜相邻的一个地级市，城市三面由广袤的原始森林包围，鸭绿江、松花江穿境而过，是著名的煤矿产地。城市经济来源单一，有煤矿、木材两大传统产业支柱。自从 20 世纪 90 年代封山育林政策陆续出台后，国家林业部门非常重视对长白山原始森林的保护，伐木工作被勒令全面停止。图泰市产业发展重心开始全部转向煤矿，整个城市建设，如医院、学校、商业、住宅等都是依托矿务局拓展的。直到十几年前煤矿资源日益枯竭，大部分矿工分批买断工龄后自谋生路，近百万人的城市迅速衰败，每年依靠微薄的国家补贴度日，人口大量流失。

图泰市新上任的阚市长，曾在住建部挂职锻炼过两年，出任市长后看到图泰市经济如此萎靡不振，常常心急如焚。阚市长知道解决传统重工业城市衰退是世界性难题，美国的五大湖地区、德国鲁尔区、法国洛林区遇到此类问题时也都束手无策，单凭他一己之力肯定难以解决，于是找到住建部的一些老关系，申请成为本次项目模式试点城市，希望借助政策、专家和大企业的力量帮助图泰市找到重新振兴经济之路。为了配合调研小组工作，阚市长拿出上任以来投入精力最大的自己主抓的两个市长工程调研，并召集项目各方参与者集聚一堂共同为调研组考察做好服务工作。

由关辅圣带队，发改委、住建部、财政部、国开行的相关公务员和专家学者，以及展宏图、展宏钧等企业代表一行十二人，从北京、上海、深圳三地齐聚图泰市，阚市长亲临机场迎接。

次日，阚市长带领大家参观第一个项目，众人分乘四辆山地吉普离开图泰市区很快就开进了长白山，在山路上颠簸了一个小时后，车子停在一片树木略显稀疏的林地中。众人走下车来，举目远望，四周绿色的森林像海洋般连成一片，阵阵微风吹拂过层层树木，枝叶摇动如涟漪般扩散出去。此时正是上午十点左右，阳光透过层层叠叠的树叶散射在草地上，密密匝匝的小草间盛开着数不清的野花，整个空气中弥漫着小草的清香和林木的松香，林中各式鸟雀欢快地鸣叫着，伴随着远处传来的潺潺流水声和微风穿过树叶的沙沙声，这一切共同形成了一首令人心醉神迷的森林协奏曲。

阚市长见众人均已下车，道："这里是离城市较近的一片原始森林，交通相对便利，树木品种多样，景色最是怡人。我们图泰市委曾邀请国际知名高尔夫设计大师罗德先生来看过，他说这里山势跌宕起伏，依此设计球道则给人千变万化之感，山地落差大，球道坡度大，对高尔夫爱好者则刺激愈大、挑战愈大、兴趣愈大。而以享誉全球的长白山原始森林为背景的山地高尔夫，环境之优雅，即使在全世界也是凤毛麟角，所以我们把这个项目名称暂定为'原始森林高尔夫及配套高档住宅小区项目'。市政府已经开始走立项审批流程了，现正在进行可行性调研和投资概算。"

大家顺着阚市长的指引，在这蝉鸣鸟叫、翠木碧草的林中悠闲地溜达了一会儿，然后再次乘车向另一个岔路行进了大约二十分钟。车子停在一大片林边的空地上，看样子这里原本是城乡接合地带，现在正在拆迁之中，零星可见有几处孤立的住宅和路边修车厂没有搬走。阚市长带领众人进入一间临时搭建的简易拼装房中，房间两面墙上贴满了各式规划图纸，第三面墙上则是工作进度表、临时管理条例以及各类通知，屋子中间是由三四张折叠桌临时拼在一起的大桌子，四周散乱地放着十几把折叠椅，墙角支着一张行军床，旁边是一台饮水机。

众人进屋后围着桌子坐下聊天，工作人员端来热水沏茶。阚市长让秘书小李开车去二十几公里外的县城饭店打包外卖，然后有些抱歉地对大家说条件有限，中午对付着吃顿工作便餐，晚上再请大家去市里吃东北炖菜。众人眼见此地偏僻，知道他说的是实情，都道应该如此。

趁着等饭的空当，阚市长指着对面墙上的其中一张规划图纸边比画边讲道："我们准备在这里建个智慧小镇，作为森林高尔夫运动的生活配套，为来此打球的精英们提供最好的娱乐休闲服务和高端的宜居环境。小镇名字初定

'胡萨维克小镇'，据说这个美丽大气的名字来源于欧洲，小镇内部以欧式联排别墅建筑为主，再配套五星级酒店、KTV、高档餐饮、水疗等设施……"

阚市长侃侃而谈，众人低头沉思。简单的午饭过后，大家围坐在一起召开现场项目讨论会。阚市长开宗明义，希望与会各位专家同仁不分职位大小、不论资排辈，各抒己见、不吝赐教。

财政部的王处长，是个性情豪爽的北方汉子，第一个发言道："今天真是开了眼，我个人还是头一次看到原始森林的景色，真是山明水秀、蔚为大观。我来自财政部，所以就从算账的角度谈谈项目。上午看的高尔夫项目，我粗略算了下，交通、电信、水电、供热等核算下来，项目经营好了，一段时间后自身应该是可能盈利的。

"但毕竟只是森林高尔夫，留不住人，对地方政府经济拉动有限，所以配套了咱们现在的智慧小镇。这个小镇不是传统的地产开发项目，它既是高档居住别墅区，也是专门针对高尔夫运动人群定制。这样一来，各类基础设施建设费用都会升高，房价自然相应拉升。但来住的人会住多久呢？显然无法常住于此，最多不过十天半月而已，咱们想想为了度假而买房的概率能有多大？恐怕即使富豪也要三思。而且一旦定位住宅区，而非简单的度假休闲功能，还要考虑教育、医疗等更多服务设施配套，这就更是个难题了。所以综合算下来，这里建设高档别墅群，恐怕日后房子销售、回笼资金都会有困难，各种娱乐休闲设施运营也会面临较大成本压力。"

旁边住建部的张处长，见他说完接着道："我顺着老王的思路说两句。我也觉得这里建高档住宅区不适合，当地政府要考虑好自身的定位问题，是做房东还是代理人或是服务商？房子是卖还是租更合适？是建联排别墅还是高档公寓？我想恐怕租比卖更现实，公寓、酒店比别墅更现实。这里与海南岛不同，自然气候、居住环境、交通购物等都不适合外地人长期居住。"

张处长说完，众人沉默了一会儿，阚市长示意宏钧道："咱们也听听企业的意见，这位老总，你说几句。"

"我听各位领导说得都在理儿。我站在企业经营的角度说两句。"宏钧道，"上午看了项目这么好的环境，我就想，单单做森林高尔夫运动，只是利用了全年的一半时间。东北入冬早，寒季这半年如果能在附近再运营一个大型的项目，譬如说大型滑雪场之类的。两个项目可以共用许多基础设施和服务配套，成本压力一下子就会减少许多，客源反而互相促进后增加许多。这只是我的一个不成熟的想法，需要增加多少投入，还没仔细考虑过。"

挨着他坐的宏图，点头称是接着发言道："森林高尔夫的娱乐性更强，但也有一个弊端，正规比赛一般不会在这种特殊场地举行，所以对打造球场专业知名度略有不利。反倒是可以跟滑雪这类运动捆绑宣传，滑雪是多人运动，往往是一家人或亲朋好友一起来，比高尔夫更能拉动房产和配套服务业，而且这样一来就可以实现全年无缝运营，最大化地创收，至少提升一倍运营效率，一举多得，是个好主意。"

接下来发言的各人说法大同小异，最后阚市长对关辅圣道："关会长，这次调研是您带队，您也谈谈看法。"

关辅圣点头应允道："各位专家说得都非常到位，我简单补充两句。如果把传统的项目模式简单地总结为'圈地—建房—卖房—收益—再圈地'，这个模式简单粗暴，但多年来对推动 GDP 增长效果非常好。最近一段时间，先是城市债务曝光，然后是专家学者质疑，最后是媒体大量报道纷纷对这种模式提出了挑战。从宏观经济看，我国在进行产业调整，粗放型经济向创新与精细化管理过渡，土地红线屡屡被突破，大量鬼城、空城出现，产业空心化严重，这种传统模式恐怕确实无法持续了。今后的开发商，不仅仅要立足房地产，更要考虑产业运营服务。也就是说，思维上从开发向服务转变，收入上从房子的销售收益向产业的运营收益转变，项目模式上从简单的 BT 带资建设、政府财政兜底向社会资本参与投资、项目长期运营创收转变。"

关辅圣发言后，阚市长并没有按惯例总结发言，而是让秘书小李做好会议记录。简单休息过后，大家再次上车回城。

晚上，阚市长请大家去本地的百年老店吃独具特色的东北炖菜，小鸡炖榛蘑、铁锅炖大鹅、人参炖鸡、得莫利炖江鱼、鲇鱼炖茄子、羊肉炖酸菜，每个菜都用中盆般超大海碗盛上，众人大碗吃肉、大口喝酒，体会了一番豪爽的东北饮食。

8

次日早餐后，阚市长陪同调研组来到图泰市中心区边缘的一处棚户区。

这片棚户区面积很大，众人下车后，远远地就闻到一股垃圾的味道。走近看到接连几十排平房密密麻麻地连在一起，与通常的棚户区不同，可以看出这些房屋原本质量是不错的，只是每排房子都有两三家空置，有的明显常年无人打理甚至墙倒屋塌，导致整排房屋供水供热都受到影响而显得破败不堪。

阚市长道："图泰市老城区边上有两片面积很大的棚户区，靠近山区的北边是林区伐木工人的家属住宅区，大都年久失修，市政府已经从几年前开始逐步进行改造了。咱们现在看到的这部分是位于城区西部的煤矿工人家属住宅区，三十几年前建造时条件还是不错的，只是这几年有的房子没人住，北方天冷，三两年屋里不供暖，夏天雨水再一淋，房子很快就破败了。图泰市区的这两大片棚户区，就像美女脸上长了两块大大的青斑，将整个市容市貌一下子拉了下来。"

众人边走边聊，冷不防旁边挤进来一个背着大尼龙袋的捡瓶子老头。

"你们是当官的吧？"老头还挺健谈。

"大爷，我们是来调研的公务员，不是啥官，您老住在这儿？"张处长问道。

"嗯，我住后面那趟房儿，以前挖煤的，现在捡点瓶子、纸盒卖钱。"

"矿上不发工资吗，大爷？家里几口人呀？"

"工资十几年前就买断了，一共给了十万块，人吃马喂的早花光了，这些年家里没进项。现在只剩我们老两口，老婆子去年中风瘫了，两个儿子去南方打工挣钱了。"

"哦，大爷，您不是还有低保吗？"

"我们老两口能拿三百多，抓药都不够，只能出来捡点破烂儿。我说，你们公务员也是干部吧？"

"是啊，大爷。"

"我就问一下，这低保可是有几个月没发了，你们知道为啥不？"

阚市长见他越聊越不上道，赶忙插话道："大爷，您的问题我们回去调查反映。"众人见他发话，也不再言语，转了一圈后，大家坐车回市政府大楼会议室。

阚市长首先发言介绍项目："这几年中央启动保障性安居工程，第一批重点就是林区、矿区的危旧房棚户区改造，所以这也是图泰市委的重点项目。

这个棚改项目省里在财政投入、用地和贷款上也有一定倾斜政策，并专门拨付了一部分补助资金，即便如此，资金缺口还是挺大。省里指导我们要'政府主导、市场化运作'，在周边建商品房、配套商业设施方面允许地方政府开个口子，让出部分收益，以便吸引社会资本和开发企业参与。咱们东北干部思维僵化落后，对头些年城市建设的BT（建设—移交）带资模式，还有今年火爆的PPP（政府和私营资本合作）模式都不怎么了解，没赶上采用新模式建设城市的头班车，但接下来一定要迎头追上。今天请各位专家出谋划策，看看这片棚改项目适合采用什么模式进行。"

国家行政学院的陈教授，首先发言道："阚市长讲到城市建设的模式，从BT模式到PPP模式的发展，我是个教书匠，在学校恰好讲这门课程，我简单说几句这里的来龙去脉。"陈教授一看就是位好为人师的老学究，说是简单谈谈，却旁若无人地讲起了长篇大论。

我国分税制施行后，国税拿了大头，地方政府不再有大量资金用于城市建设和改善公共服务了。但政府的GDP考核压力和百姓对生活质量提高的追求却在日益提高，为缓解这个矛盾，国家给出个权宜之计，即发展地方土地财政。以土地出让金补充地方政府财政不足，并据此进行城市建设和公共服务投入。地方政府迅速抓住了土地财政这棵"摇钱树"，采用各种方式变现。截至去年，大部分城市建设项目及公共服务支出都演变为"地方政府＋当地融资平台公司（卖地）＋银行（当地财政担保）＋建设方"的模式，其实BT模式只是其中的一小部分内容。

这种现象在金融危机出现后超速膨胀，中央的投入，被地方政府很快放大，于是短短几年就产生了二十多万亿的地方政府建设项目债务，并导致房地产一业独大，挤压其他行业生产积极性，延缓了各产业转型的最佳时机，同时侵占了大量耕地。这种单纯的土地炒作式建设所形成的虚假繁荣，致使城市化与工业化、信息化严重脱节，随之在欠发达的三、四线城市周边，出现一批空城、鬼城和闲置的产业新城、科技园区。

巨大的城投债加大了国家金融业出现系统性风险的可能性。为防患于未然，从今年初主管部门开始制定计划，准备严控地方政府债务，裁撤地方融资平台，规范地方政府举债，化解财政风险。现在看来，国务院出台系列法规是指日可待的事。

陈教授旁边的王处长看他口若悬河地讲起来，似乎仍旧意犹未尽。他讲的这些情况众人也大都明白，但被他说得如此直白不堪，在座几位都是现职官员，大家听了不免都有些尴尬。趁他话语停顿之时，王处长连忙接口说道："陈教授讲的城建模式发展历程很精彩，现在热炒的城建项目 PPP 模式应用正是在此大背景之下提出的。PPP 的推出直接转变了政府职能，使政府从项目的主导者变为推动者、监督者；政府与企业合作，均为股东，摆脱了过去纯粹的政企雇佣关系。我在这里给大家提前透露个内部消息，财政部正在成立 PPP 领导小组，估计不久后即将公布三十个 PPP 示范项目，据说涉及金额数百亿……"

众人依次发言过后，最后还是轮到关辅圣总结。"各位专家说得非常到位，我就简单补充两点：第一，大趋势很明显，今后很长一段时间国家将逐步禁止通过政府保底承诺、回购安排、名股实债、垫资承包工程等方式进行变相融资了，中央政府正在制定相关文件，银行、融资平台等机构相信会陆续收到通知；第二，新出现的 PPP 模式是个新生事物，我们也不要过于乐观，据我个人看这个新模式刚诞生就背负了太大的压力，众位试想遗留下来的数以万亿计的政府债务怎么解决？此外，还有个最本质的问题始终悬在那里，项目的盈利问题。不解决盈利问题，就解决不了投资问题，也解决不了还款问题，因为项目的资金来源断了，不再有土地出让金做背书了。说得有点悲观，但我相信市场化运作的大背景下优胜劣汰，盈利的项目将不差钱，项目的中心只有一个，就是实现盈利，这样不是更符合客观规律吗？"

关辅圣说完，阚市长看了看表，快十二点了，匆忙客套几句就结束了讨论会。他通知众人，下午省委常委兼图泰市委袁书记率领导班子一起来跟大家开个讨论会，议题围绕振兴老工业区经济，会议结束后晚上袁书记跟大家聚餐，庆祝调研圆满结束。

中午是自助简餐，调研组众人都没有进包厢，而是各自聚在四人小桌就餐。恰好展宏钧、宏图两兄弟与图泰市发改委刘主任、住建局的黄局长同桌。三天的考察活动下来，大家都熟络了许多。

宏图问刘主任对上午讨论项目模式的看法，刘主任道："各位专家说的我都认可，可咱们市里的现状放在那里，好点的项目，譬如有预算支撑的平安城市建设项目，还有能盈利的项目如智慧医疗、智慧停车，这些项目不愁做，也不用谈什么模式。就是那种市区广场建设、棚户区改造之类涉及公共服务、民生的项目资金缺口大，而这些项目根本没法盈利，补贴又不够。按照专家的说法，这种项目恐怕什么模式也解决不了。"

宏图看他话中有话，低声问道："那现有项目怎么操作的？"

刘主任知道他是企业代表，也有意交往，并不设防，小声道："为了规避政策风险，原来市里的融资平台现在更名叫综合金融投资中心了，仍在与本地银行合作融资，依托的还是土地储备，但形式上与财政隔离，政府不提供直接担保。目前市里有个扩建体育场馆的大型项目就是这样操作的，由银行出面、政府支持，许多像您这样的大企业还是愿意参与的。接下来，今年还有两三个类似项目上马，其实大部分政策法规出台到落地执行还是需要很长一段时间的。"

9

午餐后，大家再次来到会议室。差五分两点，袁书记领着班子的几位成员到了，袁书记一进门远远看见关辅圣，笑着紧走几步握手致意道："关老师，好久不见，不是我怠慢您，前两天去省里开会，上午才回来，晚上向您喝酒赔罪。"袁书记在中央党校进修班学习时，关辅圣曾作为客座教授为其上过课。两人也是几年未见，今天袁书记率班子成员聚会及晚宴，也算给足关辅圣的面子。关辅圣不知道袁书记与阚市长关系如何，因此几天来都没提这段渊源。阚市长听到两人竟是熟人不由一呆，袁书记是省委常委兼市委书记，自己的顶头上司，反躬自省不由得后怕，所幸这几天招待还算礼遇有加，也没说什么出格的言语。

众人客套几句后纷纷落座。阚市长先向袁书记简单汇报了这几天项目考察的过程及研讨会的大致结论。袁书记听完点头，直奔主题道："这次专家调研组来自各部委院校，理论研究、政策制定、实施落地、市场化运作各方向专家学者均有参与，是难得一见的精英聚会。项目考察和模式探讨固然重要，但仍嫌大材小用。机不可失时不再来，今天下午想请大家出谋划策，议一议如何振兴东北老工业区，这也是省里最近组织几轮干部讨论的话题。会议可以从发现原因、找出问题、未来出路三个层面讨论。"

仍然是陈教授打头阵发言："我是吉林大学毕业的，在东北待过十几年，对这片黑土地很有感情。东北老工业区经济衰退的问题，我这些年一直很关注，个人认为主要有三个原因，而且这三个原因环环相套，逐步反映出更深层次的问题。第一个原因大家讨论得最多，过于单一的城市支柱产业下滑造成城市衰退，这种单一产业多属于容易枯竭的资源型产业。

　　"但我认为这只是表象，更主要的原因是人才短缺。有的同志可能会说，东北不缺人才。但你仔细想想人才知识结构、人才年龄、人才稳定性等这些问题，恐怕就不会这么自信了。单一的重工业所需的技能往往更新很慢，岗位流通性不强，行业竞争不激烈，人员流动不足。因此引出了一个问题，人才不思进取，心态过于稳定，最终社会普遍出现'等、靠、要'的落后心态。产业单一带来的另一个问题是高端就业岗位变少，缺少公平的上岗环境，迫使大量优秀人才外流，这又导致人口负增长。至此，人才问题走入恶性循环。

　　"严重的人才短缺问题进一步引发了更深层次的问题——封闭的社会文化，这才是最严峻的社会问题。社会整体思维观念落后，具体表现为封闭、排外。当江浙、闽粤等发达地区在鼓励年轻人闯荡冒险、独立竞争、创业创新时，直到现在，我们东北的父母仍在痴迷于走后门、拉关系找铁饭碗，视稳定的工作高于一切。这在知识快速迭代，市场日新月异的今日中国，看起来如梦幻泡影般地与现实格格不入。"

　　陈教授一口气说完，谁也没想到这个不谙世事的干巴老头，竟然在言语间丝毫没给地方官留面子，会场上静得能听到阚市长等众官员沉重的呼吸声。片刻后，袁书记微笑带头鼓掌，道："陈教授说得透彻，我们就是要听这样解渴的真话，那些不疼不痒的官话不说也罢。在计划经济为本，重工业、大国企长期当道的影响下，老一代东北人至今仍未摆脱迷恋权力，等待任务下达的惯性思维。只不过在经济滑坡的现实下，我们从固执自大的顶峰，直接跌落到固执自卑的谷底，由于固执，我们封闭了自我，冷眼观看现实的世界。尽管一无所有，但执着的东北人仍不愿放手可怜巴巴的现状，为梦想去拼去闯去竞争去创新。"

　　众人听他如此深刻表态，都长舒了一口气，接下来发言立马活跃起来。张处长随后道："刚才陈教授分析了东北老工业区经济衰退的原因，我来自住建部，就从城建方面讲讲体会。过去十几年我们以开发建设为核心进行城市振兴计划，这个政策适应当时国情，确实曾经为经济发展带来巨大进步，但随着社会发展，这种'城市发展＝建设'的观念已经逐渐落伍了，并且现在来看由此带来的土地财政模式造成的弊端越来越大。事实上，发展城市≠建设。在今天，世界上大多数城市专家一致认为'发展城市＝居民'，也就是最近专家们提出的以人为本的城镇化。在此思路指引下，政府的职责不再是为根本无法弥补成本的地产提供资金，而是关心他们的居民。发达国家的城市化经验证明，真正的城市基础建设，是城市发展到一定阶段的结果，而不是城市发展的原因，这点千万不能本末倒置。在一座明显供大于求、不断衰退、人口减少的城市，过度建设只会使问题变得更糟。"

王处长接着道："老张关于城市建设以人为本的观点很有道理，我来自财政部，从城建财政投入角度补充几句。我们的公共政策应该帮助贫困的人们，而非贫困的地区。对贫困地区的救助拨款、政策性贷款往往属于救穷不救急，资金使用效率很低，被救助地区依赖性越来越强，这种饮鸩止渴的做法发展到最后，大多变成了县乡镇政府巧立名目的骗局，百姓反而得不到多少实惠。好钢要用在刀刃上，我想城镇化过程中，最好的扶贫资金投入应在教育领域，尤其是农民的职业教育方面。这点我们的邻国日本做得很好，在其高速城镇化时代，曾提出'不让一个没有技能的农民进城'的口号，并为之配套了大量政策法规、资金和职业教育服务措施。而我们的部分地方政府，却仍在标榜农民'洗脚上楼'，这是多大的差距啊！"

袁书记看各位政府与院校专家都讲得差不多了，看了看桌牌点头对宏钧道："我们在一线市场打拼的企业家们，对经济最敏感也最有发言权，这位展总你说几句，对政府有什么要求？"

宏钧略显紧张道："各位专家讲得好，我主要是来学习的，班门弄斧谈一点个人体会吧。我接触比较多的是政府的招商工作，从前政府比较强势，有时心思是好的，但过于大包大揽替企业做主，这几年参与的南方项目比较多，有些政府已经转化成单纯的服务者角色了。可以看出，这种转变在东南沿海地区取得了很好的效果。政府服务企业，以政策、税收、人资、信贷等积极举措为企业发展保驾护航，提升企业持续盈利能力的同时，也为政府长期税收带来了保障，这是一种双赢的良性循环。"

袁书记接口道："展总说得很委婉，但说到点子上了。我在国企任过职，对此也有体会。那时与咱们的一些领导常打交道，有些领导口头上谈服务滔滔不绝，但具体执行时，官本位现象十分严重，领导权威绝对高于市场需求，国企尚且被如此对待，民企的境遇可想而知了。我去北京开会，人家江浙一带的官员说得更不客气，说我们东北政府招商是'关门打狗'，企业有进无出，现在这种现象肯定是没有了，但政府服务企业的意识与发达地区还存在较大差距啊！"袁书记看大家讲得差不多了，道："关老，你也讲讲。"

"大家谈原因、找问题，说得很明白了。我借花献佛，把大家的意见总结下，对振兴咱们老工业区的未来措施提几条建议吧。"关辅圣道，"第一条，振兴东北应该加强城市流动性、开放性和包容性。与东南沿海城市相比，东北社会流动性明显偏低。高端人才只出不进，很难留下，富裕阶层大量迁出，中低端人才流动较慢。社会各阶层晋升通道还未完全打通，人际关系复杂，中低端人才通过创业致富或技术高薪改变命运困难重重。同时，增加人口流动性，也将有效缓解出生人口负增长带来的发展困境。

"此外，东北应加强城市包容性，允许创新与失败，以积极政策鼓励企业家创业实践，只有这样才能在社会形态中广泛树立起企业家精神。成功的城市，往往能通过大量激励政策吸引更多富有创业精神的有识之士落户。而这些企业家以及他们尝试的创业与创新，是未来带动城市转型的关键，纽约、伦敦、深圳、杭州等转型成功的城市莫不如此。

"第二条，振兴东北应该加强城市群建设与城市产业转型。东北城市群建设的重点是分工协作。核心城市要大力发展卫星城，拓展核心城市高铁一小时经济圈。核心城市与周边卫星城要实现不同层次的一体化，实现在整体产业链不同位置上的快速资源调配。这种根据产业链分工在各个城市间重新配置资源的一体化，将不是从前的'摊大饼式'的简单土地财政模式，也不再是千篇一律的'同质化'延展，而是要真真正正做到基础设施一体化、产业协同一体化、公共服务一体化、物流运输一体化，这需要更多扎实的基层工作。发展城市群要同时配以中小城镇化，在本地化原则的指引下，重点放在基础设施建设、配套公共服务投入两方面。

"第三条，振兴东北要以人为本，以教育为根，提升人力资本。归根结底，决定一个城市取得成功的最重要因素是人力资本。现在的东北人，在学历与技能方面起点并不低，但知识比较单一陈旧、更新较慢、思维观念守旧。

改变应从观念开始，政府鼓励企业创新、重视高端人才引进、为人才提供公平的竞争环境，家长鼓励子女加强竞争意识和闯荡精神，拿出当年闯关东的劲头来。社会资本重点投入人才教育，尤其是职业教育，争取实现以人为载体，将产业化、信息化完美地结合起来。如果能做到这点，相信在贸易全球化、中国制造两面大旗下，东北老工业区旧貌换新颜，恢复昔日荣光将指日可待。"

关辅圣将这几天众专家的观点与自己的想法结合得天衣无缝，讲得逻辑清晰到位，大家都由衷地给予热烈掌声。

最后袁书记总结道："复兴东北经济首先需要我们这些政府官员放低姿态、开放心态、重塑信心。在此基础上，要有彻底跟传统模式说再见的决心。

"从世界范围看，只拥有单一支柱产业的城市衰退是一种普遍现象，但通过适当的转型升级策略，少数城市是可以重新走上复兴之路，如纽约从物流港口向金融服务业成功转型，深圳从代工贴牌向高端制造（制造＋服务）业与金融服务业成功转型。

"复兴之路崎岖坎坷，需要有置之死地而后生的勇气和担当。相信几经磨难的东北人，一定会像他们闯关东、建大庆的先辈那样，重新站在时代的前沿。"

展宏图·深圳

1

宏图哥俩从图泰市考察回来后不久，国务院下发了对采用垫资模式的城建项目系列管控法规条文，政府大型项目需求随之快速萎缩。此后，宏图利用西北、东北地区政府管理相对宽松、急于提升政绩的心理，打政策擦边球又陆续做了三个项目，但都因政府领导换届、银行临时撤资等原因黯然收场，不仅没有赚到钱反倒折损了不少项目前期费用。

在整个上市公司十大业务子集团和研究院、培训学院十二个业务板块中，贡献最大的是智慧城市和金融业务两大集团，占上市公司利润七成以上。此外，只有宏翼负责的大安防业务集团和尹柔负责的海外业务集团仍在持续盈利，其余八大业务板块都处于招兵买马的扩张期，纯粹是只进不出的吞金兽，仅工资成本每年就消耗母公司数亿元利润。人员工薪其实并不是最大成本，公司每年在融资成本、并购、营销宣传三个方面花销超过二十亿元。在这几年大牛市中公司股价扶摇而上，智慧城市业务兴旺发达之际，还可以承担这些花销。可整个公司盈利最大的智慧城市业务开始萎缩，巨大的成本压力立马显现出来，形势忽地变得岌岌可危。

福无双至，祸不单行。危难之际公司的另一大业务支柱——金融业务子集团也摇晃倾斜起来。在公司十二个业务板块中，宏图直接参与的只有智慧城市和金融业务两大集团。金融业务集团起源于宏图收购的担保公司，早期只是做些抵押担保、保险代理等稳定业务。并购对赌期结束后，原老板离开了公司，宏图让此时担任集团财务总监的小芳兼任该集团总裁。近年来，在国家鼓励金融创新的大背景下，国内 P2P 业务进入爆发增长期，一大拨网贷平台纷纷上线，在宏图授意之下研究院仅用三个月时间就推出九州同源品牌的网贷平台，经两个月测试后迅速上线。

半年后宏图不再满足于只做简单的贷款信息平台，尽管中介费用的利润比较高，但其毕竟收入规模有限，难入宏图的法眼。海量的贷款业务与微薄的信息费收入形成鲜明的对比，这么触手可及的融资渠道、近在咫尺的巨额资金，像是招财猫的纤纤玉手时刻召唤着宏图。经过几番思量权衡，宏图认为自己一只手握有海量投资方的客户信息，另一只手有集团智慧城市大量分包项目做贷款项目支撑，于是决定铤而走险，深入贷款交易环节，将自身控制的大项目切割包装成众多理财产品，出售给放贷人，将其资金引入关联账户，建立资金池。如此一来，只需定期从中抽出一点资金作为利息返还给放贷人，大量资金就尽归己用，此后，该业务逐渐成了宏图融资计划的重要一环。

平心而论，如果智慧城市业务不遭遇滑铁卢，宏图的这套融资商业逻辑尽可以持续地玩转下去，甚至有可能真的利用多种融资渠道，将处于快速成长期的八大业务子集团孵化成熟。然而现实中没有"如果"，冰冷的事实才是商业生活的真相。智慧城市业务快速萎缩带来的后果之一是贷款项目端天平即将失衡，大量项目面临半途而废或提前终止，资金天平的平衡一旦被打破，到那时依靠拆东墙补西墙的资金挪用伎俩将会立即失效，资金链必将发生断裂，后果不堪设想。

此时的宏图犹如身入陷阱的困兽，原有的商业闭环不能一下子崩塌，至少在越来越需要钱的这段时间内还要以这种商业逻辑走下去。另外，在智慧城市业务快速下滑之际，融资渠道也不能断，否则嗷嗷待哺的几大业务板块会立即陷入万劫不复的境地。此时宏图终于明白，在金融领域中常说的风险与收益对等原则，收益越大风险越高。所谓的金融创新很多其实是在放大风险。表面看创新能更快、更方便地拿到钱，殊不知正是如此也把长期才能积聚的风险浓缩化，使之更易爆发。历经几个不眠之夜后，宏图开始实施唯一能想到的办法，他派大奎秘密大量注册空壳公司，设计虚构项目融资，以假项目替代原有项目骗取投资人信任继续融资。

宏图自知已经走上了日后绝难抽身的歧路，但道尽途穷之际他已经失去了选择的权利。然而，宏图万万没有料到一个黑暗中潜伏的猎人早就盯上了他，并已经悄无声息地靠近，在他毫无察觉之际，在他的四周布下了致命的陷阱。

2

倪秋，一个普普通通的名字，朋友们更爱直呼他的绰号"泥鳅"。如果只闻其声未见其人，你很难相信他竟是个金发碧眼的老外，因为他的普通话和粤语甚至比你说得还正宗。泥鳅本名卡尔森·赫伯特，是个地道的美国人，他四岁随离异的母亲来到广州，在中国接受了十几年基础教育，十九岁时回美国考入芝加哥大学布斯商学院。

博士毕业后泥鳅曾在华尔街工作几年，但始终没有挤进他梦想中的上流社会。随着年龄增长，他逐渐意识到虽然自己深谙资本运作之道，但缺少"聚敛无厌、进退自如"的投机心态，他超强的逻辑思维和科学判断能力，恰恰是阻碍他成为资本操盘手的最大壁垒。发现自己所谓的性格缺陷后，他并没有气馁，反而进一步深思熟虑，他认为完全可以利用这种"性格缺陷"来做另一番事业——市场调研。

知人者智、自知者明，到了不惑之年的泥鳅既认清了社会又看透了自己。他毅然从华尔街辞职离开美国，不远万里来到香港，创办了一家咨询公司。他对公司的业务定位十分清晰，即专门针对在美国上市的中国企业进行市场调查，然后发布专项调研报告。这个企业定位，将他熟悉资本市场、了解中美文化的背景完美地结合起来。

公司成立之初起步艰难，泥鳅发现中国的企业家与美国同行做事方式大相径庭。美国公司判断决策、战略调整的依据大多来源于市场调研数据，而中国老板们则更相信自己的市场直觉。在与中国老板的交谈中他意识到，这个差异可能与中国市场环境十分活跃有关，西方市场相对成熟稳定、变化较少，所以市场调研数据能对企业决策发挥更大作用，用这套决策方法来应对千变万化的中国市场显然是不现实的。这个发现让泥鳅灰心丧气了一段时间，这意味着自己辛苦创建公司的业务方向出了问题，必须尽快调整才能获得更大发展。

尽管公司业务进展不顺利，泥鳅还是很负责任地完成了两份盈利微薄的调研报告。然而，就是在这两份调研报告的数据分析过程中他发现了一个惊天的秘密，接连几家在美国上市的国内企业财报、公告与市场调研数据居然严重不符。兹事体大，泥鳅亲自上阵连续多日加班奋战，最终确认了这个惊人结论的真实可靠性。

报告提交给客户后，泥鳅没有再接新的订单，他连续多日闭门谢客，埋头在数据堆里。两周后，泥鳅为公司变更了一个古怪的新名字——鱼目珠调研取证公司。公司名字来源于一个古老的中国成语：鱼目混珠，意思是拿鱼眼睛冒充昂贵的珍珠。顾名思义，这家公司的业务是通过调研取证找出在美国上市的中国企业里的滥竽充数者。

重新进行业务定位后，泥鳅当年就闪电出击抓到了一家纽交所上市的国内水泥制造企业的招股说明书和公告严重造假，与实际市场调研数据竟然完全不是一个量级，泥鳅接连发布了几份调研报告，该企业股价应声而落、一泻千里。经此一役，泥鳅声名大震，不断有投资机构找他合作，业务自此扶摇直上。

其实泥鳅其人远不像媒体所言的那样一丝不苟、高风峻节，否则他又怎么会被称作"泥鳅"呢？一个人的名字可能起错，但他的绰号是万万不会错的。而鱼目珠公司也远非清高的市场清道夫、打假者。泥鳅心中"鱼目混珠"的含义，还有着另一层不为外人道的隐含深意，而这才是潜藏在水面下公司真正的商业模式：先向商人分别借来鱼目和珍珠，混合起来以珍珠的高价出售，然后再跳出来指出鱼目混珠、高调打假，降低其市值，最后再以鱼目般的低价买回还给商家，完整的一轮操作下来，买卖的巨额差价已尽入彀中。简言之，泥鳅背后有庞大的对冲基金支持，先打压股票后卖空盈利，通过高卖（借）—出报告砸股价—低买（还）三个步骤，赚取该股票交易的巨额差价。

这天，泥鳅的双卡双待手机副卡号码响了起来，这个颇为神秘的号码只有三个人知道，而只有一个来自纽约的陌生号码会偶尔通话。电话铃响三声，泥鳅接起了电话，对方依然是那个沧桑沙哑的美国西部口音："卡尔森·赫伯特先生，您是否熟悉一家叫九州同源的中国公司，它在纽交所上市股票代码是×××，最近这只股票的表现令人奇怪……"

放下电话，泥鳅浑身充满了斗志。那是猎人出发狩猎猛兽前的复杂心态，其中掺杂着兴奋、贪婪、好奇和些许血腥刺激。

经过三天的周密计划，泥鳅召开公司管理层会议，将调研取证九州同源作为接下来两个月鱼目珠公司最重要的项目。该项目将集结公司十位全职调研员，派往内地各大院校临时雇用并指导九百名大学生作为兼职调研员，进行大样本量抽样问卷调查；另派十名全职调研员，以各种方式进行隐蔽取证，如假扮客户、招聘员工为名，套取九州同源敏感内部信息资料。所有问卷、信息收集录入完成后，再调动公司五位资深数据分析师，对调研数据进行统计分析；同时，另派五位行业分析师，对九州同源公司招股说明书、历年的年报、季报、公告、网站、媒体报道进行案头研究；此外，委托中介机构再找到数位行业专家、竞争对手、客户分别深度解读九州同源战略、市场、产品相关信息。以上所有工作人员均与鱼目珠公司签署带有大额违约罚金的保密协议。

在调研分析进入核心环节——上市公司财报与调研数据对比分析时，泥鳅亲自披挂上阵，指导数据分析和研究取证的聚焦点。以泥鳅多年混迹资本市场的经验和对大陆上市公司的了解，他提出对比分析大陆上市公司财报的四大技巧，他骄傲地称之为"泥鳅四式"。

第一式"看什么"，挑出上市公司财报中的主线。盈利增长，是否达到业内上市公司平均水平；持续盈利时间是否三年以上。风险水平，关注债务、贷款、大型项目应付、应收账款等指标。尤其关注虚拟资产，这往往是造假的方向标，深究之后就会连带拖出壳公司、假合同、假发票等一系列证据。主业明晰，投资是否超过主业，主业收入是否明确。现金流，现金占总资产能否达到百分之十以上，如果不能是否因为行业具有特殊性。泥鳅特意强调，分析上市公司财报时最好要看连续三到五年的财务报告，这样比较分析才能看出企业发展态势，一般来说，采用年报上的信息更能准确地反映企业的经营能力。上市公司在一段时间内有没有赚钱要看损益表，而其真正的赚钱能力则要关注现金流量表的营业活动现金流量以及损益表上的营业利润。总而言之，分析财务报表的重心，应该放在现金、营业利润、股东回报率、总资产周转率等几个方面。

第二式"怎么看"，即上市公司财报的分析法则。大致可以遵循以下几个原则：从后往前看。一般上市公司不愿让人看的东西大多会放在后面。查看说明，关键的说明会解释如何确认收入（如 BT 项目）、记录存货、对待应收账款、分期付款、分摊营销成本等，而这些恰恰是上市企业财报中可能模糊处理的关键因素。关注风险因素，关注债务、贷款等风险因素，因为这些未来可能会吞掉企业大量甚至全部利润。泥鳅强调要抽出身来，站在第三方的角度，看上市企业经营的整体业务收入产生的资金循环，包括融资策略（找钱）、资本支出（花钱）、企业经营（用钱）、现金流（变现）等。

第三式"看哪儿"，即上市公司财报中可能出现的陷阱。譬如说：大幅变化的指标，如资产高度抵押，这可能意味着上市企业现金流出了问题。超高增长率，有时能反映出资本市场压力过大。大幅变化的会计科目或经常调整的会计规则，这有时是上市企业制造虚高利润的手段，如改变折旧或分摊费用的周期、应收账款大幅上升，这可能是企业为追求收入而破坏正常的市场渠道或通过纸上公司进行频繁出货。急于确认收入，过去几年，一些国内大型城市建设项目多采用 BT、BOT、PPP 等模式，这些项目周期很长，风险较大，这时，上市企业急于确认收入就要仔细分析原因了。新概念、新模式的投入及利润，当前大多数企业都在宣传大数据、人工智能、深度学习、生物识别、物联网等新技术概念，PPP 模式、资本化、证券化等新模式，但这些概念和模式并不容易做到，这时就要认真看看，这些所谓的新工具到底为该企业带来了多少收益？是否需要持续大量的投入？项目是否有保障？每个时代都有自己的新概念，但最终检验企业的还是持续的盈利能力。

第四式"想什么"，即查找上市公司财报中可能出现的战略失误。最常见的战略失误有频繁并购，不断发生"一次性成本"，频繁并购在短期内可以体现出利润增长，但实际上往往没有实质的增长，只是表内数字的变化。长期来看，频繁并购会伤及上市公司的核心竞争力。再就是上市公司是否能够在战略上做到"以长支长"，即长期资金投入长期战略，在上市企业日常经营中应以长期资产对应长期负债，短期资产对应短期负债。严重的错误就是"以短支长"，即用短期借款去投入长期战略中，据统计有四成的企业是因此破产的。此外还有上市公司经营是否灵活，其大多数收入是来自极少数大客户还是分散到广泛的客户群，对经营不正规的公司而言，这点常与财务造假息息相关。盈余分配是否合理，赚到的钱是花在生产再投入还是投资到什么地方，或者纯粹地还款、分红、消费掉。

经"泥鳅四式"的缜密对比分析发现，九州同源公司对外发布的财报与实际市场调查的一手数据间确实存在巨大的差异。事实摆在眼前，泥鳅大喜过望，他知道最艰难的阶段已经过去，九州同源经营造假的结论成立，剩下的任务只是取证收尾了。

两周后，一份简单的评估报告横空出世，指出九州同源公司经营数据上存在作假和欺诈行为。一石激起千层浪，该结论立即引爆舆论，为国内外各大财经媒体的平淡生活注入了一针强心剂，社交媒体也不甘寂寞，大家都一窝蜂似的疯狂展开了追踪报道。一时间各类新闻、内幕、消息满天飞。早期的舆论引爆自然是泥鳅私下雇用公关公司的推波助澜，但后来越刮越大的台风级舆论风暴已经不受任何人操控了。

泥鳅趁热打铁，两周内陆续推出五份愈加翔实的调查报告，最后重磅推出沽空报告，认定重估价值后的九州同源仅为原值的五分之一。

第一份报告推出当天，九州同源股价应声大跌，当日跌幅达百分之四十五。随后两周负面新闻不断，机构与个人纷纷减持，股价持续直线下跌。到最后的沽空报告推出，九州同源股价已经成了斩不动的滚刀肉，利空出尽当日止跌，回首一看短短半个月累计跌幅竟达百分之八十五，几百亿美金数日间灰飞烟灭，令人心惊肉跳之余唏嘘不已。

4

看到鱼目珠发布的第一篇报告时，宏图就像被闪电击中的可怜人久久不能动弹。对资本市场有着异常敏感神经的宏图，刹那间就感觉到了事件发动者的巨大恶意，甚至嗅到了致命的死亡陷阱隐藏其中。他马上察觉到这并不是一次偶然的热点报道，而是一场不死不休的末日大戏之开端，真正的敌人还没登场他却已经精疲力竭地被逼到了角落里。

在宏图心目中，编制财务报表当然应该服务于公司战略，而不是劳什子股东，更别提社会了。他才是公司的老板，才是那个真正关心企业生死的人，那些只会叉腰站在旁边的人，有什么资格品头论足？

宏图内心深处发出了愤怒的呐喊，上苍不公，竟以这种方式回报正在创造梦想的人。身边犯有同样错误的人很多，这些商业做法几乎成了默认的潜规则，为什么别人都在逍遥法外，而只是浅尝辄止的自己却偏偏成了那个倒霉的替罪羊。

尽管如此，事件刚爆发时，宏图还是尽快联系了公关公司立即针对媒体展开危机公关处理。宏图在公司内部加快了资金挪用调度应对危机的速度，他甚至开始通过可靠的朋友，以第三者的名义偷偷将部分外围资产变现来抵御即将来到的更大危机。可在一波波精确制导的数据报告巡航导弹打击下，这些举措很快就被证明只是徒劳无益的小小抵抗，根本无力扭转迅速恶化的局势。

几番痛苦的挣扎过后，震惊、愤怒、懊悔逐渐变成了麻木与悲伤，宏图开始陷入持续的郁闷。整夜整夜的严重失眠令他痛不欲生，活着就是这样一种感受吗？像是无比清醒地被一步步拖入黑暗的深渊。生平头一次，宏图觉得自己成了一个微不足道的生命，根本无法掌控自己的命运，被夹在白昼的高峰与黑暗的悬崖之间，经受着二十四小时一轮回的反复试炼，白天听闻工作噩耗，夜晚被失眠反复煎熬，这种身在炼狱的思维状态仿佛永无尽头。

这天清晨，宏图睁开疲倦的双眼走到镜子前，他发现镜子里那个熟悉的黑眼圈男人，茂密黑发的头顶两侧赫然出现了三个五角硬币大小的亮点。他伸手摸向头顶，手指从毛茸茸的寸头中划过，触碰到了一块异常光滑的头皮，紧接着又是两块。验证了这个事实后，他愤怒地将牙缸摔向镜面。闻声跑来的小芳，在走廊里大声惊呼："怎么啦？"

宏图嘶哑地哀叹道："鬼剃头，有三块，你过来看看！"

拧开洗手间房门的那一刻，小芳已经看到这些醒目的印记，她拉起宏图的手安慰道："别怕，这是斑秃，能治好。"

饭后，小芳陪着宏图来到医院。医生说目前还不清楚斑秃的确切病因，但除了少部分人是遗传导致发病外，大部分人的发病与突发神经创伤、精神状态异常、过度疲劳有关。好在大多数斑秃都有自然痊愈的倾向，只要注意不要情绪波动太大，一般几个月内会自愈。

回到家后，宏图让小芳用剪刀与刮胡刀将自己的头发尽数剃掉。宏图向来注重个人形象，他可以接受别人在背后攻击其个性短长，但却从来无法忍受对他相貌举止的指指点点。没想到两三天过后，头顶其他地方都长出了一层黑色绒发，使得斑秃处更加显眼，于是小芳不得不每隔两天就为宏图刮次头。

高频次、高强度的打击仍在继续，一篇篇翔实的数据报告、一份份尖锐的舆论报道，编织成一个铺天盖地、密不透气的恢恢大网，向宏图当头罩下。宏图的情绪日渐低落，牵连着思维都变得有些迟缓，白天坐在空荡荡的大办公室里，一遍又一遍刷着手机里的新闻，内心充满了焦虑和紧张，根本无心工作；深夜则像个游魂，在空旷的大宅内一圈圈徘徊。

看到宏图整日无精打采的样子，小芳心急如焚，她想尽一切办法安慰他，给他做好吃的，带他去看电影，甚至陪他去K歌、SPA，可眼见宏图似乎对所有事都失去了兴趣。无奈之下，小芳只能去找哥哥宏钧来陪他，可无论宏钧说什么，宏图总是一副爱搭不理的样子。宏图这种表现以前从没出现过。乍一看，他似乎不像前段时间那么痛苦了，但却双眼无神，满脸都是无助无望的神情，这让关心着他的亲人们真的不知如何是好。

凝重的气氛又持续了一周，这天，宏图的状况突然出现了转机。

凌晨，天还没亮，小芳就被宏图摇醒。"你说有生命的地方就有什么？"

"有什么？"小芳眯着眼睛迷迷糊糊地随口问道。

"希望，对吗？"

小芳听着他莫名其妙的对话，突然一个激灵缓过神来。定睛一看，眼前的宏图面色红润，两眼放光，浑身冒着大汗。

"你咋了？哪里不舒服吗？"

"没事，刚跑步回来。"

小芳低头一看手表，凌晨四点。"你去跑步了？"

"早起的鸟儿有虫吃。"语气轻佻，完全像换了个人似的。

眼前的宏图，快乐活跃、精力充沛，与昨晚那个愁眉不展的男人，怎么看都不像同一个人。

"一定是哪里出了问题。"小芳心里咯噔一下。

这天是周日，一向不喜购物的宏图，却让小芳陪着他毫无节制地大肆消费了一整天。其间不断高谈阔论，谈理想、谈事业、谈人生，谈到兴奋时甚至手舞足蹈，引起路人好奇的目光。回家的路上，宏图哼着歌把车子开得飞快，在接连闯了两个红灯后，小芳终于下定决心晚上要向大哥宏钧求救，她意识到宏图怕是心理出了问题。

几天过后，宏图的情绪突然再次跌入深渊，恢复了无精打采的状态。宏钧和小芳再也坐不住了，他们半劝半拉，将宏图带到精神科医生的面前。诊断结果证实了小芳的猜想——躁狂抑郁症，一种抑郁与狂躁交替发作的精神障碍疾病，病发成因是持续精神压力过大与严重失眠。临走时，医生嘱咐一定要及时服药、规律作息、避免情绪剧烈波动。

5

心病还得心药医。小芳与宏钧商量，由小芳陪宏图出去转转，放松身心、消除疲劳，慢慢打开心结，这样或许对他的心态和睡眠都会有所帮助。小芳对宏钧说宏图一直有个心愿，去西安郊外的道教圣地楼观台看看。

两日后，宏图、小芳夫妻二人将公司暂托于宏钧管理，毅然摆脱万千琐事飞向西北。到了西安未作停留，也没与当地分公司联系，打车直奔终南山脚下。

楼观台位于终南山北麓，创始于西周，鼎盛于隋唐，是道教所认为的天下七十二福地之首。据传春秋函谷关令尹喜在此结草为楼以观天象，见紫气东来，遂知圣人将至。几日后，在函谷关前拦住欲西去归隐的老子，请老子来到楼观台写下流传万世的不朽经典《道德经》。

旅行劳顿，宏图与小芳在楼观台旁边最近处随意找了个旅馆住下。翌日早餐后，两人进入楼观台，直奔著名的说经台，也就是老子著书讲经的地方。说经台建在一个几百米的高岗上，苏东坡曾言"此台一览秦川小"，可见自这里低头俯瞰秦岭渭水风景如诗如画。此时正值深秋，远处森林色彩层叠变幻，或杏黄或翠绿或嫣红，煞是好看。

两人四处游荡一会儿，吃罢午饭，看天色尚早，向楼观台北面信步走去。沿途麦田里四处散布着高大古朴的石碑，石碑旁不远处往往耸立着遒劲古树，很明显这里是千百年来多处庞大宫殿道观的遗址。是日，宏图精神尚佳，每过一处石碑，小芳都陪着他兴致勃勃地辨认碑上字迹，眼见宏图心情愈好。

远处一方暗灰色的巨石引起两人注意，薄薄的青苔下稀疏地刻着几十个魏碑体大字。两人走近观瞧，字迹刚峻峭拔，兼有汉隶的稳健和唐楷的飘逸。由于年代久远，碑体上方略有残缺，字迹依稀可以辨识。两人饶有兴致地看了一会儿，逐渐辨认出几句内容："……致虚极，守静笃。万物并作，吾以观其复。夫物芸芸，各复归其根。归根曰静，静曰复命。复命曰常，知常曰明。不知常，妄作凶。知常容，容……"宏图反复念了两遍，心中忽地有种莫名的悸动。他感觉这几句文字与自己十分投缘，于是拿手机将碑上文字拍了下来。

回到酒店后，晚上照例无眠，宏图拿起上午在道观中买的《白话道德经》，信手一翻，几个熟悉的文字跳了出来，定睛一看"致虚极，守静笃……"。宏图精神为之一振，这不是下午古碑上的文字吗？结合书中白话翻译，宏图很快理解了碑上文字的含义，他的人生经历跌宕起伏，本身悟性又极高，几经思索之下，不久就悟出隐藏于字义之下的另一番境界。

宏图是夜所悟古碑上篆刻的五十个文字到底意义为何，书中代言，所谓"虚极"者，为天地万物之极，代指大"道"，而欲达大道，则需笃守于"静"。我们这些不能悟道的凡人，是因为妄想之心常动，贪求之欲常有，故生出烦恼，惊动元神，抑郁身心、障迷自性。老子告诉我们，纵观万物，互为关联；七情六欲，互为因果；追本溯源，万物与人性虽然复杂，但终究会复归于寂静虚无的本初，这就叫"复命"。知此理者，有大智慧，不知者，恣意妄为，终归凶险。

宏图读罢此段文字，掩卷深思良久，心有所悟。其实，人的性情随外界环境的刺激和欲望的增长亦是千变万化，凡心妄动就生喜、怒、忧、思、悲、恐、惊，狂躁与抑郁随之显露，自己现在的情况即是如此，但终不该永久这样下去。只要此情一静，最终心仍将归于自然的本初。想要治愈自己抑郁、狂躁的心态，关键在于要让自己的心静下来，这需要假以时日的修炼，明白"静"才是"复命"的归宿。否则，必将迷失于贪欲之海，以妄为真，最终落得"不知常，妄作凶"的悲惨结局。

第二天，两人再次登上说经台，这次是一路南行，越过翠竹林海，然后拾级而上，直奔松林尽头的千米翠微峰，据传峰巅之上有老子炼丹炉。成功登顶后，虽是满身大汗却颇有成就感，俯瞰山下美景，八百里秦川尽收眼底。

两人坐在石凳上休息，宏图将昨晚悟到的心得讲给小芳听，最后道："我这次得的病是心病，抑郁狂躁只是表现。我昨晚想通了，要除病根非做到两点不可，一是恢复平常心，这点昨天看的碑文给了我很大启发，得花时间从

'静'字下功夫；二是要想明白公司未来的出路，这是病的起因，也是病根所在，只有想通了这点，才能拔本塞源完全恢复。"

参观完炼丹炉天色尚早，宏图建议顺着狭窄的小道再向深处走走，小芳看山路崎岖游人稀少，有些害怕。但她见宏图心境好不容易有所好转，不忍拂逆他的意思，便硬着头皮随宏图前行。

两人又走了约一个小时，周边山色野趣盎然，但荒野间已不见游客，只是偶然能见到远处零星几缕炊烟升腾，证明还有人居住于此。登山消耗体力，两人带的矿泉水已经喝完，小芳口渴，提议找农家借口水喝。恰好不远处飘着一缕炊烟，两人顺着烟气指引寻了过去，见是两间土石粗木搭建的简易茅屋。茅屋前堆着枯枝木柴，还有些正在晾干的野菜，一条土黄色的四眼老狗懒洋洋地趴着晒太阳，旁边小板凳上坐着个梳着道士发髻，却穿着普通农家粗布衣服的老头。

小芳见老头这样打扮，一时间不知他是何身份，犹豫了一下道："老人家，您好，我们是来游玩的，水喝光了，能向您买点水喝吗？"

老头呵呵一笑："居士能到这里就是有缘，山泉水要什么钱，壶里有刚烧开的，进屋喝吧。"

宏图听他如此称呼，知晓这老头是个出家人，问道："老道长高寿啊？"

"七十六啦。"

"哦，看不出来。您看起来也就六十出头。这么大岁数怎么不在道观修行啊？"

"年轻时在观里，后来人多，就搬到炼丹炉，这几年炼丹炉也常常挤满了游客，我就搬到这儿了。这终南山里多的是历朝历代隐士们留下的石屋，随便住，图个清静。"老道士说。

旁边小芳问："您老就自己住这里？多不方便啊。"

"观里先前派个小道童陪我，他说没有电，无聊得很，我就放他回去了，观里每个月会派人送些油盐辣子过来。清修寡淡，这才是出家人该过的日子。人多倒是热闹，但容易使人心浮气躁，对修行悟道没好处。"

宏图见老道士谈吐间颇有点仙风道骨的味道，便求教："老道长，这两天我眼里见的，耳里听的都是'道'，您说究竟什么是'道'啊？"

老道士呵呵一笑说："老子讲'道法自然'，修道就要了解自然规律，自然就是不强求。当你自然而然地做事情时，你就会更容易掌握所需要的知识，也更容易获得你需要的东西。但为更好地了解自然之道，你就必须修静，只有心足够宁静，才能理解'道'。就像这山里的草木，逢春夏时，争奇斗艳；遇秋冬时，枝枯叶落，归根以复命。否则不依自然生长之道，必然无法开花结果，终遭枯落绝种之患。"

"那我们这些凡人，该怎么'修道'呢？"

"修行不分出家、在家，人人都可以悟道。说难不难，说易不易。我个人经验有三个阶段：一是吃苦，只有深刻地知道世间多苦多难，才有寻求解脱的愿望和信念，这也是遇到大挫折之人反而容易道心坚固的原因；二是收心，道家通过'修静'来收起散漫的杂念和贪婪的欲望。做到这两点就算入了门，可以开始修道悟道了，到那时机缘已经成熟，自然有师父或书籍指引你。关键是前两步最难走，'吃苦'大多是个人经历决定的，主要靠道缘；'收心修静'是主观作用，得靠个人努力。"

老道长说完走进里面小屋，拿了本薄薄的小册子出来，递给宏图道："这是陈撄宁仙师自创的《静功心法》，源自庄子听息法，是道家修静的基础内功，老少皆宜修炼，没有副作用。居士眼角青瘀、发色枯黄，练习这个功法对改善长期失眠和神经衰弱效果很好。我看居士是有大智慧的人，以后可以多多翻看《道德经》《清净经》《周易参同契》，这些经典是道法的源头，能指导修行。"

宏图毕恭毕敬接过小册子，又跟老道士聊了几句，两人告辞离开。临行前小芳看老道士生活清苦，要给他些钱，老道长微笑拒绝，说没处花钱，他对现状已经很知足了。

回到酒店，宏图跟小芳商量，自从来了楼观台，短短两天自己状况已见好转。他想在此地再待一段时间，安安静静地调养一下自己的身体，想通今后公司发展的出路再回去，总比现在回去被烦恼琐事缠绕，无计可施白白郁闷要好。

小芳见他确实有所好转，也很高兴。多年来的夫妻相处，让她知道对宏图这样有野心、有梦想的男人来说，有时抓得越紧反而失去得越多，不如无条件地信任，放手任其闯荡，更能得到他的心。于是两人说好每天通话，小芳次日独自飞回深圳。

6

连续几日宏图孑然一身游走于山水间，偶遇密林深处的零星隐居修行者还会聊上几句。他感觉多年来没有过如此放松了，甚至以前从没想象过暂时抛弃俗事执念，寄情于山水间竟然如此舒适。这让他觉得有些好笑，就像人们常说的那个关于理想与追求的笑话——

亿万富翁遇到正在沙滩上悠闲地晒着太阳的渔夫。

富翁问："你为什么不去捕鱼？"

渔夫说："我今天已经捕过鱼了，现在正在享受日光浴。"

富翁道："多捕些鱼你就可以拿到集市去卖，然后你就会得到更多钱。"

渔夫问："我要更多钱做什么？"

富翁道："有了更多钱你就可以买艘自己的大船去捕鱼，还可以多雇几个帮手呢。"

"可买大船，雇帮手干什么？"

"那样的话，你可以捕更多鱼，赚更多钱，甚至开家鱼肉罐头厂。"

"然后呢？"渔夫问。

"然后你就可以多开几个加工厂、贸易公司，甚至成立集团上市呢！"

"然后呢？"

"然后，有了大量的钱，成了上市公司的董事长，最后，你就可以像我一样舒舒服服地躺在这里晒太阳了。"

渔夫笑着诘问道："那我们现在不正躺在沙滩上舒舒服服地晒太阳吗？"

想想生活中、事业上最难的事情往往发生在追求理想之路上的选择上，一切荣辱、爱恨、贫富尽在舍得之间。良田百亩，只食一担；波涛千顷，只饮一瓢；万里江山，黄土一抔。我们追求一生不愿撒手的到底是什么？我们一路失去的，是珍珠还是眼泪，是梦想还是泡影？扪心自问，心下已是惘然。

　　这日，宏图离开酒店向东北方向信步闲游，走了十几里路。见远处一座不大的道观，走近看大门上的牌匾写着"重阳成道宫"，宫内没有游客，只有守门的小道士在打瞌睡。步入后院，有座一人高的小型陵墓牌坊，旁边一块墓碑赫然写着"活死人墓"四个大字。这让宏图一下子想起金庸小说里的杨过与小龙女曾经居住过的活死人墓。再看旁边文字介绍，果然活死人墓虽然没有小说中虚构的人物情节，但确有王重阳其人其事。

　　据记载，全真祖师王重阳曾是个文能中进士，武能敌百人的奇才，遭逢乱世，抗金失败后，他怀才不遇，疯疯癫癫自称王害风。后逢异人指点出家修炼，在此地挖穴造墓称"活死人墓"，居住其中闭关修炼三年。丹熟道成后出墓东行布教，收徒全真七子，在山东创建道教最大的流派全真教。

　　宏图围着陵墓缓缓地边踱着步边思考，他很好奇为什么叫活死人墓。突然眼角余光中，他看到墓碑背后有几个模糊的小字，由于年代久远，已经很难辨识了，依稀见得中间是个"有"字。宏图找来看护院子的老道请教，老道长称赞宏图心细，他说历代祖师爷流传下来的说法，墓碑背后是重阳祖师出墓时说过的八个字——"无中生有、复归于朴"。只是为什么说此八字，却没有传下来。

　　回到酒店，宏图脑中还在想着那句神秘的偈语。王重阳是文能安邦武能定国的不世人才，遭遇打击仍免不了变得疯癫若狂，他后来能另辟蹊径成就道统，想必与此悟道八字有些关联。想着想着，宏图又联想到自己半世闯荡创下巨大的商业帝国，如今遭此厄运冲击，想来与王重阳倒有几分相似。王重阳为自己掘墓之时，想必失意至极，起名活死人墓，肯定是想埋掉过去的烦恼，重新来过，既然进墓修行，无非是想排除世事滋扰，静心悟道。此两点自己这几天已有所领悟，也是依此行动，对自己心病大有帮助。

　　那王重阳在墓中究竟领悟到了什么？墓碑后的八个字又有何深意？想到此处，他脑中忽地灵光乍现，想起这几日看到《道德经》中开篇的一句话："无名天地之始，有名万物之母……此两者，同出而异名……"无，并非没有，它虽然看似无形无象、无始无终，但却是无所不在，无所不能，它的本质是"有"。所以老子说"天下万物生于有，有生于无"。无，虽视而不见却能化生万物。宏图想到此处不禁感慨万千，人一旦走到一无所有、一无所成的境地，那下一步是什么？已然没有什么可以失去的了，就只剩下自由和奋斗的动力。原来，从头再来的勇气与自由竟隐藏在人生的低谷绝境中。

所谓"无中生有"，想必王重阳指的是人到穷途，物极必反之时，有生于无的境界。刹那间，宏图心中豁然开朗，王重阳在山穷水尽之时，能走出柳暗花明的格局，自己难道就不行吗？既然事业的发展形势已然恶化到不可收拾的地步，大象虽巨气息已绝，为何还要墨守成规？不如壮士断臂、拼死一搏，大不了散尽家财，或许还能杀出一条血路。

宏图想得兴奋难耐，虽已深秋寒夜，他披了件大衣信步走出酒店。冷风一激，不由打了个冷战。他一边沿着山间小路溜达一边思索，自己公司现在的情形可谓穷途末路，股价大跌、业务停滞、现金紧张。最可怕的是被鱼目珠公司曝光数据造假后，估计几年之内都将一蹶不振，此情此景用一个"无"字形容十分贴切。既然形势坏到了极点，不如索性退出游戏场，重打锣鼓另开张，也许还有一线生机。

呵呵，"无中生有"，王重阳以诈死为代价重启人生，我展宏图何不以退市为代价，启动私有化，退回国内休养生息、重振士气、暗自图谋。待国内资本大潮涌起时，适时而动、分拆上市，东山再起！此时已深夜，山野间寂静无声，宏图想到激动处，不禁纵声长啸，山谷间回声不绝于耳。

翌日，宏图又一次登上说经台。山风吹动，宏图想起了二十几年前与大奎倒卖木材时初上小兴安岭的情形，那片山林与此地虽远隔千里又何其相似！那时真年轻啊，浑身涌动着创业激情，使不完的力气，掰不弯的倔强。宏图想起平凡中略带粗糙的大奎体诗，微笑间，久已枯竭的才思突然涌动，连日来的体悟涌上心头。回到酒店后宏图提笔写下两行四言诗句：

> 独坐山间，胸臆开张。微风拂过，枯枝摇荡。
> 叶落归根，林复静谧。自然之道，豁然开朗。
> 恍恍惚惚，渺渺冥冥。静极思动，动静自如。
> 以无悟有，有无相生。变化之道，神领意得。

文笔虽然略显粗陋，但他自觉颇有建安风骨的磅礴气势。写罢文字，宏图收拾行李退房。临行前蓦然回首一瞥终南山，心中万千感动溢于言表，坐上出租飘然下山。

7

宏图回到深圳的第一件事就是约陆子骞和鲁全见面，电话里陆子骞懒洋洋地说前两天刚从国外游玩回来，在家倒时差呢。三人约好周六在鲁全的"坐忘茶居"见面。

两天后宏图按时赴约，一进茶楼见鲁全正在空荡的大厅里悠闲地喝茶。鲁全见到宏图，起身相迎道："来，展老弟，前几天刚弄到的极品凤凰单丛，这是潮州乌崧山上的七百多岁茶王产的老丛，有种独特的薯香，坐下品品。"

宏图坐下刚端起杯子，陆子骞推门走了进来。鲁全起身打趣道："陆兄，半年没见怎么晒成非洲兄弟了。"

"真让你说着了，刚从东非回来，去看了地球上最壮观的表演。"陆子骞呵呵笑道。

宏图好奇地问道："什么表演这么牛？"

陆子骞绘声绘色地给两人讲述了这次出游的经历。他是专程为参观东非动物大迁徙而去的。一个月前他从广州出发到坦桑尼亚，在当地导游的陪同下，从塞伦盖蒂动物保护区出发，跟踪百万余头角马，数十万匹斑马、羚羊组成的动物大军一路北上三千多公里，最终到达马赛马拉公园。途中经过了狮子、猎豹埋伏的草原，马拉河岸聚集的鳄鱼、河马，还要随时提防神出鬼没的鬣狗。他们或驾驶越野吉普追踪动物大军，或搭乘热气球从空中俯瞰壮阔的大草原，血腥残酷的生存现状与神奇瑰丽的自然美景同时发生在这片原始的土地上。

"这是次震撼生命的心灵之旅，两百多万只动物大军为生存而战，其间几十万只角马、羚羊死去，又有几十万只新生命诞生，我相信每个去过的人都会从中对生命与生存有所体悟，绝对值得一看，强烈推荐！"陆子骞总结道。

"展老弟是大忙人，我倒是可以跟老伴去看看，你回头把旅行社联系电话给我。"鲁全道。

这时有客人陆续进来，三人搬到楼上平台喝茶聊天。宏图讲起来最近一年自己公司最盈利的智慧城市和P2P业务严重萎缩，迫于资本市场压力，虚增了些业绩。因此被鱼目珠公司盯上，发布系列调研取证报告曝光宏图业绩造假，直至最终发布沽空报告，引发股价持续大跌，已经跌去了八九成的市值。如此重大的新闻，陆子骞和鲁仝当然早有耳闻，只是听宏图详细道出事件始末，虽已时隔多日仍觉惨烈异常。

宏图接着说到自己经过两个多月的反思，认为公司市值已经严重低估，可转债危机迫在眉睫，大股东身份易主的可能性越来越大，股价重回高位遥遥无期。思前想后，与其早晚任人宰割不如拼死一搏，发起私有化退市，将公司全部控股权收回，等待时机东山再起。

陆子骞听他说完，道："美国上市公司私有化我接触过一次，手续十分烦琐，光官司就要打成百上千起，每个小股东、个人都希望高价套现，都可能利用法律纠纷牟利，还未完成并购对赌条款的企业主也要溢价，其间还涉及大量赔偿，这是一步险棋啊，你想好了吗？"

鲁仝在一旁却道："兵行险招，但情势已然如此，破釜沉舟不失为一步好棋！"

两人见宏图决心已定，对视一眼几乎同时说道："私有化的钱……"

宏图苦笑道："这也是我今天找两位老哥讨教的主题。"

三人说罢，各自低头不语，边喝茶边思索。少顷，鲁仝看向陆子骞道："这么巨额的资金需求，我看这事只有请老陶出面，或许还有机会。"

陆子骞摇摇头道："晚了一步啊！老陶上半年刚退了，否则他倒的确是最佳人选。"

"退了岂不是更方便说话？"鲁仝道。

陆子骞恍然大悟，道："对呀！他成了局外人，少了许多顾忌，反倒是更容易为人作嫁。"

"他熟悉的那几个大佬级别高，能干到六十五岁退，现在正是退休前好办事的黄金年龄。"鲁仝补充道。

宏图听他俩说得云山雾绕，完全摸不着头脑，疑惑地看着鲁仝。

陆子骞见状道："我们说的老陶，叫陶介人，是我们的大学同班同学。我们七七届学生成员特殊，岁数、性格、经历千差万别。我们三个年纪相仿，脾气相投就总混在一起，学习也还不错，其他同学都叫我们'清华三剑客'。

老陶是北京大院子弟，在首都金融圈里人脉熟络，据说正当值的几位大领导跟他颇有渊源，有的还是他发小，老陶儿子也在金融领域，年纪轻轻已经是能独当一面的国有金融公司副总了。你的事情体量太大，大领导不点头底下人不敢操作，等闲人没那么大能量，非请他出面运作不可。"

说办就办，陆子骞与鲁全简单商量几句后，拿起电话走进楼下包间打给老陶。十几分钟后，陆子骞乐呵呵走回来。"老陶说要跟宏图聊聊，了解下公司情况，如果公司问题不大，他答应帮忙走动下试试看。"

鲁全道："他肯表态事情就好办多了，还是陆兄面子大。"宏图闻言大喜。

"不过，他要跟老婆出去玩一圈，这两天拿到签证就订票，他说事情等半个月后回来再办。"陆子骞道。

"他去哪里玩，要这么久？"鲁全问道。

"老陶说这是他欠老婆的长期债务，以前迫于身份不便出国旅游。这次退休终于解放了，他老婆就天天念叨着要还债，好不容易跟组织申请走完备案流程，周一能拿到签证。他老婆早就联系好了旅游公司，说是我们这里冬天没啥好玩的，准备坐豪华游轮去澳洲看看，沿途经过好玩的岛国还会下岸游玩一番。"

"老陶夫人爱赶时髦，忍了这么多年，抓住机会还不狠宰他一通。"鲁全打趣道。

"是啊，老陶说'豪华游'仨字，说得咬牙切齿的，割肉啊！"陆子骞也配合着开起了玩笑。

宏图灵机一动，道："两位老哥，我有个想法。你们三个老同学好久没见了，最近也都刚有大块的闲暇时间，何不借此游轮旅行的机会几家人聚在一起，叙叙旧，这是多难得的好时机啊！我和小芳陪你们同去凑个热闹，也可借此良机早点结识下陶老哥，免得日后刚见面就请他帮忙多尴尬。"

陆子骞听他这么说，知道他想快点见到老陶办事，既然他想同去自然是有承担各家全部费用的意思。想到这里，与鲁全对视一眼，见鲁全点头，于是道："也好！我们两家同去免得你们刚接触不自在，我们老哥仨也该聚聚了。不过咱们有言在先，我们两家的费用自己承担。"

"陆哥你咋跟兄弟这么见外啊？公司再不景气，这点小钱儿还出得起，咋能让两位老哥帮这么大忙还自掏腰包呢。人家陶老哥肯见我就是给面子，事情成不成得靠缘分，也不是这点费用的事，您说是吧。"宏图把话说得面面俱到，陆子骞、鲁全都是有身价的人也就不再客气了。

于是三人说好，陆子骞与老陶沟通旅游时间，宏图秘书小丁负责签证、订票以及旅行的各种安排。

8

一周后，陶介人夫妇与宏图夫妇、陆子骞夫妇、鲁全夫妇，四家八人在香港见面。宏图当晚在九龙尖沙咀的唐阁设宴款待，三位老同学久别重逢格外亲热，席间玩笑不断。

翌日，众人登上豪华游轮"海洋中子星号"，这是艘下水不久的全球顶级豪华游轮，轮船有二十多层甲板、三十多部电梯、一千多名船员、三千个客舱，可容纳六千多名游客。船上有五个核心餐厅、三个特色餐厅、二十几个酒吧，此外，还有电影院、歌舞表演、赌场、SPA、水上乐园等诸多娱乐设施。对于热爱运动的游客，船上设计了迷你高尔夫球场、游泳池、保龄球馆、溜冰场、攀岩壁、健身房，令人惊奇的是居然还有一个小型植物园。

宏图秘书小丁为大家买的是四间相邻的VIP套房船票，房间均百余平大小，除了卧室、客厅、餐厅，最气派的是带有圆形按摩浴缸的环绕式露天大阳台，可以在按摩沐浴中舒适地欣赏海上美景。整个旅程中，一切餐饮、住宿、岸上观光、船上娱乐的费用，甚至连管家服务的小费都包含在船票之内了。

连续两天大家沉浸在旅行的快乐中，宏图与老陶见面后始终没有谈及商务，但经过几天的相处互动，已经打破了陌生人之间无形的心理防线。

第三天傍晚饭后，老陶主动来找宏图聊天。两人坐在露天阳台的躺椅上，看着金色的夕阳慢慢沉入海面下，小芳泡好茶就进屋去了。老陶问起宏图公司的情况，宏图从公司通过陆子骞协助在美国OTCBB上市开始讲起，讲到后来在纽交所成功转主板，以及他宏伟的战略构想，一直说到最近被鱼目珠公司算计，沽空后股价大跌。

宏图心知跟老陶这样阅上市公司无数的专家型领导对话不能说得太虚，所以也直言自己在智慧城市近期业绩、P2P网贷业务方面过于激进犯下的错误。他避实就虚地把提前确认收入等问题归结为是大多数上市企业的通病，属于商业模式上的疏漏。老陶是明白人，一听就懂了，也没深究。

宏图最后特意提到，公司虽然出现战略误判，但毕竟体量与基础仍在，被泥鳅和他背后的美国资本机构搞得如此狼狈，甚至市值远低于资产净值，他认为这摆明了是美资想要鲸吞中国民营企业的意思。

老陶听他如此说法，不由眼睛一亮，宏图见他表情惊讶接着说道："九州同源的事件不是孤立的，近期纽交所和纳斯达克接二连三做空中国概念股，中招的企业已经有十几家了，很明显这背后是华尔街大型机构在搞鬼。九州同源在刚上市的时候，为了快速发展，曾借过大笔可转债，后来又进行过多次股权质押，在股价严重低估的这段时间，明显能感觉到交易市场上的异常波动，我怀疑某些机构在有计划地回收流通的股票，如果这些机构与债权人联合起来，我的家族将失去九州同源的控股权。"

老陶又问起公司财务指标和未来计划，宏图半虚半实一一作答，老陶眯眼听着不置可否。两人一来一回谈了半个多小时。老陶终于表态，答应帮宏图约大领导高行长见面，事情成败就看谈得怎么样了，只要高行长能点头，就没问题，具体私有化资金落实等细节下面自然有人操办，不用跟领导提及。老陶让宏图准备好汇报演示材料，具体汇报时要简练、明确，抓住要点。

宏图赧然问道："不知领导个性怎样，喜好什么？"

老陶微微皱眉道："这世上其实只有两种人，一种人是天生的领袖，要什么有什么。另外一种人就像是隐形的透明人，靠围绕着第一种人的周边晃荡来生存。领导做到高行长这个层面，外人能见到的只是随和，他什么也不缺了，这方面你不用过多考虑。"

老陶想了下，接着补充道："汇报时可以谈得宏观些、长远些，这恰恰是老弟的长项。可以按你刚才的思路，围绕着振兴民族产业这杆大旗说私有化的事。"

两人聊完正事，此时天色已经完全黑了下来，月光下海面波澜不起、水平如镜，抬头望一轮明月、万点繁星。

老陶发起了感慨："这么多年来，我发现中国企业家身上最可贵的品质是选择之后的坚持。他们往往会预料到自己未来的艰辛，有时他们明明已经实现了财富自由，但仍毅然选择承担起责任，义无反顾地坚持下去，甚至不惜任何手段，不让任何东西阻止自己。这可能就是这么多年，中国经济增速一直领跑全球的原因。"

宏图听他如此说，觉得遇到了知音，一时勾起伤心事，把最近患病的事情讲给老陶听。老陶颇有深意地为宏图讲述了一则真实的悲剧故事。1923年正处于大萧条前黄金发展时代的美国，一些当时最伟大的财经领袖和最富有的商界大佬在芝加哥开会。他们中有美国最大的钢铁公司领导人查尔斯·施瓦布、世界最大的经营公共基础设施主席塞缪尔·英萨尔、世界最大的煤气公司领导人霍华德·霍普森、世界最大的国际火柴公司总裁埃娃·克鲁格、国际清算银行的总裁利昂·弗雷泽、纽约证券交易所主席理查德·惠特尼、两个最大的股票投机商阿瑟·科顿和杰斯·利弗莫尔、美国第二十九任总统哈定的内阁成员阿尔伯特·富尔。二十五年后，这些人的结局是这样的：施瓦布在度过五年的借债生涯后身无分文地死去，英萨尔破产后死于国外，克鲁格和科顿也死于破产，霍普森疯了，惠特尼和阿尔伯特·富尔则刚从监狱被释放出来，弗雷泽和利弗莫尔自杀了。

讲完后，老陶语重心长地说："企业家是高风险职业，一不小心万劫不复啊！要成功就需要把希望放在明天，把计划放在今天，把行动放在现在。有很多老板始终没明白过来，还认为作为老板能发现机会、把握机遇才是本事。纯粹投机的时代已经过去了，中国机会太多了，公司越大机会就越多，你不用去找机会，机会都会找上门。大企业尤其是上市公司失败的共同点，就是没能抵挡住诱惑，战略与战线拉得过长以至于现金出了问题。记得梭罗曾说：'如果你造了空中楼阁，你的辛苦并不是白费的。楼阁应该造在空中，现在要做的是在其下方建造地基。'"

老陶总结道："咱们国家的发展阶段跟那个时代的美国有些像。这么多年我跟几十个上市公司老总打过交道，'眼看他起朱楼，眼看他宴宾客，眼看他楼塌了'。最后我发现一个朴素的真理，企业发展只有脚踏实地、现金为王、立足当下才是长久之道啊，老弟。"

跟老陶谈完正事，宏图公司还有许多杂事要处理，根本无心游玩。两日后，宏图跟三位老哥打了个招呼，在游轮第一站停靠的码头下船坐飞机回深圳了，小芳则留下全程陪同。

两个月后的一天，宏图接到老陶电话让他准备好资料速来北京，宏图订了当晚飞机就赶了过去。次日一早，老陶来到宏图酒店碰面一起早餐，说约好了十点半以后见领导。高行长时间有限，估计只能给宏图三十分钟时间，他最好能在十几分钟内介绍完项目并提出要求，剩下时间留给领导做判断。老陶见宏图听完有点紧张，便安慰他说领导人很随和，自己事先已经把公司情况给领导做过汇报。吃完饭，两人坐老陶的车子赶到复兴门内大街的总行。

高行长的个子并不高，清瘦的身材却长了一张国字脸，上身穿了一件藏青色的夹克衫，脚上踩着一双老北京布鞋。

双方落座后，高行长让宏图简单介绍下公司情况，重点提下有什么要求。听完宏图十几分钟的介绍，高行长只问了三个问题：为什么需要钱？需要多少钱？怎么还钱？宏图按老陶的指点，强调为振兴民族产业，保住控股权，抵抗外资恶意收购而进行私有化，需要巨额美元低息贷款，未来将通过在国内分拆上市后还款。随后，宏图讲述了自己回归国内市场后的战略发展构想，以及各子集团业务逐步分拆上市的计划，最后宏图表示如能得到领导的支持，自己有信心实现这些梦想。高行长听后很满意，说可以派驻下属机构尽职调查了解具体情况，如基本属实愿意支持民族企业回归。

九州同源私有化调研与实施落在了总行下属金融公司来具体操办，蹊跷的是老陶儿子小陶恰好是该项目的负责人。有了高行长点头再加上老陶父子的关照，事情得到快速落实。三个月后，宏图顺利拿到贷款，并很快完成了私有化退市。

展宏图·展宏翼·深圳·杭州

1

　　自从进入九州同源集团工作后，宏翼感觉每天的生活都更加充实了。为此她很感恩宏图给了她重新创业的机会，一个再次实现理想的平台。已经五十出头的人了，所追逐的不再是财富，甚至不是事业，而是梦想。第一次自己创业时她常常被迫放弃理想，做了很多自己不愿意也不感兴趣做的事情，因为她必须面对残酷的事实——挣钱活下去。现在，作为九州同源上市公司制造业务板块负责人，有了上市公司雄厚的资金支持、强大的人力资源辅助，以及专业对口的技术研究院研发支撑，她觉得自己可谓是万事俱备。如果梦想都不值得冒险，那还有什么值得？宏翼暗下决心，借此机遇做成一番大事，成就自己、回报宏图。

　　接下创建制造业务子集团的任务后，宏翼一改自己以往只重执行而忽视宏观机遇的弱点，经过一番深思熟虑，她定下了几条发展战略，并将之简单地总结为八字原则：聚焦、忍耐、开拓、提升。

　　所谓聚焦有多个维度，宏翼提出首先要聚焦主业，只做与视频有关的产品。宏翼在首次班子会议中特别强调今后子集团业务利润的百分之八十以上须来自视频产品，即使有丰厚利润的投资业务、垫资项目，如果与主业无关也不能涉足。这一规定是有所指向的，当今很多盈利企业尤其是上市公司都把赚到的钱投入回报更高的股市房市中，宏翼当然知道这种捞快钱的行为会极大地破坏企业在研发、制造工艺等方面的产业积淀，同时对企业文化将产生不可估量的深远毒害。

　　其次，宏翼还强调要聚焦市场、准确定位，尽量避开与海康威视、浙江大华这样巨无霸体型的上市企业发生正面遭遇战。宏翼将自己的市场定位在碎片化、定制化的商业领域、连锁机构、房地产商、区县以下的政府等应用领域。此外，宏翼还要求聚焦技术与品牌，将大量研发投入用于提升人工智能与大数据技术开发实力，并将大部分优势产品定位在中端。她提出的口号是要成为中端产品的第一品牌。

"忍耐"战略是宏翼针对集团中存在投机冒进文化所做的改进。在首次高层会议中，宏翼就明确提出五年之内不搞多元化、不搞全球化、不做行业第一，她坚决反对华而不实的假大空口号和投机色彩浓厚的概念输出，站在企业文化角度，宏翼希望自己执掌的制造业务板块要有战略定力及工匠精神。在日企的多年工作经验让宏翼相信：所有的成功都是抵抗诱惑的结果，成功来源于细节，无数纷繁复杂的细节经过漫长的时间考验，累积成为一个成功的品牌。因此，宏翼提出"小步迭代"的工作模式，每次设定一个小小的目标，在极短的时间内完成它，然后进行下一次迭代，如此执行一段时间，将会由量变产生质变，她相信一次次小小的成功，最终将汇聚成一个伟大的品牌。

在前两点战略深入人心后，宏翼将工作重心放在"开拓"上。她在子集团管理层会议上指出，拓展市场和开拓渠道是当务之急。不仅仅老市场需要拓展，由老客户延伸出来的新需求尤为重要，抓住这种需求比开辟新市场更加牢靠，同时还没有过多的新增费用。譬如原有的老客户连锁超市安装的监控系统，只是用于防盗防抢，在宏翼挖掘新需求思维模式指导下，研发部门将原有系统加入更多智能化模块进行升级，新系统除了防盗功能，还可以用于摄像机巡店、客户人脸智能分析、人流分时统计、货架陈列分析、停车场管理、员工考勤。其实做到了这一步已经是把自己的产品与客户的工作流程完美地整合在了一起，此后他们提供的将不再是一次性销售的产品系统，而是可以按月收取的运营服务费用，如智能数据分析服务、图像长期云存储及检索服务等，当然客户就再也离不开他们了。

在渠道建设方面，宏翼采取"骑驴找马"的渐进式发展战略。初期实行总经销制度，随着市场越做越大，宏翼在子集团内部开始建立大项目管理部，通过项目招投标以厂家的身份介入到大项目中，刚开始还部分让利给经销代理商，后来则以技术支撑为名直接接管了这部分渠道。在市场不断扩大，品牌日益为用户所接受之后，宏翼不顾经销代理商的激烈反对，开始在部分应用领域自建销售团队。其实,在向中间商要利润的今天,渠道扁平化已是业内共识,宏翼的做法并非冷酷,而是大多数强势品牌的必然选择。

宏翼提出的战略八字原则是有次第关系的,最后的两个字"提升"是前面六字战略的归宿。宏翼是技术出身的理工女,对研发投入有种宗教信仰般的偏执。早期,她投入单品研发,后来开始加大软件投入力度,将产品串成系统,又将系统汇成各式解决方案。市场接连传来捷报后,她开始将利润砸进门槛更高的云计算、人工智能。

在宏翼眼里,能与技术相提并论的要素非"人才"莫属,她上次创业失利很重要的一个原因就是人才流失。那个时候,周边忽地涌现出几家上市公司对手,她的企业立刻变成天然的人才价格洼地,就连高管股东傅一籍都成了猎头公司的猎物,其他高级人才更是砧板上的鱼肉,短短两年辛苦培养的人才很快就被对手一扫而光。沉痛的教训使宏翼非常重视人才的选、育、用、留,她尤其看重留住人才。为此,她曾三番五次说服宏图,终于成立员工持股平台公司,专门对有重要贡献的核心员工进行股权激励。

宏翼创建制造业务子集团两年后,她的八字战略开始收到明显的效果,业务稳步上升,第三年业务步入发展快车道。在上市集团十大业务板块里,宏翼的制造业务板块和尹柔负责的海外业务板块属于第二集团军,其盈利水平虽然明显低于哥哥宏钧负责的智慧城市业务子集团、弟弟宏图主抓的金融业务子集团,但收入与利润始终在稳定地增长,这种稳定性是资本市场看待上市公司表现时不可或缺的重要一环。而且,相比其他仍需投入的六大业务板块来说,制造业务最早实现了盈利,其起步无疑是最快的。

三年来的埋头苦干打下了厚实的家底,宏翼意气风发做好准备,要一鼓作气拿下行业前三。然而,老天不遂人愿,关键时刻集团母公司却出了问题。短短半年内,智慧城市业务、金融业务相继沦陷,这对于一贯花销巨大的上市公司来讲,无疑是晴天霹雳。

寅吃卯粮的日子向来过得飞快,转瞬间上市集团由丰厚盈利走到了即将亏损的悬崖边缘。从那时起,资金开始出了问题,先是来自总部源源不断的资金投入枯竭了,继而总部指派的财务总监开始抽调子集团资金,起初只是小额短期的资金抽调,后来慢慢开始加大额度,还款账期也变得越来越长,到了最后账上的现金只要超过五十万就会被调走，直到发薪水时才勉强回款，这样的资金状况已经没有办法支撑任何战略投入了，甚至连产品升级、技术研发都渐渐地失去了保障。

再后来，传来私有化募资成功的利好消息，集团资金困难也相应得到了缓解。可退市容易，想在国内重新上市难度却远远超乎管理层当初的预期。日子一天天过去，整个集团只有制造、海外两个盈利单位，怎么背得起几万人的巨大花销。私有化募集的资金尽管可以内部挪用一部分，但坐吃山空之下，很快公司又回到入不敷出、东拆西借的老路上。

为了熬过漫长的寒冬，宏图开始逐步裁撤亏损的业务板块，砍掉不必要的营销宣传费，高管们纷纷带头主动减薪。兄弟姐妹三人私下聚在一起商量，宏钧、宏翼拿出了自己卖公司的收益，宏图不仅掏出了多年的积蓄，还把房子、股票全部做了质押，并接连签了几份无限责任担保的贷款。企业面临生死攸关，最可靠的合作伙伴无疑是自己的血脉亲人。就这样，磕磕绊绊中宏翼兄弟姐妹三人又熬过了一个漫长的冬季。

2

年好过，月好过，日子难过。

宏图最近的日子很难过。

前几天秘书小丁拦住了一位上门索要项目尾款的分包商。多年前被逼债的场景重现，让宏图感觉这些年的艰辛拼搏并没有带来什么，仿佛经历了一场不真实的梦境，一夜间又回到了刚离开龙城的那个原点。

这天为宏图办理私有化贷款的小陶总来访，宏图对见他有种非常矛盾的心理。不见不行，毕竟贷款延期全依靠他呢。见吧，也不爽，小陶总满口的伶牙俐齿不知道又要喷出什么熊熊烈火呢！

上次两人见面时，小陶总给宏图讲了个故事。话说一列火车停在站台上，有个老人透过车窗见稍远处有个中年妇女在卖面包，一个男孩在月台上玩耍。老人打开车窗道："孩子，你知道面包多少钱一个吗？""五元。"老人递给男孩十块钱："请你去买两个面包，咱俩一人一个。"不一会儿，男孩吃着面包走了回来，递给老人五元钱道："她只剩下一个面包了，先生。"故事讲完，两人半天沉默不语。临走前小陶总道："展总，你的面包吃完了，我这个出钱的人还饿着呢。"宏图知道他是在讽刺自己没有还款能力，可资本市场大形势不好，没想到国内上市居然远比国外艰难，宏图也是空自郁闷无计可施啊。

小陶总风风火火地进了门，掩不住满脸的兴奋得意。"展总，好消息！有个千载难逢的机会。我的一个投资公司的朋友，他是家上市公司的小股东，这家公司业务本来就属于夕阳行业，最近经营上又出了点问题，业绩下滑得厉害。老板岁数大了，唯一的女儿移民国外不回来了，底下又没合适人接班，现在老头放出消息要卖壳。我特意查了下，这个公司大小正合适，股权结构单一，没有过多债务和不良债权，近期业绩虽不理想但具备重组的可塑性。总之，是个表现非常不错的壳，机会难得啊！"

宏图知道他急于资金解套，消息必定可靠，两人兴致勃勃地谋划了一个下午。临走前，小陶总道："展总，咱这可是刚出笼的一手消息。这种事传起来比子弹飞得还快，市面上狼多肉少，您可得当机立断啊！"

宏图当晚彻夜未眠，反复考量之下唯有宏翼的制造业务板块，在增速、体量等各方面最适合分拆买壳上市。次日一早宏图便打电话给宏翼，让她尽快飞来深圳，说有要事商议。宏翼接到电话随即出发，下午就赶到了公司。

宏图又叫来宏钧，三人聚在会议室商议，宏图先是通报了小陶总带来的借壳消息，然后抛出自己的观点，一定要抓住这次机遇快速上市，具体办法是将宏翼的制造子集团剥离出来，以新概念包装，重新梳理财务数据，使之满足上市要求，等上市后再逐步装入其他业务。宏图滔滔不绝讲了半个多小时前一晚构思的上市路线，讲完后以期许的目光看着两人。宏钧、宏翼对视一眼，几乎同时说道："费用方面……"

宏图皱了皱眉道："公司资金管理上勒一勒应付款能省出些，还有两个智慧城市项目尾款可以做保理提前买断。"他停顿了下，长吸口气道："必要时，我做好了找民间借贷的准备，咱们的财务总监林总是潮州人，他表哥愿意提供……"

宏翼忽地站起来，激动地打断他："你这是要借高利贷啊！你知道后果吗？"

"事情还没走到那步呢！等上市有了眉目，临门一脚的时候再借不迟，其实风险并不太大。"宏图悻悻地说，他见两人明显地并不支持，有些生气道："只有拿到上市公司的平台，我们才能想怎么玩就怎么玩。到那时，我们可以装资产、定向增发、配股并购，你们知道这叫什么吗？"

"资本运作。"

"哼，当然，报纸上会这么写。啥叫资本运作，无非就是坐庄炒作、操纵股价罢了。说白了，就是穿着西装体面地抢钱。没有上市公司这身漂亮西装你那叫劫匪，是要被枪毙的。有了这身行头，如果你抢得足够多，不仅风险越来越小而且还越发受人尊重呢！你说咱们前几年多么风光，再看看如今落魄的样子，任谁都能来羞辱一下，现实就是如此残酷！钱这玩意儿谁都知道是好东西，要不也不会有那么多老百姓都去炒股。其实大家都一样是在炒作、玩概念，只不过老百姓炒的概念是我们编的，老百姓跟的消息是我们放出来的而已，所以我们才要赚得多一些。要猴的怎么可能比猴儿赚得少？"宏图越说越激动，长期压抑下的情绪终于爆发出来，言语间已经抛弃了往日的彬彬有礼，直露出心灵最深处的贪婪与自恋。"一分风险一分回报，你说我们担了多大的风险，押房子押车贴钱还要去借款。没有上市公司这张皮，我们再大的付出都得打水漂，那点投入会被已经上市的对手啃得渣儿都不剩。只有上市才是唯一的希望！"宏图双手比画着说完，颓然坐下，仿佛被抽干了精魄的傀儡。

宏翼理解弟弟。跟自己不同，宏图在业内名声不太好，总有很多质疑的声音说他是"资本猎人""企业炒家""行业搅局者"。她常为弟弟鸣不平，她比大多数传统的从业者更理解宏图，因为自己的上次创业失败就源于资本布局慢人一步，一招棋错满盘皆输。自己的弱项恰恰是宏图的强项，所以他才能在这么短的时间内取得这么大的成就，这绝非酸溜溜的"投机""资本运作"几个字所能概括的。

宏翼认为事事从资本角度思考企业发展也是一种核心能力，而且无疑是种强大的竞争力。自己的能力在于执行与细节，又在日企工作多年，同行都说自己是"匠人"。宏图的特点则是摒弃细枝末节，重视资本，以更广阔的战略视野看待企业发展，同行们戏称他是"大师"。自己擅长低头耕地的"术"，所以自己失败于对远方战略前景的判断；宏图擅长抬头望天的"道"，因此常被眼前无法落地的现实策略所绊倒。

"要是能把我们擅长的资本与实业、战略与战术结合起来就好了。"宏翼想道。可理解归理解，借高利贷这种事，仍是突破了宏翼做人做事的底线。

"你知道你在说什么吗，宏图？多少人被驴打滚的债务逼得倾家荡产只能跑路躲债。"宏翼激动地说道。

"姐，咱们是探讨借壳上市的路径，现在还不需要走到那一步。即使最后不得已去借钱，也没你说得那么严重，人家是民间借贷没说是高利贷，林总给我拍胸脯保证过，他表哥就能提供资金，必要时他个人可以做连带担保。"

"宏图，你那么聪明的人，什么叫高利贷还不明白吗？我看你是当局者迷。总之，我不赞成。"

看到姐弟二人争执不下，宏钧招呼着先去吃饭。席间宏钧讲明自己的态度，他认同宏图的基本观点，即不上市就没有出路，但他也跟宏翼一样不赞同宏图去找民间借贷。宏钧举杯强调，家有千口主事一人，整个集团是宏图打下的江山，虽然涉及的分拆业务归宏翼经营管理，但宏图是集团董事长，最终决策该由宏图拍板，自己和宏翼只是建议。宏翼听他说得在理，表示认同。

宏图借机建议先答应小陶总，把买壳上市的事儿接下来，事情可以先谈着，走一步看一步，账务处理、内部资金调度等容易的事情先做，到了最后资金有缺口的时候，再根据实际情况解决是否借款，借多少的问题。宏翼、宏钧相视一眼，举起酒杯表示同意。宏图也举起酒杯，保证不干涉宏翼管理，今后每一步重大决策，仍是三人共同商议。宏翼笑言手足亲情当然荣辱与共，一旦决定做出必然会全力以赴。

3

小陶总联系的壳公司卖家急于脱手，谈了三次事情就基本确定了，接下来是耗时的内部整改和财务处理工作。由于九州同源曾是纽交所上市公司，因此其财务合规性方面基础相对扎实，需要做的只是根据审核要求进行简单的账务调整，宏图逐渐把自己的工作重心放在战略制定上。

战略规划一直是宏图的强项，来深圳后他先是以平淡无奇的可视对讲产品为核心，绘画出智能视频家居安全生态圈的宏伟蓝图，登陆 OTCBB 敲开美国资本市场的大门；随后又借助科技强警、天网工程、平安城市发展的东风，独创大安防产业概念，并因此成功转板纽交所；后来他又抓住国际金融危机后国家投入的机遇，当上国内最早一批为智慧城市建设摇旗呐喊的领军人物，在获得丰厚项目投资利润的同时，也实现了在新加坡进行第二上市。私有化退市后，宏图一直在思考以什么样的新概念，更容易在路演时吸引投资者眼球，以便快速杀入国内资本市场。

宏图一直很关注国家宏观经济发展，他注意到这几年GDP降低至个位数以后，国家开始提出结构性减速的说法。"结构"二字宏图认为很有深意，这说明政府已经把这种经济减速看作一种未来长期的发展趋势。由此二字出发，宏图再看出台的系列政策法规，无非"稳、防、转"三字而已。"稳"指稳定，稳就业、稳金融、稳出口、稳投资、稳房价；"防"指预防，防债务、防泡沫、防风险。

"稳"与"防"是守成，"转"则有开创之意了，宏图认为这个字代表着改革开放的延续，企业的机遇应该从这个字来挖掘。"转"是转型、转变的意思，既然现在的经济处于结构性的转变，那就意味着深层次、巨大的产业结构性调整、升级将会陆续出现，在此过程中必将"长江后浪推前浪"，而墨守成规的前浪们则定会被拍死在沙滩上。从这个角度看，最近国家提出"一带一路"、供给侧改革、"互联网＋"等策略的目的就很清楚了。"一带一路"是将强大的供应链产能与雄厚的资本结合输出全球，"互联网＋"则是将制造业与服务业捆绑升级为高端智能制造产业，供给侧改革则是前两者的基础，以庞大内需倒逼供应端升级。

想通了这些，宏图领悟了这次买壳上市，自己提出的战略概念一定要捆绑上供给侧改革，因为这个概念对产业转型升级最具现实意义。宏图想到了几年前他曾经提出的"大安防产业"理念，这次分拆上市的业务是宏翼的制造业务板块，这个业务板块中大部分三级子公司都是并购过来的安防企业。在纽交所上市时宏图提出"大安防产业升级版"的概念。彼时，他的主要依据是安防行业需求的扩张，由早先的行业安全需求，逐步扩张到个人、家庭、社区等民用安全领域，再到平安城市、天网工程等城市安全领域，甚至是环境安全、应急安全、消防安全、信息安全等诸多领域。需求扩张呼吁出现集团化上市公司满足新出现的综合安全服务需求，而九州同源的适时出现正好满足了这一特定需求。宏图曾称之为"大安防产业2.0版"。

宏图念头一转，上次强调需求变革，这次何不从供应端出发编织概念，正好暗合供给侧改革的潮流，可以称之为"大安防产业3.0"或者"大安防产业供给侧改革"。这个概念立意宏大，绝对可以支撑一家大型上市公司的中长期战略发展。

接连几天，宏图找来宏翼、宏钧、朱世成、柳芊芊等众多安防技术、营销、生产专家，共同讨论企业发展和安防业未来。大家见他只是认真听讲记录并不发言，还很纳闷为什么一向专注资本运作的老板忽然关心起执行层面的事情来了。吸纳了几天的会议讨论成果，宏图提出自己的观点：在雪亮工程等政府需求蓬勃发展，民用化、商业化安全需求日益深化之际，大安防需求已经处于急速扩张期。需求侧及资本市场快速扩张，然而供给侧改革没有跟上，行业中的绝大部分厂商缺乏以智能化技术为先导的产业链转型升级指引，由此引起大安防产业发展极不平衡，造成了今天严重两极分化的安防产业格局。一面是需求侧干柴烈火，一面是供给侧冷若冰霜。要想改变这种畸形的产业态势，必须从供给侧企业改革入手，对传统制造商的产品生产进行转型升级，使一批拥有"智能前端＋云平台＋综合安全运营服务"的大型上市企业集团脱颖而出。

宏图认为，九州同源将会是第一批成功转型的智能化制造服务商之一。九州同源的上市，以及海康、大华等传统制造商的成功转型，将会促进整个安防产业的供给侧改革，使供需两端重新实现平衡，而这次平衡将是产业升级后在更高层面上市场化自适应的平衡，所以宏图称之为"大安防产业升级3.0版战略"。宏图相信，在新一轮大安防产业链重构之后，重新上市的九州同源将是未来大安防产业格局中最重要的一支力量。

上市的概念题材确定好了，账务调整也基本就绪，宏图进入买壳上市最后阶段的冲刺。所谓买壳上市其实就是九州同源通过将资产注入低市值的上市壳公司，从而使九州同源的资产得以重新上市的过程。说白了就是通过收购与资产置换，来取得上市壳公司的控股权，然后再将壳公司更名为九州同源，这样就完成了借壳上市的全过程，可以用上市公司名义增发股票进行融资了。

离双方确定的交易剩余款期限越来越近，能抵押担保的资产基本都用得差不多了，资金缺口依然巨大，宏图最终仍然绕不开"钱"这个最大的障碍。他决定孤注一掷赌上自己的身家性命去借高利贷，他找来宏钧、宏翼商量。三人聚在一起连续商议两天，宏翼坚决不同意去借款，她认为即使不上市公司一时也还生存无虞，但借高利贷风险太大，搞不好不仅倾家荡产，人身安全也会受到牵连。

正在交易付款期限将至，三人讨论仍处胶着之际，第三天，柳芊芊打断了展氏兄弟的讨论，她带来了一个好消息。宏图早年纽交所成功上市后，曾在深圳非常偏远的光明街道以超低价买下了大片荒废的厂区，后来作为整个集团的培训教育基地交由柳芊芊打理。

近几年，深圳高科技产业快速发展，很快南山区已经趋于饱和，于是政府以光明街道等几个街道为基础成立光明区，连接南山、东莞各大产业集群，定位是生态型高新技术产业新城，也是国家战略规划中的粤港澳大湾区的核心区域之一。光明区挂牌后，得到各级政府大力支持，发展异常迅速，发展的基础动力其实离不开企业和商家的踊跃落户，而解决这些入驻企业与高科技人才的商业配套就成了政府施政的重中之重。区政府因此申报深圳市政府，将光明街道一带核心地区的土地性质由工业用地改为商业用地，想将原有老旧厂区部分迁出，腾笼换鸟在原地建设大型城市商业综合体，据说万达广场等项目已经走完审批流程了。

政府的一番操作下来，宏图当年购买的厂区立刻成了香饽饽，土地变性消息放出后周边房价行情坐地立涨十数倍，投资者、炒房团蜂拥而至。柳芊芊早晨因申办资质跑工商时得知这个消息，立刻联想到宏钧这两天提到正跟宏图商议公司借钱的事情，因此急着赶来与三人见面告知。宏图听她说完，大喜过望，此消息意味着这块资产的估值剧增，可凭此做出高于原值数倍的抵押贷款，应能缓解部分买壳资金。

柳芊芊几个月没见宏翼，拽住这个最好的闺蜜叽叽喳喳聊了起来。宏图一看，会议结束已然中午，张罗着叫上小芳大家同去吃个午饭。席间大家继续讨论解决资金问题，宏图举杯感谢道："多谢嫂子帮忙，这个消息一到立马就能缓解几亿元的资金缺口，剩余尾款再想办法。"

柳芊芊起身回敬道："我只是提供个消息，毕竟高利贷风险巨大，能不借还是不借为妙。"

宏翼向芊芊问起她表妹尹柔的消息。"她跟你个性差不多，好强！事业做得越来越好，可个人问题成了老大难。眼看快四十的人了，连个对象都没有。我小姨时常打电话埋怨我，本来丫头就有主意，凡事要拔个尖不听人劝。现在去了国外，想管都管不着了。我小姨这回下了狠心，隔一天一个电话，催着她回来成家。"

柳芊芊转头望向宏图："宏图，尹柔可是有动摇啊！我提前跟你说，准备好接班人。"

她见宏图呆呆地发愣，以为他没有听见，又重复了一句。宏图眼珠一动，回过神来，激动地说道："嫂子提醒了我，尹柔的海外业务这几年做得不错，但由于操作上的困难始终没有纳入准上市公司体系。如果以海外公司优质的资产和应收账款为抵押担保，说服金融机构加大贷款额度，承诺一旦成功上市后将最先装入这部分海外业务。也就是说把未来的并购贷款提前预支出来，我相信这种做法很多金融机构一定会认可。如果此法可行，增加的贷款再加上光明土地的增值贷款应该就足够覆盖本次买壳上市的剩余尾款了，我们也就不用找民间借贷了。"

宏图按照光明土地增值、海外业务提前变现这两个思路，去跟各大金融机构接洽，很快一家地方银行就向他抛出了橄榄枝。金融机构从不雪中送炭，但却都喜欢锦上添花，经一家认可后很快其他资本机构纷至沓来，困扰宏图多日的资金难题终于解决了。

4

世事无常，凡大事必多劫难，所谓兴尽悲来，大喜大悲往往只在一念之间。借壳上市工作已近尾声，正当宏图踌躇满志之际，证监会忽地发出雷霆一击，出台史上最严审核政策。该政策专为打击欺诈上市、以买壳规避IPO审查的行为而定，政策规定从即日起借壳上市条件等同于IPO标准，并规定创业板公司不再允许借壳上市。

新规甫出，震动股市。对宏图来说，此政策出台如平地惊雷般直接轰在宏图脆弱的死穴上。新规提出了最严厉的财务专项检查，并要求以IPO标准来审核买壳公司，这意味着盈利要求发生了巨大变化，只此一项就为宏图又增加了十几亿元的巨额财税负担，而且历时几个月时间、花费众多人力财力的账目调整等工作全部要推倒重做。

买壳上市前景又一次充满了不确定性，各大机构投资者纷纷致电宏图让他观望下再说，就连小陶总都劝他要三思而后行。可此时的宏图就像攀缘在悬崖峭壁途中的旅行者，前进唯恐体力不支，后退就得面对万丈深渊，进退两难的境遇慢慢磨损着他的心智，透支着他的体力。很明显，新增的巨大投入已无机构接盘，还不明朗的前景让各大金融机构一时间绝不敢与新政正面交锋。

时间一天天过去，宏图知道拖得越久对自己越不利，毕竟新出台的政策哪怕确有不合理之处也都绝对不会朝令夕改，时间机遇这一次很不凑巧地站到了他的对立面。宏图决定铤而走险，因为他明白如果放弃上市机会，他个人可能损失有限，但他多年来辛苦打造的商业帝国必将毁于一旦，而以他现在的年纪想要从零开始东山再起其实已经没有太大的希望了。

这次宏图没有跟任何人商量，他找来财务总监林总充当中间人，约见了林总的表哥，潮州专做放贷生意的石氏集团老板石振虎。民间借贷在广东极为流行，坊间多有同乡、好友集资交由组织者放贷的形式，潮州又是广东借贷业的翘楚，而潮州借贷生意规模最大、实力最强者非石氏集团莫属。

其实银行借贷、民间借贷与高利贷唯一不同之处仅在于利率而已，凡利率高于同期银行贷款利率四倍以上者，即为高利贷。高利贷自古有之，自有其存在的必要性，不需要抵押担保，办理快速便捷，一张身份证复印件、简单的联系资料与字据、交代清楚还款依据或担保人，小到几万大到过亿元的资金几分钟即可搞定。

石氏集团的业务范围涵盖民间借贷、P2P、供应链金融等许多资金业务，但其私下提供熟人介绍的高利贷、赌场现场贷款、赌场洗钱、地下钱庄换汇等几项才是石振虎盈利的秘密武器。石振虎素来以资金实力雄厚、快速筹资能力强、胃口巨大称霸江湖。

宏图与石振虎约好在潮泰轩吃饭，这是个四十多岁的精瘦汉子，长相居然有些斯文，架了一副金丝边眼镜，唯一特别之处就是石振虎不灵活的左手上总是戴着一只黑色手套。另外，如果仔细观察，在他身边总能发现若即若离地跟随着两个魁梧的壮汉。

宏图与石振虎谈得很爽快，一顿饭下来两人已经达成协议。石振虎答应用一周时间筹钱，宏图承诺三个月之内还本付息，他跟石振虎坦承三个月之内买壳上市足以完成，届时将增发股票融资再抽资还款，如果融资不利至少可将上市公司股票质押给石振虎，二人一拍即合。一周后，巨额资金分批到账。宏图完成交易尾款，重启买壳上市最后申报流程。

纸里包不住火，宏图借钱的事情很快传到宏钧、宏翼耳中。两人虽有意见，可是木已成舟，无法挽回。时间过得飞快，申报材料提交已经过去了两个多月，壳公司根据规定也已经停牌有一段时间了，对证监会上次提出的反馈意见进行解释后又过了几天，重组委员会投票结果仍迟迟没有消息。跟石振虎约定的还款日期已经到了，石振虎电话询问，宏图跟他说估计这几天就会接到通知，逾期的本金利息会按规矩给他，石振虎冷淡地哼声应下。

一周后，石振虎电话宏图过去解释，宏图此时正在北京等待证监会审核消息，也没多想便通知大奎去见石振虎。谁知第二天大奎老婆和小芳一起打来电话，说大奎当晚没有回家，问宏图是不是给他安排了什么事情。宏图一听，立刻反应过来，脑袋瞬时间嗡的一声天旋地转。过了一会儿，定了定神将事情原委告诉了小芳。小芳一听去找高利贷了，立刻慌得哭了出来，大奎老婆也跟着在电话中哭哭啼啼。宏图嘱咐二人不要报警，说自己马上联系对方解决，让大奎老婆放心。

放下这边电话，宏图立刻打给石振虎。石振虎在电话中道："展总，你的兄弟很硬气，泼了一身汽油都没尿，是条汉子。放心！我短期不会为难他，正好吃好喝招待着呢，五天之内解决问题就放人，五天后必须开始分期支付本金和叠加的利息，否则恐怕就得见点红了，到时候休怪兄弟不讲情面。"说完，还让大奎跟宏图在电话里打了个招呼。

宏图此时已无心再等消息，留下秘书小丁等候，自己连夜飞回深圳，晚上他与小芳、大奎老婆、宏钧聚在一起商议。宏钧是警察出身自然主张报警，大奎老婆怕撕票不同意，不断地埋怨着要宏图筹钱捞人。宏图也说现在报案只能以绑架名义，这一来不仅公司完了，大奎也有人身危险，事情闹大了没法收场。他安慰大奎老婆说还有十天期限，大奎在电话里告诉他吃喝不愁并未挨打，他主张一边筹钱一边再等等看。大奎老婆是个没主见的人，只是呜呜地哭，小芳留下来陪她。

次日下午，秘书小丁来电接到证监会书面批准，接下来可以进行资产交割过户、资产重组、董事会改组。放下电话，宏图失声痛哭。

翌日，宏图首次以国内上市公司身份发布公告：公司拟通过重大资产出售，发行股份购买资产及募集配套资金等一系列交易，置出现有全部资产及负债，实现九州同源集团制造业务子公司的借壳上市。后者整体作价为一百亿元，交易完成后展氏家族将成为公司的实际控制人。公司股票将在近期复牌。

公告发出两个小时，宏图还在手忙脚乱地处理着各方打来的电话，忽地想起了大奎的事，正待联系石振虎，没想到大奎刚好推门进来了。两人相视一眼，宏图有些尴尬，大奎了解他的个性，见他能从北京赶回来已属不易，也没过多计较。

宏图问起大奎这两天的际遇，大奎淡然道："其实没什么，就是刚开始石振虎听说没钱还，就吩咐手下几个马仔吓唬我，浇了我一身汽油，拿着打火机在我面前晃。我一想，光天化日的他应该不敢真的烧了我，他们混社会也是图财，把我点了，不仅收不到钱，还得跑路。反正最多是个死，这些年我一个老粗混成这样，也够本了，咱当过兵的不能尿。石振虎见唬不了我，就喊人拿来新衣服给我换上，还叫了一桌好酒菜我俩吃喝。"

大奎接过宏图递来的水杯，接着说道："抛开生意不谈，石振虎人还不错，他也是当兵出身，我俩还挺谈得来。今天早餐时他接了个电话，回来跟我说你上市的事情成了，刚发了公告，我可以回去了。他让我给你捎个话，记得你们的约定。还说让我多包涵，生意上的事都是身不由己，他说很敬重我，如果不嫌弃可以私下做个朋友。我点头答应，然后问他如果不还钱，真敢点火吗？"

"他怎么说？"宏图好奇地问。

"石振虎沉默了一会儿说：'我以前认识一个女歌手，她的抒情歌曲唱得特别好，我问她秘诀是什么，她说你不能太过动情，因为那样你的喉咙会堵住，你就发不出声音了。'我问他什么意思。石振虎说：'你每天都可能听到一些心碎的故事，但你帮不到每个人。干我们这行的，如果工作时讲感情，那就做不好你的工作。我们的行当信誉大过天，如果一个人不还钱还没事，那我们早就被灭了。'我又问他，那刚才为什么说认我做朋友。他说：'工作是工作，我也是人也讲感情。'"

宏图听完沉默不语，似乎有所触动。不知为什么，这次上市给宏图带来的成就感与幸福感，远远低于多年前的那次上市。

股票复牌后，在利好消息的刺激下，股价由一块二快速飙升至十五元，不久壳公司即更名为九州同源，宏图出任董事长，宏翼担任 CEO，几个月后股价稳定在三十元上下。

5

宏图上市后的喜悦，重新手握资本利器的权力感，受人仰视的权威感，被一帮子上门拜访的冤家债主搞得兴致全无。本来没钱的时候除了避避石振虎的风头，完全可以光明正大地现身，现在有钱了反倒更像是东躲西藏的盲流。

没办法，债主实在是太多了，见到上市公告，便一个个红着眼睛挤上门来。说是祝贺，屁股还没坐热便开始提钱，弄得宏图像吃了苍蝇般恶心。不过任他们说破了嘴，宏图心中自有计较，首先一笔要还的当然是石振虎的贷款，毕竟这可是利滚利的高利贷，涨得比股票还快。再就是 P2P 欠款中的私人集资部分，欠个人的钱容易出事，那些投资不计后果的工薪阶层已经被逼到绝路上了。还有几个催得紧的项目施工款，这些钱还完了至少楼下清静了许多，前一阵子为了安慰这些拉横幅、喊口号的闲人可是没少付出代价，还为此欠了石振虎好大的人情。还有姐姐宏翼、哥哥宏钧为了支持上市，都倾尽家财相助，也要有所回报。幸亏当初找人代持股份提前做了安排，否则按照上市锁定时间套现遥遥无期，还真无法解决这一笔笔资金。

剩下的就全是大户了，私有化贷款、几家银行贷款、券商、基金公司的钱，这些都是对公的资金，额度虽然巨大但却并不急于一下子还清。一方面是公司融资套现能力有限，做多了容易出事；另一方面，多留些钱吊着这些金融机构的胃口更好，以新还旧才是贷款的长久之道，否则金融机构班子换届，说不准批不批贷款还会出问题呢。反正有个上市公司放在这里又跑不了，借款的领导没啥压力，宏图也不急，大不了就是增加点股票质押。话又说回来，这不就是上市的好处吗？

还债的日子是漫长的，一年多的煎熬终于过去，该还的紧要的钱已经基本结清。这一年来，宏图始终奔波游走于调账、融资、质押、还款之间，不知不觉中深秋已过，凛冬将至。

这天宏翼打来电话，问宏图元旦是否有时间，她想组织三家人去日本玩，爬爬山、泡泡温泉、聊聊天，缓解一下长期工作的压力。她也有个重要的事情跟宏图、宏钧商量。宏翼早年在一家知名的日本公司工作，她有几个日本好友经常保持联系，几次邀请她去玩，这次正好还愿。出国旅游，如果没有语言障碍，这种带着家人的自驾游最是方便惬意。

宏图、宏钧商量了一下，前几年压力大都没心情出去玩，是时候出去散散心了，便应了宏翼。

因为家人大都来过日本，所以这次宏翼特地没选热门的大都市和旅游景点，而是应朋友邀请带家人来到了三面环山、一面临海的平凡小城山行市，感受下地道的本土人情。宏翼的好朋友松山先生是当地名流，在岗上公司董事会退休后回到老家，被山行大学聘为客座教授。山行市位于本州岛，这里是日本著名的水果王国，也是温泉爱好者的天堂。

接连三日，热情的松山先生陪着宏翼一家人游览了羽黑山的五重塔，观赏了最上川的大瀑布，又去游历了宝珠山上的立石寺。这日凌晨气温骤降，早餐时电视中播报藏王山出现雾凇。松山先生连说宏翼一家人真有福气，这是种非常罕见的自然奇观，日本叫冰怪，全日本只有藏王山偶然能见到这种奇观。大家听了都很兴奋，嚷嚷着要去。

接近目的地，远远地望去藏王山仿若一座水晶宫，冬日的枯柳重新结出银花，墨绿的松树上绽放出雪菊，汽车像是开进了水墨丹青的仙境。欣赏了一会儿美景，松山先生说这里有十几条雪道的大型滑雪场，也有古老的"姬之汤"温泉，他问宏翼去哪里玩。宏翼征求了一下众人意见后，道："今天自由活动，咱们晚上五点在这碰面。鹏宇、鹏飞你们几个年轻人可以去滑雪，我们三人和松山先生去泡温泉。"小辈们闻言欢呼雀跃。

冬天在户外泡温泉绝对是人生的一大享受。冰天雪地中披着毛巾穿着泳衣冻得瑟瑟发抖，此时滑入一窝热气腾腾的温泉水中，舒爽无比。松山先生叫来一壶热茶四个茶杯，垫在瓷托盘上置于旁边一处小泉眼上保温，四个人十分惬意地喝茶聊天。

宏翼对宏图道："最近两年事情太多太忙，始终没个机会放松心情。宏图，你是咱们家族业务的掌舵人，精神不能绷得太紧了，得学会放松。琴弦绷紧了会走调，人也一样。"

"还真是，上市后感觉更累了，积累了几年的负担债务，这一年多慢慢消化补偿，直到最近才总算基本理清了。这次上市跟以前在纽交所上市时感受大不相同，以前是精力充沛，充满了渴望，不达目的不罢休，一旦实现了愿望也很有成就感，不像现在明显激情不足了。自从我那次大病一场后，有些过去很看重的东西现在却看得淡了。"宏图最近两年确实变了许多，以往这些只能憋在心里的话，如今偶尔也会吐露真情。

宏钧道："宏图说的我也有同感，有时静下心来想想，真不知道这些年追求的到底是什么。求名、求利、求福报、求功德，还是什么，求到什么时候才是个头？前几天看报道，几个商圈大佬也在谈商人的追求，看着他们也是拎不清呢。年轻那会儿做警察反倒是单纯得很，也明确得很，嘴里天天喊着'为人民服务'。只是年轻时不懂事，以为是口号，现在才明白说的是真理。'人民'其实是一个个人，在帮助这些个人的同时，也成就了自己。"

"你说的是两个问题。人生的目标是什么，或者更具体说是商人的人生目标是什么？实现目标的路径是怎样的？"宏翼道，"松山君，你是有大成就的企业家，既了解日本也熟悉中国，这个问题你怎么看？"

"我认为人生的目标与路径是分不开的。根据我的观察应该有三种人生模式，一种是向外追求，以名利之类的外在物质条件为目标，追求的目标越明确、毅力越坚韧、权力欲望越强大，这一追求过程感觉就越充实，一旦得到后反而更不满足，立刻就会设定下一个更大的物质目标。现代人竞争心这么强，就是这种思维在作祟。往好了说，这是商业社会快速发展的动力，往坏了说，争抢之心太盛，人心就会变得险恶，为达目的不择手段的同时，慈悲心、同情心、公理心就会变弱。小商人的人生很容易落入这种一味追求外在物欲的模式中。"

松山先生讲话时，刮起了微风，微风吹散了漫山雾气，从山那边带来了一朵朵白色的浓云。几块云朵连成一大片，扩展开来，渐渐遮住了天空。忽地，轻柔的小雪花飘飘洒洒地落下来。渐渐地，小雪花变大了，变厚了，变得密密麻麻。

松山先生看了一眼漫天飞舞的雪花，继续道："第二种人生模式是转向内追求精神层面的自由，从而获得内心平静，这种人往往表现得与世无争。很多宗教徒、中国传统的隐士、大部分老年人都是此类人，这种人知识有余而行动不足，智慧有余而贡献不足。最后一种模式是我最推崇的中国儒家文化倡导的模式，即中庸之道。此模式既不赞同一味地向内部追求内心安静，也不支持向外部无限追求物欲。儒家认为人应当活在当下，珍惜身边，脚踏实地地生活。以'格物致知'去掌握知识，以'诚意正心'去学习做人，以'修身齐家'打好事业根基，最后才能做到'治国平天下'，这就是儒家'大学'的主旨。"

松山讲完，低头鞠躬客气道："请指教。"

宏翼看天色已经正午，便提议先去吃午饭稍事休息后再泡温泉。松山先生说离此不远处有座小禅寺，他上次来曾去那里吃过素斋，味道不错，虽然简单但挺有特色，建议去尝尝。

四人重新穿好衣物，走出温泉浴场。山间行走十几分钟，便见到一座规模不大的寺庙，山门之上挂着"有无寺"三个大字的牌匾。寺内有一个老方丈，带着十几个弟子。老方丈听说四人来吃斋菜，忙招呼弟子们去准备，并跟四人解释出家人起得早，三餐都比较靠前。宏翼连道师父辛苦，并捐了十万日元的香油钱。老和尚笑得愈发慈祥了，嘱咐小徒弟端来热水，饭还没上，陪四人喝水闲聊。

宏翼问老和尚："老法师，请问您咱们的寺名为什么叫有无寺啊？很特别的名字。"

"本寺为一休禅师在世时所扩建，名字也是他起的，传说这个名字来自一段公案。"老和尚见大家很专注的样子，便绘声绘色地讲了起来。

据说日本南北朝时，年纪不大的一休和尚跟着老师华叟宗昙四处游学悟道，这日来到藏王山腰间的一个无名小庙，庙里的法师久闻华叟大名，热情地留师徒二人居住一段日子。山中的日子清静，华叟命一休独坐参禅，一休彼时岁数还小，不耐烦长时间枯坐。师父看出其中原委，领他走出寺门。寺外，一片大好春光，清新的空气、碧绿的小草、飞舞的蜻蜓……

游玩到傍晚，师父起身带他回寺。刚入寺门，师父突然跨前一步关门，把一休锁在门外。一休不知所以，呆坐挠头思考。此时，天色很快黑了下来。师父在门里问道："外面怎么样啊？"

"全黑了，师父。"

"还有什么吗？"

"啥也没有了，师父。"

"不！"师父停顿了好一会儿，道，"还有清风、绿草、树木、河流……一切都还在！"

一休听完，忽然领悟了师父的苦心。"谢谢师父，我懂了，是黑暗遮住了我的眼睛，也迷住了我的心智，其实一切都还在。"

师父又问道："你每天在干什么？"

"坐禅修佛？"

"打坐怎么能成佛呢？如果不动就能成佛，那乌龟、蜗牛岂不是都成佛了？"

"师父，那怎样才能成佛？"

"修佛并不在于坐卧行走，不要执着于形式，也不要执着于过往，修行是修心，解脱需要明心见性。道不用修，但莫沾染，要以平常心度日。经历生活、感悟生活，拿起来，再放下，方成正果。"华叟道。

多年后，一休大师专程再次拜访藏王山，重修了这座寺庙，为纪念老师起名叫"有无寺"。

宏图一路上都在想着松山先生所说的人生三模式，话讲得很有道理，但不太接地气。直到此时听老和尚讲的小故事，"认清什么是有，什么是无，想明白、不执着，经历过，再放下，享受当下"。老法师几句颇带禅机的话，犹如一粒小石子投入宏图的心湖之中，泛起一波涟漪，霎时多少曲折艰辛、多少沧桑回忆、多少得意失意、多少茫然泰然一起涌上心头。

回到住处，晚饭后宏翼提议借着月光出去踏雪。宏图问宏翼："姐，前几天你说有事商量，啥事啊？"

"有两件事，其实也是一回事。我打算退休，自打五十以后，很多工作其实已经不能胜任了。现在技术、产品、市场更新换代这么快，接触起来越来越感到力不从心。这段时间我常想，也许到了我们这一代人该离开的时候了，是时候培养下一代接班人了。接班人计划对于集团未来发展是非常关键的，重要岗位新人上手需要一段不短的时间，所以这个事已经不能耽搁了。我想两件事并行，利用两年时间培养接班人同时也逐步退出原有职务。这个事你不急着回话，你也再想想，我们需要开专题会议讨论。"

宏图听她说完，不急着表态，笑着打趣道："姐，你没别的事宣布？"

宏翼一看他眼神就明白了，笑道："是鹏飞这小鬼告诉你什么了？"停顿了下，看宏图还不松口，只好道："我去年开始跟一个浙大的教授交往，鹏飞也挺支持我再找个伴儿，特此通报你们哥俩，哈哈。"她边说边抄起一把积雪，随手捏了个雪球，向宏图打去，嗔道："你也是个小鬼头。"三人大笑，仿佛回到了四十多年前，龙城的漫天大雪中三个天真的孩童在追逐嬉闹。

6

从日本回来后，宏图准备大力拓展新市场，重塑事业巅峰。他叫秘书小丁买来多份市场研究报告，内容涉及机器人、养老、健康、社区、停车、区块链等多个热点领域，看完报告后，宏图开始约见几个领域的知名专家了解情况。正在宏图精心谋划之时，一场巨大的金融风暴突如其来席卷了中国股市，而此刻的宏图正收拾停当，准备下海冲浪一展拳脚，他完全没有意识到自己将意外地成为风暴的最终献祭者。

这场史称"119 股灾"的浩劫仅是当年三次暴跌的起点日，仅此一天就将三万亿市值蒸发殆尽，在这场持续一年的史诗级股灾面前，每天都是灾难，每个股民都是输家。为了提振经济恢复信心，国家密集出台政策，暂停 IPO、提高保证金比例、券商集体救市、多次降息降准，二十余道"救市金牌"祭出，千股跌停仍在上演，市场依旧不为所动。

灾难总是青睐弱者，而股灾的重点打击对象往往是过度使用金融杠杆融资的投机者。对于散户来讲，这场股灾堪称是对融资融券类股民的定点清除。对于上市公司而言，这次股灾首先打击的正是那些严重依赖股票质押来换取资金周转的大股东。

宏图自上市后，为了还掉多方债务，早已将展氏家族大部分的股权质押给了银行、券商、信托公司等诸多金融机构。当股灾袭来首日，千股跌停，九州同源亦是如此。这种时候，股票质押得越多，抵抗股灾侵袭的能力就越弱，上市公司大股东的风险就越大。此时的宏图，好似台风中的一棵病树，每一刻都是生与死的考验。

翌日，股市大盘依旧全面深绿，九州同源开盘随即陷入跌停。宏图的手机秒变成了超级热线，质押股票面临爆仓的警告电话从四面八方的金融机构汇聚而来。跌停的股价数字，一动不动地悬挂在大屏上一整天。收市后，短短两天就让宏图意识到了这次股市波动的严重性和持续性。此时的宏图陷入了进退两难的境地，他明明知道前面可能是火坑，但他唯一的选择却只能是饮鸩止渴。当晚九州同源公告宣布补充股票质押，随后局面不出意料地继续恶化，宏图再次补充质押，股票再次暴跌……

短短几天，恶性循环很快走到了尽头，质押股份已经接近展氏家族掌控的全部股份。宏图知道这样下去自己根本没机会撑到下个跌停。当晚，宏图心生一计，紧急召开临时董事会，次日一早公告宣布九州同源因并购业务重组事项停牌。

事态的发展果然如宏图所料，这是一场旷日持久的股灾。停牌之日起，宏图跟证监会玩起了猫鼠游戏，证监会一次次质询催促，宏图一回回以能想到的任何借口来延长停牌期限，直到躲无可躲、藏无可藏。此时几个月已经过去了，上一轮大跌貌似结束，救市举措仍在持续出台，接连几日大盘小幅度上扬，市场上充斥着渴望复苏的叫嚣声。宏图判断股灾应该基本结束，时机已到，九州同源于是正式复牌。

然而，毕竟人算不如天算，这一次宏图终究没有算准，这只是第二与第三轮大跌之间留给市场的喘息期。九州同源复牌不久，市场乍暖还寒，又一次大跌开始了。九州同源股价再次跌入深谷，已经无计可施的宏图只能眼巴巴看着大屏上的股价一步步走向死亡平仓线。展氏家族作为九州同源大股东终于没能躲过爆仓的厄运。

与个人炒股融资融券后爆仓必然堕入鸡飞蛋打的悲惨结局不同，上市公司大股东爆仓的后果要复杂得多，而结局也因人而异。理论上说，一旦股权质押风险扩散，大股东的控制权被强制平仓，就会失去对上市公司实际控制权。此时实际控股的债主们是有权强制出售股票止损的，但这无疑会造成股价持续暴跌，从而给持股的各方，尤其是散户股民带来无法弥补的损失。

九州同源的"新主人们"大都是国营机构，在大盘持续低迷，国家积极救市之时，直接采取行动强制平仓剥夺经营者展氏家族控股权的行为自然有所顾忌。上市公司毕竟是个大型的经营实体，作为金融机构的新控股人与公司实际经营人如果意见不统一，难免会造成公司业务荒废，在股灾期间发生这类事情，必然触动敏感的媒体，引发舆论争议。因此，这种影响恶劣的手段，不到万不得已少有机构敢于真正动手操作。说到底，金融机构其实并不愿意掌控九州同源，因为他们不懂行业与产品，更不懂市场与企业。他们不仅不懂而且也没有兴趣去做这些事，他们更希望让专业的人管专业的事。

即便如此，九州同源的新债主们如果统一思想下定决心，其实还是有办法一次性铲除已爆仓的展氏家族势力，譬如说重新聘请新的管理团队执掌九州同源，或是将九州同源作为壳资源重组出售。真正让宏图没有被扫地出门的原因恰恰是九州同源的债主实在太多，也太分散了，以至于没能出现真正的控股股东，各家债主身份鱼龙混杂各有不同。在面临关键决策时必须开会讨论，其间宏图从中搅局，多方利益很难达成共识，所以开了几次会还没结果。最后，只能选择折中方案，债主们与展氏家族协商，九州同源仍由展氏家族经营。只要股市情况有所好转，公司经营业绩持续提升，债主们希望展氏家族能逐渐赎回自己的股份，控制权与经营权合一，重新成为九州同源名副其实的主人，因为只有如此才能出现双赢的结局。就这样，命运之神再次垂青宏图，使他得到了一次重生的机会。

令人谈虎色变的股灾之年终于过去了，历经磨难的大盘再次焕发生机，股市废墟中希望的种子冒出了新芽。在股市复苏迹象明显和债主们急切希望企业盈利解套的双重重压下，宏图故技重施，以并购企业、疯狂扩大应收、置换资产、提前确认收入、调整记账规则等财务手段，在资本市场的舞台上辗转腾挪，做得风生水起。经宏图的"乾坤大挪移"手法指点，九州同源第二年财报显示竟凭空增长百分之二百业绩，情势顿时逆风翻盘，宏图赎回部分股票，降低了质押比例，距离重掌控股权亦不远矣。债主们也都喜笑颜开，非但不再催逼还款之事，更有主动联系贷款示好者。

日中则移、物极必反。像大多数上市公司一样，以前宏图也曾通过调整虚构财务数字来推升股价，但这次涉及的业务实在太广、金额太大。财务上的数字往往是牵一发而动全身，想要改动一处数字就需要十处的数字变动予以证实。百密难免一疏，不仔细看不会发现什么财务问题，一经高手审视则千疮百孔完全无法自圆其说。

日子飞逝而过，很快，新一年的四月到了，按惯例九州同源要发布年度财报。祸积于微而生于忽，正是在这并非特别的常规事务上，宏图意外地犯了他一生最大的错误。

去年年底九州同源合作的外部会计师事务所没有续约。这是家业内知名度一般的会计师事务所，但与宏图合作多年，他们的业务收入很大比例来自九州同源，所以基本上对宏图的话言听计从。解约的事，事务所给出的理由是自身业务方向进行了调整，宏图对此并没有太过在意，更没有多想，九州同源上市后他正想借机换一家更上档次的事务所合作呢。

在宏图的头脑中，会计师事务所提供的服务大同小异，都是花钱买面子上的事，所谓我赏你面包，你就得为我表演。事后来看，正是九州同源加速扩大的财务风险吓坏了多年的合作伙伴，以至于宁可放弃到嘴的肥肉。这一警告意味浓重的行为，在当时却被内心膨胀的宏图完全忽视了。

宏图是个好面子的人，他选择新合作伙伴的标准就是三个字——高大上，要能跟上市公司身份匹配，说话要有可信度。基于此财务总监林总推荐了国际知名的普德永会计师事务所。新找的事务所国际化水平很高，业务覆盖全球，亚太总部在香港，因此实际上根本就没有高层与宏图接触。当然有些老外做事风格一板一眼，也不会在原则问题上与客户过多沟通。

在这种情况下，九州同源年度财报公告后，普德永会计师事务所对九州同源的年报审计意见可以浓缩为六个字："无法表示意见。"事实上，这小小的六个字，等于是对一家庞大的上市公司宣判死缓。

会计师事务所对上市公司年度财务报表的审计意见，反映了公司年报的公允性及可靠性。一共只有五种意见，第一种叫"无保留意见"，就是完全赞同、可以通过的意思；第二种叫"带有解释说明的无保留意见"，翻译过来的意思是"有点小问题，但修修补补后可以通过"，这种问题多指信息公告的错报、漏报之类的非原则性问题。前两种意见是最常见的审计意见。

第三种称为"持保留意见"，这时财务报表中涉及重大的核心问题出现错误，需要重新更正后方能通过。遇到这种审计意见也能反映出上市公司存在较大的诚信问题，因此其股价往往会受到重挫。

第四种叫"无法表示意见"，说白了就是完全不敢苟同的意思，九州同源被给出的意见正是此种。最后一种叫"否定意见"，这种情况基本不会出现，毕竟上市公司花钱请你来审计，即使不赞同一般也不会采取这种"吃人家饭打人家脸"的表达方式。最后两种审计意见，往往是股票被ST的前兆、是对其可能出现退市风险的一种强烈预警。

审计意见一经披露，九州同源股价应声跌停。与上次股灾的遭遇不同，此次下跌并非宏观环境的恶化或是大盘的趋势带动，而是来自会计师事务所的质疑。一般来说，这种质疑绝非空穴来风，而是直接意味着重大财务指标造假的既成事实，否则拿人钱财的事务所怎么可能冒着自毁声誉的风险来攻击自己的客户。自此，九州同源在股市大盘历经劫难，正全面复苏之际，逆市而行创造出了连续三十个跌停的悲剧纪录。

7

两个月后，一个细雨绵绵的湿热午后，九州同源迎来了几位神秘的客人。

雷盛达，证监会稽查大队调查处长，一个身高一米八、四十岁出头的精壮汉子，国字脸上两道浓浓的剑眉透出职业性的威严，工作中他总是板着脸很严肃的样子，会给人带来强烈的压迫感。闲暇聊天，当他不经意地露出笑容时，你才会发现他居然长着两个浅浅的酒窝，他的笑容很有感染力。

历经几轮质询、解释、约谈、筛查后，证监会终于决定对九州同源正式立案调查，并在网站上发布了调查公告。由于发现的问题十分复杂，涉及面广、金额巨大，证监会专门成立调查小组，由雷盛达带队，深圳证监局稽查处抽出小赵、小刘、小孙几个年轻人配合调查。

大乱之后，必有大治。上次股灾的沉痛教训，让证监会意识到对上市公司的违规调查必须从日常做起，而不能像之前那样出了两融之类的问题，再大面积查处，以至于引发大盘恐慌。因此，尽管当下主要的任务是扶植股市复苏，但在监管层面却开始执行外松内紧、精细化监管的策略。

雷盛达是个经验丰富的调查老手，有过多次办理大案、要案的经验。在查处千头万绪的复杂案件时，他的经验是把复杂案件简单化、具体化，从小处的细节入手，逐步牵出复杂的利益纠葛，再由利益指向判断出上市公司采用的资本运作手法，最后由资本运作手法来找出记账操作的套路，从而发现财报漏洞，一举侦破案件。

调查组第一次工作会议，小赵、小刘、小孙几个年轻人踊跃发言，他们都在财务查询时有所发现，有的提出应收账款异常，有的发现海外交易过于集中、频繁，每个人都发现了一些问题，但却都没有明确的不法证据。小孙的发言引起了雷盛达的注意，据她所讲九州同源某财务人员在近期转账时发现公司的一个重要供应商其银行账户被冻结，后经过询问是由于该公司的法人借款逾期所致，而九州同源后来为这个供应商提供资金补上了窟窿。此时的九州同源已经是泥菩萨过江自身难保，却还在帮助供应商解决财务问题，这种行为很反常，而且根据雷盛达观察，展宏图并不是那种很重江湖义气的老板。

雷盛达决定拿这个不同寻常的借款小问题作为入手点实施调查。几天下来，随着调查的深入，四个不同寻常的诡异供应商出现了，宏图个人与九州同源曾共同为四家公司担保了三十几亿元的巨额资金，包括直接担保、应收账款保理融资、承担回购义务的资金。而这种违规担保的目的经过调查逐步显露出来，每当九州同源因股价不断下跌面临平仓风险时，宏图就会通过被担保的这四家供应商对外借钱补仓，而借款又是用已经质押过的股份进行担保。

随后几天，小孙发现这四家供应商关联公司的诡异身影也常常出现在与九州同源的各种交易中。原来位居九州同源预付账款排名第四至第十位的供应商都与此相关，而且这些供应商并非实体公司，而是没有取得任何资质或高新技术企业的几家纯软件公司，经查证这些软件公司背后的实际控制人还是这四家供应商。九州同源为这几家公司支付了二十几亿元的资金，却只是获得了系统集成、平台软件、解决方案等难以查证的虚拟产品和服务。最神奇的是这四家供应商法人同样默默无闻、低调内敛，从不现身公司，而他们之间却有着千丝万缕的亲缘关系。

在调查组第五次工作会议上，雷盛达分析道："尽管除了违规担保外，其他大额非正常交易款查无违法违规实证，但可以猜测同一个人或同一批人成立了几家公司成为九州同源的核心合作伙伴。他们又出资成立了一堆关联公司，不仅为九州同源在关键时刻借钱周转，还曾高价买下九州同源亏损资产股权，辅助展宏图资本运作，套取股民资金，而他们的收益是否就是那二十几亿虚构出来难以查证的预付款呢？"工作组鸦雀无声，这个问题无人能答。

接连多日加班工作的小孙愤懑地说道："这些上市公司老板，他们张嘴时谎话连篇，他们闭嘴时就在想着怎样偷窃。"

调查结论建立在诸多查无实证的假设基础上，雷盛达意识到他走进了死胡同。经验告诉他，每当此时最好的办法是抛开一切，从头再来，开辟第二战场。

雷盛达闷头抽烟，片刻后沉声道："我就不信它能做得天衣无缝，明天从具体项目以及每一笔应收账款、每一起并购案重新查起。"

会议结束后，雷盛达叫住小孙，安慰她几句加班辛苦之类的话，停顿了一下，道："小孙，做我们这种工作，调查时要一丝不苟。但做得时间久了，看得事情多了，容易对这些上市公司老板心生愤怒，长期下去会形成偏见，反而不利于工作。所以工作时我们必须有霹雳手段，但有时也需要带着同情心，去审查这些调查对象。人都有两面性，这些上市公司老板也一样，一方面他们贪婪、他们投机、他们自私，他们为了利润可以不惜一切铤而走险；另一方面他们也付出了巨大的努力和代价，他们背负了太多压力，常常也很无助，他们面对的风险有时艰巨得难以想象。经验告诉我，这么巨额的违规资金往来却难以查出问题，其实是因为资金的绝大部分都用于补仓和维持公司运营、人员开支了。"

8

姜还是老的辣，雷盛达部署的新调查方向之一是全力侦破反常的超高应收账款。调查从三个关键点入手，先看应收账款占总资产比率有没有突然偏高或是越来越大，根据这个指标能圈出交易出现可疑点的时间段；再看现金占总资产比率是否越来越少，因为一般来说假交易是无法收到现金的；最后看看应收账款天数是否明显越来越多。此三点如占其一，就开始对圈定的交易期间和具体交易，一笔笔细致地展开调查。

调查很快取得了突破。经查证，九州同源收入虽然不错，但经营性现金存在较大亏损，应收账款则更是居高不下。由于取得如此进展，调查工作一分为二，一条线上小赵、小刘继续深挖应收账款的问题，重点放在调查已经浮出水面的一家海外子公司与九州同源进行频繁巨额的假交易；另一条线上，小孙开始调查由应收账款牵扯出来的超大型项目合规性问题，重点放在九州同源是否依据虚增业绩发行股票。

经过几个不眠之夜，小孙查出九州同源与多地政府签署了大量城市级建设框架性协议，但在具体执行过程中，只拿过一个总包合同，更没有中标任何具体的建设或运营合同。而且九州同源公告中提及的预测收入与最终的确认收入，可以说是有天壤之别。很明显这些所谓的框架协议是为广大股民设计的圈套。

两条线索的调查员都取得了实质性进展，接下来几个年轻人合在一处，共同调查最后的疑点，即每次并购中都会发生数额巨大的一次性成本问题。

黑纸白字的财务数据令人扼腕叹息，多年来九州同源并购了行业内五十强企业的一多半，结果这些企业只是成了为九州同源输送利润的蚕蛹，贪心的幼虫吃光了利润的养分，增强了体力化作漂亮的蝴蝶，然而蝴蝶虽然绚丽多彩，却有一个致命的缺陷——它把全部生命用于美丽而非生存，所以它的寿命是短暂的。九州同源没有扶植这些并购来的明日之星企业，却吸干了它们的利润，然后抛弃了它们干瘪的尸体，将全部利润投入资本运作中，妄图在资本市场上构筑起庞大的商业帝国。帝国确实曾经两度辉煌，然而宏图没有发觉这个商业帝国并没有任何实业根基，就像曾经绚丽的蝴蝶一样，九州同源也把全部生命用于好看而非生存，所以注定了它命途多舛的短暂一生。

调查终于结束了，雷盛达请三个年轻人吃椰子鸡。两个月的并肩战斗让大家亲热得像一家人。雷盛达笑道："这既是场庆功宴，也是场散伙饭。这段时间我们天天聚在一起吃外卖盒饭，还没吃过一次像样的饭，今天多吃点都补上。"酒过三巡后，雷盛达接着道："我有个想法，请大家每人用一句话总结我们这次调查对你最深的触动，说经验、教训、收获、感受都行。"

大家安静地想了两分钟，年纪最轻的小赵道："我先说，这次调查让我意识到看问题的角度很重要，角度不同有时结果大相径庭。我昨天翻手机看到报道说汽车安全气囊发明后，人们事故的下肢伤残率增加了百分之二百，那是不是应该责怪安全气囊呢？反过来想想，这其实是个假新闻，在没有安全气囊时，估计伤残的这百分之二百的人大部分都会死去，而谁会去关心一个出了车祸的死人其下肢是否伤残呢？很明显这就是视角不同引发的结论不同。"

大家点头认同，小刘道："我想借用一句谚语谈我的感受，'所有发生过一次的事，可能永远不会再发生；但所有发生过两次的事，则肯定还会发生第三次'。也许这是因为犯罪也会令人上瘾吧！"

雷盛达赞同道："确实！我们查案时，这个规律经常出现。小孙该你说了。"

小孙道："我有一个感受，上市公司老板曾面临诸多艰难选择，而大部分困难都有一个简单诱人但绝对错误的解决方案，有时脚踏实地才是唯一的出路。"

大家想想，点头赞同，三人让雷盛达说说。雷盛达沉思了一下，道："我查了十几年的案子，对一句常说的老话感受越来越深，'股市有风险，入市需谨慎'。"

大家听了，觉得不过瘾，嚷着要他再说，雷盛达道："天下没有不散的宴席，明天我们将各奔东西。今天我就倚老卖老，临别送诸位一句话，说得不对你们就当耳旁风啊，呵呵。"说完他正色道："干我们这种岗位，年头越多越容易出事，我想告诫诸位，要'不畏权贵、不慕虚荣、不困情法、不忘初心'！"

9

这阵子眼见宏图越发急躁、抑郁，明显出现了又要犯病的征兆，小芳和宏钧天天过得担惊受怕，生怕一不小心什么事情刺激到宏图，宏翼也特意从杭州赶来安慰弟弟。证监会介入调查后，可能是因为事情已经恶化到了谷底，宏图觉得凭借个人力量再也无计可施，一直悬着的心反倒落了下来，心情大为平复，病情的征兆也逐渐消散了。现实不会引起焦虑，只有当现实与想象差距巨大时才会令人焦虑。

有时候，你犯了错，最艰难的时刻也是面对不同选择的时刻。一旦事情无法补救，那我们剩下的唯一选择就是怎么去接受铁定的事实。而失去了悬念，再苦再难的事实也都是可以承受的。宏图认为这次他败走麦城是个技术上的低级失误，他既低估了国内资本市场的监管力度，又忽视了多年财务合作伙伴的警告信号，以至于铸成大错。

调查组撤出后不久，证监会宣布调查审理结果，并将行政处罚事先告知书提前几天送交宏图。上面写道："展宏图及九州同源的违法违规行为包括信息披露违法，财务报告中营业收入、利润等核心指标存在多处虚假记载，财务年报中存在大量误导性陈述和重大遗漏。尤为严重的是，调查组发现在买壳上市时，九州同源曾大幅虚增资产估值及营业收入，这造成了资产重组信息披露严重失实，极大地伤害了股东合法权益。"处罚决定书附件中将以上问题涉及的项目、资产、交易一一列明。

最后根据查处事实依据，对九州同源董事长展宏图、首席财务官穆小芳提出行政处罚意见，处罚九州同源公司五百万元，宏图与小芳个人分别一百万元罚款，并对宏图做出十年证券市场禁入决定，即十年内宏图不得在任何上市公司或证券机构担任高管或董事。告知书最后强调，处罚对象可在三日内陈述、申辩、举证，并可在六十日内提起行政复议或进行行政诉讼。

看完告知书，宏图的心情可谓五味杂陈，愤怒怨恨中夹带着逃脱的侥幸。这份中规中矩的告知书，比他预想的最坏情况要好，资金挪用、操纵股市等严重的罪责结论没有出现；但比他预想的最好结果要差，无论是罚金还是禁入令，都几乎是非刑事手段的最高极限了。

思前想后，投机心理还是占了上风。他打电话给鲁全，将这个情况告诉了他，并向鲁全咨询是否应该提起申辩。鲁全让他少安毋躁，等自己打听一下再做主张。下午，鲁全打来电话，说经过朋友了解，雷盛达调查组查出的问题很深入细致，但会上提交的最终结论是：九州同源及其董事长展宏图的经济问题波及面广、牵涉金融机构众多、涉及资金额度巨大、处理不好会面临大量员工就业问题。虽然涉及很多经济问题，但展氏家族经查证并无贪污行为，挪用资金大都用于企业经营及股票补仓，所以建议做最严格的行政处罚，但尽量避免走刑事诉讼程序。该案件的行政处罚委员会一名主审委员，一名委员都同意调查组意见，另一名委员持保留意见，最终做出上述决定。

宏图听罢鲁全的电话，惊出了一身冷汗。他万没想到那个严苛孤傲、油盐不进的汉子雷盛达，竟然默默地对他这样的企业家抱有一颗同情之心，在关键时刻甘做自己无名的贵人。鲁全的电话彻底打消了宏图的侥幸心理，使他不敢再做申辩之想了。

尽管宏图不再试图反抗，但他仍然很不甘心，为什么依照潜规则行事的众多玩家，偏偏是他踩中了地雷。尽管他做了挪用资金、虚报业绩等一些事情，可这些钱他也没有中饱私囊啊！这几年，自己的财富排名不仅没有上升，反而一路直跌出福布斯国内五百强之外，想到这里不禁感到一阵阵冤屈。

放下电话，为排解胸中愤懑，宏图穿上雨衣走出别墅正门口。其时深圳正值台风季，晚间新闻刚播报有一股南海产生的热带气旋正不断壮大逼近广东沿岸。傍晚的夕阳隐藏在浓密的乌云下，层层乌云压得很低，直接与不远处的青灰色海水连成了一片。台风大部队还未登陆，大风裹挟着细雨推动波涛拍打海岸，眼见风、雨、海水凝聚在一起，就像一个发脾气的孩子，恶狠狠地将越来越大的浪头砸向岸边，整片的水波被摔成蒸腾的水雾与碎沫。

宏图坐在离海边只有几十米的一块岩石上，看着眼前咆哮肆虐的大自然，心中狂躁的野马却渐渐慢了下来。三十年来的经商往事一个个清晰的记忆片段浮上心头，想着想着，思绪不由飘到了多年前自己刚刚结束生意的时候。

那时他也是前途未卜，每日彷徨得不知道做什么好。记得当年曾求教世家好友诸葛达明，达明哥以《周易》乾卦六爻中的前四爻为他解惑，鼓励他去求学深造学习投资，使他脱胎换骨，才能成就日后功业。后来他曾追问过达明哥那始终没有提及的神秘后两爻是什么，达明哥笑而不答。他私下拿了达明哥的《周易》参看，见第六爻辞写道"亢龙有悔"，旁边达明哥小字批注道："事业巅峰过后，切忌知进不知退，知得不知失，须知盈不可久矣。"当时不解其意便未深究，现在想来竟是一语成谶。

他的思维又跳到几年前的终南山之旅，那时遭遇小人构陷事业跌入谷底，小芳陪他去楼观台散心。一个偶然的机缘，他曾问道于隐居山中的老道士，宏图清晰地记得满脸皱纹的老道微笑着说："就像这山里的草木，逢春夏时，争奇斗艳；遇秋冬时，枝枯叶落，归根以复命。否则不依自然生长之道，必然无法开花结果，终遭枯落灭种之患。人亦复如此。"

恍惚间宏图又记起了不久前的日本之旅，藏王山上那个不起眼的小小寺庙，却有着一个神奇的名字——有无寺。老和尚讲起寺名时，平淡的话语："认清什么是有，什么是无，想明白、不执着，经历过，再放下，享受当下。"多么睿智的语言啊！

天地间风起云涌惊涛拍岸，孤零零的岩石上宏图任由思绪信马由缰。忽然，一只熟悉的手搭在肩头，宏图扭头一看原来是小芳。

"快刮台风了，我来看看你。"两人并肩坐在岩石上一时无语。过了一会儿，宏图慢慢地抽泣起来。

小芳默默地握紧宏图的手。雨下大了，风也刮得愈发猛烈，白茫茫的海天中，两个细小的黑影依偎在一起，宏图讲着，小芳听着，慢慢地宏图的心平静了。宏图终于讲完了想要说的话，小芳握着他的手轻轻道："一切都会过去的。"宏图也微笑着拉起了她，贴脸说道："我们回家吧。"

10

三天后，证监会发出行政处罚决定书。翌日，九州同源紧急召开临时董事会与股东会，各方金融机构大佬齐聚一堂。与以往不同，这些名动天下的大人物纷纷提前出发，避开媒体围堵的正门，灰溜溜地从地下车库里钻出来，乘坐专用电梯直达九州同源的会议室。

汇邦证券毛总来得较早，见只来了两位，知名金融国企的小陶总正在给景鹏基金的成总讲故事。毛总知道这位北京金融圈的知名公子爷最是诙谐幽默，便凑过来听热闹。小陶总声情并茂地讲道。

　　……于是蝎子想要过河，便求助乌龟驮它过河。乌龟说："那你要给我什么好处？"

　　蝎子道："我给你十块钱。"

　　乌龟说："不行啊，老板！现在行情都是二十块。"

　　于是蝎子说："那就十五，咋样？"

　　乌龟说："好吧！"

　　结果走到河中间，蝎子螫了乌龟。

　　乌龟愤怒道："你为什么这样做啊！这样可好，我们都会死在这儿了。"

毛总、成总听小陶总讲得莫名其妙，毛总用古怪的眼神看着他："完了？"成总问道："你这个故事到底什么意思，毫无逻辑啊。"

小陶总哈哈一笑，道："这个故事告诉我们，永远不要跟狠角色讨价还价、讲逻辑。表面看，你觉得好像占了便宜，人家也从了你了，其实人家憋着劲呢，大不了跟你同归于尽。"

两人听完，愣了一下，想笑又笑不出来。小陶总见他们一副哭笑不得的表情哈哈大笑，道："想开点吧，两位老哥，我们没沉底呢，还有机会。关键是要齐心协力，如果还是每次开会那样七嘴八舌，没个统一的意见，我看大伙都离沉底不远了。"

这时，三人抬头看其他股东纷纷进了办公室，便不再言语，各自找位置坐下。

会议由展宏钧主持，展氏三兄弟姐妹都参加，此外还有股票爆仓后拥有九州同源大量股权的六位股东代表参加。他们每人都是代表着各自金融与投资机构而来。

审计出事、证监会介入调查接连发生的巨大变故让九州同源股价一路持续跌停三十连冠，成为股市一大奇观。各大股东们赔得实在是太多太快了，以至于九州同源成了人见人怕的瘟神，硬是无人再敢提强制平仓的事了。试问这种公司控股权何人敢接盘，哪个又不怕追责，于是每个人都对此话题噤若寒蝉。

长话短说，这次会议又成了一场无效沟通的灾难。由于九州同源的股权质押融资太过分散，所以始终没能形成控股股东。银行、证券、基金等金融机构纷纷被套牢成了大股东，他们虽不满展宏图的经营理念，但每个机构股东代表都不想由其他金融机构推荐的经营团队入主九州同源，因为这必然会导致自己话语权分量的降低与利益的损失，各位股东发言始终在貌似平和实藏机锋的氛围中展开。会议持续了三个多小时，在彼此钩心斗角的暗战中草草收场。

由于展家手中仍握有接近半数的董事会席位，尽管股权旁落，但不出所料，会议达成的最终决议，仍是利于展氏家族的妥协性结论。根据证监会要求展宏图出局，展宏钧成为新一任董事长兼总经理。由于展宏钧年龄较大，董事会责令展家在一年内外聘或培养出更能够胜任总裁岗位的年轻接班人。大部分股东均表达出如果公司业绩达标，未来会将股权返还展家，各大机构协同套现离场的意愿。

会后几年，接踵而来的便是一系列雷霆打击动作组合，九州同源发布索赔全国征集公告、董事长总裁紧急换帅、股票先加ST再加星、供应商纷纷起诉还款、宏图夫妻资产再次被查封、宏图夫妻成为失信人员被执行"三限"。

痛苦归痛苦，日子终归要过下去的。展氏家族经此一役元气大伤，三兄弟姐妹只能表面强装笑脸，无人时躲在角落里舔舐伤口，从起初的手足无措，慢慢地开始偿还旧债、摆脱困境，再逐步进行变革、培养新鲜血液、重新积聚力量，以图重掌大权。

求变求新并非易事。古人说："物生谓之化，物极谓之。""变"是一件事物发展到极致，才可以发生改变；而"化"则是指到达"变"的境界后，方可进一步突破，产生新事物、新产品、新思维。对于九州同源来说，变革就像蛇的蜕皮、鹰的换喙一样，欲求变化，必要经历九死一生的磨砺。不过，好在九州同源是一个内部坚若磐石的家族式企业。

　　管理学专家们常说中国的家族式企业缺乏现代化管理机制，但家族企业经久不衰自有其道理。家族企业的最大优势在于其凝聚力，遭遇困难时家人自然成了你遮风避雨的港湾和并肩对敌的生死战友，你永远不会担心袒露出来的背后。对于家人，忠诚并不是选择，而是一种自然而然的生活方式。

尾 声
展不平 · 2020 · 龙城

又是一年春草绿。

这天，宏翼打电话给宏钧、宏图两兄弟，三人约好今年带着儿女们给老爸展不平热热闹闹过个生日。

老展曾来深圳住过几年，但始终不习惯大都市的繁华与冷漠，整日嚷嚷着叶落归根，后来终于带着老伴回到了老家龙城，自此每日遛弯儿、下棋、打拳、练字，日子过得怡然自得。老展这几年岁数大了，还得了两次中风，身体大不如前。三兄弟姐妹商量着要给父母配个保姆，可是革命一辈子的倔老头说什么也忍受不了别人伺候他们，于是只好作罢。老伴虽说比他年轻，可也是八十几岁的人了，精力毕竟有限。宏翼退休后，便与嫂子柳芊芊、弟妹穆小芳三人轮流回龙城服侍两位老人。

老展本是穷苦出身，并不在意过生日，就连前年的九十大寿，都因为听说孩子们公司不景气，怕耽误儿女工作而取消了。这次疫情期间居然同意宏翼的提议，显得颇不寻常，两兄弟合计可能是老人家岁数大了想多见见儿孙，因此嘱咐各自儿女务必提前安排好时间同往。

天公作美，老展的农历生日正好赶上五一小长假。展家祖孙三代十二口人，齐聚龙城麒麟大酒店，客人只请了世家好友诸葛达明一人。宏翼曾问老展，为什么不多请几位亲朋邻里热闹热闹。老展言道："你以为我冒着疫情让全家人聚在一起就是为了热闹？"宏翼再问时，他只是摇头笑而不答。

众人按顺序落座，展不平老寿星当然是坐主位，左边是老伴，右边诸葛教授作陪。老伴旁边依次坐着长子展宏钧、夫人柳芊芊、宏钧与前妻舒娜所生的儿子展鹏宇、与柳芊芊生的女儿展鹏霄（鹏霄是桌上唯一没有踏入社会的孙辈）；老展对面是女儿展宏翼、女婿徐教授、宏翼与前夫贾忠信所生的儿子展鹏飞（鹏飞本姓贾，父母离异后他跟着母亲长大，父亲后来组建了新家庭对他少有挂念，所以鹏飞主动改姓随母）；诸葛教授一侧则是小儿子展宏图、夫人穆小芳、女儿展鹏程。

饭菜是宏翼订的，以展家实力来看可说是极为寒酸，甚至不及寻常百姓过寿铺张。众人皆知老展一辈子厉行节俭，见桌上有鱼有肉已然满足，如再奢靡必然不满，也都理解宏翼。

老展见凉菜已上，略一欠身道："今天我过九十二岁生日，感谢诸葛教授、老伴和孩子们给我庆祝。老规矩，我抬三杯酒，然后大家随意吃喝。"

一旁老伴道："这么大岁数了，少喝点，还三杯。"

众人皆笑，老展也笑道："平常你都管着不让喝，今天开心，破例。三杯没事，我有数。"

"这第一杯酒，我想敬一下咱展家的祖先们，尤其是我妈妈。咱们展氏出自姬姓，老祖是春秋鲁国的公子，咱们这支子孙是我爷爷带着从山东菏泽闯关东过来的。我父亲死得早，妈妈一个人历尽艰辛抚养我长大，至今我还常常想念她。"老展讲得动情不由声音略抖。

众人见他偌大年纪依然情深至此不禁肃然，纷纷起立齐声干杯。

老展稳定了一下情绪，接着道："宏钧你们仨头发都花白了，孙辈们也都三十上下了，近几年我都没详细问过你们各自事业的发展。今年是多事之秋，大家干了这杯酒，我想听你们聊聊工作上的事儿。宏图你嘴巧，你代表大家总结下，简短点说个大致，三杯酒过后每个人都说说自己。"

"好的，爸。"宏图答道，"我们仨前些年就并在一起工作了，是我们创建的一家上市公司叫九州同源，这您知道。从几年前开始，先是姐姐退了管理职务只保留董事，后来公司出了点事我也退了，哥哥是前年退的。我们仨合计了一下，成立了一家展氏基金会，现在是九州同源的控股股东，同时也投资一些有发展前景的企业。基金会我们仨各占一票表决权，所有决策三票均同意才能通过。这是咨询了达明哥后做的决定，达明哥说我哥务实，我姐理性，我比较灵活，三票缺一不可。"宏图说完，呵呵一笑，自己每每想到"灵活"二字，便由衷佩服诸葛达明，这个亦庄亦谐的形容词用在自己身上确实贴切。

宏图整理了下思路，接着道："哥哥退休前一年，经姐姐提议我们仨安排了一个接班人计划。咱们展家下一代的孩子，鹏宇创业过互联网平台运营公司，擅长商业模式管理，后来九州同源把他的公司也并购了，所以接班候选人算他一个。鹏飞也是创业者出身，做的是人工智能系统，擅长技术管理，公司并入九州同源后接班候选人他也算一个。鹏程在美国修的国际金融学，做过区块链应用，有世界五百强大公司工作经验，擅长财务管理，跳槽到九州同源后，接班候选人她也算一个。我们仨的接班人计划就是用一年半时间让他们三个人做上市公司的轮值执行总裁，经过这段时间历练后，哥哥退休时最终确定鹏宇做公司首席执行官（CEO）是总负责人，鹏飞做首席技术官（CTO），鹏程做首席财务官（CFO）共同辅佐鹏宇掌管公司。鹏霄今年暑期勤工俭学安排在公司，先从一线员工的基础工作做起，大概情况就是这样。"

宏图讲完，老展尽管天天看报听新闻，也只是似懂非懂地明白了个大半，见诸葛达明频频点头，当下放心不少。于是端起第三杯酒，道："这第三杯酒，我想讲讲家国情怀。你们别看我一个老头子以为不晓得什么。"旁边老伴道："他天天听几个小时新闻，比你们还关心国家大事呢。"众人大笑。

老展道："你还别说，听多了我也能听出点门道。前几年新闻联播说经济进入新常态，我就想这下麻烦了，改革遇到了困难。后来国家开始提'一带一路'、组建亚投行，我想这是要走出去啊，看来还是对外开放的老路子没变。然后就是那个美国的总统特朗普跳出来跟我们打贸易战，还拉拢其他国家一起孤立我们，我想这下坏了，再想走出去困难了。再往后，新闻里开始提内循环、拉动内需，我想走不出去就自力更生也不错，可说着说着又冒出了个新冠病毒，搞得全世界民不聊生，所以你们看这是内忧外患啊！我活了九十几岁，这种情况打改革开放四十多年都没发生过了，你们可别掉以轻心啊。"

众人听他一个耄耋老者娓娓道来，将国家大事梳理得一丝不乱，顿时收起轻慢之意。孙儿辈不知老展年轻时的厉害，直到今日方知这个貌不惊人的老头在见识上竟也是深藏不露的高手。

老展接过老伴儿递的茶水润了下嗓子，接着道："这说的是国事，我再讲讲家事。刚才我大致听明白了，宏钧、宏翼、宏图退二线了，做些判断决策的活，让孩子们冲到一线，这样很好。长江后浪推前浪，一代新人换旧人，每个人都该做符合自己年龄的事。岁数大了，干不动具体事务就交给孩子们做，不要怕做砸，要学会放手，自己做些凭经验指导的事。对几个孙子孙女，我也有话说。你们正年富力强，要多做、勤做、巧做，中国人以前总说'时势造英雄'，这讲的是人在大势下的选择。我干了半辈子公安，我更信'英雄造时势'，真正的人才是创造者，是引领者，有大格局又肯实干，孩子们你们要做这样的人。来，干杯！"

说罢转头问诸葛达明："教授，您说是不是这个理儿？"

诸葛达明略一沉吟，举杯接道："商道、世道、大道坎坷；人欲、物欲、欲罢不能。然而，改革大潮浩浩汤汤，大道东流势不可挡。越是迂回曲折，就越是奔腾不息！"众人听他说得精彩，纷纷鼓掌称是。

酒过三巡，气氛顿时活跃起来。儿孙们纷纷站起来，敬酒祝寿。有的说身体安康，有的说松鹤延年，有的说笑口常开，有的说春秋不老。每个人都和老寿星简短地说了下自己的情况，老展也听得津津有味。

这顿饭吃了两个多小时，吃完长寿面、寿桃，老伴担心老展身体吃不消，便让宏钧结束了宴席。

晚饭老展只喝了一碗小米稀粥，饭后由宏翼陪着老两口出去遛弯。边走宏翼边说："爸，您今天精神真好，说话时容光焕发，像几十年前的样子，中午没睡，到现在脸色还是红扑扑的。"

老展也觉得今天格外精力充沛，直到晚上九点半了还没有一丝困意，于是走到书房，打开电视，在书桌铺上宣纸，备好笔墨，又沏上一壶浓茶，准备练几个字再睡。只听得晚间新闻正在播报："美国制裁海康威视等一批中资高科技企业，美国断供中国芯片……"一个个新闻像一颗颗手榴弹炸响在老展的耳旁，让他仿佛再次置身于七十年前炮火连天的朝鲜战场上，为了配合那个激情燃烧的岁月心脏也开始越发剧烈地跳动着，老展拿起毛笔，奋笔疾书起来……

半个小时后，宏翼看着书房的灯光还没有熄灭，她轻轻地敲了敲门道："爸，该睡了。"没有应答，宏翼推门而入，见老展已然歪坐在座椅上。胸前书桌宣纸上酣畅淋漓地写着八个大字："多难兴邦，穷途展翅。"

宏翼嘶吼一声："爸……"

晨鸡初叫，昏鸦争噪，那个不去红尘闹？

路迢迢，水迢迢，功名尽在长安道。

今日少年明日老。山，依旧好；人，憔悴了。

——陈英《山坡羊》

本书中人物经历与相关观点均为作者虚构，请勿对号入座。如有雷同，纯属巧合。

2020 年 11 月 19 日 23 时 55 分于深圳完稿

后 记

　　本书是讲述当代中国企业家的故事。作者本意既非赞美其伟大，亦非批评其粗鄙。只是想借展氏家族众人之口，聊聊中国的企业家们，如何成长、如何发展、如何消亡，如何爱、如何恨，如何奉献、如何贪婪，如何艰苦、如何奢靡，如何荣耀、如何无助，尤其在这席卷一切的社会变革、全球贸易、技术海啸、金融大潮中，他们是如何适应并活下来的。

　　最后感谢我的朋友崔岱远，在他的帮助下促成了本书的完成。同时感谢我从业多年的安防行业和遇到的各式各样的安防企业家，正是他们为我提供了创作的灵感源泉。

图书在版编目（CIP）数据

大道东流 / 曹国辉著 .—北京：作家出版社，2023.2
ISBN 978-7-5212-2142-8

Ⅰ . ①大… Ⅱ . ①曹… Ⅲ . ①长篇小说—中国—当代 Ⅳ . ① I247.5

中国版本图书馆 CIP 数据核字（2022）第 247626 号

大道东流

作　　者：曹国辉
责任编辑：张　平
装帧设计：任关强
出版发行：作家出版社有限公司
社　　址：北京农展馆南里 10 号　　　邮　　编：100125
电话传真：86-10-65067186（发行中心及邮购部）
　　　　　86-10-65004079（总编室）
E-mail:zuojia @ zuojia.net.cn
http://www.zuojiachubanshe.com
印　　刷：河北京平诚乾印刷有限公司
成品尺寸：170×240
字　　数：370 千
印　　张：22.75
版　　次：2023 年 2 月第 1 版
印　　次：2023 年 2 月第 1 次印刷
ISBN 978-7-5212-2142-8
定　　价：68.00 元